我是貓

吾輩は猫である

夏目漱石

劉子倩——譯

1

我是貓。尚無名字。

我不知自己生於何處。只記得在某個陰暗又潮濕的地方喵喵哭嚎。我就是在這裡第一次見到人類。而且事後聽說，那是人類當中最惡毒的書生[1]這個種族。這種書生據說經常將我們貓族捉來烹煮吃掉。但當時的我毫無思想可言所以倒也不懼。只是被他放在手心倏然捧起的時候感到飄飄然。等我在書生的掌上稍微鎮定之後所看到的臉孔應該就是我頭一回見到所謂的人類。當時那種異樣之感至今猶存。先不談別的，本該以毛髮裝飾的臉孔居然光溜溜的像個藥罐子。後來我也見識過很多貓，可從來沒遇見這樣的殘缺生物。而且臉孔中央還高高突起。從那個洞中不時呼呼噴出煙霧，弄得烏煙瘴氣真是受不了。直到最近我才知道原來那是人類抽的香菸。

我在這個書生的手心安安穩穩坐了片刻，但過了一會突然開始以驚人的速度移動。我不知道是書生在動還是只有我自己在動，但我眼冒金星。噁心作嘔。想到自己沒救了，頓時眼睛噴火發出尖叫。到此為止我還記得，但之後的事就算努力試著思考也弄不明白。

等我驀然回神一看，書生已經不見了。本來我有很多兄弟姐妹這時也通通不見蹤影。就連

1 書生是指學生，尤其是寄住他人家中一邊協助處理家務一邊求學的青年。

最重要的母親都不見了。而且與之前待的地方不同，此處異常明亮。亮得睜不開眼。一切都不對勁，我慢吞吞爬起來邁步一看這下可糟了。我從稻草堆上突然被遺棄在草原中。

好不容易走出草原後，我發現前面有個大池子。我坐在水池前思索到底該怎麼辦。可是並未想出什麼好主意。過了一會我終於想到，如果聽到我哭叫，書生說不定又會來接我。於是我試著喵喵叫了兩聲但誰也沒出現。後來池上漸漸起風，天也快要黑了。我的肚子好餓。想叫都叫不出聲音。無奈之下，我決心先走到有食物的地方再說，我開始緩緩沿著池子往左邊繞行。我非常難受。勉強忍耐著走過去後總算來到比較有人味兒的地方。我心想爬進這裡後應該會有辦法，於是從竹籬的缺口鑽進某棟房子。緣分實在不可思議，如果這個竹籬沒有破損，說不定我早已在路邊活活餓死了。大樹之蔭[2]這句話說得真是太好了。這個竹籬的缺口至今仍是我拜訪鄰家三毛時的必經路線。話說回來，雖然鑽進宅子，但接下來該怎麼做我毫無頭緒。後來天色也暗了，肚子也餓了，天氣又冷，還下起雨，已經片刻都不容再猶豫了。無奈之下我只好盡量朝光明溫暖之處不斷走去。如今想想，當時其實我就已進入這個家了。在這裡我得以再次見到那個書生之外的其他人類。第一個遇上的是廚娘。她比之前那個書生更粗魯，一看到我，二話不說就拎著我的後頸把我扔到門外。我心想這下子吾命休矣，只好兩眼一閉聽天由命。但我實在無法忍受饑寒交迫的滋味。我再次趁她不注意爬進廚房。結果很快又被扔出來。我被扔出來又爬進去，爬進去又扔出來，記得同樣的情形好像重複了四、五遍。那時我對這個廚娘真是討厭透了。不久前我偷了她的三馬[3]已報了仇，總算一吐這口怨氣。最後在我又要被她拎出去時，這家的主人[4]一邊說吵吵鬧鬧地搞什麼一邊出現了。廚娘拎著我對主人說：這隻流浪的小野貓即便一再扔出去還是溜進廚房真是傷腦筋。主人拈著鼻子底下的黑毛對著我的臉孔打量半晌，最後說聲「那就留下吧」逕自走進裡屋。看來主人很少開口。女傭不甘心地把我扔進廚房。就這樣，我終於決定把這間房子當成我的家。

我的主人很少和我碰面。他的職業好像是老師。從學校回來就整天待在書房幾乎沒出來過。家裡的人都認為他非常勤勉好學。他自己也擺出好學的架勢。但實際上他並沒有家人說的那麼勤勉。我不時會躡足偷窺他的書房，發現他經常在睡午覺。而且往往還會把口水滴在沒看完的書上。他的腸胃功能不佳，皮膚帶著淡黃缺乏彈性，流露出不健康的徵候。可是偏偏胃口特別大。飽餐一頓後再喝高氏消化劑[5]。喝完就翻開書本。看個兩三頁就睏了。於是在書上滴口水。這就是他每晚的例行功課。我雖是一隻貓卻也常常思考。我認為當教師實在是很輕鬆的工作。如果我是人類一定要去當教師。這樣睡覺都能賺錢的話，貓應該也能勝任愉快。不過照主人的說法，再沒有比教師更艱苦的工作，每次只要有朋友來他總是大吐苦水。

我住進這個家的時候，除了主人之外很不得人心。不管去哪兒都會被拍開，沒有人肯理睬我。我是如何不受重視，光看我到現在連個名字都沒有就知道。我無可奈何，只好盡量待在肯

2 意指湊巧同在一棵樹蔭下亦是前世的緣分。乃歌謠廣泛使用的語句。

3 「三馬」通常寫成秋刀魚。漱石在《我是貓》中經常使用這類同音異字。

4 這家的「主人」，「鼻子底下」有鬍子、罹患「胃弱」、愛好「歌謠」，與現實中的漱石有很多共通點，但也有身為中學教師這種不同之處。而他的住處附近有車夫與中學，也與漱石當時的住處相同。

5 消化劑的商品名稱。在澱粉醣化酵素（diastase）前面冠上發明者高峰讓吉的「高」。

接納我的主人身旁。早上主人看報紙時我一定會坐在他的膝上。他睡午覺時我一定蹲在他的背上。這可不是因為我喜歡主人，純粹是因為沒有別人肯理睬我只好勉強屈就。之後基於種種經驗，我養成了早上待在飯鍋上，晚上在暖桌上，天氣好的中午睡簷廊的習慣。不過最舒服的還是入夜後鑽進這家小孩的被窩一起睡。這家的小孩分別是五歲與三歲，晚上二個小娃娃會躺在一個被窩裡睡覺。我總是在他們中間找出我能容身的餘地，硬是擠出一個位子，不過如果運氣不好吵醒其中一個小孩那可就麻煩了。小孩——尤其是年紀幼小的那個特別難纏——總會嚷嚷著貓來了、貓來了，三更半夜照樣哇哇大哭。於是那個罹患神經性胃弱的主人必然會醒來自隔壁房間衝過來。上次我甚至還被他拿長尺狠狠打屁股。

我與人類同住觀察他們久了，不得不斷言他們實在很任性。尤其是不時與我同床共枕的小孩更不用說。自己任性的時候就把人家拽起來倒吊、拿袋子套在我頭上、往半空扔出去，或者把我塞進爐灶。而且我只要稍有反抗之意，所有的人就會聯合起來追趕我迫害我。上次也是，我只不過在榻榻米上磨一下爪子，女主人就大發雷霆，從此再也不准我隨便進入和室。哪怕人家蹲在廚房的木頭地板上可憐地顫抖她也毫不在乎。我所尊敬的對街的白君每次碰面都說天底下沒有比人類更不通人情的生物。白君前幾天生了四隻如珠似玉的小貓。但是據說那家的書生第三天就把四隻小貓都拿到後面池塘扔掉了。白君流淚對我訴說經過之後表示，如果我們貓族想過著美好的家族生活享受天倫之樂，就一定得和人類戰鬥殲滅他們。我認為這些話非常有道理。還有隔壁的三毛君也抱怨人類不懂所謂的所有權，為此非常憤慨。本來我們同族之間無論是鹹魚頭或烏魚肚，最先發現者就有權利享用。如果對方不遵守這個規定甚至可以訴諸武力解決。但他們人類似乎毫無這種觀念，我們發現的美食佳餚總會被他們掠奪。他們仗著強大的武力公然奪走我們該吃的東西。白君住在軍人家，三毛君有位辯師[6]主人。而我住在教師家，所以在這方面的態度毋寧比他倆更樂天。對我而言只要能夠馬馬虎虎度過每一天就夠了。即便是人類，也不可能永遠繁榮。不如讓我們耐心等待貓族勝利的時節到來。

既然講到任性，那就順便再聊一下我家主人因任性而失敗的故事吧。本來這位主人並沒有什麼過人之處，但他偏偏喜歡事事都插手。他寫俳句投稿到《不如歸》[7]，寫新體詩[8]向《明星》[9]投稿，書寫錯誤連篇的英文，有時又迷上弓箭，還學唱歌謠，有一次甚至拉著小提琴嘰哩嘎啦鬼叫，可悲的是，他沒有一樁學出名堂。可是一旦開始學，他雖有胃弱的毛病倒還是很勤奮。甚至還在後架[10]中大唱歌謠，因而在附近贏得後架老師這個綽號，但他毫不在乎，照樣反覆吟唱吾乃平之宗盛[11]。甚至令眾人忍俊不禁打趣「看吧宗盛又來了」。這位主人也不知是怎麼想的，在我住下來過了一個月後的那個發薪日，他拎著大包袱匆匆歸來。正在好奇他買了

---

6 辯師為律師的舊稱。強調「所有權」的「三毛君」對人類的批判頗有律師之風。

7《不如歸》（ホトトギス）是當時的俳句雜誌，目前仍刊行中。乃漱石之友正岡子規推動俳句革新運動及寫實文普及的據點。除了〈我是貓〉，這本雜誌也連載了許多漱石作品。

8 新體詩是日本近代詩的原型。漱石也在這時嘗試新體詩，但未在《明星》刊載過作品。

9《明星》是与謝野寬主持的詩歌雜誌。以浪漫主義為主調，与謝野晶子、石川啄木、北原白秋等人是主要作者。

10 後架乃禪寺對廁所的稱呼。

11 謠曲《熊野》開頭宗盛自報姓名的第一句。這是初學者多半會學的曲子。

什麼，只見都是水彩顏料與毛筆還有水彩紙，原來他決心從今日起放棄歌謠與俳句改而習畫。自隔天起他每天也不在書房睡午覺了，只顧著埋頭作畫。但是他畫好的成品，沒有人說得出那畫的是什麼。他自己或許也覺得成果不太理想，某天他有位專攻美學的友人來訪時，我聽到以下這樣的對話。

「好像就是不如理想。看別人的作品明明很簡單，可是自己動筆才發覺很困難。」這是主人的自述。的確非常誠實。友人透過金框眼鏡看著主人的臉，「一開始當然不可能畫得好，首先，光是待在室內想像就不可能畫得出好東西。以前義大利的大師安德烈亞．德爾．薩爾托[12]就曾經說過。要畫畫必須先臨摹大自然本身。天有星辰。地有露華。有飛禽。有走獸。池中有金魚。枯木有寒鴉[13]。大自然就是一幅巨大鮮活的圖畫。如果你想畫出像樣的畫何不出外去寫生？」

「噢？安德烈亞．德爾．薩爾托還講過那種話啊？我都不知道。果然有道理。說得一點也沒錯。」主人頻頻感嘆。我卻看到金框後面的那雙眼睛露出嘲弄的笑意。

翌日我照舊去簷廊舒舒服服睡午覺時，主人破例從書房出來，在我身後不曉得在忙什麼。我驀然醒來，瞇著眼看他在幹嘛，原來他在專心模仿安德烈亞．德爾．薩爾托。我看到他這副德性不禁失笑。他被友人揶揄後做的第一件事居然是對著我寫生。我已經睡夠了。很想打呵欠。但主人難得這麼熱心動筆，我覺得亂動好像太對不起他，只好默默忍耐。他現在已經畫出我的輪廓，正在臉部上色。在此我必須自己招認。身為一隻貓，我絕不算出色。無論身材、毛色或五官，我都不敢說自己勝過其他貓族。但即便是醜陋的我，也不可能出現我的主人筆下正在描繪的那種古怪模樣。首先顏色就不對。我像波斯貓一樣擁有一身淺灰帶黃還有黑斑的毛色。我認為這點無論在誰看來都是不容置疑的事實。但是看主人現在的用色，既不黃也不黑，不是灰色也不是褐色，可也不是這些交雜的顏色。除了說那是一種顏色之外，其餘無法置評。更不可思議的是畫中的貓居然沒眼睛。不過他是趁我睡覺時寫生所以也不能怪他，但是連個像眼睛的地方都看不到所以根本分不清那是盲貓還是睡覺的貓。我在心裡暗想，就算是安德烈亞·德爾·薩爾托親自出馬恐怕也束手無策。不過對於他那種熱情還是不得不道聲佩服。本來想盡量不動，但我從剛才就感到尿意頻催。身體內部的肌肉蠢蠢欲動。已經到了片刻都無法再遲疑的地步，我只好失禮地把雙腳用力往前伸長，壓低脖子「啊──」打了一個大呵欠。到此地步，縱使我再裝乖巧也沒用了。反正都已打壞主人的預定計畫，索性順便去後面小便吧，於是我慢吞吞邁步走出。結果主人以失望又憤怒的聲音，從和室裡大吼：「你這個混蛋！」這位主人罵人時總是習慣罵混蛋。他不知道其他的罵人方式這不能怪他，但他連人家一直為他忍耐的苦心都不懂，就隨便說人家是混蛋未免太沒禮貌。而且平時我坐在他背上時他如果稍微有點好臉色，這種謾罵我也就甘心忍了，問題是他從來沒有爽快地替我做過一件好事，我只是去小便就被罵混蛋實在太過分了。人類本來就喜歡誇大自己的能力灌水作假。如果不拿出稍微比人類強大的東西氣氣他們，今後還不知會囂張到什麼地步。

12 安德烈亞·德爾·薩爾托（Andrea del Sarto，1486-1531），義大利人，佛羅倫斯派畫家。

13 枯木配寒鴉的冬景構圖乃日本畫的傳統題材。

任性若只是這種程度還能忍耐，但是關於人類的不道德，我聽過比這個更悲慘好幾倍的故事。

我家後面有個十坪左右的茶園。雖然不大卻是可以舒服曬太陽的好地方。家裡小孩太吵鬧讓我無法好好睡個午覺時，或者太無聊心情不佳時，我總是會來這裡頤養浩然正氣。某個小陽春的午後二點左右，我在午飯後暢快地睡了一覺之後，為了稍作運動走向這座茶園。我一棵一棵地嗅聞茶樹的根部，一直走到西側的樹籬旁邊，只見一隻大貓推倒枯菊躺在上面呼呼大睡。他絲毫沒有察覺我接近，或者察覺了也不當一回事，只見他鼾聲如雷伸長身體酣睡。潛入別人家的院子居然可以睡得如此坦然，我不得不暗自為他的大膽驚訝。他是純粹的黑貓。剛過正午的太陽，透明的光線灑落他的毛皮上，閃亮的細柔毛皮之間似乎燃起肉眼看不見的火燄。他擁有堪稱貓中大王的雄偉體格。足足有我的二倍大。我抱著讚賞與好奇，忘乎所以地佇立在他面前仔細打量，這時靜謐的春日和風，輕誘杉籬上方伸出的梧桐樹枝，有兩三片葉子飄然落到枯菊堆上。大王猛然睜開渾圓的雙眼。至今我仍記得。那雙眼睛比人類珍愛的琥珀更加美麗璀璨。他文風不動。雙眸深處射出的光芒凝聚在我矮小的額頭上，他開口了：「你這臭小子到底是什麼來歷？」就大王而言，言詞似乎有點粗鄙，但他的聲音底層蘊藏了足以打敗犬類的威力，所以我非常惶恐。我心想不打招呼恐怕不妙，於是強裝鎮定冷然回答：「我是貓。尚無名字。」但這時我的心臟的確比平時跳得更加劇烈。他以異常輕蔑的語氣說：「什麼，你是貓？真是可笑。那你到底住在哪裡？」他的態度非常目中無人。「我就住在這個教師的家裡。」

「我猜也是。瞧你這瘦巴巴的死德性。」不愧是大王，氣燄囂張。從他的談吐觀之，顯然不是什麼良家好貓。但是看他肥胖的模樣又好像吃得很好，過得很富足。我不得不問：「我還沒問你又是誰呢？」「我是車夫家的黑子。」他昂然表示。車夫家的黑子是這一帶無人不知無人不曉的惡貓。但他只是仗著車夫逞強好鬥一點教育也沒有，所以很少與別人交際。是同盟敬遠主義的標的。我聽了他的名字在略感退縮的同時，也產生了一絲輕侮之心。我決定先試試他到底有多麼不學無術，於是有了以下的這番對答。

「車夫與教師究竟何者更厲害？」

「當然是車夫比較強壯。看看你這臭小子的主人，簡直是皮包骨。」

「你身為車夫的貓，好像也很強。待在車夫家似乎可以吃到不少好東西。」

「那算什麼，老子我不管去哪都不愁吃不到好東西。像你這種臭小子老在茶園打轉有屁用，還不如跟著老子混。包管不到一個月就讓你胖得別人都認不出你是誰。」

「改天再這麼麻煩你吧。不過我家的房子比車夫家大，住起來比較舒服。」

「笨蛋，房子縱使再大難道能夠填飽肚子嗎？」

他似乎非常惱火，寒竹削成似的耳朵頻頻抖動，大搖大擺地走了。我與車夫家的黑子成為知己就是在這之後。

從此我一再與黑子遇上。每次他都散發出車夫應有的氣燄。之前我說的不道德事件其實就是聽黑子講的。

某日我照例與黑子躺在溫暖的茶園中閒聊，他把那套自吹自擂又當成新話題重複一遍後，對我提出以下的質問：「你到現在為止抓過幾隻老鼠？」我自認智力遠比黑子發達，但論及力氣與勇氣終究比不上黑子，不過碰上這種時候，我還是很尷尬。然而事實就是事實不容狡辯，我只好老實回答：「其實我一直想抓但是還沒抓過。」黑子抖動著從鼻頭直挺伸出的長鬍鬚笑得很厲害。本來黑子就有因自吹自擂而犯的毛病，只要表現出對他的氣燄心悅誠服喉嚨咕嚕咕嚕響著洗耳恭聽就很容易控制他。我與他接近後立刻抓到這個竅門，所以我知道在這時候替自己辯護只會令形勢益發不利，我當下拿定主意，看來只有讓他談自己的輝煌戰績敷衍過去。於是我低調地慫恿：「以你這個年紀一定抓到過很多老鼠吧？」果然他朝牆壁的缺口吶喊：「沒什麼啦，起碼也抓了三、四十隻吧。」他得意洋洋回答。他又說，「就算再來一兩百隻老鼠我也可以自己搞定，但碰上鼬鼠我就沒轍了。我在鼬鼠的手裡吃過一次大虧。」「噢？原來如此。」我附和。黑子眨著大眼說：「是去年大掃除的時候。我家主人拿著石灰袋子鑽進地板下，沒想到忽然有一隻很大的鼬鼠跑出來。」「嗯——」我露出驚嘆的神色。「不過這玩意也就是大一點的老鼠而已。我心想這種混蛋算什麼，於是緊追上去，最後終於把他趕進臭水溝。」「幹得好！」我替他喝采。「沒想到到了緊要關頭那傢伙最後居然放屁。臭得薰死人，從此之後只要看到鼬鼠我就想吐。」說到這裡他就像現在還可聞到去年的臭味似地抬起前腳，一而再、再而三地摸鼻頭。我也不禁有點同情。我想稍微鼓勵他一下，「不過老鼠被你盯上也算是倒了八輩子楣。你在捕鼠方面可是高手，一定是常吃老鼠才會身材那麼豐腴，毛色那麼光滑吧？」不料這個為了討好黑子才提出的問題竟然收到反效果。他喟然長嘆一口氣說：「想想就覺得無趣。就算捉到再多老鼠又怎樣——這世上沒有哪個傢伙能像人類那麼壞。居然把人家捉到的老鼠通通奪走送去派出所[14]。派出所不知道那究竟是誰捉到的，所以每次都獎賞五分錢。我家主人光是靠我就已賺了一圓五毛錢左右，結果還不肯好好餵我吃東西。人類就是小偷。」即便是不學無術的黑子似乎也懂得這種道理，氣憤得背上的毛都豎起來。我有點毛骨悚然於是當場含糊帶過就回家了。從這時起我下定決心不捉老鼠。但我也不曾成為黑子的小弟一同獵捕老鼠之外的大餐。比起吃大餐，還是睡覺更輕鬆愉快。看來在教師的家裡待久了，貓也會變得像教師一樣。如果不當心點說不定我也會很快出現胃弱的毛病。

說到教師，我的主人最近終於醒悟自己在水彩畫上毫無希望，他在十二月一日的日記上如此寫道。

今天在聚會上邂逅自稱某某者的人物。此人據說極為放蕩，果然頗有那種風采。像這種人通常深受女性歡迎，所以與其說某某放蕩或許該說他應眾人要求不得不放蕩更恰當。此人的妻子據說是藝妓，真是令人羨慕的豔福。本來批判放蕩者的人多半沒有放蕩的資格。以放蕩者自居的人，也多半沒有放蕩的資格。他們並非不得已卻硬是要這麼做。就像我的水彩畫終究不可能畢業。即便如此，還是自以為自己是風流人物。如果他們喝點餐館的小酒出入茶室就是風流人物，那我也算一介水彩畫家了。像我那種水彩畫還不如不畫，同樣地，相較於愚昧的風流人物，那些鄉巴佬毋寧更高尚。

---

14 當時東京為了預防傳染病，獎勵驅除老鼠，市府會出錢買下民眾捕獲的老鼠。

風流人物論令人有點難以苟同。羨慕別人有個藝妓妻子這點，做為一個教師也是不該宣諸於口的愚昧想法，唯有他對自己水彩畫的批評眼光很正確。主人雖然頗有自知之明卻無法戒除那種自戀心態。隔了二天，在十二月四日的日記又有這樣的記載。

昨夜我夢見畫了水彩畫，終究畫得不像樣，扔到一旁後被人裱框懸掛在門上方。看到裱好的成果連我自己都覺得忽然出色多了。我非常開心。一個人細細打量，心想這樣看起來很不錯，不意天亮醒來，原來還是一樣技巧拙劣的事實與朝陽一同變得明朗。

主人似乎連夢裡都背負著對水彩畫的不捨。這樣別說是水彩畫家了，就連夫子[15]所謂的風流人物也當不了。

主人夢見水彩畫的翌日，那個戴金框眼鏡的美學者在睽違多日後再度前來拜訪。他一坐下，劈頭就說：「畫得怎樣了？」主人神色坦然，「我聽你的忠告致力寫生，果然透過寫生對以前未注意到的物體形狀、顏色的細微變化有了深刻的了解。西方就是自古以來主張寫生才有今天這樣發達的成績。不愧是安德烈亞．德爾．薩爾托。」他對日記裡寫的事絕口不提，而且很佩服安德烈亞．德爾．薩爾托。美學家失笑，「我老實告訴你吧，那是我瞎掰的。」說著抓抓頭。「什麼？」我家主人還沒發現那是瞎掰的。「就是你頻頻感嘆的安德烈亞．德爾．薩爾托啦。那其實是我捏造的故事。我沒想到你會當真，哈哈哈哈！」美學者看來極為高興。我在簷廊旁聽這段對話，不由得暗自想像主人今天的日記會如何記載。這位美學家唯一的嗜好就是這樣吹牛唬弄人。他對安德烈亞．德爾．薩爾托事件如何打動主人的情弦毫不顧慮，一臉得意地饒舌說出以下的故事。「有時我只是開開玩笑別人卻信以為真，激發出一種滑稽的美感，真有意思。我之前告訴某個學生說，是尼古拉斯．尼克貝忠告吉朋[16]不要用法文寫他的代表作《法國革命史》改以英文出版，偏巧那個學生是個記憶力絕佳的男人，居然在日本文學會的演講會上一本正經重述我瞎掰的內容，實在太滑稽了。當時旁聽者約有百人之多，大家都熱心傾聽。之後還有更好玩的事。在某個文學家出席的場合提到哈里森的歷史小說《瑟歐法諾》[17]，我說那在歷史小說中首屈一指。尤其女主角死亡的那段描寫更是鬼氣逼人，結果坐在我對面聲稱無事不知的先生居然說，對對對那實在是傑作。於是我就知道此人果然跟我一樣沒看過這篇小說。」神經性胃弱的主人瞪圓了眼問道：「你這樣瞎掰，萬一對方看過內容怎麼辦？」聽起來主人似乎覺得騙人毫無問題，只是擔心被拆穿時有點傷腦筋。美學家絲毫不以為意。「放心，到時只要說我和別本書弄錯了就行了。」說完他咯咯笑。這位美學家雖然戴著金框眼鏡，

---

15 夫子在此是指主人。本來是古代中國對大夫以上者的敬稱。

16 這一段多半為杜撰。尼克貝（Nicholas Nickleby）是英國小說家狄更斯的作品《尼古拉斯．尼克貝》的虛擬主角。吉朋（Edward Gibbon，1737-1794）是英國歷史家，他的主要著作不是《法國革命史》而是《羅馬帝國衰亡史》六卷。而漱石親近的英國批評家托瑪斯．卡萊爾寫過《法蘭西革命史》。又，《羅馬帝國衰亡史》是以英文撰寫，但之前的吉朋有許多法文著作。

17 英國作家哈理森（Frederic Harrison，1831-1923）的作品《瑟歐法諾》（Theophano: the Crusade of the Tenth Century, a Romance）。但原作並未提到「女主角死亡」。

但他的氣質和車夫家的黑子有點像。主人默默抽著日出[18]吐出煙圈，臉上的神情像在表明自己可沒有那種勇氣。美學家則報以所以你才會連畫都畫不好的眼神，「不過玩笑歸玩笑，畫畫其實很困難，達文西[19]據說曾經教門生去畫寺院牆上的污漬。果然，鑽進廁所仔細望著漏雨的牆壁，真的有天然形成、相當巧妙的圖畫喲。你若是好好寫生一定會有好玩的收獲。」「你又想騙人了是吧？」「不，這點千真萬確。實際上這不是振聾發聵的警語嗎？達文西都可能這麼說。」「有道理，的確振聾發聵。」我家主人半是投降。不過他好像還沒在廁所寫生過。

車夫家的黑子後來跛了。他那身原本光滑油亮的皮毛漸漸褪色脫落。我曾讚美過比琥珀更美的眼睛也堆滿了眼屎。尤其惹我注意的，是他的意氣消沉與身型消瘦。我在那個茶園遇到他的最後一天，忍不住問他怎麼了？「鼬鼠最後的臭屁與賣魚的扁擔把我整慘了。」他說。

赤松之間，點綴兩三層朱紅的楓葉已如昔日舊夢散落，洗手池附近輪番綻放紅白花朵的山茶花也已落盡。等到三帖半榻榻米大小的南向簷廊上，冬陽也早早西斜，幾乎沒有一天不吹冷風後，我睡午覺的時間好像也縮短了。

主人每天照舊去學校。回來便待在書房。有人來時，他就訴說當教師是多麼多麼討厭。他已很少再畫水彩畫。對於高氏消化劑也抱怨無效不再服用。小孩整天吵吵鬧鬧被送去幼稚園了。回來就唱歌，拍球，不時拎起我的尾巴把我吊在半空。

我沒吃到大餐所以也沒發福，還算健康也沒跛足地度過每一天。我絕不捉老鼠。女傭至今仍很討厭。還是沒人替我取名，不過要是貪心起來會沒完沒了，所以我打算就待在這教師家當一輩子的無名貓。

2

我自新年以來稍有名氣[20]，身為一隻貓亦可傲視眾人實在很幸運。

元旦一早，我家主人就收到一張明信片。這是他某位畫家友人寄來的賀年片，上方是紅色，下方塗成深綠色，中央以粉蠟筆畫了一隻蹲踞的動物。我家主人在書房拿著這件畫作，橫看看，直瞧瞧，頻頻讚嘆用色之巧妙。大嘆一通後，我以為他要停止了，沒想到他還是拿著明信片左看看右瞧瞧。還把身體扭轉或伸長手，做出老人家研究三世相[21]的樣子，一會又對著窗戶拿到鼻頭前面打量。他的膝蓋晃動令我搖搖欲墜暗自祈禱他趕快停止。好不容易晃動不再劇烈，忽然聽見他小聲說：這畫的到底是什麼東西？主人雖對明信片的用色讚嘆不已，卻看不懂那畫的是什麼動物，所以似乎從剛才就苦思許久。我心想原來是這麼莫名其妙的明信片嗎，一邊優雅地半睜睡眼，從容不迫地定睛一看，那分明是我的肖像！雖然不像主人那樣推崇的安德

18「日出」是岩谷商會於明治三十五年發售的紙捲香菸。

19 達文西（Leonardo da Vinci，1452-1519），文藝復興期最具代表性的天才學者、藝術家。牆壁污漬的故事出自他的《手記》。

20《我是貓》本來以短篇形式發表於明治三十八年一月的《不如歸》，後因廣受好評開始連載。

21 根據人的生辰八字及面相，推斷三世亦即過去、現在、未來的因果、善惡、吉凶。在此是指解說那些因果吉凶的書刊。

烈亞・德爾・薩爾托，好歹做為一個畫家在形體的描繪與色彩方面都有一定的水準。不管誰看了都知道那是貓。若是稍有眼力，更可一眼看出那不是別的貓，就是在下我。畫得很生動。主人連這麼簡單明瞭的事都不懂居然還要想這麼久，我忽然有點同情人類了。可以的話我很想告訴主人那幅畫就是在畫我。好吧就算不知道是我，至少我也想告訴他那畫的是一隻貓。但人類是一種不受上天眷顧無法理解我們貓族語言的可憐動物，所以很遺憾，我只能保持沉默。

我想稍微向讀者聲明一下，本來人類就習慣動不動便以輕蔑的語氣評論我們貓族，這點非常不好。從人類的渣滓誕生牛與馬，從牛與馬的糞便製造出貓——這種想法，對於不察自己的愚蠢還一臉傲慢的教師而言或許是常犯的錯誤，但對旁觀者而言實在慘不忍睹。就算是貓，也不可能如此粗製濫造。在旁人看來或許以為每隻貓都長得一模一樣、平等無差別、沒有自己固有的特色，但如果進入貓族社會就會發現其實相當複雜，十人十色這種人族用語也可以直接應用在貓族。無論是眼神、鼻子、毛色、四肢，全都不一樣。從鬍鬚的硬度到耳朵豎立的角度、乃至尾巴垂落的程度都各有千秋。美麗、醜陋、好惡、優不優雅堪稱全都有千差萬別。即便有如此明顯的區別存在，人類的眼睛卻只會向上，一逕看著天空，所以我等的個性自不待言，就連我等的相貌差異他們都無法識別真是太可悲了。俗話說同類相求真是一點也沒錯，買麻糬得找麻糬店，研究貓得問貓，貓的事畢竟只有貓最清楚。即便人類再怎麼發達，唯獨這點還是做不到。更何況他們根本不像自己相信的那麼了不起，所以就更困難了。至於我家缺乏同情的主人，他連相互理解是愛的第一義都不知道，所以已無藥可救。他就像難纏的牡蠣緊緊吸附在書房，從不曾對外界開口。然後擺出一副只有自己最豁達的樣子真是有點可笑。其實他並不豁達，最好的證據就是我的肖像明明在眼前他卻一點也沒發現，還說什麼今年是征俄第二年所以八成畫的是熊[22]這種傻話，由此可見一斑。

我趴在主人的膝上閉眼如此沉思，不久女傭又送來了第二張明信片。一看之下，以鉛版印刷著四、五隻外國貓排成一排，有的握筆有的翻書有的在做功課，其中一隻離開位子在桌角大跳西洋版的貓咪曲[23]。上方以日本毛筆寫著黑色大字「我是貓」，右方甚至可以看到「讀書跳躍貓之一日春」這首俳句。這是主人昔日的門生寄來的，不管誰看了皆可一眼懂得意思，但我家的糊塗主人似乎還不明白，露出不可思議的神色歪起頭，自言自語說難道今年是貓年嗎。看來他到現在還沒醒悟我已變得如此有名了。

這時女傭又送來第三枚郵件。這次不是有圖畫的明信片。上面只寫著恭賀新年並請代向那隻貓問好。就算主人再笨，看到人家寫得這麼明白似乎也總算察覺了，哼了一聲看著我的臉。他的眼神與以往不同，似乎多少帶有一點尊敬。只要想到一直不被世間認可的主人忽然有了一個新面目完全是拜我所賜，他這種程度的眼神顯然是理所當然。

這時格子門乒乓響，八成是有客人來了，有客人的話女傭會出面應付。我判定除了賣魚的梅公來，其他時候不需我出面，所以安之若素，繼續端坐在主人的膝上。這時主人就像高利貸業者上門討債似地面露不安朝玄關看去。他好像很討厭有人上門拜年必須陪對方喝酒。人類偏

22 日俄戰爭於《我是貓》發表的前一年，明治三十七年二月爆發。而諷刺俄國人時經常以熊做比喻，戰時的日本也常以熊的諷刺畫代表俄國。又及，激戰區旅順攻陷是在明治三十八年一月一日。

23 貓咪曲是江戶以來的俗曲。歌詞提到「說是貓呀貓」。

執到這種地步已無話可說。既然如此早點出門避難也就沒事了，偏偏他又沒那樣的勇氣，越發顯露他的牡蠣個性。過了一會，女傭過來稟告寒月先生[24]來訪。這個叫做寒月的男人好像也是主人的昔日門生，現在已自學校畢業，據說如今地位比主人還高。不知何故，他經常來找主人玩。每次一來就大談好像又有女人愛上自己之類的韻事，抱怨世間似乎有趣又似乎無趣，講完這些香豔風流的話題就打道回府。他來找主人這樣萎靡不振的人特地講這種話的行徑實在令人費解，不過那個牡蠣主人聽這種話題還不時附和的樣子更有趣。

「好久不見。其實我自去年年底很忙碌，一直想來看您也沒辦法往這個方向。」他一邊把玩日式大褂的帶子一邊說出謎樣的話語。「那你去了哪個方向呢？」主人一本正經，拉扯黑色棉質有家徽的大褂袖口。這件大褂是棉布做的，下擺很短，從底下左右各露出五分廉價的絲質薄衣。「嘿嘿嘿是稍微不同的方向。」寒月君說著笑了。一看之下今天他少了一枚門牙。「你的牙齒是怎麼搞的？」主人換個問題。「噢，其實是因為在某個地方吃香菇。」「你說吃了什麼？」「呃，我吃了一點香菇。本想用門牙咬斷香菇的菇傘，結果一不小心牙齒就掉了。」「吃香菇弄斷牙，未免也太像老頭子了吧。這或許可以寫成俳句，但絕對譜不成戀曲喔。」主人說著用手掌輕拍我的頭。「啊，那隻貓就是牠嗎？看起來挺肥的嘛，這樣看來也不見得會輸給車夫家的黑子，很氣派。」寒月君大大誇獎我。「最近牠長大了不少。」主人說著驕傲地猛打我的腦袋。我被誇獎是很得意但頭有點痛。「前天晚上也搞了一個小小的合奏會。」寒月君這時又扯回正題。「在哪裡？」「這個您就別問了。總之在三把小提琴與鋼琴的伴奏下進行得相當有趣。小提琴多達三把，就算技巧再拙劣也值得一聽了。另外二人是女的，我夾在中間，不過連我自己都覺得演奏得很不錯。」「嗯哼，那些女的是什麼人？」主人羨慕地問道。本來主人平時雖然神情如枯木寒石，實則絕非對婦女冷若冰山的人。以前他看西洋某篇小說，其中有一個人物，對於一般婦女必定會略有好感。一算之下來往路過的女性將近七成都令他墜入情網。看到這段諷刺的描寫時，他甚至感嘆這才是真理。既然他是那麼花心的男人為何會過著牡蠣般的生活？我這隻貓實在難以理解。有人說那是失戀所致，也有人說是胃弱的關係，還有人說是因為他沒錢又膽小。總之我家主人並非影響到明治歷史的大人物所以這點無關緊要。不過他一臉羨慕地打聽寒月君的女伴是不可否認的事實。寒月君興味盎然地拿筷子夾起當作前菜的魚板，用剩下一半的門牙咬斷。我真的很怕他的牙又會崩掉，不過幸好這次沒事。「沒什麼，二人都是某處的千金小姐，您不認識。」他冷淡地回答。「原來——」主人拉長音調卻省略了「如此」逕自陷入思考。寒月君或許認為時間也差不多了，「今天真是好天氣，有空的話不如一起去散步吧？旅順被攻陷，街上正熱鬧呢。」他催促。主人露出比起攻陷旅順的消息我更想打聽女人身分的表情，想了一會後似乎終於下定決心，「那就出去吧。」他鼓起勇氣站起來。還是穿著黑色棉質大褂，裡面是兄長遺留的紀念品——已穿了二十年的舊結城絲綢棉袍。就算結城絲綢很結實，這樣穿久了也受不了。很多地方都已變薄，如果對著日光舉起檢視可以看見背面補丁的針腳。主人的服裝向來不分年底或正月新年。也不分家居服或外出服。出門時袖著手

24 文中的寒月先生據說是以物理學者寺田寅彥為模特兒。寺田是漱石任教五高時的學生，當時在東京帝國大學理科大學擔任講師，後成為教授。也以吉村冬彥的筆名寫隨筆。

就這麼出去了。他究竟是沒有外出服還是有也懶得換，這我不清楚。不過我想至少這點應該與失戀無關。

兩人出門後，我不客氣地享用了寒月君沒吃完的魚板。現在我可不是普通的貓了。首先，應該算是自桃川如燕[25]以來第一名貓，或者絕對有偷了格雷[26]金魚的那隻貓的資格。車夫家的黑子我根本不放在眼裡。縱使吃了一片魚板應該也不至於被人說三道四。況且這種背著人偷吃的毛病，並非我們貓族才有。我家廚娘就經常趁女主人不在時偷吃點心零食，而且是偷了又偷。不只是女傭，就連女主人吹噓受過上等教育的小孩都有這種傾向。就在四、五天前，二個小孩早早醒來，趁著主人夫婦還在睡覺，就在餐桌面對面坐下。他們一向是用主人吃的少許麵包沾砂糖吃，但這天正好糖罐放在桌上還附帶湯匙。沒有像往常那樣由大人分配砂糖，因此老大就從罐子裡舀了一匙砂糖倒在自己的盤子上。小的也立刻抓起湯匙舀出與姐姐同樣的分量，以同樣的方法倒在自己的盤子上。兩個小鬼互瞪了一會，老大又拿湯匙舀了一匙加在自己盤子上，小的也立刻抓起湯匙讓自己的分量與姐姐一樣。結果姐姐又舀了一匙。妹妹也不甘示弱加了一匙。姐姐再次朝糖罐伸手。妹妹再次抓起湯匙。轉眼之間一匙又一匙，最後二人的盤子裡都堆起小山般的砂糖，罐子裡已經一匙砂糖也不剩，這時主人揉著惺忪睡眼從寢室出來，又把姐妹倆好不容易舀出來的砂糖通通倒回罐中。看到這種情景，我發現人類在利己主義出發的公平性方面或許比貓強，但智慧反而不如貓族。在我看來不用舀那麼多糖，趁早舔一口才是上策，但照例我講的話他們聽不懂，我只能滿懷同情地待在飯鍋上默默看戲。

與寒月君一同出門的主人不知去了何處，那天晚上很晚才回來，翌日坐到餐桌前已是九點。我又趴在飯鍋上旁觀，只見主人默默吃年糕湯。添了又吃，吃了又添。雖然年糕切得很小，但也吃了六、七塊，最後還剩一塊在碗中，他就放下筷子不吃了。別人如果這麼任性，他肯定不會放過，但他仗著主人的權威得意洋洋，看著混濁的湯中烤焦糊爛的年糕屍骸坦然自若。他的妻子從抽屜深處取出高氏消化劑往桌上一放，主人說，「那個沒有效果，我不吃。」「可是聽說對澱粉類的東西很有效，你還是吃吧。」妻子極力勸說。「不管是澱粉還是什麼都沒用。」主人也很頑固。「你真的是三分鐘熱度。」妻子自言自語。「不是三分鐘熱度，是藥無效。」「可是之前你不是還說很有效、很有效，天天都在服用嗎？」「之前是有效，最近就沒效。」主人像吟誦對句一樣回答。「你這樣一下子吃一下子不吃，就算藥效再好的藥也不管用。如果不肯有耐心一點，胃弱可不像別的病，很難治好喔。」女主人說著扭頭看拿托盤的女傭。「那是真的。如果不再多服用一陣子，很難判定是好藥還是壞藥。」女傭二話不說就聲援女主人。「怎樣都無所謂，總之我不吃就是不吃，你們婦道人家懂什麼，給我閉嘴。」「反正我本來就是婦道人家。」妻子把高氏消化劑往主人面前一推非要他負起責任解決。主人不發一語站起來就走進書房。女主人與女傭面面相覷偷笑。這種時候我如果隨後跟去跳到他膝上，肯定會倒大楣，所以我悄悄從院子繞到書房那邊的簷廊從紙門的縫隙偷窺，只見主人正在翻閱愛比克泰德[27]這個人的書。如果照平常的方式理解那就有點不得了了。過了五、六分鐘他把書往

25 桃川如燕乃當時的說書名人，本名杉浦要助。因擅長講貓的故事，贏得貓如燕之名。
26 格雷（Thomas Gray，1716-1772），英國詩人。
27 愛比克泰德（Epiktetos，約55-135左右），希臘哲學家。屬於斯多葛學派。

桌上重重砸去。我心想就知道會是這樣，一邊繼續注意，這時他又取出日記本寫下以下記述。

與寒月去根津、上野、池之端、神田一帶散步。在池之端的茶室前藝妓穿著下擺有花紋的春裝打羽毛球。衣裳雖美臉蛋卻很醜。和我家的貓有點像。

說到臉蛋醜陋犯不著拿我來舉例吧。我如果能去喜多床[28]讓人家替我刮刮鬍子，也不會比人類差到哪去。人類就是這麼自戀真是傷腦筋。

拐過寶丹[29]的轉角又出現一名藝妓。這個女人的身材修長，削肩的線條很好看，穿的淡紫色衣服看起來也很高雅。露出潔白的貝齒笑著說：「小源昨晚——因為我一時之間太忙了。」但她的聲音如老鴉沙啞枯乾，好好的風采當下大為失色，所以我也懶得再轉頭看她口中的小源是何許人物，袖著手就走到御成道[30]。寒月似乎有點毛躁不安。

人類的心理是天下最難理解的。這位主人現在是生氣還是興奮，或是想從哲人的遺書尋求一絲安慰，我實在不明白。他是在冷笑世人還是想加入世人，是對無聊小事惱火還是超然物外，完全無法判定。貓族在這方面就單純多了。想吃就吃，想睡就睡，生氣時就全力生氣，哭泣時就死命地哭。更不用說日記這種無用的東西，貓族絕不會寫。因為沒必要去寫。像主人這種表裡不一的人，或許有必要偷偷寫日記躲在暗室發洩自己不可告人的真面目，但我等貓族無論行住坐臥、行屎送尿[31]皆是真正的日記，所以用不著那麼大費周章保存自己的真面目。有那個閒功夫寫日記還不如在簷廊睡大頭覺。

在神田某料亭吃晚餐。好久沒喝酒，喝了兩三杯正宗清酒，今早胃腸的狀況非常好。看來晚餐小酌一杯治療胃弱最管用。高氏消化劑當然不行。不管誰說什麼都不行。總之無效的東西就是無效。

主人拼命攻擊高氏消化劑。就像是一個人自己在吵架。今早的怒火在這裡稍微露出尾巴。人類的日記本色或許就在此處。

之前○○說不吃早餐對胃較好所以我試著停了兩三天早餐，但肚子餓得咕嚕叫毫無作用。△△忠告一定要戒除泡菜。照他的說法，一切胃病的根源都在泡菜。只要不吃泡菜胃病的病根就會枯竭，自然會康復。後來我有一個星期都沒碰泡菜但似乎不見成效，所以最近我又開始吃

28 喜多床是當時位於東京帝大正門前的理髮店。
29 寶丹是當時家庭常備良藥的藥名。這裡是指販售該藥的守田寶丹本舖。位於下谷區池之端仲町（現在的台東區上野二丁目）。
30 御成道是神田的萬世橋通往上野廣小路的道路。德川時代，將軍去上野的寬永寺、淺草的淺草寺參拜所經之路因此得名。
31 行住坐臥、行屎送尿皆是指日常生活行為的佛家用語。

了。據××說腹部按摩才是唯一的治法。但一般按摩不管用。只要以皆川流這種古老的按摩手法做個一兩次，大抵上的胃病皆可根治。安井息軒[32]也酷愛這種按摩手法。就連坂本龍馬這樣的大英雄據說也常接受治療，因此我立刻前往上根岸試著按摩。但對方說什麼不按骨頭就治不好，又說什麼如果不顛倒內臟位置就難以根治云云，採用了非常殘酷的按摩手法。事後身體軟綿綿就像得了昏睡病似的，所以我試過一次就放棄了。A君說千萬不能吃固體食物。之後，我嘗試一整天只喝牛奶，但腸子裡咕嚕咕嚕都是水聲好像鬧大水似的令我徹夜難眠。B氏說用橫隔膜呼吸法讓內臟運動的話，胃的功能自然會健全，所以極力勸我試試。這個我也嘗試了一下，但總覺得腹中不安很困擾。而且雖然心裡想著必須一心不亂地呼吸，但過個五、六分鐘就忘了。為了不讓自己忘記，我必須時時意識到橫隔膜，連閱讀和寫作都做不了。美學家迷亭看到我這種模樣，調侃我又不是懷孕的男人還是省省吧，所以最近我已放棄。C老師說吃蕎麥麵應該有益身體，我立刻一碗接一碗吃湯麵與涼麵，但此舉只讓自己拉肚子毫無助益。為了胃弱的毛病我已試過一切方法但全都無效。不過昨晚與寒月喝的三杯正宗清酒的確有效。今後每晚都小酌兩三杯好了。

他這個決定絕不可能維持太久。主人的心情就像我的眼球一樣不停變化。不管做什麼都是三分鐘熱度。而且他在日記裡雖然這麼擔心胃病，表面上卻強裝無事所以才可笑。之前他的友人某學者來訪，基於某種見解，宣稱一切疾病皆是祖先的罪惡與自身罪惡的結果。此人看似做過不少研究，說來頭頭是道有條有理，是非常有說服力的論述。可憐我家主人終究沒有足夠的頭腦與學問可以提出反駁。卻又因為自己正為胃病所苦，所以似乎覺得一定要設法辯解以保全自己的顏面，「你的說法很有趣，但那個卡萊爾[33]也有胃弱的毛病喔。」主人就像要強調卡萊爾胃弱所以自己胃弱也很光榮似的，做出牛頭不對馬嘴的回應。結果友人斷言：「縱使卡萊爾有胃弱的毛病，胃弱的病人也成不了卡萊爾。」主人只能沉默。像他這麼虛榮的人好像還是不要有胃弱的毛病比較好，說什麼從今晚開始小酌一杯實在有點滑稽。仔細想想，他今早吃了那麼多年糕湯或許也是昨晚與寒月君喝清酒的影響。我忍不住也想吃點年糕湯了。

我雖是貓但一般東西都吃。我沒那麼大的心力像車夫家的黑子那樣遠征橫街的魚店，當然也沒資格像小巷的二弦琴[34]師傅家那隻三毛一樣奢侈。因此我很少挑食。小孩吃東西掉落的麵包屑我吃，點心餡我也舔。泡菜雖難吃，但為了增廣見聞我也吃過二片醃黃蘿蔔。一吃之下滋味很奇妙，所以總之基本上我什麼都能吃。像那種這個不要、那個討厭的任性不是教師家的貓應該說的話。照主人的說法，法國有位小說家叫做巴爾札克[35]。此人非常奢侈——不過不是指他挑食，是指他身為小說家對文章很挑剔。巴爾札克有一天想替自己寫的小說中的人物取

---

32 安井息軒（1799-1876），江戶時代的儒學家。漱石的談話《於文章有裨益的書籍》提到他的文章「不輕薄不淺薄是好文」。

33 卡萊爾（Thomas Carlyle，1795-1881），英國批評家、歷史家。漱石的小說中經常提到他，也根據造訪其倫敦舊居的體驗寫了《卡萊爾博物館》。

34 以二根琴弦彈奏的琴。在東京，東流二弦琴為主流。根據漱石夫人鏡子寫的《追憶漱石》，當時漱石住處附近的確住著二弦琴師。

35 巴爾札克（Honoré de Balzac，1799-1850），法國小說家。漱石經常提及。

名，想了半天就是不滿意。這時友人來訪於是相偕出門散步。友人毫不知情就被帶出門，但巴爾札克一邊還在盤算替小說人物取名字，所以來到路上什麼也不做光看商店的招牌。但他還是沒有發現中意的名字。他帶著友人不停走路。友人莫名其妙地跟著走。他們從早到晚在巴黎探險。回程巴爾札克不經意看到裁縫店的招牌。一看之下招牌上寫著馬卡斯這個名字。巴爾札克當下拍手，「就是這個，就是這個。馬卡斯可不就是好名字嗎！在馬卡斯上面加個Z字，就成了完美的名字。非有Z不可。Z.Marcus這個名字實在太棒了。若是自己想出來的名字就算自認很好還是會有點做作的味道不夠有趣。這下子我終於找到滿意的名字了。」他完全忘記友人的困擾，一個人沾沾自喜，為了替小說中的人物取名非得整天在巴黎街頭探險實在太麻煩了。奢侈到這種地步實在令人嘆為觀止，但像我這樣有個閉門不出的牡蠣主人根本不可能那樣做。反正怎樣都行，我只要有吃的就好——會有這種心境也是環境使然吧。所以現在我想吃年糕湯也絕非奢侈的結果，是出於能吃的時候就多吃點的想法，想起主人吃剩的年糕湯或許還留在廚房……我得趕緊繞到廚房瞧瞧。

今早見過的年糕，仍保持今早見過的顏色黏在碗底。我得承認年糕這種東西到現在為止我從未吃過。看起來好像挺好吃的，可是氣味又有點難聞。我用前腳把上面覆蓋的菜葉撥到一旁。看看爪子，年糕表面的皮黏在爪子上牽絲。一聞之下有種鍋底飯移至保溫鍋時的氣味。我該吃嗎？還是該放棄？我四下張望。不知是幸或不幸，誰也不在。女傭年底與春天都以同樣的臉色玩羽毛球。小孩在裡屋唱「你說什麼小兔子」[36]。要吃的話就得趁現在。如果錯過這次機會恐怕到明年都不會知道年糕是何滋味。我在這一瞬間雖是貓卻領悟到一個真理。「千載難逢的機會會讓一切動物都敢鋌而走險。」老實說我並不是那麼渴望吃年糕湯。不，甚至越看碗底的樣子就越倒胃口，已經不想吃了。這時如果女傭拉開廚房門，或者聽到小孩的腳步聲朝這邊接近，我肯定會毫不猶豫地放棄年糕，而且直到明年都不會再想起它。問題是偏偏沒有任何人出現，我遲疑許久也沒人來。我的心情就像被催著叫我快吃快吃。我一邊湊近看碗中，一邊默念若是有誰快來就好了。但還是沒人來。我終於不得不吃年糕湯。最後我把全身重量都落到碗底，張嘴朝年糕邊角一口狠狠咬下。這麼用力咬，一般東西應該都能咬斷，但我嚇到了！我以為沒問題了想縮回牙齒時居然拖不動。我想再咬一次也動不了嘴。當我發覺年糕是妖魔時已經太遲了。我就像陷入泥沼的人急著想把腿拔出來卻越陷越深，我越咬嘴巴就越笨重，牙齒也越發動彈不得。雖有口感，但也只有口感，我完全無法收拾事態。美學家迷亭先生曾批評我的主人是個優柔寡斷的男人，果然形容得很正確。這塊年糕就跟主人一樣怎麼也斷不了。我咬了又咬，就像用十除以三永遠綿綿無盡期。在這煩悶之際我不禁又發現了第二真理。「一切動物皆可憑直覺預知事物的適不適當。」真理已發現二個，但年糕黏在嘴上毫不愉快。牙齒被年糕吸住，像要脫落似的痛得要命。再不趕緊咬斷逃走的話女傭就要來了。小孩好像也唱完歌了，一定會很快跑來廚房。我煩悶至極拼命甩尾巴，但毫無作用，我豎起耳朵或耷拉耳朵但也沒用。仔細想想耳朵與尾巴和年糕一丁點關係也沒有。簡而言之我白搖尾巴了，白豎耳朵了，白耷拉耳朵了，恍然大悟之後我立刻停止。好不容易才想到唯有靠前腳把年糕拍掉才行。我先抬起右腳摸嘴邊。光是用摸的當然不可能切斷。接著我又伸出左腳以嘴巴為中心急劇畫圓。但

36 這是以「嗨嗨烏龜喲」開始的歌曲《兔子與烏龜》（石原和三郎作詞，納所弁次郎作曲）的某句歌詞。

這種咒語還是無法驅魔。我心想耐心最重要，於是左右腳輪流開弓，但年糕依然掛在牙齒上。唉！真麻煩！索性兩腳一起上。頓時不可思議的是唯獨這時我居然用二條後腿站起來了。我覺得自己好像不是貓了。不管是不是貓，到此地步誰還管那麼多，總之一定要驅除年糕妖魔！我鬥志昂揚地拼命撓臉。前腳的運動猛烈所以有點重心不穩幾乎倒下。每次快倒下時都得以後腿撐住，所以不可能待在一個定點，於是我就這樣在廚房到處跳來跳去。連我自己都很佩服自己居然能夠如此身手靈活。第三真理驀然浮現。「臨危之時能為平日所不能為。此為天佑。」幸運得享天佑的我拼命與年糕妖魔大戰，這時忽有腳步聲響起，好像有人從裡屋過來了。這個節骨眼如果有人出現就糟了，於是我更加拼命在廚房亂跑。腳步聲越來越近。啊呀真遺憾，天佑還是少了一點。終於被小孩發現了。「哎呀，貓吃了年糕湯在跳舞！」小孩大喊。聽到叫聲第一個趕來的是女傭。她把羽毛球和球拍一扔就從後門嚷著「天啊！」衝進來。女主人穿著縐綢徽紋和服說：「真是討厭的貓。」連主人都從書房出來說：「這個笨蛋！」連呼有趣的只有小孩。就這樣，大家不約而同哈哈大笑。我很生氣，很痛苦，又不能不跳舞，真是傷腦筋。笑聲本來好不容易快停止了，五歲的小女孩說，「媽媽，貓也很誇張耶。」結果再次以力挽狂瀾之勢掀起爆笑。人類欠缺同情心的行為我也見識過不少了，但這時堪稱最最可恨。天佑終於也消失了，我癱軟伸長四肢趴在走道，甚至眼冒金星醜態畢露只能啞口無言。大概是不忍心見死不救，「幫牠把年糕拿掉。」主人終於命令女傭。女傭以就讓牠多跳一下才好吧的眼神看著女主人。女主人也想看跳舞，但還不至於想害死我所以沒吭聲。「不幫牠拿掉會死，快點拿掉。」主人再次轉頭命令女傭。女傭就像大餐吃到一半被人自夢中叫醒似的，一臉不甘願地用力扯開年糕。我雖非寒月君但差點以為門牙會全部斷掉。她也不管我會不會痛，毫不客氣地拉扯我緊緊卡在年糕裡的牙齒真是受不了。我經驗了「一切安樂皆須經過困苦」這個第四真理，腿軟地四下張望時，家人已經去裡屋了。

這種丟臉的時候待在家裡被女傭看到會有點尷尬。乾脆換個心情去找小巷的二弦琴師傅家的三毛子好了。我從廚房去後門。三毛子是這一帶出名的美女。我的確只是一隻貓，但對人間情愛自有一番理解。在我家看著主人的苦瓜臉、挨女傭的白眼心情鬱鬱寡歡時，我總會來拜訪這位異性朋友天南地北暢談一番。於是，不知不覺心情也好了，之前的憂愁和苦難也全都忘了，好像脫胎換骨。女性的影響實在驚人。我從樹籬的縫隙放眼望去看她在不在，只見三毛子因為過新年特地戴著新的項圈規規矩矩坐在簷廊。她的背部之渾圓，美麗得難以言喻。極盡曲線之美。尾巴彎曲的程度、四肢折起的角度、憂鬱地不停抖動耳朵的景色美妙得難以形容。偏偏她又懶洋洋地優雅端坐在日光充足之處，身體雖擺出肅穆端正的態度，一身宛如天鵝絨的光滑皮毛反射春光，似乎正隨風微微飄動。我心神恍惚地看了一會，好不容易才回過神，同時低聲說：「三毛子，三毛子。」一邊以前腳向她招手。三毛子說，「哎呀，老師。」她走下簷廊。紅色項圈綴的鈴鐺鈴鈴響。咦？到了正月新年還要掛鈴鐺啊，我正在感嘆那音色之優美時，她走到我身旁，「哎呀老師，新年好。」說著把尾巴往左搖。我們貓族互相打招呼時會把尾巴豎直如棒，然後朝左邊轉圈圈。在這一區，會喊我老師的只有這個三毛子。我一如前面聲明的尚無名字，但我棲身教師家所以只有三毛子尊敬地喊我老師。我被尊稱為老師也不反感，所以欣然回應。「啊呀新年好，妳今天可是盛裝打扮哪。」「對，這是去年年底師傅買給我的。不錯吧？」她鈴鈴甩動鈴鐺給我看。「的確音色優美，我活到現在，還沒見過這麼好的東西。」「哎呀少來了，大家都會掛啦。」她再次鈴鈴響。「音色很好聽吧，我很開心。」她繼續鈴呀鈴個鈴地搖響鈴鐺。「妳家師傅看來非常寵愛妳啊。」我與自身相比不禁暗露欣羨之意。三毛子的個性天真，「對呀，師傅簡直把我當成自家孩子。」她純真地笑著。貓不見得不會笑。人類總以為除了自己之外沒別的生物會笑，這是大錯特錯。我笑的時候鼻孔會變成三角形震動喉結，所以人類想必看不出來。「妳家主人到底是何方神聖？」「咦，怎麼問起我家主人，真奇怪。當然就是師傅呀。彈二弦琴的師傅嘛。」「那個我知道。我是問她的身分。她以前應該很有地位吧？」「對。」

「等待你的姬小松……」

這時紙門內的師傅彈奏起二弦琴。「聲音很棒吧？」三毛子很自豪。「是很好聽，但我不太懂。到底是什麼東西？」「咦？那個就是叫做某某的東西嘛。師傅很愛那個。……別看師傅那樣已經六十二囉。還是硬朗得很呢。」六十二歲還活著的確得誇一聲硬朗。我噢了一聲。雖然這樣有點蠢但我想不出別的好答覆所以沒辦法。「別看她那樣，據說以前身分很高貴喔。她每每總是這麼說。」「噢？她以前是什麼身分？」「據說是天璋院夫人[37]的秉筆侍從[38]的妹妹的婆家媽媽的侄子的女兒。」「妳說什麼？」「天璋院夫人的秉筆侍從的妹妹的婆家……」「原來如此。請等一下。天璋院夫人的妹妹的秉筆侍從的……」「哎呀不對啦，是天璋院夫人的秉筆侍從的妹妹的……」「好好好，我知道了，天璋院夫人對吧？」「對。」「秉筆侍從對吧？」「對呀。」「她出嫁了。」「是妹妹出嫁啦。」「對對對我說錯了。是妹妹出嫁的婆家。」「然後是婆家媽媽的侄子的女兒。」「媽媽的侄子的女兒嗎？」「對，你懂了吧？」「不懂。好像太複雜了讓我一腦袋漿糊。總之她到底是天璋院夫人的什麼人？」「你也太笨了吧。就跟你說是天璋院夫人的秉筆侍從的妹妹的婆家媽媽的侄子的女兒，我從剛才不就講過好幾遍了嗎？」「那個我已經完全了解了。」「只要了解那個不就好了。」「是。」我無可奈何只好投降。我們有時不得不說出不合邏輯的謊言。

紙門內的琴聲倏然中斷，師傅喊道：「三毛，三毛啊，吃飯囉。」三毛子很開心，「哎呀師傅在喊我了，我得回去了，可以嗎？」我就算說不可以也沒用。「那你改天再來找我玩。」然後她就鈴鈴響著鈴鐺奔向院子，但她突然又跑回來，「你的氣色很差喲。是不是出了什麼問題？」三毛子憂心地問。我當然不可能說我吃了年糕湯跳舞出醜，「什麼問題也沒有，只是想了一些事情有點頭痛。其實我就是覺得跟妳聊聊天應該會好些才來找妳的。」「這樣啊。那你要多保重。再見。」她看起來有點依依不捨。這下子我被年糕湯打擊的元氣霍然恢復。我的心情大好。回程我想直接穿過那個茶園，於是踩著冰柱開始溶化的屋瓦自建仁寺[39]缺口探頭一看，只見車夫家的黑子正在枯菊上拱起背打呵欠。最近看到黑子我已不再害怕，但被他拉住說話會很麻煩所以我決定就當作沒看到他。以黑子的個性一旦認定別人輕忽了他絕不會保持沉

37 天璋院夫人（1836-1883）是鹿兒島藩主津齊彬的養女，後來嫁給十三代將軍德川家定，家定死後皈依佛門，號天璋院。

38 秉筆侍從（御右筆），掌管文書的武家職銜。

39 建仁寺是將竹子剖開朝外並排編成的圍牆（建仁寺垣）。據說始自京都禪寺建仁寺而得名。

默。「喂，這位無名氏，你最近怎麼變得特別踐。就算吃教師家的飯，也犯不著那麼高傲吧。這麼瞧不起別人太沒意思了。」黑子似乎還不知道我已名聲大噪。我很想向他解釋但他終究不可能理解，於是我決心先打個招呼敷衍一下然後盡快溜之大吉。「嗨，黑兄，恭喜新年好。你還是一樣精神抖擻啊。」我豎起尾巴朝左邊轉圈。黑子只是豎起尾巴並未打招呼。「有什麼好恭喜的？正月如果值得恭喜，那我看你一年到頭都笨得可喜可賀吧。你給我小心點，你這個臭面具臉。」臭面具臉好像是罵人的話，但我無法理解。「請問一下，你說的臭面具臉是什麼意思？」「哼，虧你踐得二五八萬好像多聰明似的，這麼一問就漏餡了吧，當然是正月笨蛋的意思。」正月笨蛋聽來頗有詩意，至於意義，比臭面具臉更令人費解。為了參考起見，我很想請教一下，但即使問了肯定也得不到明瞭的答案，所以我和黑子只是面對面默默站著。一時之間好像有點無所事事。這時黑子家的女主人突然大吼：「咦，我放在架子上的鮭魚不見了！糟糕。八成又被黑子那隻小畜生偷走了。真是該死的貓。等他回來，看我怎麼給他一點顏色瞧瞧！」初春的悠閒空氣被毫不客氣地震動，樹靜風止太平世[40]也變得很俗氣。黑子像要說想罵就儘管罵吧似的一臉無賴，把方形下巴往前伸，示意我聽見那個沒有。之前與黑子交談還沒發現，一看之下他的腳下有一片要價二錢三厘的鮭魚骨頭沾滿泥濘躺在地上。「你還是一樣厲害。」我忘了之前的過節，忍不住獻上讚嘆之詞。黑子可不會因為這種程度的小事就轉怒為喜。「這算什麼厲害，混蛋。一兩片鮭魚算什麼一樣厲害。不要小看別人。老子我可是車夫家的黑子。」他像要擄袖子似地把右前腳反過來舉到肩頭。「你是黑兄這我從一開始就知道了。」「既然知道，還說什麼一樣厲害。這算什麼意思！」他頻頻把熱氣噴過來。若是人類這時大概已被揪住衣襟猛戳胸口了。我有點退縮，內心暗叫不妙，這時又聽到那個女主人的大嗓門。「我說西川家[41]，喂！西川家的，我找你有事啦。你馬上送一斤牛肉過來。知道嗎！聽懂沒有？要挑嫩的牛肉拿一斤喔！」她訂購牛肉的聲音打破四鄰的寂靜。「哼，一年才吃一次牛肉，還故意叫這麼大聲。一斤牛肉就想對鄰居炫耀，所以才說她是難纏的女人。」黑子一邊嘲笑一邊四腳用力撐地。我不知該如何回應只好默默看著。「才一斤肉，我可不滿意，沒辦法，就讓她買吧，我現在就去吃。」他就像那是為自己訂購似地說。「這次你可以吃到真正的大餐了。太好了。」我盡可能好言好語哄他回去。「關你什麼屁事。你給我閉嘴。囉唆！」他說著突然抬起後腿一踢，把融化的冰柱全潑到我頭上。我大吃一驚，正忙著抖落身上的泥濘時，黑子已鑽進籬笆，不知去向。八成是去偷西川的牛肉吧。

回到家，和室裡罕見地春意融融，甚至可以聽見主人開朗的笑聲。我暗自稱奇，自敞開的簷廊進屋走到主人身旁一看，原來有陌生的客人。此人頭髮旁分梳得很整齊，穿著棉質徽紋大褂小倉[42]褲裝，是個看起來極為正派、文質彬彬的男人。再往主人的手爐那個方向看去，春慶塗[43]的漆器菸盒旁放著「謹向您介紹越智東風君　水島寒月」這張名片，於是我得知這位客

40 出自謠曲《高砂》的「四海風平浪亦靜，國治民安時津風，樹靜風止太平世」，形容世間安穩歲月靜好。

41 西川是當時有名的肉店。總店位於小石川表町（現在的文京區），分店位於本鄉東片町（現在的文京區向丘）。

42 小倉織是江戶時代小倉地區（現在的福岡縣北九州）生產的條紋棉布。

43 春慶塗是岐阜縣高山市生產的漆器。

人的姓名，以及他是寒月君的友人。因為主客正在對話途中我不知前後原委，但好像與我上次介紹的美學家迷亭君有關。

「所以他說主旨頗有意思，希望我能夠跟他一起去。」客人從容不迫地說。「你說去那家西洋餐廳吃午飯的主旨有意思，是怎麼回事？」主人添滿茶水推到客人面前。「這個嘛，所謂的主旨，我本來也不懂，不過以那位的作風，我當下猜想應該是有什麼好玩的把戲……」「原來如此，所以你就跟他一起去了嗎？」「結果我大吃一驚。」主人就像是要說你看吧朝趴在膝上的我頭頂狠狠一拍。我有點痛。「他又做了什麼荒唐耍寶的事對吧？那傢伙就是有那種癖好。」他忽然想起安德烈亞．德爾．薩爾托事件。「嘿嘿。他問我要不要吃特別的東西。」「你吃了什麼？」「他先看著菜單針對種種料理評論了一番。」「是在用餐之前嗎？」「對。」「後來呢？」「後來他就扭頭看著服務生說，好像沒有特別的菜色，服務生不服氣地說來份烤鴨肉或烤小牛骨如何，迷亭老師說，我可不是為了吃那種平平無奇的月並[44]貨色才專程上門，服務生不懂月並的意思所以臉色古怪地緘默不語。」「我想也是。」「後來他就轉頭對我說：去法蘭西或英吉利可以盡情享用天明調[45]或萬葉調[46]，但在日本，不管去哪都是一個模子印出來的，害我實在提不起勁上西洋餐廳。他說話的氣燄很囂張——那位先生真的去西洋留學過嗎？」「迷亭才不會去留什麼學，當然他有錢，有閒，只要想去隨時都可以出國。他八成是把今後打算去的地方，當成去過的經歷在講笑話。」主人自以為妙語如珠忍不住笑了。但客人似乎不怎麼欣賞。「是這樣嗎？我也打算將來有機會要出國，所以忍不住認真洗耳恭聽。而且他形容蛞蝓湯和青蛙濃湯時就好像真的去過。」「那大概是他從誰那裡聽說的吧。他本來就很擅長說謊。」「看來似乎是。」客人說著眺望花瓶中的水仙。露出有點遺憾的神色。「那所謂的主旨，就是那個嗎？」主人向他確認。「不，那只是開頭，精采的還在後面。」「嗯——」主人插嘴發出好奇的感嘆詞。「後來他說，就算想吃蛞蝓和青蛙也不可能吃到，就拿橡面坊[47]湊和一下吧。聽到他這麼跟我商量，我也不禁隨口說，可以呀。」「噢？突然冒出橡面坊倒是奇怪。」「對，非常奇怪，但迷亭老師的態度太正經，以致於我竟然毫無所覺。」他看起來就像是對著主人道歉自己的疏忽。「後來怎樣了？」主人不當回事地問。對於客人的謝罪他絲毫不表同情。「後來他就對服務生說：喂，送二份橡面坊（tochimenbo）來！服務生反問是西式肉餅（menchibo）嗎，迷亭老師益發正經地糾正說不是西式肉餅是橡面坊。」「原來如此。真的有橡面坊這道菜嗎？」「誰知道，我也覺得有點可笑，但老師的態度非常沉著，而且看起來又是西洋通，再加上那時我深信他去過外國，所以我也跟著插嘴告訴服務生是橡面坊啦橡面坊。」「那服務生怎麼說？」「服務生啊，現在回想起來實在滑稽，他想了一下說，非常抱歉今天不巧橡面坊已賣完若是西式肉餅倒是立刻可以提供二人份，老師聽了一臉遺憾說，那我特地上門就失去意義了。難道不能設法讓我們吃到橡面坊嗎？還給服務生二毛錢小費，服務生說那他先去和廚師商量看看然後就去後面廚房了。」「看起來真的很想吃橡面坊啊。」「過了一會服務生出來說，真的很抱歉，若要烹調的話恐怕得等一段時間。迷亭老師聽了一派從容說，反正我們正月過年閒著也是閒著，那就

44 每月都有故稱「月並」。在此是借用正岡子規批判老派庸俗俳句之語。

45 天明調是安永．天明年間（1772-1789），与謝蕪村等人提倡重歸芭蕉的風格興起的俳句風。

46 萬葉調是指具有《萬葉集》詩歌特色的格調，率直表現生活中的素樸感動。

47 漱石故意用俳人橡面坊（安藤連三郎）的俳號當成西洋料理的名稱。

多等一會再吃，說著從口袋取出香菸開始吞雲吐霧，我也沒辦法，只好從懷裡取出日本新聞[48]瀏覽。於是服務生又到後面去商量了。」「哎呀真是麻煩啊。」主人抱著閱讀戰時通信的激動把椅子往前拉。「然後服務生又出來了，很愧疚地說，現在橡面坊的材料已用完，不管去龜屋[49]或橫濱的十五番[50]都買不到，所以暫時無法供應。老師說那真是傷腦筋，枉費我們特地前來。說完看著我一再如此聲稱，我也不好意思保持沉默，只好也跟著說真遺憾，太遺憾了。」「有道理。」主人大表贊成。哪裡有道理我可不懂。「結果服務生也面露同情說，改天材料齊全了，還請再來光顧。老師問材料用些什麼，服務生只是嘿嘿笑不回答。老師又問材料應該是日本派[51]的俳人吧，服務生說，是的，所以最近去橫濱也買不到，實在很遺憾。」「啊哈哈哈！那就是故事結局嗎？這倒有意思。」主人前所未有地放聲大笑。他的膝蓋跟著晃動差點害我掉下去。主人還是不當一回事地大笑。得知上了安德烈亞．德爾．薩爾托這種當的不只自己一人，他似乎忽然變得很愉快。「後來我倆離開餐廳後，老師說：怎樣？很好玩吧？用橡面坊當幌子很有意思吧？看起來非常得意。我說佩服之至，就此告別，其實午餐時刻延誤已經快要餓死了，傷腦筋。」「那你真是倒楣。」主人頭一次表示同情。對此我毫無異議。過了一會二人聊完了，我的喉頭咕嚕響的聲音傳入主客雙方的耳中。

東風君一口喝光冷掉的茶，「其實我今天來，是有點事想拜託您。」他鄭重表示。「噢？有何貴幹？」主人也不甘示弱。「如您所知，我熱愛文學美術……」「那很好呀。」主人加油打氣。「我和一些同好之前組織了朗讀會，每月聚會一次，今後也打算繼續這方面的研究，第一次聚會已於去年年底召開。」「我想先請教一下，說到朗讀會，好像是配上什麼節奏朗誦詩歌文章之類，實際上到底是怎麼進行呢？」「先從古人的作品開始朗讀，將來也打算讀同人的創作。」「古人的作品是指白樂天的琵琶行[52]那種作品嗎？」「不是。」「那是蕪村的春風馬堤曲[53]那種嗎？」「也不是。」「那麼，到底是哪種作品呢？」「之前我們朗讀的是近松的殉情故事[54]。」「近松？你是說淨琉璃的近松？」近松沒有第二個。說到近松當然只能是指戲曲家近松。我認為這樣反問的主人太傻了，但主人啥也不明白還仔細撫摸我的頭。這世間總有人把斜視當成拋媚眼，所以這點誤會不足為奇，我乾脆任由主人撫摸了事。「對。」東風子回答後窺視主人的神色。「那麼，是一個人朗讀？還是分配角色一同表演？」「分配角色後互相競演。這個主意是為了盡量對作中人產生移情作用以便發揮人物性格，還會添加手勢與身段動作。對白以摹仿那個時代的人物為主，無論是千金小姐或小廝，都盡量表現出那個人物的特色。」「那麼，豈不是等於演戲？」「對，只差沒有戲服與舞台布景。」「不好意思，請問那樣做成功

48 日本新聞，是明治二十二年陸羯南創刊的報紙《日本》（大正三年終刊）。除了新聞報導的論述，也成為子規的俳句、短歌革新運動的據點。

49 龜屋是當時位於京橋區竹川町（現為中央區銀座七丁目），直接進口西洋食品、菸酒的零售店。

50 指本為居留地的山下町（現為中區山下町）十五番地，但該地址並無此店。不過山下町有許多外國人經營的銀行與商館，商館之中也有許多經手食品、雜貨、啤酒等進出口商品的店家。

51 日本派，以子規為中心，透過報紙《日本》推動俳句革新運動的俳人們。橡面坊也屬於該派。

52 唐朝詩人白樂天（白居易，772-846）的長篇七言古詩。白樂天是平安朝以來在日本最受喜愛的中國詩人之一。

53 春風馬堤曲是俳人与謝蕪村（1716-1783）的詩篇。

54 江戶時代的淨琉璃、歌舞伎作者近松門左衛門（1653-1724）描寫殉情的作品。包括《曾根崎心中》及《心中天網島》等。

嗎？」「就第一回的成果而言我認為很成功。」「那麼你說上次演出的殉情故事是？」「就是船夫載著客人去芳原[55]那一段。」「你可選了不得了的一幕。」當教師的人不禁微微歪頭。鼻子噴出的日出煙霧掠過耳旁繞到臉側。「小意思，其實沒那麼聳動，登場人物只有船客、船夫、花魁與仲居與遣手還有見番[56]。」東風子坦然自若地說。主人聽到花魁這個名詞時神色略顯不悅，但對仲居、遣手、見番這些專業術語似乎沒有明瞭的知識於是先提出疑問。「仲居是指青樓的婢女嗎？」「我還沒有仔細研究，不過我想仲居應該是茶屋的下女，遣手大概是娼館的助手吧。」東風子剛才還誇口說為了表演那個人物會摹仿聲調動作，但他顯然對遣手和仲居的特性並不是很清楚。「原來如此，仲居隸屬茶屋，遣手住在娼館是吧。那麼見番是指人還是指一定的場所呢？如果是指人，那是男的還是女的？」「我想見番應該是男的。」「他的職責又是什麼呢？」「我還沒有研究到那麼詳盡。改天我會再調查看看。」就憑他這副德性，表演當天一定出現了很無厘頭的成果吧。我忍不住偷偷仰望主人的臉孔。主人異常認真。「那麼朗讀家除了你之外還有什麼人呢？」「有很多人。花魁是由法學士K君扮演，他蓄著鬍子，要摹仿女人甜美的嗓音有點奇怪。而且那個花魁很容易發脾氣……」「朗讀時也得發脾氣嗎？」主人憂心地問。「對，總之表情也很重要。」東風子儼然以文藝家自居。「那他順利發脾氣了嗎？」主人說出一針見血的問題。「唯有發脾氣這部分，第一回有點辦不到。」東風子也說出一針見血的回答。「對了，你是扮演什麼角色？」主人問。「我是船夫。」「噢——你是船夫。」主人的語氣中隱約透露你能當船夫的話那我也能當見番的味道。之後，「你扮船夫不行吧？」他毫不掩飾地直接挑明。東風子看起來倒也沒生氣。還是以沉著的語氣解釋：「就是那個船夫的角色讓好好的活動虎頭蛇尾地草草收場。會場隔壁住了四、五個女學生，不知怎麼聽說的，她們探聽到那天要舉辦朗讀會，於是躲在會場外的窗下偷聽。我用船夫的嗓音朗讀，好不容易進入狀況正覺得這下子沒問題，表演得很得意時，……簡而言之大概是我的動作太誇張吧，本來還勉強忍耐的女學生一下子哄然爆笑，我一方面是被嚇到，一方面也覺得丟臉，於是心生退縮，後面實在表演不下去了，只好就此散會。」就第一次的成果而言號稱很成功的朗讀會竟然是這副德性，那麼失敗時又該是怎樣？這麼一想不禁失笑。我忍不住喉嚨咕嚕響。主人越發溫柔地撫摸我的頭。因為嘲笑別人而得到寵愛本該感激，但難免也有點詭異。「那真是不幸還請節哀。」主人大過年的就講出弔唁之詞。「所以第二次我們打算賣力表演辦得更盛大，今天來訪也正是為了那個，我們希望老師也能加入共襄盛舉。」「我可發不了那種脾氣喔。」消極的主人立刻想拒絕。「不，用不著您表演發脾氣，這裡是贊助者的名冊。」東風子說著從紫色的包袱小心翼翼取出小菊版[57]的冊子。「希望您能在這上面簽名蓋章。」他把冊子翻開放在主人的膝前。一看之下，上面密密麻麻寫滿當今知名的文學博士與文學士的姓名。「當贊助者不是不行，不過有什麼義務嗎？」牡蠣老師看起來還是有點不放心。「說到義務倒也沒有特別要麻煩您的，只要寫下大名表達您的贊成之意就夠了。」「那我就加入。」得知不須盡義務，主人頓

---

55 芳原是江戶東京的紅燈區。通常寫成「吉原」。

56 藝妓與出場見客的地方（茶屋、料亭等）之間的連絡事務所。也寫成檢番。源自為取締藝妓賣春而創設的見番所。

57 「小菊」是用來做草紙之類的小型粗紙。指那麼大的版本。通常寫成小菊判。

時輕鬆多了。如果人家說連責任都不須負，看他的表情大概連叛變謀反的連署書也敢簽名。況且在這麼多知名學者的名字中光是加入自己的姓名，對過去沒遇過這種事的主人就已是無上光榮了，難怪他答應得這麼爽快。「抱歉失陪一下。」主人說著起身去書房拿印章。我立時跌落到榻榻米上。東風子拈起點心碟中的蛋糕塞進嘴裡。默默咀嚼半天好像噎到了。我不免又想起今早的年糕湯事件。主人從書房拿印章出來時，蛋糕正好落進東風子的胃裡。主人好像沒發現點心碟的蛋糕少了一片。如果發現了，第一個被懷疑的肯定是我。

東風子離去後，主人走進書房看著桌上，不知幾時收到迷亭先生的來函。

「謹賀新年。……」

主人覺得對方難得這麼正經。迷亭老師的信幾乎從未正經過，上次甚至還說什麼「之後沒有婦人可愛慕，也沒收到香豔情書，正在無事消磨之際，還請安心」。相較之下這封賀年信倒是難得地符合世情。

「本想到府上拜訪，奈何與尊兄的消極主義不同，敝人盡可能採取積極方針，計畫迎接這千古未有的新年，因此每日忙得眼花繚亂，還請見諒……」

原來如此，以此人的作風，正月肯定忙著到處玩耍。主人在內心同意迷亭君。

「昨日偷閒片刻，本想請東風子品嘗橡面坊大餐，不巧材料缺貨無法如願，誠感遺憾。……」

果然又來那套了，主人默默微笑。

「明日有某男爵的紙牌會，後天是審美學協會的新春酒會，大後天是鳥部教授歡迎會，再後天是……」

真囉唆，主人直接跳過。

「以上的謠曲會、俳句會、短歌會、新詩會等聚會頻仍，因此暫時無暇造訪，只好以賀卡聊表問候之意還請原諒不周之處。……」

你不來也無所謂。主人對著信回答。

「下次大駕光臨時盼能共享晚餐。寒舍廚房雖無山珍海味，但至少會準備橡面坊……」

怎麼又是橡面坊。真是沒禮貌！主人有點氣惱。

「不過橡面坊最近材料缺貨，說不定到時無法供應，屆時不如品嘗孔雀舌的風味。……」

這是做好兩手打算啊，主人急著想讀下文。

「如你所知，一隻孔雀的舌肉分量不到小指頭的一半，因此為了滿足尊兄健啖的胃袋……」

少來了！主人不屑地說。

「總共必須捕獲二、三十隻孔雀才行。但孔雀在動物園或淺草花屋敷[58]等處尚可一見，普通鳥店向來難以買到，因此深感苦惱。……」

這是你自己要苦惱我可沒有求你！主人絲毫不覺感謝。

「這道孔雀舌料理在昔日羅馬全盛期，據說有一陣子非常流行，堪稱豪奢風流之極，平時就暗自食指大動，因此尚祈明察……」

明察個屁，神經病！主人頗為冷淡。

---

58 位於淺草公園西北部第五區的遊覽場。名稱起自盆栽展示場，之後有動物園、水族館、全景展覽場、馬戲團等區併設。

「到了十六、七世紀左右全歐的宴席都已少不了孔雀這道佳餚。雷斯特伯爵[59]招待伊莉莎白女王於肯尼沃斯[60]時記得也用了孔雀。有名的林布蘭[61]畫的饗宴圖中也有孔雀開屏躺臥桌上……」

有時間寫這種孔雀料理史，看來此人也沒那麼忙碌嘛。主人發牢騷說。

「總之最近一再赴宴吃大餐，就連小弟只怕也會在不久的將來如尊兄一般罹患胃弱……」

如尊兄一般這句太多餘了。犯不著拿我當胃弱的標準。主人嘀咕。

「根據歷史家的說法，羅馬人一天要開兩三次宴會。一日連吃兩三次方丈食饌[62]的話就算胃腸再好的人也會消化功能失調，因此自然會像尊兄一樣……」

怎麼又提到像尊兄一樣，真沒禮貌。

「奢華與健康能否兩全？努力研究的他們認為在貪求多量滋味的同時，也有必要讓胃腸保持常態，於是想出一個祕法……」

是什麼呢？主人忽然熱心起來。

「他們在餐後必定會入浴。入浴後以某種方法將入浴前吃的東西悉數吐出，清掃胃內。胃內清空後再次在餐桌坐下，享用珍饈直到飽足，然後再去入浴催吐。只要這麼做即可盡情享受愛吃的東西又不會對內臟諸處產生障害，我認為一舉兩得說的就是這種事……」

原來如此，的確是一舉兩得。主人露出羨慕的神色。

「二十世紀的今日交際頻繁，宴會增加已毋庸贅言，又逢軍國多事征俄的第二年，吾人身為戰勝國國民，自信必有機會效法羅馬人研究這入浴嘔吐之術。否則泱泱大國之民也將在不久後悉數成為尊兄這樣的胃病病夫不免令人暗自痛心……」

幹嘛又提到像尊兄這樣！真是氣人，主人暗想。

「此際如吾人通曉西洋情事者考究古史傳說，若能發現早已廢絕之祕法，應用於明治社會想必應有防患於未然的功德，愚弟平日擅長逸樂此舉也算是報恩……」

怎麼覺得怪怪的，主人納悶地歪頭。

「因此之前涉獵了吉朋、蒙森[63]、史密斯[64]等諸家著作卻至今未找到線索實感遺憾。不過如您所知，小弟一旦起意，事不成功向來絕不中止，因此我深信嘔吐祕方再興之日應亦不遠。謹將小弟之發現報告如上，尚請察查。前面提及的橡面坊及孔雀舌大餐，也會盡量在上述嘔吐祕方發現後再提供，否則小弟的情況自不待言，尊兄本已受胃弱所苦，為尊兄著想還是謹慎為宜。匆匆不再贅述。」

---

59 雷斯特伯爵（Earl of Robert Dudley Leicester，約1532-1588），十六世紀的英國政治家、軍人。深受女王伊莉莎白一世的寵愛。

60 肯尼沃斯（Kenilworth），英格蘭中部，渥里克郡的地名。此地有伊莉莎白一世送給雷斯特伯爵的城堡。

61 林布蘭（Rembrandt Harmensz van Rijn，1606-1669），荷蘭畫家。繪有描寫餐桌上孔雀的《和莎斯姬亞一起的自畫像》。

62 指一丈（約三公尺）見方的餐桌放滿佳餚。《孟子》有「食前方丈，侍妾數百人」。

63 蒙森（Theodor Mommsen，1817-1903），德國歷史家。以《羅馬史》聞名。

64 史密斯（William Smith，1813-1893），英國古典學者。漱石的藏書中也有史密斯編纂的《古代希臘．羅馬傳記神話地理辭典》。

搞什麼，結果還是被唬弄了嗎？對方寫得太正經所以看到最後忍不住當真了。新年一開始就搞這種惡作劇的迷亭果然很閒，主人笑著如此說。

之後那四、五天風平浪靜地過去了。白瓷花瓶的水仙慢慢凋謝，青釉花瓶的梅花雖是養在瓶中卻也漸漸綻放，老是望著那個打發時間也沒意思，我去找過三毛子一兩次但都沒遇上。起初我以為她不巧外出，第二次才知她生病臥床。紙門內，那位師傅與女傭的對話，被我躲在洗手缽的葉蘭陰影後聽到。內容如下：

「三毛吃飯了嗎？」「沒有呢，今早什麼都沒吃，為了保暖我把牠放在暖桌睡覺。」聽來不像照顧貓。簡直把三毛當人看待。

與自己的境遇對照之下我不免有點羨慕，但另一方面想到自己心愛的美貓受到如此寵愛也很開心。

「真是傷腦筋。如果不吃東西，身體只會越來越累。」「就是啊。就連我們只要一天不吃飯，隔天也會沒力氣工作呢。」

女傭的回答似乎把貓當成比自己高級的動物。實際上在這個家或許貓的確比女傭更重要。

「帶去給醫生看過了嗎？」「是的，那個醫生也很奇怪呢。我抱著三毛去診療室，他居然問我是不是感冒了然後想替我把脈。我連忙說不不不病人不是我。是這隻。然後讓三毛在我膝上坐好，結果他嘻嘻笑著說，貓的疾病我不懂，放著不管牠應該自然就會好。您說他是不是太過分了？我很生氣，就回嘴說那不必你幫貓看病了，這可是我家的寶貝貓，然後把三毛抱在懷裡匆匆回來。」「真是的。」

「真是的」是在我家絕對聽不到的說法。果然必須是天璋院夫人的某某的某某才能使用，我不禁為其高雅而讚嘆不已。

「牠好像喘個不停……」「對，一定是感冒了尊喉疼痛。感冒的時候，任誰都會有點御咳嗽……」

不愧是天璋院夫人的某某的某某的女傭，遣辭用字非常恭敬。

「而且聽說最近還有什麼肺病。」「就是啊，最近一下子肺病一下又什麼瘟疫，新疾病越來越多，實在不可大意啊。」「舊幕府時代沒出現的東西沒一個是好東西，妳也要小心才是。」

「您說得是啊。」

女傭非常感動。

「雖說是被傳染感冒但牠好像也很少出門……」「哎喲別提了，我告訴您，牠最近交到壞朋友喔。」

女傭像要透露國家機密般得意非凡。

「壞朋友？」「對，那條大馬路的教師家不是養了一隻骯髒的公貓。」「妳說的教師，是那個每天早上粗魯吼叫的人嗎？」「對，就是那個每次洗臉都發出殺雞般怪叫的人。」

殺雞般的怪叫這個形容很妙。我家主人每天早上在浴室漱口時，習慣拿牙籤戳喉嚨毫不顧忌地發出怪聲。心情欠佳時格外大聲地嘎嘎嘎，心情好時更是精神十足地嘎嘎嘎。換句話說無論心情好或壞總是無休無止氣勢驚人地嘎嘎嘎。據我家女主人表示，搬來此地前主人還沒有這種毛病，有一天不經意做出此舉後直到今天一日也沒停過。這種怪癖有點麻煩，我等貓族委實無法想像他何以能夠如此有毅力地持續做這種事。不過撇開那個不談，「骯髒的貓」這種評語未免太殘酷，我急忙豎起耳朵繼續聽。

「發出那種聲音不知是什麼詛咒。明治維新前即便是下等武士或拿草鞋的小廝也懂得相應的禮儀作法，在平民街，更是沒有一個人會那樣洗臉。」「您說得是啊。」女傭拼命嘆服時，很喜歡用「啊」這個語尾詞。

「那種主人養的貓，八成也是流浪貓，下次那隻貓再來就把牠趕走。」「我當然會趕走，三毛生病肯定也是那傢伙害的，我一定會替牠報仇。」

這真是不白之冤。看來這下子沒希望接近了，於是我沒見到三毛子的面只能悵然返家。回來一看，主人正在書房沉吟執筆。如果把我在二弦琴師傅那裡聽到的評語告訴他，他一定會暴跳如雷，俗話說無知是幸福的，他可以一邊嗯嗯有聲一邊成為神聖的詩人。

就在這時，自稱分身乏術無法來訪還特地寄賀年卡來的迷亭君飄然出現了。「你在做什麼新體詩嗎？有趣的話給我瞧瞧。」他說。

「嗯，我覺得是不錯的文章所以正想翻譯。」主人凝重地開口。「文章？誰的文章？」「不知道是誰的。」「無名氏嗎？無名氏的作品也有很棒的所以不可小覷。原文到底在哪裡？」迷亭問。「第二讀本[65]。」主人從容不迫地回答。「第二讀本？第二讀本怎麼了？」「我是說我正翻譯的名文就在第二讀本當中。」「開什麼玩笑。你這是為了孔雀舌一事想報復我吧？」「我才不像你這樣愛吹牛。」主人說著拈鬚。看似泰然自若。「昔日某人對山陽[66]說，老師近日沒有名文嗎？據說山陽拿出馬夫寫的討債書說近來的名文首推這個。所以你的審美眼光說不定意外精準。拿來讓我瞧瞧，我幫你評論一下。」迷亭老師說得好像自己是審美專家。主人以禪宗和尚朗讀大燈國師[67]遺誡的聲調開始朗讀。「巨人，引力。」「那個巨人引力是什麼玩意？」「題目就叫做巨人引力。」「真是古怪的標題，我完全無法理解。」「意思姑且是說有一個巨人名叫引力。」「這個意思還真有點勉強，不過既然是標題那就先撇開不談了。還是趕緊讀正文吧，你的聲音好聽所以還挺有意思的。」「你可不准插科打諢喔。」主人先這麼聲明後再次開始朗讀。

凱特自窗口向外望。小童正在丟球玩耍。他們把球高高扔向空中。球不停往上飛。過了一會才落下。他們又把球高高扔起。一而再再而三。每次球被扔起又落下。球為何會落下？為何不能繼續往上飛？凱特問。「因為巨人住在地裡。」母親回答。「他是巨人引力。他很強大。他把萬物都拉向己身。他把家屋拉在地上。不拉住的話就會飛走了。小朋友也會飛走。妳不是看到樹葉掉落嗎？那就叫做巨人引力。妳應該有書本掉落的經驗吧？那都是巨人引力在呼喚。球飛上天。巨人引力呼喚。呼喚之後就掉下來。」

---

65 當時中學用的英語教科書多半分為五卷，此處應是指那個的第二卷。其中之一 Longmans' New Geographical Readers 的第二讀本中，據說有母親教導女兒引力的 The Force of Gravity 這一章。

66 江戶後期的儒學家、史家賴山陽（1780-1832），以文章著稱，但漱石對其頗多批判（談話《於文章有裨益的書籍》）。

67 大燈國師，鎌倉時代的禪僧妙超（1282-1337）。臨濟宗大德寺的開山始祖。有《大燈國師語錄》三卷。

「就這樣嗎？」「嗯嗯，很棒吧？」「哎呀這真是令人敬畏。沒想到會從意外之處收到橡面坊的回禮。」「這才不是什麼回禮，是因為文章真的寫得好我才試著翻譯。你不這麼認為嗎？」他看著金框眼鏡的後方。「真是意想不到。沒想到你居然有這種技倆，這次真的是上當了。我投降。」迷亭逕自認輸，一個人喋喋不休。主人完全不懂。「我壓根沒想過要讓你投降。我真的只是覺得文章很有趣才嘗試翻譯。」「哎，的確有趣。這才是真貨色。算你厲害。佩服佩服。」「用不著那麼佩服。反正我最近已經放棄水彩畫了，我想寫文章來代替。」「遠近無差別黑白平等的水彩畫怎能拿來相提並論。小弟佩服得五體投地。」「被你這麼誇獎我都躍躍欲試了。」主人從頭到尾都誤會了人家的意思。

這時寒月君說著「上次不好意思」也走進來。「啊呀失敬。方才聽了精彩文章才剛剛讓橡面坊的陰魂退散。」迷亭老師的話中暗示莫名其妙之意。「噢，這樣嗎？」這也是莫名其妙的回應。唯有我家主人似乎不怎麼開心。「上次你介紹的越智東風這個人來過。」「噢，他來過嗎？那個越智東風是個非常正直的男人，就是個性有點古怪，或許會給你帶來麻煩，但他拜託我一定要替他介紹……」「倒也不至於麻煩啦……」「他來了以後，關於自己的姓名也沒有做任何辯解嗎？」「沒有，他好像連那方面的話題都沒提到。」「這樣啊，他不管去哪裡，面對初次見面的人總是習慣講解自己的名字。」「什麼樣的講解？」唯恐天下不亂的迷亭君迫不及待插嘴。「因為他很計較那個東風的發音。」「噢？」迷亭老師從金唐皮[68]的菸盒拈出一根香菸。「他總是會先聲明：我的名字越智東風不是念成Ochi Toufu，應該念成Ochi Kochi。」「果然古怪。」說著把雲井[69]菸深吸進腹底。「那純粹來自他對文學的熱情，念成Kochi的話連在一起發音會變成『遠近』這句成語，不僅如此，他很得意地表示那個姓名還押韻。所以如果念錯發音，他會抱怨說枉費自己一番苦心卻無人賞識。」「果然很奇怪。」迷亭老師得意忘形自腹底將雲井菸從鼻孔噴出。途中煙霧迷路差點飄往咽喉的出口。老師握著菸管嗆得猛咳。「上次他來我家時，他說在朗讀會扮演船夫結果被女學生嘲笑。」主人笑著說。「嗯，就是那個！就是那個！」迷亭老師拿菸管敲膝頭。我差點被波及連忙稍微離他遠一點。「就是那個朗讀會。之前請他吃橡面坊時，就提到那件事。據說第二次聚會想邀請知名文人盛大舉行，所以他說希望老師也務必光臨。後來我問他這次是否也打算表演近松的故事，他說這次選了更新的題材，要朗讀《金色夜叉》這本小說，我問他扮演哪個角色，他說是女主角阿宮。東風扮演的阿宮肯定很有趣。我打算準時出席好好喝采一番。」「八成會很有趣吧。」寒月君也笑得古怪。「不過那個男人非常誠實毫無輕浮之處所以我很欣賞他。他和迷亭有天壤之別。」主人把安德烈亞．德爾．薩爾托與孔雀舌與橡面坊的仇一次都報了。迷亭君似乎不以為意，「反正我就是行德之俎[70]。」他說著笑了。「應該可以這麼說吧。」主人說。其實行德之俎是什麼意思主人根本不知道，但他不愧當過多年教師，含糊其詞地敷衍過去，原來像這種時候教書的經驗也能應用在社交上。「行德之俎到底是什麼意思？」寒月倒是很坦率地發問。主人看著

68 金唐皮，在薄皮上以金泥畫出種種圖案。

69 雲井，香菸的商品名。不是紙菸，是以菸管吸的菸草。

70 行德之俎，形容人愚蠢惡劣的諧音雙關語。據說因行德是傻瓜貝的產地，傻瓜貝放在砧板（俎）上會刮傷砧板（惡劣與刮傷同音）。

地板，「那盆水仙是年底我去澡堂回來的路上買來插的，很持久吧？」硬是把行德之俎按下不表。「說到年底，去年年底我經歷了不可思議的體驗。」迷亭把菸管像表演大神樂[71]般以指尖旋轉。「是什麼樣的經歷，你說說看。」主人見行德之俎似乎已被遠遠甩在後頭，暗自鬆了一口氣。至於迷亭老師不可思議的經歷，一聽之下內容如左。

「我記得是年底的二十七日。因為那個東風已經事先知會我想來登門請教文藝方面的事，所以我一早就在等候，但他遲遲未見蹤影。吃了午飯我正在暖爐前看巴利．潘[72]的滑稽讀物時，收到靜岡的母親來信，一看之下老人家永遠把我當成小孩子。說什麼天氣冷叫我晚上別出門，沖冷水澡沒關係但一定要燒暖爐把室內弄熱一點否則會感冒等等。有父母實在很幸福，外人絕不可能做到這種地步，即便是溫吞的我這時也非常感動。光是衝著這點，繼續這樣閒散度日也太浪費。我應該寫個偉大著作宣揚家聲才是。我忽然很想趁著母親還在世揚名天下，讓世人皆知明治文壇有個迷亭老師。後來我又繼續看下去，母親在信上寫著：你可真有福氣，與俄國開戰後年輕人非常辛苦，努力報效國家，可是你卻年底也如正月一樣輕鬆遊玩。——我根本沒有像母親以為的那樣遊手好閒——之後她在信上列舉了我的小學時代友人在這次戰爭死亡或負傷的名單。一一閱讀那些名字時，我忽然覺得世間很無趣，人類也很無聊。最後，她在信上又提到自己的年紀也大了，這次或許是最後一次煮新春的年糕湯慶祝新年……看到母親寫這種喪氣話，我的心情更加煩躁，我心想東風要是能早點來就好了，可東風偏偏就是不見人影。終於到了吃晚飯時，我想寫回信給母親，稍微寫了十二、三行。母親的信長達六尺以上，但我實在沒那種本事，每次都在十行左右就結束了。結果我坐了一整天都沒動，胃有點不對勁很難受。我當下心生一念，決定東風如果來了就讓他乾等著，自己就當是去寄信順便散步。我沒有朝平日散步的富士見町方向走去卻不知不覺走向河堤三番町。那晚正好有點陰霾，風從護城河的對面吹來。非常寒冷。神樂坂那頭有火車[73]咻咻叫著經過河堤下方。我感到異常寂寥。歲暮、戰死、衰老、無常迅速等等字眼在腦海中不停盤旋。我想起經常聽說有人上吊，或許就是在這種時候不意間被誘惑產生尋死的念頭。我稍微抬頭仰望河堤上方，這才發現不知幾時已來到那棵松樹的正下方。」

「那棵松樹，是什麼？」主人插嘴打斷。

「就是上吊松。」迷亭領子一縮。

「上吊松應該在鴻台那邊吧？」寒月把話題扯遠。

「鴻台那個是吊鐘松[74]，河堤三番町這邊的是上吊松[75]。為什麼會取這樣的名稱呢？根據自古以來的傳言，無論是誰只要來到這棵松樹下都會想上吊。河堤上有幾十棵松樹，但是如果

71 大神樂，轉盤子之類的雜耍特技。本是街道賣藝，後來也成為宴席表演。
72 巴利．潘（Barry Eric Odell Pain，1864-1928），英國小說家。
73 指私鐵甲武線（現在的JR中央線），當時運行至甲府。
74 鴻台是千葉縣市川市的江戶川東岸山丘。天文七年（1538），足利義明與北條氏綱對戰時，據說義明這方把慈雲寺（現船橋市內）的梵鐘，吊在鴻台陣內的松枝當成出陣鐘敲響。
75 土手三番町是市谷御門南側，面向外濠溝一帶的地名（現為千代田區）。此處的松樹據說常有人上吊，永井荷風的《東京風俗談》等回想文中即有提到。

發現有人上吊必然是掛在這棵松樹上。一年總有那麼兩三次。絕對不會在別的松樹吊死。一看之下，原來樹枝正巧朝道路橫向伸出。啊啊這樹枝長得好。那樣放著不用太可惜了。好想在那裡吊個人試試，有沒有誰會來呢？四下一看不巧沒半個人影。沒辦法，說不得只好自己去上吊。不不不，自己上吊就沒命了，太危險了還是算了吧。但是據說古代希臘人會在宴席上模仿上吊當作餘興節目。一個人上台把脖子伸進繩圈，其他人頓時把台子踢開。伸脖子的當事人在台子被踢開的同時鬆開繩子跳下來。那若是事實，上吊倒也沒啥好怕的，我也來試一下吧，於是把手掛在樹枝一試，樹枝恰好彎曲。彎曲的程度非常優美。想像吊在那裡輕飄飄的情景不禁萬分喜悅。非常想嘗試，但又想起萬一東風來了正在我家痴痴等候未免太可憐。還是先回去與東風見面按照約定談話，然後再過來一趟吧，於是我就這麼打道回府了。」

「就此一市繁榮[76]嗎？」主人問。

「真有意思。」寒月嘻嘻笑著說。

「回家一看，東風還沒來。但有一張明信片說他今天臨時有事無法來訪，期待他日再會晤，於是我總算安下心來，欣喜地暗想這樣就可以心無罣礙地去上吊了。我立刻套上木屐，匆匆又跑回原來的地方一看……」他講到這裡看向主人與寒月的臉。

「一看怎樣了？」主人有點焦急。

「故事漸入佳境了呢。」寒月把玩外套的帶子。

「一看之下，已經有人搶先上吊了。僅僅是一步之差，真是令人扼腕。現在想來那時我就像被死神附身。若按照詹姆士[77]的說法，想必是副意識[78]下的幽冥界[79]與我存在的現實界透過一種因果法則相互感應吧。你們說這是不是很不可思議？」迷亭一本正經地說道。

主人暗覺又上當了，一邊默默咀嚼空也餅[80]嘴巴動個不停。

寒月仔細將火盆裡的灰燼聚攏到一處，低頭竊笑，最後終於開口。語氣極為平靜。

「原來如此，聽起來的確不可思議，果真不是隨便都有，不過我自己就在最近也有過類似的經驗，所以我毫不懷疑。」

「咦，你也想上吊嗎？」

「不，我的經驗倒不是上吊。這是去年年底發生的事，而且是與老師同日同時發生所以更加不可思議。」

「這倒有意思。」迷亭也大嚼空也餅。

「那天向島的友人家舉辦忘年會兼合奏會，我也帶了小提琴去參加。現場有十五、六位小姐與夫人聚集堪稱盛會，諸事順利甚至令人感到是近來一大快事。晚餐過後也已合奏完畢大家開始閒聊，我看時間也晚了，正打算告辭歸家，某博士的夫人忽然來到我身旁小聲問道：您知

---

76 故事結尾的慣用句。起自「一期（與市諧音）繁榮」意指「皆大歡喜圓滿收場」。

77 威廉．詹姆士（William James，1842-1910），美國哲學家、心理學家。漱石也受其強烈影響，在《文學論》等皆曾提及。

78 副意識（sub-consciousness），現在多半譯為潛意識。

79 幽冥界在此是指潛意識的領域。

80 空也餅是將半搗過的麻糬包裹紅豆泥的日式點心。

道某某子小姐的病嗎？其實就在兩三天前碰面時她還一如往常看不出有何不妥，所以我吃驚地詢問詳情，原來就在我們碰面那晚她忽然開始發燒，據說不停喃喃囈語，若只是那樣倒還好，問題是她在囈語中據說不時提到我的名字。」

主人自不待言，迷亭先生也沒照一般反應說什麼「這可不得了」。大家都在肅穆聆聽。

「請醫生過來一看，雖不知病名，但據說醫生診斷是什麼發燒過度傷害腦子，如果安眠藥無法奏效會很危險。我聽了當下感到不妙。就像夢魘時感覺很沉重，周遭的空氣突然變成固體，從四面八方擠壓我的身體。回程也滿腦子只想著那件事簡直苦不堪言。一想到那位美麗、快活又健康的某某子小姐……」

「抱歉請等一下。聽到現在某某子小姐已出現二次了，如果不介意的話能否直接說出她是誰，對吧？」他轉頭看主人，主人也心不在焉地「嗯」了一聲。

「不，那樣或許會給當事人造成麻煩還是算了吧。」

「你打算一切都這麼曖昧不清地進行嗎？」

「你可別冷笑。我是很認真在講這件事……總之那位女性忽然生了那種病，令我心中充滿飛花落葉的感慨，全身的活力好像一下子通通罷工頓時失去元氣，只能以踉踉蹌蹌之形走向吾妻橋[81]。倚欄向下一看，不知是漲潮還是退潮，只見黑水凝成一團款款蠢動。花川戶那邊駛來一輛人力車經過橋上。目送那燈火遠去後，漸漸變小消失在札幌啤酒[82]之處。我又看水面。這時遙遠的上游隱約有人在喊我的名字。這個時間不可能有人叫我，到底會是誰呢？我透過水面定睛細看但是太暗了什麼也看不見。我心想肯定是錯覺還是早點回家吧，才剛邁出一兩步，遠處又有細微的聲音喊我的名字。我再次駐足豎耳傾聽。第三次喊我名字時，我抓著欄杆，膝頭不停顫抖。那個聲音不知是來自遠方還是河底，但分明就是某某子的聲音。我不禁脫口回了一聲：『我在——』我的聲音很大，因此在安靜的水面回響，我被自己的聲音嚇到，赫然環視四周。看不到人影或野狗或月亮。那時我被捲入這『暗夜』中，忽然有股衝動想去那個聲音的來源之處。某某子的聲音聽來很痛苦，如泣如訴，像在求救般刺穿我的耳朵，我不禁又回答：『我現在就過去！』從欄杆探出上半身望著黑水。呼喚我的聲音好像就是從水波下方勉強透出。我心想，她就在這水面下，於是跳上欄杆。我下定決心如果她再次喊我就跳下去，盯著河水看了一會後那可憐的聲音如絲浮現。我心想就是現在！於是用力跳起，然後像小石子一樣毫不留戀地墜落。」

「終於跳下水了嗎？」主人眨巴著眼問。

「沒想到你會做到那種地步。」迷亭捏了一下自己的鼻頭。

「跳下去後我暈了好一陣子，迷迷糊糊如在夢中。後來醒來一看雖然很冷，但全身上下都沒有濕，也沒有喝了水的感覺。我明明記得跳下去了。真是不可思議。我這才發覺不對勁於是放眼環視四周，當下大吃一驚。我以為自己跳進水裡，結果竟是跳到橋中央，當時我非常遺憾。只不過搞錯前方與後方就無法去那個聲音呼喚之處。」寒月嘻嘻笑著照例又把玩起那件外

---

81 跨越隅田川，連接西側淺草（現台東區）與花川戶（現墨田區）之橋。落語《唐茄子屋政談》的投水舞台。

82 當時位於隅田川東岸，吾妻橋附近的啤酒工廠與啤酒屋。

套的帶子。

「哈哈哈哈！這倒有意思。和我的經驗雷同之處最令人稱奇。果然可以成為詹姆士教授的研究材料。若以人類的心靈感應為題寫一篇寫生文[83]一定會震驚文壇。……結果那個某某子小姐的病情後來怎樣了？」迷亭老師追問。

「兩三天前我去拜年，她正在門內與女傭打羽毛球，所以病情應該是完全康復了。」主人之前就一直在沉思，這時終於開口，「我也有。」他不甘示弱。

「你也有？你有什麼？」迷亭當然沒把主人放在眼裡。

「我的也是去年年底發生的。」

「大家都在去年年底不約而同發生真奇怪啊。」寒月笑了。缺門牙的邊緣沾了空也餅。

「該不會也是同日同時發生吧？」迷亭打趣說。

「不，日期不一樣。是二十日左右。我內人叫我帶她去聽攝津大掾[84]的表演當作新年賀禮，帶她去也不是不行，但我一問當天表演的段子，內人參考報紙說是鰻谷[85]。我說我不喜歡鰻谷所以今天作罷，於是那天就沒去。隔天內人又拿報紙來說今天表演堀川總行了吧。堀川是三弦琴戲碼[86]，徒有熱鬧卻沒內容，所以我還是說不要去，內人面露不滿地退下了。到了隔天內人又說：今天表演的是三十三間堂[87]，我很想聽攝津表演的三十三間堂。你或許連三十三間堂也不喜歡，但是我要聽所以你陪我一起去應該可以吧？她這樣對我下達最後通牒。既然夫人那麼想去當然可以去，但據說是告別舞台的最後演出所以觀眾爆滿，就算我們臨時趕去了也不可能進場。本來去那種場所必須先透過茶屋[88]交涉，預約一定的席次才是正當手續，不走那種程序脫離常規不太好，所以很遺憾今天還是算了吧，我這麼一說，內人眼神凶狠地說：我是婦道人家不懂那種複雜的手續，但大原的媽媽和鈴木家的君代都沒有走正當的手續還不是照樣看到表演了，好嘛，你貴為教師，不看那麼麻煩的演出或許也無所謂，但你對我實在太過分了！說著泫然欲泣。我只好說好吧即使擠不進去還是去看看吧。我投降說吃了晚飯就搭電車去，但內人說要去的話四點之前就得抵達否則進不去，沒時間拖拖拉拉了！她突然氣勢大振。我反問她為何四點之前就得到，她說鈴木家的君代告訴她不那麼早去就搶不到位子入場。我再次確認：那麼如果過了四點就沒希望囉？她回答：對，沒希望。結果奇妙的是，這時忽然感到一陣惡寒。」

「尊夫人嗎？」寒月問。

「不是，內人活蹦亂跳。是我啦。就好像被戳破的汽球一下子萎縮，隨即就頭暈眼花動彈不得。」

「這是急病。」迷亭注解道。

---

83 正岡子規提倡，以觀察、描寫為主的散文體裁。《不如歸》為其發表據點。
84 竹本攝津大掾（1836-1917），義太夫節的名藝人。本名二見龜次郎。漱石也聽過他的表演。
85 淨琉璃《櫻鍔恨鮫鞘》的鰻谷八郎兵衛那一段。
86 堀川指淨琉璃《近日河原達引》的堀川那一段。三弦琴戲碼是指重點放在三弦琴演奏的淨琉璃。
87 三十三間堂是淨琉璃《三十三間堂棟由來》的俗稱。
88 劇場附屬的戲劇茶屋。替觀眾預約席位、準備餐點。

「啊呀這下子傷腦筋。內人一年一次的心願我很想成全她。平時罵她、不跟她說話、讓她辛苦打理我的生活瑣事、還要照顧小孩，卻從未酬謝她灑掃薪水[89]之勞。今天幸好有時間，囊中也有四、五枚阿堵物。若能帶她去的話當然要帶她去。內人應該也很想去，我也想帶她去。雖然很想帶她去，可惜偏偏這樣渾身惡寒頭暈眼花，別說是搭電車了，甚至無法走到門口。啊，可憐啊可憐，想到這裡惡寒更嚴重更加頭暈眼花。趕緊看醫生服藥的話四點之前應可痊癒，後來我與內人商量決定找甘木醫學士，不巧昨晚他值班還沒從大學回來。預定二點左右才會回來，對方說等他一回來就立刻過來診療。傷腦筋，現在喝杏仁水[90]的話四點之前一定能夠康復，但倒楣的時候事事不順，本來以為可以看到內人開心的笑臉，這下子恐怕要落空了。內人滿臉憤恨，問我到底去不去。我說去，一定去，四點之前一定會康復所以妳放心，趕緊去洗臉換衣服等著就行了。但我嘴上這麼說，心中卻有無限感慨。惡寒越來越嚴重。眼睛越來越花。如果四點無法康復履約，內人是個心胸狹窄的女人，還不知她會做出什麼事。這下子情況變得很窘迫。該如何是好。為了預防萬一，趁現在說明有為轉變之理、生者必滅之道，讓她有個心理準備，以便萬一事情有變也不至於慌亂，這才是丈夫對妻子應盡的義務。於是我立刻把內人叫到書房。然後我說：妳雖是女人，但應該也聽過many a slip 'twixt the cup and the lip[91]這句西洋諺語吧？她說那種洋文誰知道啊，你明知人家不懂英文還故意使用英文嘲笑人家，好嘛，反正我就是不懂英文，既然你那麼喜歡英文，當初為何不娶個耶穌學校[92]的畢業生？真沒見過像你這麼冷酷無情的人！她非常激動，我好好的計畫也夭折了。在此我也要向你們辯解，我絕非惡意使用英文。完全是出於深愛妻子的至情至性，被妻子那樣曲解我簡直沒臉見人了。

況且惡寒與暈眩從剛才開始就令我的腦子一片混亂，我有點急著想讓她明白有為轉變、生者必滅的道理，所以一時情急忘記內人不懂英文，才會不經意使用了英文諺語。仔細想想這都是我的錯，完全是我的疏忽。這個失敗令惡寒更嚴重，頭也更暈了。內人聽命去浴室精心化妝，從衣櫃取出和服換上。擺出隨時都可以出門囉的架勢等候。我坐立不安。一心只盼甘木醫生快點來，一看時鐘已經三點了。距離四點只剩一個小時。『差不多該出門了吧？』內人拉開書房的拉門探頭問道。誇獎自己的妻子或許可笑，但我從不曾像這時這般覺得妻子美麗動人。以香皂精心清潔過的皮膚亮晶晶地映襯黑色縐綢外褂。臉上因為香皂與可以聽攝津大掾表演的希望，自有形與無形兩方面閃閃發亮。我當下覺得說什麼都要出門滿足她的希望。那就打起精神走吧，就在我抽菸時甘木醫生終於來了。總算及時趕到。但說明病情後，甘木醫生檢查我的舌頭，握我的手，敲我的胸口，撫摸我的背，翻開我的眼皮，摩挲我的頭蓋骨，想了半天。『總覺得好像有點危險。』我說。醫生一派從容，『不，沒什麼大不了。』他說。『出門一下也沒關係吧？』內人問。『是的。』醫生說著再次沉思。『如果沒有感覺不舒服的話……』『我很不舒服。』我說。『那麼，總之我先開點藥丸與藥水。』『好，可是，總覺得好像會有什麼危

89 薪水指炊事，灑掃薪水指打理家務。
90 將杏仁加水蒸餾而成的止咳劑、鎮靜劑。
91 根據漱石寫的短文〈不言之言〉，乃起源於希臘的俗諺。直譯為「杯與唇之間也有許多波折」，近似「一寸之外便有危機」。
92 耶穌學校乃依據基督教教義來教育的教會學校。多半是致力於英語教育的女校。

險。』『不，絕不會發生您擔心的那種事。千萬不可神經緊張。』醫生說完就走了。時間已過了三點三十分。女傭去取藥。在內人嚴命下拔腿狂奔而去，又狂奔而返。差十五分就要四點了。距離四點還剩十五分鐘。就在差十五分要四點時，本來還好好的，這時我忽然很想吐。內人把藥水倒入杯子放到我面前，我端起杯子正要喝，胃中卻有人『嘔——』地吶喊。我不得不放下杯子。內人逼我：『快點喝比較好吧。』如果不快點服藥快點出門會對不起她。我鼓起勇氣想喝，但杯子一沾唇又被作嘔感嚴重妨害。我拿起杯子又放下，拿起杯子又放下，這時客廳的柱鐘噹噹噹噹敲響四下。四點了，不能再拖拖拉拉了，我再次拿起杯子，真是不可思議你知道嗎，我說的不可思議就是這個，隨著四點的鐘聲一響，作嘔感完全消失，我毫無阻礙地喝下藥水了。到了四點十分左右，我也開始理解甘木醫生的名醫本領了，背上發涼、頭暈眼花的毛病全都霍然消失，本以為暫時會站不起來，沒想到病一下子全好了，真是太好了。」

「後來你們一起去歌舞伎劇院了嗎？」迷亭露出不得要領的迷惑神色問。

「我很想去，但內人說過了四點就進不去，所以沒辦法，只好作罷。如果甘木醫生早來十五分鐘，我就可以守信履約，妻子也會滿足，就差那麼短短十五分鐘，真是太可惜了。如今回想起來還覺得好危險。」

我家主人說完後好像覺得自己已盡完義務。或許是感到這下子有底氣面對二人了。

寒月又露出缺門牙笑著說：「那真是太遺憾了。」

迷亭裝傻，「有你這麼親切體貼的丈夫，尊夫人真是幸福啊。」他自言自語。紙門背後傳來妻子嗯哼一聲的乾咳。

我乖乖聽完三人輪番敘述但是既不覺得可笑也不覺得可悲。人類為了打發時間勉強運動嘴皮子，不可笑的事也笑，不有趣的事也故作開心，除此之外別無本領。我家主人的任性偏狹我早就知道了，但他平常沉默寡言所以我對他似乎還是有不了解之處。因為對他不了解所以多少也有點害怕，但聽了剛才的敘述之後我忽然對他萌生一絲輕蔑。他為何不能默默聽二人敘述就好？非要不甘示弱玩弄這種愚不可及的口舌技倆又有何益？不知愛比克泰德是否在書中寫過叫他那樣做。簡而言之主人與寒月、迷亭都是太平逸民[93]，他們如絲瓜任風吹動雖然看似超然物外，其實還是有世俗煙火氣也有欲望。競爭心、好勝心在他們的日常談笑中也不時隱約出現，只要向前一步，就會與他們平日唾罵的俗物變成一丘之貉，在貓族看來實在可悲之至。不過他們的那些言語動作沒有像普通的半吊子萬事通那樣帶有典型的厭味，算是稍微可取之處吧。

這麼一想，忽然覺得三人的對話很無趣，我決定去看看三毛子，遂繞到二弦琴師傅家的院子口。新年的門松裝飾已經取下，正月也已到了十日，晴朗的春日，看不見一絲流雲的天空照亮四海天下，不到十坪的院子也呈現更甚元旦曙光的鮮活生氣。簷廊放了一枚坐墊卻不見人影，紙門也關著，師傅或許去澡堂了。師傅不在也無所謂，三毛子身體狀況是否稍有起色才是我關心的重點。我見四下悄然無人，直接踩上簷廊往坐墊中央一躺，果然非常舒服。忍不住打起瞌睡，差點忘了三毛子的事，這時紙門內側忽然傳來人聲。

「辛苦了。好了嗎？」師傅原來沒有外出。

93 逸民乃避世隱居者。

「是，我回來晚了，去佛具店一看對方說正好做好。」

「給我看看。啊呀做得真漂亮，這樣三毛也可以瞑目了。金箔不會剝落吧？」「對，我特別確認過，對方說用的是上等材料，這個比人的牌位更耐用。……還有，對方說貓譽信女的譽字寫得隨意點比較好看，所以把筆畫稍微更改了一下。」「我看看，趕緊放到佛壇給牠上柱香吧。」

三毛子怎麼了？好像有點不太對勁，我從坐墊站起來。叮——南無貓譽信女，南無阿彌陀佛南無阿彌陀佛——師傅的聲音傳來。

「妳也來念經將功德迴向給牠。」

叮——南無貓譽信女南無阿彌陀佛南無阿彌陀佛。這次是女傭的聲音。我忽然一陣心悸。站在坐墊上呆若木雞，連眼睛都不會動了。

「真是太遺憾了。一開始應該只是小感冒。」「如果甘木醫生開了藥，說不定會好。」「都是那個甘木先生害的啦，他也太瞧不起三毛了。」「不可以這樣說別人的壞話。壽命皆是天注定。」

三毛子似乎也請甘木醫生診療過。

「歸根究底，我覺得還是要怪大馬路那個教師家的野貓誘拐牠出去。」「對，那個小畜生是三毛的奪命仇人。」

我很想辯解一下，但這時只能忍氣吞聲繼續聽。他們的對話斷斷續續。

「這世間真是半點不由人。像三毛那麼漂亮居然早死。醜陋的野貓卻活蹦亂跳到處搗蛋……」

「就是說啊。像三毛那麼可愛的貓，哪怕是敲鑼打鼓四處找也找不到第二個人了呢。」

她沒說第二隻卻說第二個人。在女傭的想法中，好像把貓與人類視為同族。說到這裡，這個女傭的臉蛋和我等貓族還真的挺像的。

「如果可以真想叫牠代替三毛去死……」「那個教師家的野貓如果死了就稱心如意了。」

妳稱心如意我可麻煩了。死是怎麼一回事，我還沒經驗所以談不上喜歡或討厭，但之前天氣太冷我鑽進火罐中，結果女傭不知我在裡面就蓋上蓋子。當時的那種痛苦回想起來都會害怕。據白君的說明，那種痛苦如果再持續一陣子我就會死翹翹。讓我代替三毛子去死我無怨無悔，但若是非得承受那種痛苦才能死，那我不願為任何人而死。

「不過牠雖是貓，好歹也請和尚念了經，還取了法名，所以了無遺憾了。」「就是啊，牠真是有福報。不過若容我再貪心點，我覺得那個和尚念的經太短了。」「的確有點嫌短，所以我特地問過他是不是太快了，月桂寺大師說，沒錯，只把有效的段落稍微念了一下，反正是貓，那點程度已經可以讓牠去西方淨土了。」「天啊……不過說到那隻野貓……」

我一再聲明我沒有名字，這個女傭還是動不動就喊我野貓。真是沒禮貌。

「牠的罪孽深重，就算有人願意替牠念經也無法超度。」

之後我不知又被她罵了多少遍野貓。這沒完沒了的對話我聽到一半就放棄，滑下坐墊從簷廊跳下地時，八萬八千八百八十根毛髮一下子全都起立顫抖。之後我再也沒去過二弦琴師傅家附近。這時候大概已輪到師傅自己接受月桂寺僧人的短促誦經迴向吧。

最近我沒勇氣出門。總覺得世間令人憂愁。我成了一隻不遜於主人的懶貓。我開始理解，難怪主人整天關在書房會被人批評他是失戀云云。

我還是沒抓過老鼠，所以有一陣子廚娘甚至提議將我放逐，我知道主人說我不是一般普通的貓，所以我還是照舊懶洋洋地在這個家起居坐臥。就這點而言我深深感謝主人的大恩，同時也打算對他的慧眼毫不猶豫地表達敬意。廚娘不理解我虐待我，我也不生氣。等哪天雕刻名匠左甚五郎把我的肖像雕刻在門樓柱子上，日本的史坦林[94]把我的肖像畫在畫布上，他們這些鈍瞎漢[95]或許才會開始為自己的愚昧感到羞恥。

3

三毛子死了，黑子也無法溝通，我略感寂寞，幸好人類當中也有知己，所以沒那麼無聊。之前有人寫信給我家主人請他寄送我的照片。上次也有人特地寄岡山名產吉備團子指名送給我吃。隨著人類漸漸寄予同情，我已忘記自己是貓。不知不覺心態比起貓更接近人類，如今已沒有糾集同族與二隻腿的老師一決雌雄的念頭。不僅如此甚至進化到有時覺得自己也是人族一員，說來可厲害了。我倒也沒有因此輕蔑同族，只是朝著性情相近之處謀求安身乃勢之所趨，若因此批判我變心或輕薄、背叛，未免有點困擾。會玩弄這種言詞謾罵他人的往往是不知變通天生窮酸的男人。脫離這些貓的癖性後，我不可能再為三毛子與黑子的事耿耿於懷。我想站在與人類同等的地位去評斷人類的思想與言行，這也是在所難免。不過即便我擁有如此見識似乎還是被當成比一般貓兒稍微好些罷了，主人沒對我打聲招呼就獨吞吉備團子，令我深感遺憾。他也沒替我拍照寄給人家。若說不滿，我的確心有不滿，但主人是主人，我是我，彼此見解自然有異也是莫可奈何。我自認已是徹底的人類，對於未打交道的貓族動作，實在難以筆墨形容。就用我對迷亭、寒月諸位老師的評論交差了事吧。

今日是個晴朗的週日，主人慢吞吞自書房出來，在我身旁放好筆硯與稿紙趴下，口中頻頻呻吟。八成是準備寫草稿所以才發出怪聲。我定睛一看，過了一會他大筆一揮寫下「香一炷」。這是在寫詩？還是俳句？香一炷，就主人的水準而言似乎有點太瀟灑，我還來不及深思他已寫完香一炷，另起一行運筆如飛寫下「從剛才就在思考如何寫天然居士[96]之事」。寫到這裡再也沒動靜。主人持筆撓首看似沒想出好主意於是開始舔筆尖。嘴唇變得烏黑後，他又往下稍微畫個圈。圈中點上二點變成眼睛。中央畫上鼻翼撐開的鼻子，再畫一橫當嘴巴。這下子既非文章亦非俳句。主人自己似乎也倒盡胃口，匆匆把畫出的臉孔塗掉。又另起一行。依他的想法只要另起一行應該就會變成詩或贊或語或錄[97]，可惜好像只是漫無邊際地這麼想想而已。最後他一氣呵成以近似白話文的文體寫出「天然居士是研究空間、熟讀論語、吃烤地瓜、流鼻涕之人」。文章好像有點亂七八糟。然後主人毫不羞慚地大聲朗讀，「哈哈哈！有意思！」他難得如此放肆大笑，「流鼻涕好像有點過分，刪除吧。」他把那一句畫線刪除。畫了一條線後又畫第二條第三條，形成整齊的平行線。線條畫到別行也不管，依舊照畫不誤。畫出八條線後似

94 史坦林（Theophile Alexandre Steinlen，1859-1923），法國畫家。因描繪巴黎風俗而聞名，也留下許多貓的素描。

95 禪語，「瞎漢」是瞎子，罵人之語。

96 漱石自第一高等中學校預科以來的好友，熱心參禪的米山保三郎，從圓覺寺的今北洪川那裡得到這個居士稱號。

97 漢詩文的種種形式，暗合四、三、五、六發音的諧音雙關語。落語《一目上》曾出現。

乎還是想不出接下來的句子，這次他擲筆拈鬚。好像文章是從鬍鬚捻出來似地猛烈捻動，往上扭又往下扭，這時女主人從起居室出來坐在主人的鼻尖前。「老公。」她喊道。「幹嘛？」主人發出在水中敲鑼般的悶聲。女主人大概是對這個答覆不滿，又喊一次「老公」。「幹嘛啦？」這次主人把大拇指及食指伸進鼻孔拔鼻毛。「這個月有點不夠用……」「怎麼可能不夠，藥錢也給醫生了，書店的賬上個月不也付清了。這個月一定有剩的。」他把拔下的鼻毛當成天下奇觀般細細打量。「可是你不吃飯非要吃麵包，還要吃果醬。」「我吃了幾罐果醬？」「這個月就有八罐了。」「八罐？我不記得吃了那麼多。」「不只是你，小孩也要吃。」「縱使再怎麼吃頂多也就五、六圓。」主人坦然自若地把鼻毛一根一根小心插在稿紙上。鼻毛上面還沾了肉所以像插針般筆直立起。主人彷彿看到意外的發現，呼地吹出一口氣。但鼻毛黏性很強並未飛走。「真頑固。」主人拼命吹氣。「不只是果醬，還有非到外面購買不可的東西。」女主人憤憤不平的神色充斥兩頰。「或許有吧。」主人再次伸指用力拔鼻毛。有紅的，有黑的，各種顏色中有一根是雪白的。主人大吃一驚，瞪眼凝視，就這麼以雙指夾著鼻毛，伸到妻子的臉前。「哎呀，討厭啦。」女主人皺起臉，把主人的手推回去。「妳看，是鼻毛的白頭髮耶。」主人似乎極為感動。女主人也忍不住笑著走回起居室，她似乎已對經濟問題死心了。主人又回頭對付天然居士。

用鼻毛趕走妻子後，主人彷彿覺得這下子可以暫時安心了，拔完鼻毛急著繼續寫稿，但遲遲無法動筆。「吃烤地瓜也是蛇足，割愛吧。」說著把這句也刪除。「香一炷也太唐突了，刪掉。」主人毫不惋惜地筆誅。最後只剩下一句「天然居士是研究空間熟讀論語之人」。主人覺得這樣好像又太簡單了，算了真麻煩，不寫文章了，只寫墓誌銘就好，於是提筆揮灑十字在稿紙迅速畫上拙劣的文人蘭花畫。結果搞了半天一個字也不剩。之後反過來喃喃念叨「生於空間，窮究空間，死於空間。有空有間天然居士哉」這種意義不明的話語。這時迷亭來了。迷亭向來把別人家當成自己家一樣從來不敲門，自己大搖大擺地登堂入室，不僅如此有時還會從後門飄然出現，此人打從呱呱落地那一刻起，就欠缺擔心、客氣、體貼、吃苦這些東西。

「又是巨人引力嗎？」他站著問主人。「我怎麼可能永遠都在寫巨人引力。我正在撰寫天然居士的墓誌銘。」主人誇張地說。「說到天然居士，也是像偶然童子那樣的法名嗎？」迷亭還是一樣瞎扯。「還有人叫做偶然童子嗎？」「沒有啦，我只是這樣猜測。」「偶然童子我不知道，但天然居士是你也認識的男人喔。」「到底是誰取天然居士這種名號？」「就是那個曾呂崎。他大學畢業進入研究所，研究空間論這個題目，因為用功過度得腹膜炎死掉了。曾呂崎好歹也曾是我的好友。」「是你的好友沒問題，我絕不會說他壞話。不過到底是誰把那個曾呂崎變成天然居士？」「就是我，我替他取的。因為原先和尚取的法名太俗氣了。」主人很自豪自己能夠想出天然居士這麼雅致的法名。迷亭笑著說：「把你寫的那個墓誌銘給我看看。」他拿起稿紙，「什麼……生於空間，窮究空間，死於空間，有空有間天然居士哉。」他大聲朗讀。「原來如此，這個好，果然堪稱天然居士。」主人滿臉喜色，「不錯吧？」他說。「這個墓誌銘應該刻在澤庵石[98]上，像力石[99]一樣朝正殿後面丟出去一放。那樣多高雅多棒啊，天然居士也

98 醃黃蘿蔔（澤庵）時壓在上面的石頭。

可瞑目了。」「我正想這麼做。」主人一本正經地回答，「我先失陪一下，馬上就回來，你先跟貓玩一下。」說完也不等迷亭回答就飄然離去。

既然意外奉命接待迷亭老師總不能臭著臉，我只好喵喵叫施展撒嬌賣萌大法爬上他的膝頭。結果迷亭說，「喲，你又胖了不少啊，我瞧瞧。」粗魯地揪著我的後頸把我拎到半空中。「後腿這樣軟趴趴，可抓不到老鼠，……嫂子，這隻貓會抓老鼠嗎？」光是有我陪他還不夠，他又朝鄰室的女主人發話。「別提什麼抓老鼠了。牠吃了年糕湯還會跳舞呢。」女主人意外揭起我的舊瘡疤。我被拎在半空中不免有點尷尬。迷亭卻還不肯放下我。「原來如此，牠看起來就像會跳舞的臉。嫂子對這隻貓可不能掉以輕心喔。牠長得很像以前草雙紙的貓又[100]。」迷亭一邊胡說八道，一邊頻頻朝女主人搭訕。女主人困擾地停下針線活兒來到和室。

「您似乎很無聊，他也該回來了。」她重新又倒了一杯茶放到迷亭的面前。「不知他去哪兒了。」「他不管去哪都不會交代一聲所以誰也不知道，不過我猜八成是去找醫生了。」「找甘木先生嗎？甘木先生碰上那種病人也很倒楣。」「是啊。」女主人看起來也不知如何應酬只是簡單回答。迷亭毫不在意，「最近怎麼樣？他的胃稍微好一些了嗎？」「也不知是好是壞，就算再怎麼請甘木先生診治，他吃那麼多果醬，胃病怎麼可能會好。」女主人暗地向迷亭發洩之前的不滿。「他那麼愛吃果醬嗎？簡直像小朋友。」「不只是果醬，最近他聲稱那是胃病良藥，拚命吃白蘿蔔泥……」「這真是想不到。」迷亭感嘆。「因為他在報紙上看到白蘿蔔泥好像含有什麼澱粉分解酵素。」「原來如此，大概是想用那個抵消果醬的損害吧。他還挺會想的嘛，哈哈哈！」迷亭聽了女主人的訴苦非常愉快。「上次還餵給小寶寶吃……」「吃果醬嗎？」

「不是，是吃白蘿蔔泥……你知道嗎。他居然說寶寶啊爸爸給你吃好吃的快來嘗嘗——我還以為他偶爾也會疼愛小孩，沒想到他盡做那種蠢事。兩三天前還抱起二女兒放到衣櫃上……」「此舉有何主旨？」迷亭不管聽到什麼都喜歡往主旨去解釋。「哪有什麼主旨，他只是想叫女兒跳下來試試，那是三、四歲的小女孩耶，怎麼可能做得出那種瘋婆子的舉動。」「原來如此，這也太沒主旨了。不過他其實是個內心沒有惡意的老好人。」「他那樣子如果內心再有惡意，誰還受得了啊。」女主人的氣燄高漲。「哎，嫂子也用不著那樣憤憤不平。可以這樣不愁吃穿地過完每一天已經很好了。苦沙彌君不會吃喝玩樂，也不講究服裝，天生就是為了樸素居家而生的人。」迷亭以快活的語調不知自我反省還敢對人家說教。「那你就大錯特錯了……」「難道他私下玩什麼把戲嗎？這年頭果然不能大意。」他輕飄飄地回話。「他也沒別的嗜好，就是拼命買書回來也不看。如果是有分寸地買書也就算了，但他自行跑去丸善[101]拿幾本書，到了月底才跟我裝傻，就像去年年底，每個月都賒賬真是傷透腦筋。」「沒什麼，他想拿書就儘管去拿。等到有人來索取書款時只要說下次付、下次付，對方自然就會走。」「可是，也不可能永遠用這招拖延吧。」女主人很不高興。「那麼，就說明原委直接刪減他的書籍費。」「就算講那種話，他又怎麼可能會聽，上次他居然還罵我不配當學者的妻子，一點也不懂書籍的價值，

---

99 放在神社內，測試力氣的石頭。

100 草雙紙是江戶時代的插畫讀物，貓又是尾巴分成二股的貓妖。式亭三馬的《金化貓婆化生屋敷復仇兩股塚》（文化五年刊）就曾描寫貓又。

101 東京日本橋的丸善股份公司。除了出版業，也很早就經手洋書、外國雜貨的進口。漱石也常光顧丸善。

他說以前羅馬有這樣的故事，叫我好好聽一聽當作參考。」「那倒有意思，是什麼樣的故事？」迷亭當下興致勃勃。看起來不像是同情女主人，倒像是被好奇心驅使。「他說什麼以前羅馬有一個國王的名字叫做樽金（Tarukin）……」「樽金？樽金這名字好像有點怪。」「外國人的名字太複雜了我記不住。據說是什麼第七代。」「原來如此，第七代樽金，這名字真好笑。哼，那個第七代樽金怎樣了？」「喲，連你也嘲笑我豈不是太沒面子了。你知道的話直接告訴我不就好了，真是壞心眼。」女主人對迷亭咄咄逼人。「什麼嘲笑，我才不會做那麼壞心眼的事。我只是覺得第七代樽金聽起來很特別……啊等一下，羅馬的第七任國王是吧，詳情我是不記得了，但那指的應該是塔昆・惹・普勞德[102]吧。算了，是誰都行，那個國王怎麼樣了？」「據說有一個女人拿著九本書來找國王問他要不要買。」「原來如此。」「國王問她要賣多少錢，她開了很高的價錢，因為太貴了，國王問她能不能便宜點，結果那個女人二話不說就把九本當中的三本書燒掉了。」「真是太可惜了。」「據說那本書中好像寫了什麼預言或是在其他地方看不到的事。」「噢——」「國王看九本書變成六本，以為應該會降價，就問她六本多少錢，結果還是原來的價錢一毛也沒少，國王說這樣太荒謬了，那個女的立刻又拿起三本燒掉。國王似乎還是捨不得放棄，又問剩下三本賣多少錢，結果女人還是要求九本書的價錢。九本變成六本，六本又變成三本，價錢還是一樣，一毛也沒少，如果再講價，說不定會連剩下的最後三本也燒掉，國王只好拿出巨款買下沒被燒掉的那三本書……如何？聽了這個故事稍微了解書本有多麼可貴了吧？他當時用力地這麼說，但我還是不懂究竟有何可貴。」女主人為了提升一家人的見識催促迷亭回答。向來口齒伶利的迷亭似乎也有點詞窮，從懷裡掏出手帕逗我，「但是嫂子。」他似乎臨時想到什麼，大聲說道。「買那麼多書放著在別人看來起碼會尊稱一聲學者吧。上次我看文學雜誌還有關於苦沙彌君的評論呢。」「真的嗎？」女主人扭頭問道。如此在意主人的評價，看來果然是夫婦。「上面都寫了些什麼呢？」「其實只有兩三行。說苦沙彌君的文章宛如行雲流水。」女主人略露笑容，「就這樣嗎？」「接下來——還寫說方見其出忽焉消失，雖已長逝猶忘其歸。」女主人聽了神色古怪，「這是誇獎吧？」她的語氣有點不確定。「應該是誇獎吧。」迷亭說完又拎著手帕在我眼前晃來晃去。「書籍算是生財道具沒辦法，不過他也太偏執了。」迷亭心想這女人怎麼又從別的方面進攻，「偏執是有點偏執啦，但做學問本來就是那樣子。」他好似在附合女主人的說法又好似在替主人辯護，做出不即不離的妙答。「之前他從學校一回來就到旁邊一坐，也懶得換衣服，連外套都不脫，坐下來就直接吃飯。把飯菜放在暖桌的框架上——我就抱著飯鍋在旁坐著看，真好笑……」「聽起來好像洋派的首實檢[103]。不過那種地方正是苦沙彌君之所以是苦沙彌君之處——總之他與眾不同。」迷亭做出可悲的誇獎方式。「與眾不同我這個婦道人家不懂，但不管怎麼說，他都太荒唐了。」「但總比平庸好吧。」迷亭這樣一面倒地替主人說話似乎令女主人很不滿。「你們老是說什麼平庸，到底怎

102 塔昆．慕．普勞德（Tarquin the Proud），羅馬第七代也是最後一位皇帝 Lucius TarquiniusSuperbus（在位 B.C. 534-B.C.510）。

103「洋派」一詞出自洋服的 high collar，指西洋風的人或物。「首實檢」是將戰場上取得的敵人首級呈給將軍檢視，將軍坐在床几面對部下呈上的首級盒子，所以迷亭將女主人穿洋裝坐在桌前抱著飯鍋的模樣評為洋派的「首實檢」。

樣才叫做平庸？」她豁出去質問平庸的定義。「平庸嗎，說到平庸——這很難說明……」「既然那麼含糊不清，平庸應該也不是壞事吧？」女主人以女性慣用的邏輯質問。「這不是含糊不清，我清楚得很，只是不好說明而已。」「反正自己不喜歡的事就批評人家平庸，對吧？」女主人不禁脫口說出穿鑿之詞。迷亭到此地步也只好先處理平庸的問題。「嫂子，說到平庸，首先想到的就是那種在『二八佳人不足二九』與『不言不語耽物思』[104]之間打滾，說到『今日天氣晴朗』必然就要『攜一瓢飲遊墨堤』的那種人。」「真有那種人嗎？」女主人根本聽不懂所以隨口回應。「聽起來好複雜我不懂。」她終於讓步。「那就像把馬琴[105]的身體接上潘丹尼斯[106]的腦袋沐浴在歐洲的空氣一兩年。」「那樣就會平庸了嗎？」迷亭沒有回答只顧著笑。「不用那麼麻煩也做得到。中學生加上白木屋[107]的掌櫃除以二就會得到標準的平庸。」「是那樣嗎？」女主人歪著頭看似不太服氣地說。

「你還在啊？」主人不知幾時回來了，在迷亭身旁坐下。「你這話未免有點過分了吧，不是你自己說馬上回來叫我在這裡等你的嗎？」「他事事都是這樣。」女主人回頭對迷亭說。「剛才趁你不在我聽了不少關於你的趣事。」「女人就是這麼多嘴多舌，人類應該像這隻貓一樣堅守沉默才對。」主人撫摸我的頭。「聽說你給小寶寶吃白蘿蔔泥。」「嗯。」主人笑了，「雖是小寶寶，但這年頭的寶寶相當聰明喔。從此之後，只要問寶寶辣辣的是哪裡她就會伸出小舌頭，真有意思。」「你這樣簡直像在調教小狗，太殘酷了。對了，寒月也該來了吧。」「寒月要來嗎？」主人面露狐疑。「他會來。因為我寄了明信片叫他下午一點之前來苦沙彌家。」「也不問人家有沒有空你就自作主張。你把寒月叫來我家做什麼？」「今天可不是我的意思，是寒月老師自己要求的。他說什麼要在理學協會發表演說。所以要事先練習，叫我幫他聽聽看，我說那正好讓苦沙彌也一起聽。所以才叫他來你家——反正你是閒人這不是正好嗎——對你也沒妨礙，你就聽一聽嘛。」迷亭擅自拍板定案。「物理學的演講我又不懂。」主人對迷亭的專斷獨行似乎有點氣憤地說。「他要講的並不是像加上磁性的噴射管子[108]云云那麼乾燥無味。是上吊的力學這個超凡脫俗的題目，所以很值得一聽喔。」「你是上吊未遂的男人所以才會喜歡聽，我可不同……」「你應該不會做出『去歌舞伎劇場都會惡寒頭昏所以不能聽』的這種結論吧。」迷亭照例開玩笑調侃主人。女主人呵呵笑一邊回頭看主人一邊退到次間。主人默默摸我的頭。唯有這時摸得非常細心周到。

過了七分鐘左右，寒月君果然來了。今天要演講，因此他罕見地穿著氣派的大禮服[109]，剛洗過的白領立起，平添二成男人味，「抱歉我有點遲到。」他從容不迫地打招呼。「我倆從剛才就一直在等你。那就快開始吧，對吧？」迷亭說著看主人。主人也不得不勉強「嗯」了

104「二八佳人」為十六歲，「二九」為十八歲，「不足二九」與「不可憎」（可愛）同音，是形容妙齡女子的固定文句。以下「不言不語恥物思」與「今日天氣晴朗」「攜一瓢飲遊墨堤」皆是揶揄當時老套慣用句的平庸。

105 馬琴，江戶後期的小說家瀧澤馬琴（1767-1848）。漱石對其思想與文體頗多批判。

106 潘丹尼斯（Major Pendennis），英國小說家薩克雷的自傳小說《潘丹尼斯》的作中人物。漱石評曰「所謂的世間人，或稱俗物」。

107 白木屋是江戶時代就有的和服店，到了明治時代改採百貨店的方式經營。

一聲。寒月君倒是不慌不忙，「請給我一杯水。」他說。「喲！要正式來嗎？待會該不會還要叫我們鼓掌吧？」迷亭一個人大呼小叫。寒月君自外套內袋取出草稿慢條斯理聲明：「這是練習，請不要客氣儘管批評。」然後開始演說。

「對罪人處以絞刑主要是盎格魯薩克遜民族採用的方法，如果再溯及古代，吊死主要是當作自殺的方法。猶太人據說有拿石頭砸死罪人的習慣。研究舊約全書會發現，所謂hanging這個字是吊著罪人的屍體作為野獸或猛禽的食物。根據歷史家希羅多德[110]的說法，猶太人離開埃及前就很痛恨半夜曝屍。埃及人把罪人斬首，身體釘在十字架上半夜曝屍。至於波斯人……」「寒月君，這與上吊好像越來越沒關係了，這樣沒問題嗎？」迷亭插嘴。「接下來就要正式進入主題了，請再忍耐一下。……至於波斯人，他們同樣在行刑時用了磔刑。但那是在受刑人活著的時候就綁在柱子上戳，還是死後才把釘子戳進去，這點不得而知……」「那種事不知道也沒關係。」主人無聊地打呵欠。「我還有很多話想說，但你們如果嫌煩……」「比起『嫌煩』，用『困擾』二字聽起來更好，對吧苦沙彌君？」迷亭再次挑毛病，主人漫不經心地回答：「還不都一樣。」「好了，我要進入主題開講了。」「你的語氣好像說書的名嘴。演說家應該用更高尚的字眼才對。」迷亭老師再次插嘴。「那你覺得我到底應該怎麼說才夠高尚？」寒月君有點氣惱地反問。「迷亭到底是在聆聽還是在插科打諢向來難以判別。寒月君你別管他那種看熱鬧的人了，趕快練習你的演說就好。」主人一心只想盡快熬過難關。「這叫做惱怒赴開講只見柳枝搖[111]，是嗎？」迷亭依舊說著輕飄飄的風涼話。寒月不禁噗嗤一笑。「真正用絞殺行刑的，根據我調查的結果，出現在奧德賽[112]第二十二卷。換言之是忒勒馬科斯絞殺潘妮洛普十二名侍女的那一段。以希臘語朗讀本文當然也可以，但我覺得那樣有點炫耀所以算了。請各位自行參閱四百六十五行到四百七十三行就會明白。」「最好別說什麼希臘語，這樣好像在強調『我也會希臘語喔』，對吧苦沙彌君？」「這點我也贊成。不要說得那麼貪心比較有深度有內涵。」主人難得這麼誠實地支持迷亭。因為兩人都不會希臘語。「那麼這兩三句今晚就省略，接下來我要開講——呃，接下來我要論述。」

「現在想像這種絞殺，執行時有二種方法。第一種，忒勒馬科斯藉著由米亞斯及菲利夏斯的援助，把繩子一端纏在柱子上。然後在繩子各處打結弄出洞，把女人的頭一一塞進去，再用力拉扯繩子另一端吊起來。」「換言之像西式洗衣店的襯衫那樣吊起女人就對了？」「就是那樣，然後第二種是把繩子一端如前綁在柱子上，另一端也從一開始就高高吊在天花板上。然後從那高的繩子垂下多條繩子，綁成繩圈套在女人的脖子上，到時再把女人腳下站的台子搬開。」「打個比喻，只要想像繩狀門簾的尾端吊著小燈籠的樣子就對了。」「說到小燈籠我沒看

---

108 磁化噴嘴（Magnetized nozzle）的滑稽式說法。

109 男子白天穿的正式禮服。上身為雙排扣西裝，背心與外套同樣布料，搭配條紋長褲。

110 希羅多德（Herodotos，約B.C.490-B.C.425），希臘歷史家。以波斯戰爭為主題的著作《歷史》而聞名，被稱為「歷史之父」。

111 江戶中期的俳人大島蓼太有俳句「惱怒赴庭院只見柳枝搖」。

112 《奧德賽》（Odyssey），古希臘長篇敘事詩。描寫特洛伊戰爭的英雄奧德賽於戰後返鄉之旅。「忒勒馬科斯」是他與「潘妮洛普」生的兒子，「潘妮洛普」是奧德賽的妻子，在丈夫出征期間拒絕許多執拗的求婚者謹守貞節。「由米亞斯」與「菲立夏斯」是奧德賽的忠實僕人。

過那種燈籠所以無話可說，但若真有應該大致就差不多是那樣。——所以接下來要從力學上的角度舉證說明第一種方法不該成立。」「有意思。」迷亭說。「嗯，有意思。」主人也贊同。

「首先假設女人以同等距離被吊起。最靠近地面的二個女人脖子上的繩子假設是水平。在那裡$\alpha 1 \alpha 2 \cdots\cdots \alpha 6$是繩子與地平線形成的角度，$T1T2 \cdots\cdots T6$視作繩子各部位承受的力量，$T7 = X$是繩子最低處承受的力量。W當然是女人的體重。怎麼樣？聽得懂嗎？」

迷亭與主人面面相覷，「大概懂。」他們說。但這個大概的程度是二人自行決定的所以或許無法應用在別人的身上。「好，關於多角形，根據眾所周知的平均性理論，可成立以下十二個方程式。$T1\cos\alpha 1 = T2\cos\alpha 2 \cdots\cdots(1)$ $T2\cos\alpha 2 = T3\cos\alpha 3 \cdots\cdots(2) \cdots\cdots$」「方程式說到這裡應該足夠了吧。」主人粗魯地說。「其實這個式子就是演講的重心。」寒月看起來極為遺憾。「那就先跳過重心請教可以嗎？」迷亭看似有點惶恐。「如果略過這個方程式，好好的力學研究就完全垮台了……」「用不著那麼顧忌，放心大膽地省略吧。」主人坦然說。「那就聽你們的，雖然勉強，姑且還是省略。」「那樣最好。」迷亭在不該拍手的地方拍起手。

「接下來要談到英國，在貝武夫[113]這首詩中可以看到絞刑架這個字，可見在那個時代就已有絞刑了。根據布萊克斯頓[114]的說法，如果處以絞刑的罪人，因繩子的問題沒死成時必須再次接受同樣的刑罰，但奇妙的是，在農夫皮爾斯[115]這首詩中有一句『即便是凶漢亦無二度絞殺之法』。雖不知何者為真，但弄得不好一次死不成的例子過去屢見不鮮。西元一千七百八十六年，曾經發生絞殺有名的惡漢費茲．傑拉爾德事件。在陰錯陽差之下，他第一次從死刑台跳下時繩子斷掉了。再次重來時繩子又太長，腳碰到地面，結果還是沒死成。第三次才在旁觀者幫忙下終於死掉。」「傷腦筋。」迷亭聽到這裡忽然精神大振。「真的是白死了啊。」連主人都跟著起鬨。「還有更有趣的事，據說上吊會把身高拉長一寸。這是醫生計算過的所以千真萬確。」「那倒是新招，怎麼樣苦沙彌？如果你也去吊一下，拉長一寸或許就跟一般人一樣高了。」迷亭扭頭對主人說，主人意外認真，「寒月君，拉長一寸還能活回來嗎？」他問。「那當然不行。上吊讓脊髓延長，說穿了不是身體變長而是被破壞了。」「那就算了。」主人打消念頭。

接下來的演說還很長，寒月君應該還談到了上吊的生理作用，但迷亭不斷插嘴講些瘋言瘋語，主人也不時不客氣地打呵欠，所以最後他講到一半就走了。那晚寒月君是什麼態度，又是如何雄辯滔滔，反正都是遠方發生的事，我無從得知。

就這樣安靜度過兩三天後，某天下午二點左右，迷亭老師又像那偶然童子般倏然出現。坐下之後，劈頭就說：「你聽說了越智東風的高輪事件嗎？」他的話語中展現出當時趕來通知旅順攻陷這個號外消息的氣勢。「不知道，最近都沒碰面。」主人還是一如往常陰鬱。「今天我想報告那個東風子的失策故事，所以在百忙中特地前來。」「你又誇張了，你這人真是不規

---

113 貝武夫（Beowulf），古代英語寫成的代表性敘事詩，也是詩中主角勇者之名。
114 布萊克斯頓（William Blackstone，1723-1780），英國法學家，牛津大學教授。
115〈農夫皮爾斯〉（The Vision of Piers (the) Plowman）是威廉．蘭格倫（William Langland，約1330-1386）以中世紀英語創作的諷刺、宗教寓意詩。

矩。」「哈哈哈，與其說不規矩應該是沒規矩吧。這點如果不稍做區別會影響到名譽。」「還不是都一樣！」主人咆哮。完全是天然居士再版。「上個星期天東風子據說去了高輪泉岳寺[116]。這麼冷的天本來可以不去的——更何況這年頭會去泉岳寺參拜的，只有對東京不熟的鄉巴佬。」「那是東風的自由。你沒權利阻撓。」「原來如此，我的確沒權利。權利不重要，總之那個寺內不是有義士遺物保存會這個展覽嗎？你知道吧？」「不。」「不知道？你應該去過泉岳寺吧？」「沒。」「沒有？這真是太意外了。難怪你拼命替東風辯護。江戶男兒居然不知道泉岳寺太說不過去了。」「反正不知道照樣可以當老師。」主人的作風越來越像天然居士。「那是無所謂啦，總之東風進去展覽場一看，來了一對德國夫妻，他們起先以日語向東風發問。但你也知道東風是個非常想說德語的男人。於是回了對方三言兩語。沒想到對話意外順利——事後想想那才是災禍之始。」「後來怎樣了？」主人終於上勾了。「德國人看到大鷹源吾[117]的蒔繪[118]印章盒就說很想買，問他能不能賣。當時東風的回答可有意思了。他居然說日本人都是清廉君子所以不能賣。到此為止都還算表現良好，後來德國人好像以為找到一個好翻譯，開始頻頻發問。」「問什麼？」「別提了，要是知道就不用擔心了，問題是德國人像連珠炮似地提出一連串問題讓東風聽得一頭霧水。偶爾覺得聽懂了又是問鳶口與掛矢[119]的事。西洋的鳶口與掛矢要怎麼翻譯東風根本沒學過，所以傷透腦筋。」「的確。」主人與自身教書的經驗比較之下不禁大表同情。「這時旁邊的閒人好奇地紛紛聚集過來。最後把東風和德國人團團圍住看熱鬧。東風面紅耳赤結結巴巴。一反起初的氣勢變得無力招架。」「結果怎樣了？」「最後東風似乎再也忍不住，用日語說聲莎伊那拉（再見）就趕緊溜走了。莎伊那拉有點奇怪吧？我就問他在他的家鄉難道是把莎喲那拉說成莎伊那拉嗎，結果他說一樣是莎喲那拉，只是因為對方是西洋人，為了講求和諧他才刻意發音比較婉轉地念成莎伊那拉。我不禁感嘆東風這傢伙就連困窘時都不忘追求和諧。「莎伊那拉不重要，那個西洋人是什麼反應？」「西洋人目瞪口呆據說一臉茫然，哈哈哈，很好笑吧？」「這有什麼好笑的，特地來報告這種事的你才更好笑咧。」主人說著把捲菸的菸灰撣落火盆中。正好這時格子門的門鈴尖聲響起。「有人在嗎？」女人尖銳高亢的聲音響起。迷亭與主人不由得相顧沉默。

主人家難得有女客上門，一看之下那個聲音尖銳的女人已任由皺綢雙層和服下擺擦過榻榻米款款走進來了。年紀大約超過四十吧。拔高的髮線處可見前髮如堤防工程般高高聳起，至少有臉部二分之一的長度聳天而立。小眼睛就像破山開出的坡道，直線吊起左右對立。那兩條直線看起來比鯨魚還細小。只有鼻子特別大。就像是偷來別人的鼻子安在臉中央。又好似在三坪面積的小院子搬來招魂大社[120]的石燈籠，雖然獨自占盡空間，看起來卻總覺得有點不穩當。那個鼻子是所謂的鷹勾鼻，起先盡力高聳，但用力過度中途轉而謙虛，再往下時已不復起初的

---

116 泉岳寺，現在的港區，以忠臣藏聞名的赤穗浪人（所謂的赤穗義士）的墓地在此。

117 大鷹源吾，大高源吾（1672-1703），赤穗義士之一。

118 日本的漆器工藝。在漆器表面勾勒圖案，以金粉或銀粉鑲嵌著色。

119「鳶口」是棒子前端像鳥嘴般的鐵鉤形工具，「掛矢」是木柄大鎚。皆為赤穗義士當時用來破壞門牆，攻入主君的仇人吉良上野介家的工具。

120 祭祀為國犧牲者的神社。各地皆有，此處指九段的東京招魂社。明治十二年改稱為靖國神社。

氣勢變得下垂，可以窺見底下的嘴唇。因為鼻子如此顯眼，當這個女人講話時，不像是嘴巴說話倒像是鼻子在說話。我為了對這偉大的鼻子表達敬意，打算今後稱呼此女為鼻子女士。鼻子女士為初次謀面寒暄致意後，「你這房子還挺不錯的。」她放眼打量和室內。主人在內心暗罵「少騙人了」一邊猛抽菸。迷亭看著天花板，「老兄，那是漏雨的水漬，還是木板的花紋啊？圖案很特別喔。」暗地催促主人。「當然是漏雨的水漬。」主人回答。「那真是太好了。」迷亭若無其事地說。鼻子女士內心暗自氣憤這些人不懂社交辭令。好一陣子三人對坐默默無言。

「我有些事想請教，所以特地來訪。」鼻子再次開口。「噢。」主人極為冷淡地接腔。鼻子一看這可不行，「其實我就住在附近——就是對面那一頭的橫巷角屋。」「是那戶有巨大洋樓倉庫的人家嗎？難怪那裡掛出金田的門牌。」主人似乎終於意識到金田的洋樓與金田倉庫，但對金田夫人的尊敬程度還是一如之前。「本來該由外子出面來拜訪，但他公司那邊很忙。」這次總該管用了吧？鼻子女士露出這樣的眼神。但我家主人不為所動。鼻子女士之前的遣詞用字就一個初見面的女人而言太傲慢，所以主人早已有所不滿。「而且還不只一家公司，他要同時兼管兩三家公司。在每家公司都是高階主管——你大概知道吧？」她的表情在說：這下子你總該怕了吧？本來我家這位主人是對博士或大學教授非常敬畏的男人，但古怪的是他對企業家的尊敬度極低。比起企業家，他深信中學教師更偉大。好吧，就算不相信，但以其食古不化的個性，早已死心認定自己不可能得到企業家、有錢人的眷顧。縱使對方有財有勢，也不可能幫助自己，所以他對這種人的利害毫不在乎。因此除了學者社會，他在其他方面極為迂闊糊塗，尤其是對企業界，他向來不知在哪有誰在做些什麼。就算知道也沒有絲毫尊敬畏服之意。至於鼻子女士，做夢也想不到在這天下一隅還有如此怪人同樣生活在日光下。過去她也算見識過不少世間人物，但只要她報上金田之妻的頭銜，無人不是立刻改變態度，不管去哪個場合，即便站在身分再高的人物面前，金田夫人這個名號也能通行無阻。更別說是在這種迂腐窮酸的老書生面前，只要說出我家是對面橫巷的角屋大宅，她以為對方不用聽職業應該就會嚇到了。

「金田這個人你知道嗎？」主人不當一回事地問迷亭。「當然知道，金田先生是我伯父的朋友。上次還在園遊會遇見。」迷亭認真回答。「噢？你的伯父又是誰？」「牧山男爵。」迷亭越發正經。主人還不及發話，鼻子已急忙扭頭看迷亭。迷亭在大島繭綢外穿了古渡更紗[121]。「哎喲，您是牧山閣下的——該怎麼說，我都不知道，真是太失禮了。外子每次都說，牧山閣下非常照顧他。」她忽然改用敬語，而且還鞠躬哈腰，迷亭聽了，「沒什麼啦，哈哈哈。」說著大笑。主人目瞪口呆地看著二人。「據說為了小女的親事還麻煩牧山閣下跟著操心……」「噢，這樣嗎？」這個消息對迷亭似乎也有些過於唐突令他發出有點錯愕之聲。「其實各方都有人上門說親，但我們也是有身分有地位的人，不能隨便把女兒下嫁……」「有道理。」迷亭這才安心。「就是為此，才想來問你一下。」鼻子這時看著主人突然又恢復高傲的言詞態度。「聽說水島寒月這個人經常來找你，他到底是什麼樣的人？」「妳問寒月的事做什麼？」主人不客氣地說。「應該還是為了令千金的姻緣，想了解一下寒月君的品性吧。」迷亭機靈地猜到。「如果能知道這點，對我們會極有助益……」「那麼，妳是想把令千金嫁給寒月？」「我沒說要

121「更紗」是近世初期外國進口的印花布總稱。其中自室町時代或更早期傳來的稱為「古渡」。

嫁給他。」鼻子女士突然被主人激怒。「另外還有很多人介紹，我女兒就算不嫁給他也不愁沒人娶。」「那妳根本用不著打聽寒月的事吧？」主人也卯起來。「但也用不著替他隱瞞吧？」鼻子女士也有點要吵架的架勢。迷亭坐在雙方之間，拿著銀菸管像是相撲裁判用來判定勝負的扇子，心裡正在大吼：加油！上啊上啊！「不然妳是說寒月一定要娶嗎？」主人從正面開炮。「我沒說他要娶……」「但妳心裡就是想讓他娶吧？」主人似乎醒悟對付這種女人唯有硬碰硬。「話不是那麼說的——這對寒月先生應該也不是壞事吧？」她在垂死邊緣勉強振作。「寒月可曾說過對令千金有所愛慕？」有的話妳倒是說說看呀！主人擺出這種態度囂張地挺胸示威。「哎，應該有那種意思吧。」這次主人的炮火絲毫未奏效。之前以裁判自居看得津津有味的迷亭，似乎也被鼻子女士這句話勾起好奇心，把菸管放下向前傾身。「寒月給令千金寫過情書嗎？這真是太好了，新年剛到又添一樁美談足以成為好話題。」他一個人在那邊高興。「不是情書，比那個更猛烈，二位難道不知道嗎？」鼻子女士變得異樣刁鑽。「你知道這件事嗎？」主人一頭霧水地問迷亭。迷亭也以誇張的語氣說：「我不知道，若有人知道也是你知道。」他在無聊之處反倒異常謙虛。「不，這是二位都知道的事。」只有鼻子女士得意洋洋。「噢？」二人一同感嘆。「如果忘記了那就由我來說吧。就是去年年底向島的阿部先生府上舉行演奏會，寒月先生不是也去了嗎？那晚回來時在吾妻橋發生了什麼事——詳情我不便說，因為或許會給當事人造成麻煩——總之我認為那樣的證據已足夠充分，二位說呢？」她說著把戴著鑽石戒指的手指在膝上併攏，重新擺出凜然不可侵犯之姿。偉大的鼻子更加大放異彩，迷亭與主人似乎都變得黯然失色。

主人自然不用說，就連迷亭好像也被這意外的攻擊嚇到，好一陣子如瘧疾病人呆坐，但是隨著驚愕漸消終於恢復本色，滑稽的感覺再次吶喊。二人不約而同「哈哈哈哈」大笑。唯有鼻子有點錯愕，瞪著二人覺得他們在這時大笑太沒有禮貌。「那就是令千金嗎？原來如此，真有意思，妳說得對，苦沙彌君，寒月肯定是愛上那位小姐了……就算再隱瞞也沒用，還是老實招認吧。」「嗯哼。」主人只是這麼回答。「隱瞞也沒用喔，已經被抖出來了。」鼻子女士再次得意。「這就沒辦法了。我會陳述關於寒月君的事實以供參考，喂，苦沙彌君，你身為主人，只顧著嘻皮笑臉豈不是沒完沒了，祕密這種東西果真很可怕。就算再怎麼隱瞞，遲早會真相大白。——不過說到不可思議的確不可思議，金田太太，妳怎會知道這個祕密，實在太驚人了。」迷亭一個人喋喋不休。「我可不是白混的。」鼻子神色得意。「妳未免也太精明了吧。到底是聽誰說的？」「就是這後面的車夫家的太太。」「那個有隻黑貓的車夫家嗎？」主人瞪圓雙眼。「對，寒月先生的事，她派上很大的用場。我很好奇寒月先生每次來這裡聊些什麼，所以拜託車夫家的太太一一通知我。」「那太過分了。」主人大聲說。「放心，你在做些什麼，我才不在乎。我只想知道寒月先生的事。」「不管是寒月的事還是誰的事——那個車夫家的太太未免太過分了。」主人一個人在那邊生氣。「不過她悄悄站到你家牆腳也是她的自由啊。如果你怕被別人聽見就該講話小聲點，或是換個更大的房子。」鼻子女士講這種話一點也不臉紅。「不只是車夫。從小巷的二弦琴師傅那裡我也打聽到不少消息。」「關於寒月的嗎？」「不只是寒月先生的事喔。」她這話有點危言聳聽。本以為主人會被嚇到，「那個師傅故作高貴優雅，一臉只有自己才是人的表情，簡直是混蛋透頂。」「人家好歹是女人哩。你怎麼可以隨便罵混蛋。」鼻子女士說話越來越流露鄉土本性。這樣簡直像是專程上門來吵架，相較之下迷亭果然還是迷亭，津津有味地在旁聽這場談判。就像鐵拐仙人[122]看鬥雞比賽似地坦然自若。

我家主人總算發現若要吵架絕對不是鼻子女士的對手，只好暫時保持沉默，但他似乎終於想到，「妳剛才說寒月愛上令千金，這跟我聽到的說法，有點出入喔，對吧迷亭君？」他尋求迷亭的聲援。「嗯，根據他那時的說法，明明是令千金起初生病——好像在昏迷中說了什麼囈語。」「才沒那種事！」金田夫人斷然使出直截了當的言詞。「但我記得寒月提到，是聽某某博士的夫人說的。」「那是我們使的手段，拜託某某博士夫人試探一下寒月先生的意思。」「某某夫人同意配合做那種事？」「對，她同意幫忙，可不是免費的喔，我想盡辦法送了各種東西給她。」「看來妳下定決心一定要刨根究底打聽寒月君的事才肯走。」迷亭看起來有點不悅，難得說出尖銳的言詞。「算了，反正就算說出來也沒壞處，那我們就說吧，苦沙彌君——夫人，我和苦沙彌，對於寒月君的事只要不影響，全都可以告訴妳。那就按照順序由妳一一發問比較好吧。」

鼻子女士終於同意開始提出問題。本來粗魯的言詞在面對迷亭時又恢復原先的文雅客氣。「寒月先生據說也是理科學士，請問他到底專攻哪一方面？」「他在研究所研究地球的磁力。」主人一本正經回答。不幸的是鼻子女士聽不懂意思，只是「噢」了一聲面露詫異。「學那個可以成為博士嗎？」她問道。「如果當不了博士，就不能把女兒嫁給他嗎？」主人不愉快地反問。「對。如果只是大學生，那滿街都是。」鼻子坦然回答。主人看著迷亭，臉色更差了。「能不能成為博士不是我等可以保證的，妳還是改問別的吧。」迷亭說著也不大高興。「最近他也在搞那個地球的——他在鑽研什麼？」「兩三天前他才在理學協會演講，發表過上吊的力學這個研究結果。」主人不當一回事地說。「哎喲天啊，上吊？這人也太奇怪了吧。研究那什麼上吊，怎麼可能成為博士嘛。」「他本人上吊的話當然很難，但若是研究上吊的力學，不見得當不了博士。」「真的嗎？」這次她窺探主人的臉色。可悲的是她根本不懂力學的意思所以忐忑不安。但金田夫人或許認為問這種事有損顏面，只是看著對方的臉色暗自猜疑。主人的臉色很難看。「除此之外，他還鑽研什麼比較淺顯易懂的東西嗎？」「這個嘛，之前他寫過論橡實的安定性以及天體運行這篇論文。」「橡實這種東西還需要在大學鑽研嗎？」「我也是外行人不太清楚，畢竟，寒月君肯研究，那應該就是有研究的價值吧。」迷亭不動聲色地頂回去。鼻子女士似乎已死心認定學問方面的問題難以應付，索性轉移話題。「那我換個問題——這個正月新年據說他吃香菇折斷了二枚門牙？」「對，缺門牙的地方還沾著空也餅。」迷亭顯然覺得這個問題終於問到自己的看家本領，當下大為振奮。「那也太粗魯了吧，他為什麼不用牙籤？」「下次碰面我會提醒他。」主人說著吃吃笑。「吃香菇都會弄斷牙，可見他的牙齒很不好，是這樣嗎？」「的確不算好——對吧迷亭？」「是不太好，但還挺可愛的。最妙的是，後來他一直沒去補牙。至今還會沾到空也餅，真是奇觀。」「是沒錢補牙只好任它缺著，還是故意不去補牙呢？」「他應該不可能永遠頂著缺門牙這個名號，所以妳可以安心。」迷亭的心情漸漸好轉。鼻子女士又換個問題。「如果府上有他寫的書信，能否讓我看一下。」「明信片倒是多得

122 隋代的仙人李洪水。經常被狩野派做為繪畫題材。

很，妳自己看吧。」主人從書房拿來三、四十張。「用不著給我看那麼多——只要其中兩三張就好……」「來來來我替妳挑幾張好的。」迷亭老師說，「這張應該很有趣。」他說著挑選出一張明信片。「哎呀他還會畫畫啊？挺靈巧的嘛，我瞧瞧。」她看了一下，「哎喲天啊，是狸貓。什麼不好選偏偏畫隻狸貓——不過看起來就像狸貓真不可思議。」她有點讚嘆。「請看一下他寫的內容。」主人笑著說。鼻子像女傭念報紙一樣大聲念出來。「舊曆的除夕夜，山中狸貓舉行園遊會盛大舞蹈。歌詞曰，來喲，除夕夜，山路探勘人也不會出現。斯波可砰呀砰。」「這是什麼玩意，分明是在耍人嘛。」鼻子憤憤不平。「這張仙女也不滿意嗎？」迷亭又取出一張。一看之下是仙女身穿飛天羽衣彈琵琶的圖畫。「這個仙女的鼻子好像太小了。」「怎麼會，那是正常大小，別管鼻子了，先看內容吧。」內容是這麼寫的。「以前某處有一位天文學者。某晚一如往常登上高台，一心觀星，忽見天空出現美麗的仙女，演奏世間難聞的美妙音樂，天文學者忘記沁骨寒冷聽得入神。到了早上，只見天文學者的屍體覆蓋雪白冰霜。那位愛說謊的老爺爺說，這是真正的故事。」「這是什麼啊，根本毫無意義，這樣也算是念理科的大學生嗎？我看他應該看一下文藝俱樂部[123]才對。」她狠狠批評寒月君。迷亭半是好玩地取出第三張，「這張如何？」這次上面印刷著帆船，下面照例寫了一些字。「昨晚過夜的十六小女郎，聲稱無父無母，徒然對著荒磯的千鳥，半夜驚醒的千鳥哭泣，雙親已乘船落海底。」「不錯嘛，原來他也會說感人的故事。」「會嗎？」「對呀，這可以配上三弦琴吟唱了。」「配上三弦琴那可道地了。這個呢？」迷亭又拿一張。「不，看了這麼多，已經夠了，我已經知道他沒那麼粗俗了。」鼻子女士自顧著滿意。看來她對寒月的問題已大致問完，「今天真不好意思。

請別把我來過的事告訴寒月先生。」她自私地要求。看來她的方針就是寒月的事什麼都想打聽，自己的事卻完全不告訴寒月。迷亭與主人都隨口敷衍了一聲「噢」。「那我改天再道謝。」她一邊鄭重聲明一邊起身。二人送走她後剛回到位子，迷亭就說：「她那是搞什麼？」主人也說：「她那是搞什麼？」雙方都問出同樣的問題。裡屋的女主人似乎再也忍不住，傳來吃吃偷笑聲。迷亭大聲說：「嫂子哎嫂子，平庸的標本出現了。平庸到那種地步也很厲害。妳不用客氣，儘管笑吧。」

主人語帶不滿，「首先她的長相就很討人厭。」他憎惡地說，迷亭立刻接腔，「鼻子占領臉中央。」他如此補充。「而且是彎的。」「還有點駝背。駝背的鼻子，挺稀奇的。」他逗趣地笑了。「那是剋夫相。」主人好像還是很氣憤。「就是那種十九世紀滯銷乏人問津，到了二十世紀還繼續晾在店門口的長相。」迷亭老是口出妙語。這時女主人從裡屋出來，基於女人的身分提醒：「講太多壞話，小心又會被車夫家的太太聽見去告狀喔。」「提醒她一下也算是苦口良藥，嫂子。」「但是說人家容貌的壞話未免太下作了，又不是她自己喜歡有那種鼻子——況且對方好歹是女士，這樣太刻薄了。」她替鼻子女士的鼻子辯護，同時也等於間接替自己的容貌辯護。「有什麼刻薄的，她才不是女士，是愚人，對吧迷亭君？」「或許是愚人，卻相當精明厲害，不就讓她打聽到不少消息嗎？」「她到底把教師當成什麼人了？」「當成後面的車夫看待吧。若要得到她那種人的尊敬只能成為博士。不能當博士是你自己太蠢，對吧嫂子，妳說

123 博文館創刊，當時最有力的文藝雜誌。後來逐漸通俗化，昭和八年廢刊。

是不是？」迷亭笑著扭頭對女主人說。「他哪有那個本事當博士啊。」連女主人都鄙視主人。「說不定改天就成博士了，別瞧不起人。妳可能不知道，以前有個人叫做艾索克拉提斯[124]，九十四歲還寫出大作。索福克里斯[125]寫出傑作震驚天下時，幾乎已是百歲高齡。西蒙尼提斯[126]八十歲寫出妙詩。所以我當然也行……」「太可笑了，你這種胃病怎麼可能活那麼久？」女主人顯然已經預估過主人的壽命。「真沒禮貌──不信妳去問甘木先生。歸根究底，都是妳讓我穿這種皺巴巴的黑色棉布大褂和滿是補丁的衣服，才會被那種女人瞧不起。從明天起我也要穿迷亭那種衣服，妳去給我準備。」「叫我準備？家裡哪來那麼好的衣服。金田夫人對迷亭先生客氣，是因為聽到他伯父的名號。又不是因為衣服。」女主人巧妙地推卸責任。

主人聽到伯父這個字眼似乎忽然想起來了，「我今天才第一次聽說，你居然還有伯父。之前怎麼都沒聽你提過？真的有這號人物嗎？」他問迷亭。迷亭像是早就在等他問這句話，「嗯，那個伯父啊，那個伯父非常頑固──同樣是從十九世紀一直活到今天。」他來回看著主人夫婦的臉。「呵呵呵呵，你說話真有趣，他老人家現在何處呢？」「在靜岡縣，而且他不只是活著。頭上還頂著江戶時代的髮髻真是令人敬畏。叫他戴帽子，他就耀武揚威地說我活到這把年紀還沒冷到需要戴帽子──如果勸他天氣冷多睡一會，他就說人類睡四小時就足夠，超過四小時是在浪費時間，天沒亮就起床了。而且，他還沾沾自喜地炫耀：我能夠把睡眠時間縮減到四小時，是因為長年在修行，年輕時總是睡不飽做不到，最近終於進入隨心所欲的庶境[127]了。活到六十七歲變得睡不好本來就是理所當然。和修行一點關係也沒有，當事人卻以為完全是靠一己之力成功。而且外出時，他一定會帶著鐵扇。」「做什麼？」「不知道要做什麼，就只是帶著。或許是當作拐杖的替代品吧。說到這裡，之前還發生一件怪事。」這次迷亭對著女主人發話。「噢？」女主人不痛不癢地接腔。「今年春天我突然收到信叫我趕緊送西式禮帽與大禮服過去。我有點驚訝，寫信回去問，結果那邊答覆說是老人自己要穿戴的。二十三日在靜岡縣有一場大捷慶祝會，為了及時趕上，老人下令一定要趕緊治裝。好笑的是，他的命令是這樣的：帽子買頂大小差不多的就行，衣服也拿捏個差不多的尺寸去大丸[128]訂做……」「最近大丸也接受訂製西服嗎？」「沒有，老師，他是和白木屋弄錯了。」「叫人家拿捏尺寸也是強人所難吧？」「那正是我家伯父之所以是伯父之處。」「結果呢？」「沒辦法，我只好自己看情況隨便買了寄去。」「你也是亂來。結果趕上了嗎？」「總算是馬馬虎虎解決了。後來看當地的報紙，報上說當天牧山翁難得穿西式大禮服，照例拿著那把鐵扇……」「看來鐵扇還是不離手啊。」「嗯，我還打算等他將來死了一定要把鐵扇放進棺中。」「不過帽子和衣服都合適真是太好了。」「那你就錯了。我本來也以為一切順利，沒想到過了一陣子，從家鄉寄來包裹，我還以為是謝禮，打開一看就是那頂禮帽。還附帶一封信，上面寫著感謝你特地購來可惜有點嫌

---

124 艾索克拉提斯（Isokrates，B.C.436-B.C.338），希臘雅典的雄辯家。

125 索福克里斯（Sophokles，B.C.496-B.C.406），與艾斯奇勒斯、尤瑞皮底斯並稱希臘三大悲劇詩人。代表作有《伊狄帕斯王》、《安蒂岡妮》等。

126 西蒙尼提斯（Simonides，B.C.556-B.C.468），希臘抒情詩人。

127 「庶境」乃佳境之意。意指在任何境地皆可隨心自如。

128 當時位於日本橋區（現為中央區）的大丸服裝店。白木屋早就開始經手洋服，已有定評。

大，請送回帽子店，讓對方改小，修改費會以小額匯票寄上。」「原來如此，太糊塗了。」主人發現天底下還有比自己更糊塗的人似乎大為滿足。之後，「後來呢？怎樣了？」他又問道。「還能怎樣，沒辦法，我只好留著自己戴。」「那頂帽子嗎？」主人奸笑。「那位真的是男爵嗎？」女主人滿臉不可思議地問。「妳說誰？」「就是那位鐵扇伯父。」「沒那回事，他是漢學家，年輕時在聖堂[129]鑽研什麼朱子學說之類的，所以在西洋電燈下也恭敬頂著髮髻。真拿他沒辦法。」迷亭不停撫摸下巴。「但是，你對之前那個女人說他是牧山男爵。」「是這麼說的沒錯，我在起居間也聽見了。」唯獨這時女主人也同意主人的意見。「是嗎，哈哈哈哈！」迷亭莫名其妙地大笑。「那是騙人的啦。我如果有個男爵伯父，現在起碼當上局長了。」他坦然自若。「我就說不對勁嘛。」主人看起來有點高興，又有點擔心。「哎喲，虧老師你能一本正經說出那種謊話。你也太會吹牛了。」女主人非常佩服。「比起我，那個女人更高明。」「你也不遜色。」「不過嫂子，我的吹牛純粹是吹著好玩的。那個女的，卻全都是有目的，是有理由的謊言。那更難纏。出自小聰明的心計謀算，與天生的滑稽趣味若混為一談，喜劇之神也不得不悲嘆世人有眼無珠了。」主人垂下眼簾，「不見得吧。」他說。女主人笑著說，「都一樣。」

我以前沒去過對面的橫巷。自然也沒看過角屋的金田家是什麼樣的格局。甚至是這次才聽說。在主人家，企業家從未在話題中出現，所以靠主人養活的我不僅對這方面毫無關係，而且非常冷淡。之前鼻子女士意外來訪，我以局外人的立場旁聽了他們的談話，想像那位千金小姐的美豔，以及她家的富貴、權勢後，我雖是貓也無法安閒躺在簷廊睡覺了。不僅如此我對寒月君也非常同情。對方收買了博士的太太、車夫家的太太，甚至二弦琴的天璋院夫人，神不知鬼不覺地連他缺門牙都偵察到了，可是寒月君這廂卻只顧著笑嘻嘻把玩外套的衣帶，就算他是剛畢業的理科大學生，也未免太無能了。不過話說回來，對方能在臉中央安置那麼偉大的鼻子，自然不是隨隨便便什麼人都能接近她打聽消息。對於這種事，主人毋寧毫不在乎而且太缺錢。迷亭雖不缺錢，但他是那種偶然童子，應該不大可能贊助寒月。如此看來，可憐的只有演說上吊力學的老師。所以我必須奮發圖強，潛入敵城偵察動靜，否則未免太不公平。我雖是貓，好歹是隻寄住在看了哲學家愛比克泰德的書會狠狠砸在桌上的學者家的貓，和世間一般的笨貓、愚貓稍有不同。敢做這種冒險行動的俠義心腸本來就已藏在尾巴尖。我並不是要對寒月君施恩，但這不只是出於個人因素的血氣狂躁之舉。廣義而言算是愛好公平熱愛中庸實現天意的爽快義舉。既然她不經他人允許便將吾妻橋事件到處散播，既然她派遣走狗躲到別人家簷下竊聽，聽取報告後逢人吹噓，既然她不惜利用車夫、馬夫、無賴漢、窮書生、打零工的阿婆、產婆、妖婆、按摩師、乃至愚人來騷擾國家有用之人才——那麼我身為貓也豁出去了。幸好天氣也很好，雖然冰霜融化有點麻煩，但為了大道只能豁出性命。我腳底沾著泥濘，在簷廊按下梅花印，這點小事或許會對廚娘造成困擾，對我來說卻是不痛不癢。不用等明天了現在就出發吧！我萌生這勇猛精進的大決心，衝到廚房，但是，等一下！我暗想。身為一隻貓我雖已達到

129 聖堂指孔子廟。江戶時代隨著儒學興盛各地皆有建立聖堂，成為鑽研學問之地。

進化的極致，在腦力發達方面自認也不輸中學三年級的學生，但可悲的是，唯有咽喉的構造依然是貓的，我無法使用人族的語言。好吧，就算我順利潛入金田家，充分偵察到敵情，也無法告訴寒月君這個當事人。更不可能告訴主人或迷亭老師。不能把情報說出來就等於土裡的鑽石無法在陽光下發亮。空有智識也成無用之物。這太愚蠢了，還是算了吧——我不禁在門口佇足。

但是一旦起意後，若要中途放棄，就像在等待下起晴空陣雨之時那朵烏雲卻行經鄰地，多少有點遺憾。如果錯在己方自然另當別論，為了所謂的正義，為了人道，即便枉送性命也要勇往直前，這才是知義務的男兒本色。白費力氣，白弄髒腳，就一隻貓而言正是本分。由於生而為貓，我沒有技倆可與寒月、迷亭、苦沙彌諸位老師以三寸之舌交換思想，但也正因為是貓，唯有忍術比諸位老師高明。成就他人不能之事自己也會感到愉快。雖只有我一隻知道，但能夠知道金田家的內幕，總比無人得知要來得愉快。雖不能告知人族，但至少能夠帶給他們被人發現的自覺就很愉快了。既有這麼多愉快怎能不去。當然還是得去吧。

等我來到對面的橫巷一看，傳說中的洋樓果然大搖大擺占據角地。這裡的主人八成也像這洋樓一樣傲慢，我鑽進大門眺望那座建築，但除了雙層樓房像要威壓他人般無意義地聳立，看不出其他好處。迷亭所謂的平庸大概就是指這個吧。玄關在右邊，我鑽過灌木叢，繞到廚房後門。廚房果然寬敞。足有苦沙彌老師家的廚房十倍大。整齊清潔絲毫不遜於之前日本新聞詳細描述的大隈伯家的廚房[130]。「果然是模範廚房。」我鑽進去。一看之下石灰鋪地約有二坪的脫鞋口，站著那個車夫家的太太，正對著廚子與司機頻頻發話。這傢伙很危險，我急忙躲到水桶後面。「那個教師，連我家老爺的大名都不知道嗎？」廚子說。「怎麼可能不知道，在這一帶如果不知金田先生的大宅，那等於是又瞎又聾。」這是司機的聲音。「簡直無話可說。說到那個教師，本來就是個除了書本一無所知的怪胎。如果對老爺稍有所知或許還會敬畏，但是沒用，他連自己的小孩幾歲都不知道。」太太說。「他連金田先生都不怕嗎？真是麻煩的怪胎。管他的，大家一起去嚇唬他一下好了。」「這個主意好。居然說什麼夫人的鼻子太大、長相太討厭——他講話可過分了。也不看看他自己的長相就像今戶燒[131]做成的狸貓——他自以為那樣才像個人樣，你說氣不氣人。」「不只是長相，他拎著毛巾去澡堂時不也態度很傲慢？他自以為沒有人比他了不起。」看來苦沙彌老師在廚子心中的形象也很差。「乾脆大家一起去他家的牆腳邊說他壞話吧。」「那他一定會嚇到。」「但是讓他看到我們就沒意思了，剛才夫人吩咐過，只要出聲打擾他看書，盡量讓他煩躁不安就好。」「這個我懂。」車夫家的太太表示要承擔三分之一的說壞話任務。原來是要用這招來刺激苦沙彌老師啊，我悄悄走過三人身旁鑽進裡屋。

貓的腳步若有似無，不管走在哪裡都不會發出笨拙的聲音。宛如踏在空中，宛如行在雲上，宛如水中敲磬[132]，宛如洞裡鼓瑟[133]，這樣的醍醐妙味難以言喻冷暖自知[134]。沒有什麼平庸

---

130 大隈伯，當過首相的大隈重信。他家的廚房被譽為上流社會的模範。

131 台東區今戶町生產的素燒陶器。也製作各種人偶，頗有素樸風味，但並不美麗。

132 中國古代的敲擊樂器。

133 中國古代的弦樂器。

134 不借他人之手自行領悟之意。《無門關》有云「如人飲水，冷暖自知」。

的洋樓可言，也沒有模範廚房，更沒有車夫家的太太、權助[135]、廚子、千金小姐、女傭、鼻子夫人、夫人的夫婿。我只不過是去我想去之處聽我想聽之言，伸舌搖尾，翹起鬍鬚悠然返家而已。尤其我在這方面的本領堪稱日本第一。甚至連我自己都懷疑是否繼承了傳奇故事中的妖怪貓又的血統。俗話說癩蛤蟆的額頭亦有夜明珠，我的尾巴有神祇釋教戀無常[136]自不待言，也塞滿了睥睨滿天下人類的家傳妙藥。趁著無人時橫行金田家的走廊這種小事，比金剛力士一腳踩扁涼粉還容易。這時，連我都佩服我自己的力量，察覺這都要歸功於我平日珍視的尾巴後當然不能毫無作為。我得膜拜我尊敬的尾巴大神祈求喵運長久才行，於是我稍微低頭，但總覺得有點不對勁。我得盡量看著尾巴那邊三拜叩首。但轉身想看尾巴時尾巴也自然跟著轉。我扭頭想追上去，尾巴卻也保持同樣的間隔往前跑。果然不愧是能將天地玄黃[137]收在三寸之內的靈物，終究不是我能抗衡。繞著尾巴七次半之後我實在累壞了，只好放棄。我有點頭暈眼花。甚至一下子弄不清自己身在何方。管他的，我埋頭到處亂逛。紙門內忽然響起鼻子女士的聲音。就是這裡！我當下駐足，左右兩耳斜著豎起，屏氣凝神。「一個窮教師未免太自大了吧！」那個熟悉的尖嗓子蹦出。「嗯，太自大了，看我教訓他一下給他點顏色瞧瞧。那間學校也有我的同鄉。」「有誰在？」「津木瓶助和福地喜捨吾[138]在，我會拜託他們好好照顧他。」我不知金田君的故鄉是哪裡，但這些人的名字太奇妙了令我有點吃驚。金田君又說：「那傢伙是英語教師嗎？」他問。「對，據車夫家的太太說好像專門教什麼英語讀本[139]。」「反正肯定不是什麼好教師的啦。」的啦也令我驚嘆不已。「上次遇到瓶助，他說學校有怪胎。有學生問老師番茶（粗茶）的英文應該怎麼說，那人居然一本正經地說是savage tea，成了教員之間的笑柄，他說有那種教員在，對其他同仁造成很大的困擾，我看八成說的就是那傢伙。」「肯定是那傢伙，他長得就像是會說出那種話。還留著怪鬍子。」「真是不像話。」如果有鬍子就不像話，那貓族每一隻都不像話了。「還有那個叫做什麼迷亭的傢伙，滿口胡言亂語，整天嘻皮笑臉的簡直是瘋子，還好意思說他伯父是牧山男爵，就憑他那種長相，怎麼可能有個男爵伯父嘛。」「誰教妳自己把那種來歷不明的人講的話當真。」「你還怪我，太瞧不起人了吧。」她似乎很遺憾。不可思議的是她一個字都沒提到寒月君。是我潛入金田家之前他們就批評過了，還是寒月已經淘汰出局所以不被他們放在心上，這點我也很關心卻無從得知。站了一會後隔著走廊對面的和室傳來鈴聲。那邊好像也有事發生。我當下不顧一切走向那個方位。

過去一看，有一個女人正在大聲說話。她的聲音和鼻子女士很像，可見她應該就是這家的千金小姐，那個逼得寒月君跳水未遂的人物。可惜隔著紙門無法一睹盧山真面目。因此她的臉孔中央是否也有大鼻子坐鎮無法確定。但觀其說話就其鼻息粗重等現象綜合判斷，未必不是

---

135 權助乃下男的通稱。

136 羅列神、佛、戀、死與人事種種之詞。在和歌與俳句中，相對於自然。

137《千字文》的第一句，指天地。《易經》的「坤」有云：「天為玄（黑），地為黃。」

138《貓》執筆當時的漱石同事中，有杉敏介與菊池壽人這二位第一高等學校教授。該校畢業生（山田潤二、龜井孝高、五味智英）日後回憶，這二人就是瓶助與喜捨吾的原型（高島俊男〈恕我冒昧反駁您……〉《週刊文春》平成十四年七月十一日號）。

139 Reader，當時中學使用的英語講讀用的教科書。

惹人注意的獅子鼻。只聞女人喋喋不休卻聽不見對方的任何聲音，這大概就是傳說中的電話吧。「你是大和[140]嗎？明天，我要過去，替我留鶉之三[141]的位子，你重述一遍我的話——懂了嗎——什麼？沒聽懂？天啊真是的。我要訂鶉之三的位子啦——你說什麼——沒位子？怎麼可能沒位子，我就是要訂——嘿嘿嘿嘿開玩笑？——誰跟你開玩笑——叫我別戲弄你？你到底是誰？長吉？什麼長吉莫名其妙。叫你們老闆娘來聽電話——什麼？我有話直接跟你講就好？——你太沒禮貌了，你知道我是誰嗎？我可是金田——嘿嘿嘿如雷貫耳？你這人真的很笨耶，就跟你說我姓金田——什麼？——謝謝我每次捧場？——什麼謝謝，我可不是來聽你道謝的——你怎麼又笑了。看來你真的很蠢——你說我講得對？——你再這樣瞧不起人我可要掛電話了。你不怕嗎？不會有麻煩嗎？——不吭氣誰知道你的意思啊，你倒是說話呀！」長吉那邊好像主動掛了電話，什麼也沒回答。大小姐暴跳如雷乒乒乓乓猛搖電話。腳下的小狗吃了一驚忽然尖聲狂吠。我心想這可不能大意，急忙衝出去躲到簷廊下方。

　這時有腳步聲接近走廊旋即響起拉門聲。我拼命傾聽是誰來了。「小姐，老爺和夫人請您過去。」好像是傭人的聲音。「我不管啦。」小姐大發雷霆。「老爺說有事找您，讓我來喊您。」「煩死了，我不管啦。」小姐再次破口大罵。「……好像是為了水島寒月先生的事找您。」傭人機靈地想討好小姐。「什麼寒月、水月我都不知道啦——討厭死了，那個呆瓜一臉迷糊的蠢樣。」第三記暴雷，可憐的寒月君不在場也中槍。「咦，妳什麼時候梳起束髮[142]了？」傭人這才鬆了一口氣，「今天。」她盡量簡短答覆。「妳一個傭人，有什麼好跩的。」第四記暴雷從別的方向劈來。「而且妳還換了新的領圍啊？」「是，這是以前小姐賞的，料子太好我捨不得用所以一直放在行李中，但原來的領圍實在太舊了所以就換上了。」「我什麼時候給過妳那種東西了？」「就是今年正月，您去白木屋治裝時——結果是茶綠色染有相撲力士順位表的圖案。您說花色太老氣了不喜歡，所以就給我了，就是那個。」「哎呀天啊。很適合妳耶。真可恨。」「不敢當。」「我又不是在誇獎妳。我是說真可恨。」「是。」「那麼適合的東西，妳幹嘛悶不吭聲就收下了。」「是。」「既然那麼適合妳，我穿戴起來應該也不至於奇怪吧？」「一定會很適合您。」「那妳明知適合我幹嘛不早說？還這樣厚著臉皮穿在身上，真可惡。」她毫不留情地一再攻擊對方。正當我豎耳傾聽接下來事態會如何發展時，對面的和室裡，「富子呀，富子呀！」金田君大聲喊女兒。小姐不得已，只好應聲走出電話室。比我略大的小狗，長相就像把眼睛嘴巴都擠到臉中央，乖乖跟著她走了。我照例躡足再次從廚房後門溜到路上，急忙返回主人家。這次探險首先取得十二分圓滿的成績。

回去一看，忽然從漂亮的房子換到老舊骯髒的住處，感覺就像從陽光充足的山上鑽入昏暗的洞窟中。探險期間，因為專注在別的事上，我沒在意房間的裝飾、紙門、屏風是什麼樣子，現在發覺我的住處有多下等的同時不免也開始懷念他們所謂的平庸。企業家果然比教師偉大。我也覺得有點不對勁，向尾巴一問，尾巴尖大神宣稱正是如此、正是如此。走進和室後我意外

140 戲劇茶屋的屋號。

141 「鶉之三」是劇場觀眾席的名稱。「鶉」在江戶是樓下區，「鶉之三」是靠近舞台的第三排，也就是上等座。

142 明治初期起，婦女之間流行的西式髮型。與傳統的日本髮髻相比更簡單方便，形式也更自由。

發現迷亭老師居然還沒走。菸蒂如蜂巢密密麻麻插在火盆中，他盤腿而坐正在講話。不知幾時寒月君也來了。主人枕著手正在仔細眺望天花板的漏雨痕跡。這依然是太平逸民的聚會。

「寒月君，在昏迷中提到你名字的那個女人，當時你不肯透露姓名，現在總可以說了吧？」迷亭揶揄。「就算要說，若是只關係到我一個人當然無所謂，但我怕會造成對方的困擾。」「還是不能透露嗎？」「況且我已答應某某博士夫人了。」「你答應她不能說出去是吧？」「對。」寒月君照例把玩那件外套的帶子。那個帶子是商品中罕見的紫色。「那個帶子的顏色，有點天保調[143]。」主人躺著說。主人對金田事件毫不在乎。「對呀，這可不是日俄戰爭時代會出現的東西。這種帶子一定要戴陣笠[144]配上立葵紋[145]的開衩外褂[146]才壓得住。織田信長成婚時據說把頭髮紮成茶筌[147]，當時用來綁頭髮的就是這種帶子喔。」迷亭的話還是那麼冗長。「其實這是我爺爺長州征伐[148]時用的。」寒月君很正經。「我看那種古董應該捐給博物館了吧。上吊力學的演說家，理科學士水島寒月君這樣的人物，居然穿得像滯銷的幕府將軍侍衛，這會有損顏面。」「聽你的忠告當然也行，但有人說過這帶子很適合我。」「是誰？誰說那麼沒品味的話？」主人翻身大聲說。「那個人你們不認識——」「不認識有什麼關係，到底是誰？」「是位女性。」「哈哈哈，你果然風流，讓我猜猜看，八成是在隅田川底呼喊你名字的女人吧？你何不穿著那件外套再表演一遍。」迷亭從旁冒出。「嘿嘿嘿已經不是從水底呼喚，是從這裡算來的乾方位[149]那片清淨世界……」「恐怕不算太清淨，那可是毒辣的鼻子喔。」「啥？」寒月面露狐疑。「對面橫巷的鼻子剛才找上門來了。來這裡，把我們兩個都嚇了一跳，對吧苦沙彌君？」「嗯。」主人躺著喝茶。「你說的鼻子到底是誰？」「就是你那位親愛的永恆女神的母親大人。」「噢？」「有一個自稱金田之妻的女人來打聽你的事。」主人認真解釋給他聽。我很好奇寒月君的反應不知會是驚訝，還是欣喜，亦或是害羞？但是看他的樣子似乎不當一回事。依舊以平靜的語氣說：「她是來拜託我娶她女兒吧？」說完又把玩起紫色的衣帶。「那你就大錯特錯。那位母親大人有個偉大的鼻子……」迷亭說到一半時，「喂，我從剛才就在思考以那個鼻子為題的俳體詩[150]。」主人牛頭不對馬嘴地接話。鄰室的女主人吃吃笑了出來。「你未免也太悠哉了，做出詩了嗎？」「做出一點了。第一句是『這張臉上鼻子祭』。」「然後呢？」「接著是『這個鼻子供神酒』。」「下一句呢？」「目前我只做出這二句。」「有意思。」寒月君嘻嘻笑。「接下來這句就用『二個鼻孔黑幽幽』你看如何？」迷亭立刻脫口成詩。寒月也不甘示弱，「那『鼻孔深深不見毛』這句可以嗎？」各自胡言亂語之際，靠近牆腳的路上，四、五人嚷嚷著「今戶燒的狸貓！今戶燒的狸貓！」的聲音響起。主人與迷亭當下都有點吃驚，從籬笆的縫隙窺看路上後，「哇哈哈哈哈！」笑聲傳來，接著是朝遠處跑走的凌亂腳步聲。「他

---

143 指品味落伍。本是形容天保期（1830-1844）的俳句平庸欠缺新鮮感。
144 室町時代以後，陣中士兵戴的帽子。以薄鐵或皮革製成，外表塗漆，代替頭盔。
145 將有莖的三片葵葉立成杉形的徽紋。
146 武士騎馬或旅行時穿的外套，背縫下半部刻意開衩便於行動。
147 茶筌髮髻的簡稱。以繩子纏繞髮髻，形似點茶用的工具茶筌的男子結髮法。
148 元治元年（1864）江戶幕府與長州藩之戰。
149 乾的方位相當於西北角。
150 漱石與虛子從連句得到靈感嘗試的新詩形。二人的作品刊於《不如歸》明治三十七年八月號。

們剛才喊的今戶燒的狸貓是什麼意思？」迷亭不可思議地問主人。「莫名其妙。」主人回答。「動靜很大喔。」寒月君加入批評。迷亭似乎想起什麼猛然起身，「小弟基於美學上的見解，近年來正在潛心研究這個鼻子，在此想披露些許淺見，還請二位撥冗一聽。」他模仿演講者的說詞。主人因事出突然只能呆呆地無言看著迷亭。「那當然得洗耳恭聽。」寒月小聲說。「我經過多番調查後，發現鼻子的起源難以確定。第一個疑點是，如果假設這是實用的工具，那麼二個鼻孔未免太多了。根本沒必要頂風從中突出。但它為何如各位所見如此突起呢？」他捏著自己的鼻子給二人看。「也不算太突起吧。」主人老實不客氣地說。「總之它沒有縮回去。若與二個洞並列的狀態混為一談，說不定會產生誤解，所以我必須先提醒二位。——根據愚見，鼻子的發達乃是我等擤鼻涕這個細微行動的結果自然累積才會呈現出如此明顯的現象。」「的確是愚見。」主人再次插入短評。「如各位所知，擤鼻涕時，一定會捏鼻子，捏鼻子時，只有這個部位會受到刺激，根據進化論的大原則，由於這個局部受到刺激，才會出現與其他部位不相當的發達。皮膚也自然變厚，肉也漸漸變硬。終於凝結成骨頭。」「那未免有點——肉哪有那麼容易就一下子變成骨頭。」不愧是理科畢業的大學生，寒月君提出抗議。迷亭不以為意地繼續說：「不，你會有疑問是應該的，但事實勝於雄辯，你也看到了，就是有骨頭，我也沒辦法。骨頭已經在了。骨頭出現還是會流鼻涕。一旦流了就得處理。這個作用令骨頭左右被削薄，變成細窄的隆起——實在是可怕的作用。如同滴水穿石，如同賓頭顱[151]尊者的頭部自動發光，如同奇香奇臭的比喻，鼻樑就這般變得挺直堅硬。」「可是你的鼻子，肉肉軟軟的。」「談論演說者自己的局部恐有回護[152]之虞，所以在此刻意略過不論。那位金田家的母親大人的鼻子，堪稱最發達最偉大的天下珍品，我很想向二位介紹。」寒月君不禁大聲喝采。「不過事物一旦到了極致雖然的確壯觀，卻也會變得有點可怕難以接近。像那個鼻樑當然是很出色，但似乎有點過於險峻。在古人之中蘇格拉底、高德史密斯還有薩克雷[153]的鼻子就構造上而言都有很大的缺陷，但那種缺陷自有可愛之處。正所謂鼻不在高，有奇則貴[154]。俗話也說美食勝於美鼻，所以若就美的價值而言我認為小弟迷亭我這樣的程度應該算是很適當。」寒月與主人一同「呵呵呵」笑了出來。迷亭自己也愉快地笑了。「話說剛才開講的是——」「老師，『開講』這個說法有點像說書的太低賤了，還是改一改吧。」寒月君立刻報了之前的仇。「是嗎，那就洗把臉再重來吧。——呃——接下來我想稍微談一下鼻子與臉的均衡。撇開其他關係單獨論鼻子的話，那位母親大人擁有一個不管去哪都足以傲人的鼻子——即使在鞍馬山[155]參展恐怕也能得

151 賓頭盧尊者，十六羅漢的第一位。據說摸過這尊羅漢像的手再放在患部即可治病，結果此像多半被摸得光滑發亮。

152 替自己強烈辯護。

153 蘇格拉底（Sokrates）是古希臘的代表性哲學家。奧立佛．高德史密斯（Oliver Goldsmith，1728-1774）是英國文學家，著有小說《威克服的牧師》（The Vicar of Wakefield）等。薩卡雷（William Makepeace Thackeray，1811-1863）也是英國小說家。代表作為《浮華世界》。以上這三人據說都容貌不佳。

154 古代至明治初期使用的兒童教科書《實語教》中有「山不在高，有樹則貴」。

155 鞍馬山位於京都市左京區，山中有鞍馬寺，陳列多種展覽。

一等獎的鼻子，可悲的是那是沒有與眼、口、以及其他諸賢商量就形成的鼻子。凱撒大帝的鼻子顯然也很大。但若將凱撒的鼻子剪下來，安置在貓的臉上會怎樣呢？俗話以『貓額』形容巴掌大的狹小地面，上面若突兀地聳起英雄的鼻子，就好似在棋盤放上一尊奈良大佛，會嚴重地比例失衡，從而減低美的價值。那位母親大人的鼻子就像凱撒的鼻子，當然是端正又英姿颯爽地隆起。但鼻子周圍環繞的臉面條件又如何？當然不像府上的貓那麼差。但不可否認的是她就像得了癲癇病的醜女有一對八字眉，瞇瞇眼吊起。諸位，這張臉配上這個鼻子，怎能不令人嘆息。」迷亭說到這裡稍微打住，後方頓時傳來聲音：「還在說鼻子呢。怎麼這麼頑固啊。」「是車夫家的太太。」主人告訴迷亭。迷亭又開始發話。「沒想到在後方，還能發現一個新來的異性旁聽者，這對演說者而言可是極為光榮。尤其是這婉轉嬌啼的聲音，替乾燥無味的講席平添一分香豔，實為意外的幸福。我盡量講得通俗一點以便不負佳人淑女的眷顧，不過接下來要稍微涉及力學上的問題，女士們一時之間或許難以理解，還請多多包涵。」寒月君聽到力學這個字眼再次嘻嘻笑。「我要舉證的是，這個鼻子與這張臉孔終究不和諧。說到它失去蔡辛的黃金律[156]，我想嚴格地根據力學上的公式演繹。首先假設H是鼻子的高度。α是鼻子與臉的平面交叉產生的角度。W當然是鼻子的重量。怎麼樣？到此為止大致聽懂了嗎？……」「怎麼可能懂！」主人說。「寒月君你呢？」「我也完全不懂。」「那可傷腦筋了。撇開苦沙彌先不談，你是理科學士，所以我本來以為你會懂。這個式子是演說的重心，所以如果跳過這個，之前做的就毫無意義了——算了沒辦法。那就跳過公式只說結論吧。」「還有結論啊？」主人一臉不可思議地問。「那當然囉，沒有結論的演說，就等於沒有甜點的西餐。——好了，兩位請仔細聽著，接下來要說結論囉。——以上公式若參考菲爾紹[157]、魏斯曼[158]等諸家說法，先天形體的遺傳當然不得不容忍。而這個形體隨之產生的心理狀況，哪怕有後天性不會遺傳這個有力的說法在，某種程度上還是不得不視為必然的結果。因此那種不合身分的鼻子擁有者生下的孩子，可以推知其鼻子肯定也有某種異狀。寒月君還年輕，所以對金田小姐的鼻子構造或許沒看出特別的異狀，但遺傳基因可以潛伏很久，說不定哪一天會隨著天氣劇變突然發達，變得像她母親的鼻子一樣，轉眼之前就膨脹增大。因此這樁婚事，根據迷亭的學理論證，還是趁早打消念頭比較安全，對於這點，此處的主人自然不消說，就連那邊躺著的貓又閣下想必也不會有異議。」主人終於坐起來，「那當然。那種人的女兒誰敢娶啊。寒月君你絕對不能娶喔。」主人非常熱心地主張。我也為了聊表贊成之意喵喵叫了二聲。寒月君倒是很平靜，「二位老師的意向既然如此，我當然不介意打消念頭，不過對方若因此耿耿於懷生病了那豈不是罪過——」「哈哈哈，這叫做豔罪[159]。」只有主人一個人非常激動，「那怎麼會！那傢伙的女兒鐵定也不是什麼好東西。第一次來人家的家裡就教訓我。太傲慢了。」他獨自嘀嘀咕咕。這時牆邊的

156 蔡辛（Adolf Zeising，1810-1876），德國美學家。著有《美學研究》。「黃金律」是二條線的長度比，被視為最美的比例。例如正五角形的一邊與對角線長度之比。據說植物與人體各部位等大自然中也有黃金律。漱石的《文學論》也論及此點。

157 魯道夫．菲爾紹（Rudolf Virchow，1821-1902），德國病理學家、人類學家。

158 奧古斯特．魏斯曼（August Weismann，1834-1914），德國進化學家、遺傳學家。

159 與戀愛有關的罪。與「冤罪」是諧音雙關語。

三、四個人發出「哇哈哈哈」的聲音。一個人說：「高傲的怪胎！」另一個人說：「趕快換個更大的房子吧！」還有一個人大聲說：「真可憐，再怎麼耀武揚威也是紙老虎！」主人走到簷廊上，以不輸對方的嗓門怒吼：「吵死了！你們特地躲在人家牆邊鬼叫什麼！」「哇哈哈哈哈！他就是savage tea！是savage tea！」眾人七嘴八舌罵道。主人被戳到痛處，突然跳起來拿著拐杖衝到路上。迷亭拍手說：「有意思，衝啊衝啊！」寒月把玩外套的帶子依舊嘻嘻笑。我跟在主人的後面從牆根缺口朝路上一看，主人無所事事地拿著拐杖站在路中央。路上一個人影也沒有，他看起來有點茫然失措。

4

我照例潛入金田家。

那個「照例」如今已不用多做解釋，是用來表示「屢次」的程度。做過一次的事就想做第二次，試過二次之後還想試第三次，這不是人類才有的好奇心，我雖是貓族，但諸位不得不承認我也是擁有這種心理特權來到世上的。重複三次以上時開始冠上習慣之名，把這個行為進化為生活上之必要，肯定也與人類無異。如果懷疑我為何要如此頻繁前往金田家，那我倒是想先反問一下人類。人類為何要用嘴巴吸菸再從鼻孔噴出？那既不能充饑也不是清血治病的良藥，人類卻不以為恥地公然吞雲吐霧，又有何資格大聲質疑我出入金田家之舉。金田家就是我的香菸。

潛入這個字眼有語病。聽起來好像是小偷或情夫，很難聽。我去金田家，雖非應邀前往，但也絕不是為了偷鰹魚，或與眼鼻好似擠在臉中央痙攣緊貼的小狗私會密談。——偵探？怎麼可能！若問世間什麼職業最卑賤，我認為沒有比偵探和放高利貸的人更卑賤。為了寒月君，我的確萌生貓族不該有的俠義心腸，去窺探過一次金田家的動靜，但那僅此一次，之後我絕對沒做過對不起貓族良心的卑劣行為。——既然如此，為何我會用「潛入」這樣的聳動字眼？——這個嘛，說來話長。本來根據我的想法，天空是為了覆蓋萬物，大地是為了承載萬物——就算再怎麼喜歡執拗議論的人也無法否定這個事實。為了製造這個天空與大地，他們人類費了多少勞力呢？恐怕連分毫之力也沒有出過吧。不是自己製造的東西又憑什麼視為己有？視為己有也無所謂，但沒道理禁止他人出入。在這片茫茫大地上，狡滑地以圍牆圈起或豎起柱子畫定某某所有地的行為，就像在蒼天畫地盤，聲稱這部分是我的天、那部分是他的天一樣。如果要把土地切割以一坪若干價錢買賣所有權，那我們呼吸的空氣應該也可以一尺立方切割販賣。如果不能分割販售空氣，也不能在天上畫地盤，那麼地面的私有應該也同樣不合理。如是觀之方信如是法[160]的我正因如此才敢到處走。不過不想去的地方我當然不會去，想去的地方不分東西南北，我都會坦然自若、大搖大擺地前往。對於區區一個金田家自然也沒什麼好顧忌的。——不過貓的可悲在於力氣終究比不過人類。在這茫茫浮世甚至有句格言說強勢就是權力[161]，所以縱

160「如是」經常用於經文開頭，「如此這般」之意。在此指「本來根據我的想法」以下的部分，基於否定「土地私有」的觀點相信那樣的理法。

161 英文的 Might is right，多半譯為「力量就是正義」。

然我再有道理，貓族的道理還是行不通。如果硬要讓它通，就會像車夫家的黑子一樣遭到賣魚的拿扁擔攻擊。道理在自己這邊但權力在對方那邊時，如果只能乖乖妥協屈從，或者不懼強權堅持自我主張，那我當然會選擇後者。我不得不躲避扁擔的攻擊，因此不得不忍讓。但潛入人類住處只要沒妨礙那就不得不去。因此我要潛入金田家。

隨著一再潛入，哪怕我無心偵察，金田一家的事還是會自動映入我的眼中，縱使不想記住也在我的腦海留下印象。例如鼻子夫人每次洗臉都會仔細擦拭鼻子，富子小姐特別愛吃阿倍川餅[162]，還有金田君自己——金田君與妻子不同，是個鼻子低矮的男人。不只是鼻子，整張臉都很扁平。甚至令人懷疑他是否小時候跟人打架，被帶頭的頑童拎起脖子狠狠壓在土牆上，使得當時的臉孔直至四十年後的今天尚未了結這段因果，由此可見那張臉有多麼平坦。雖然那的確是一張很平穩毫無危險的臉孔，卻欠缺變化。縱使再怎麼生氣還是一臉扁平。——這位金田君吃鮪魚生魚片時總是一邊猛拍自己的禿頭，而且他不只是臉孔扁平，身材也很矮小，偏偏還喜歡戴高帽穿高木屐，車夫為此暗自好笑偷偷告訴書生，書生讚嘆車夫的觀察敏銳云云——這些事簡直難以一一道盡。

最近當我從後門旁穿過院子，自假山背後放眼望去，確定屏風豎立四下鴉雀無聲後，我便會徐徐潛入。如果人聲鼎沸，或有被和室裡的人一眼窺見之虞，我會沿著池塘繞道東行，自廁所旁邊悄悄來到簷下。我沒做過壞事所以也沒啥好隱瞞或害怕的，但這時若遇上人類這種無法無天的種族只能自認倒楣，所以世間若盡是熊坂長範[163]這種盜賊，就算是謙謙君子恐怕也不得不採取我這樣的態度吧。金田君是堂堂企業家，本來不可能像熊坂長範那樣揮舞五尺三寸的大刀，但據我所知好像有種病會不把人當人。連人都不當成人看待了，自然不可能把貓當成貓看待。如此說來就算是有德的君子貓，在他的家中也絕對不能大意。不過那種不可大意對我而言有點好玩，所以我如此頻繁出入金田家，或許就只是因為想冒這種危險找刺激。至於要再細究箇中原因，只能留待他人仔細解剖貓的腦子時再議。

今天又是什麼情況呢？我把下巴頂在假山的草皮上環視前方，十五張榻榻米大的客廳在三月的春光中全面敞開，金田夫婦與一名客人正在交談。鼻子夫人的鼻子正好對著我這邊，等於隔著池塘正面睨視我的額頭上方。被鼻子睨視是有生以來頭一遭。至於金田君正側著臉與客人面對面所以他那平坦的部分遮去一半看不見，也因此無法確定他的鼻子在何處。只看到花白的鬍子隨意亂生，所以可以輕易做出上面應有二個鼻孔的結論。春風如此順暢吹過平坦的臉頰肯定也很愉快，我忍不住浮想聯翩。客人是在場三人之中容貌最普通的。但正因普通，沒有任何值得特別介紹之處。說到普通那當然沒什麼，然而普通至極進入平凡之堂、庸俗之室[164]毋寧令人悲憫。這個帶有如此無意義長相的宿命生於明治盛世的人到底是何方神聖？我得潛行到那簷下聽聽他們談話才知道。

「……所以內人特地去那個男人的住處打聽詳情……」金田君照例語帶傲慢。雖然傲慢卻

162 亦稱安倍川餅。靜岡縣名產。將麻糬沾滿黃豆粉再灑白糖的日式點心。

163 義經傳說中的盜賊。據說在美濃國赤坂宿旅被牛若丸殺死。使用「五尺三寸的大刀」（謠曲《烏帽子折》）。

164 在此指極為平凡。《論語》等也有學問或技藝「已入堂奧」的說法。

毫無險峻之處。言詞也像他的臉孔一樣扁平。

「原來如此，那個人以前在學校教過水島先生——原來如此，真是好主意——原來如此。」

客人頻呼原來如此。

「結果完全不得要領。」

「對，遇上苦沙彌當然不得要領——他打從與我一同寄宿時就優柔寡斷——您當時想必很困擾吧？」客人轉向鼻子夫人問道。

「豈止是困擾而已，我活到這把年紀，去別人家還沒遭受過那麼過分的待遇。」鼻子夫人照例噴出鼻子風暴。

「他講了什麼無禮的話嗎？他從以前就很頑固——光是看他十年如一日專門教授英語讀本便可知道了。」客人也得體地附和。

「唉，根本沒法子談，我內人提出問題，他的反應很不客氣……」

「那不足為奇——稍有學問後就萌生傲慢之心，而且還很窮，自然變得死不肯認輸——唉，世上就是有這麼無法無天的人。不好好反省自己懶惰，只想找有錢人的麻煩——倒像是人家捲走他的財產似的真是令人愕然。哈哈哈！」客人說著非常開心。

「唉，他簡直太過分了，像他那樣不懂人情世故只知任性妄為，我認為應該給他一點教訓，所以使了一點小手段。」

「原來如此，那他一定學乖了吧，畢竟那完全是為他好。」客人也沒問是怎樣的手段就忙不迭贊同金田君。

「問題是，鈴木先生，那傢伙可頑固了。即便去學校，好像也不和福地先生、津木先生說話。本以為他是嚇得不敢開口，結果上次居然拿拐杖追趕我家無辜的書生——他都三十幾歲了，虧他做得出那種荒唐的舉動。看來他有點氣瘋了。」

「噢？他怎會又做出那麼粗暴的行為……」對此，客人似乎也感到有點疑問了。

「其實也沒什麼，書生說他只是在那傢伙面前講了幾句話，結果，那傢伙二話不說就抓起拐杖，光著腳衝出來了。就算我家書生真的講錯了什麼話，他又不是小孩子，虧他一個滿臉鬍子的大人做得出來，還是教師咧。」

「對呀，虧他還是教師呢。」客人這麼一說，金田君也說：「還是教師呢。」看來這三人不約而同地認定，身為教師無論受到任何侮辱都應該像木頭人一樣乖乖忍受。

「還有，那個迷亭也顛三倒四的。老是講些毫無意義的謊話。我還是第一次遇上那麼古怪的人。」

「噢噢，迷亭啊，看來他還是喜歡吹牛。果然在苦沙彌家遇到他了嗎？千萬不要理他。他以前跟我一起搭伙，很瞧不起人，所以我們以前常吵架。」

「他那副德性，任誰看了都會生氣。要說謊沒關係，有時道義上交代不過去，或是碰上尷尬的場合，那種時候任何人都難免說出言不由衷的話。但那個男人是沒必要也愛說謊所以格外難纏。真不懂他到底為了什麼那樣亂說——虧他面不改色地講得出來。」

「的確，他完全是以說謊取樂所以才傷腦筋。」

「枉費我那麼認真去打聽水島的事，結果搞得一塌糊塗。我真是氣死了——不過人情義理歸人情義理，去別人家打聽事情我也不好意思裝作沒這回事，所以事後我還特地讓我家的車夫送了一打啤酒過去。結果你猜怎麼著？他居然說沒有理由收這種東西，叫我家車夫拿回來。車夫說：不，這是謝禮，請收下。——你說可不可恨？他居然說他每天只吃果醬不喝啤酒這麼苦的東西，然後袖子一甩就進屋去了——說話毫不客氣，你說說看，是不是很沒禮貌？」

「的確過分。」客人這次好像也真的覺得很過分。

「所以今天特地把你請來。」過了一會響起金田君的聲音。「那種笨蛋，本來私底下嘲諷兩句也就算了，但那樣會有點困擾……」他說著又像吃鮪魚生魚片時一樣拍打禿頭。不過我躲在簷廊底下其實看不見他到底拍打了沒有，但這種禿頭的聲音最近我已聽慣了。就像比丘尼聽得出木魚的聲音，即使躲在簷廊下，只要一有聲音我立刻可以鑑定出那是來自禿頭。「所以我想麻煩你一下……」

「如果有我能做的請儘管吩咐——這次我能夠來東京工作，完全是靠您多方費心促成。」客人爽快答應金田君的委託。就這語氣推斷，這位客人好像也是靠金田君照顧的人。哎，事情的發展越來越有趣了，今天天氣太好，我本來只是隨便過來走走，沒想到居然能得到這麼好的情報。這就像彼岸時去寺廟拜拜竟然湊巧在住持那裡吃到牡丹餅[165]。金田君到底要拜託客人什麼事呢？我自簷廊底下豎起耳朵傾聽。

「苦沙彌那個怪胎，不知怎麼搞的竟然慫恿水島，好像暗示他千萬不能娶金田家的女兒——鼻子妳說是吧？」

「才不是暗示。他是直接挑明了說：天底下沒有哪個笨蛋會娶那種傢伙的女兒，所以寒月君千萬不能娶。」

「說什麼『那種傢伙』真是太失禮了，他居然那樣講話！」

「可不就是講了嗎，是車夫家的太太來告訴我的。」

「鈴木君，你也都聽見了，那傢伙很棘手對吧？」

「的確傷腦筋，這種事不比其他，不是他人可以隨意置喙的。照理說這種程度的常識苦沙彌應該也有，到底是怎麼回事？」

「所以，你自學生時代與苦沙彌同住，撇開現在不談，以前好歹算是親密好友，所以我想拜託你去見見他，把利害關係好好告訴他。他或許還在生氣，但他會生氣是他自己惹出來的，只要他肯安分守己我當然也會給他方便，不會再故意惹惱他。但他如果執迷不悟我自然也有對策——換言之他如果要那樣堅持只會害了他自己。」

「是，您說得對，愚蠢抵抗只會害苦自己毫無益處，我一定會好好勸他。」

「還有，小女也有多家求娶，不是一定要許配給水島，但我多方打聽之下，他的學問與人品好像都不錯，如果好好用功近期之內成為博士，我或許可以考慮把小女嫁給他。這點你不妨也稍微暗示一下。」

「只要這麼說，他一定會奮發圖強好好用功。沒問題。」

165 彼岸是以春分與秋分的前後三天各七天。這段期間會舉行法會拜拜祭祖，供品通常是「牡丹餅」與「萩餅」。二者其實都是將粳米與糯米混合煮熟揉成丸子後外面裹上紅豆泥的日式點心。據說是因為彼岸時節有牡丹（春）與萩草（秋）綻放。

「另外，關於那件怪事——我認為實在不像水島的作風，他一再尊稱那個怪胎苦沙彌為老師，還對苦沙彌言聽計從，真是傷腦筋。不過我們家的女兒當然不是非要嫁給水島不可，所以不管苦沙彌想從中如何作梗挑撥，我這邊都不在乎……」

「我們只是覺得水島先生太可憐了。」鼻子夫人插嘴說。

「水島這個人我沒見過，總之如果與我家結親包管他一生幸福，所以他本人當然也不可能反對。」

「是啊，水島先生一定是想結親，都是苦沙彌和迷亭那些怪人在旁邊興風作浪。」

「那樣不太好，不是受過一定教育的人應有的行為。就讓我去找苦沙彌好好談一談吧。」

「好，不好意思，那就麻煩你了。還有，其實水島的事問苦沙彌最清楚，可惜內人去找他時由於上述原因未能好好打聽，所以我想請你幫忙問問水島的品性才學。」

「我知道了。今天是周六，所以我現在過去，他應該已經回到家了。不知他現在住在何處？」

「就在前面右轉走到底，再往左走一百公尺左右有棟黑牆快倒塌的房子。」鼻子女士說。

「如此說來，就在這附近嘛。小事一樁。我回程就順道過去看看。放心，只要看門牌應該就找得到。」

「他家的門牌時有時無喔。大概是拿飯粒把名片黏在門上吧。一下雨就會剝落。然後等到放晴了又貼上去。所以不能指望門牌。與其那麼麻煩還不如好好弄個木製門牌掛在門口。真是一個莫名其妙的人。」

「聽來令人吃驚。不過只要找黑牆破損的房子應該就找得到吧。」

「對，那麼破舊的房子在這一帶就那麼一家，所以你一看就知道。啊，對了，如果那樣還找不到，還有個線索。只要找屋頂長草的房子就絕對不會錯。」

「聽來他家還真有特色啊，哈哈哈哈！」

如果我沒有搶先在鈴木君光臨之前回到家，會有點麻煩。談話聽到這裡也已足夠。我沿著簷廊下方繞過廁所西邊從假山背後鑽到馬路上，匆匆趕回屋頂長草的主人家，若無其事地繞到和室。

主人在簷廊鋪了白毯子，正趴在晴朗的春陽中曬他的背。陽光是公平的，所以即便是屋頂長草被當作路標的破屋陋室，也像金田君的客廳一樣明亮溫暖，可悲的是只有毯子不似春日風景。製造商當初織的是白色毯子，唐物店[166]也是當成白色的商品在賣，主人買的也是白色的——但那畢竟已是十二、三年前的舊事，所以白色時代早已過去，如今已逐漸步向深灰色的變色期。至於毯子的壽命是否能熬過這個時期轉為暗黑色還是個疑問。總之現在已磨得破破爛爛，可以看出經緯分明了，再稱之為毛毯已是僭越，省略毛字單稱為毯顯然更適當。不過依主人的想法，一年、二年、五年、十年都不夠，他好像認為應該使用一輩子才對。他未免也太天真了。話說我很好奇他趴在那塊毯子上做什麼，只見他雙手托腮，右手的手指夾著香菸。就只是那樣。不過他堆滿頭皮屑的腦袋裡，或許正有宇宙的偉大真理如起火的車子不停旋轉，但就

166 販售外國雜貨、化妝品、小東西的店。洋品店。

外人看來，做夢也不相信會有那種事。

香菸的火星漸漸燒至濾嘴，一寸長的菸灰倏然掉落毯子上，可主人毫不在乎，拚命盯著香菸冒出的青煙去向。那股青煙隨春風浮沉，畫出重重流動的煙圈，吹向女主人剛洗過的紫黑色頭髮的髮根。——咦，我應該先提一下女主人的。差點忘記了。

女主人把屁股對著主人——女主人這麼失禮？一點也不失禮。有無禮貌端視雙方如何解釋。主人坦然托腮對著女主人的屁股，女主人也只不過是坦然把莊嚴的屁股對著主人的臉孔，沒啥失禮可言。二人婚後不到一年便已脫離禮儀規矩這種狹隘的境界成為超然的夫婦。——話說這樣把屁股對著主人的女主人不知是何居心，趁著今日的好天氣，一尺有餘的黑髮，看似用麩海苔與生雞蛋搓洗過，筆直的頭髮刻意從肩頭往背後一甩，正在默默地專心縫製小孩的背心。其實她就是為了曬乾頭髮才把薄毛呢墊被與針線盒搬到簷廊上，恭謹地把屁股對著主人。也可能是主人把臉放在看得見她屁股的地方。之前提到的香菸煙霧，就這麼流過濃密的黑髮之間，出現這個時節不該有的氤氳陽炎，主人就是在專心看那個。但青煙本就不可能靜止在一處，只會不斷往上攀升，所以主人若想好好觀賞這種青煙與頭髮糾纏的奇觀，就得跟著移動眼睛。主人先從腰部開始觀察，漸漸移向背脊、肩膀乃至脖頸，最後到達頭頂時，不禁失聲驚呼。——與主人許下白首鴛盟的妻子頭頂正中央竟有一大塊圓形禿。而且那塊禿髮反射溫暖的日光，正在洋洋得意地發光。意外發現這不可思議的奇觀時，主人的眼睛在暈眩中顯現充分的驚愕，強烈的光線雖令瞳孔放大，他仍一心不亂地定定凝視。主人看到這塊禿斑時，他的腦海首先浮現的是家傳佛壇上代代裝飾的油燈盤。他們一家信奉的是真宗派，真宗派按照古例會在佛壇掛上超乎身分的金子。主人記得幼時在家中倉庫看到昏暗中裝飾金箔的佛龕，佛龕中長年垂掛黃銅做的油燈盤，油燈盤上即便是白日也有朦朧的燈火搖曳。周遭一片昏暗中，唯有這盞油燈盤發出比較明亮的光芒，幼年時代一再看到這盞燈時的印象此刻被妻子的禿頭喚醒，突然又冒了出來。油燈盤的回憶不到一分鐘就消失了。接著他又想起觀音寺[167]的鴿子。觀音的鴿子與妻子的禿頭看似毫無關係，但在主人的腦中，二者之間有緊密的聯想。同樣是在兒時，只要去淺草一定會買豆子餵鴿子。豆子一碟索價二枚文久[168]，裝在紅色陶器中。那個陶器，無論顏色或大小都與這塊禿斑很像。

「原來如此，的確很像。」主人感嘆地說。「你在說什麼？」女主人瞧也不瞧地問。

「還能是什麼，妳頭頂上禿了很大一塊喔。妳知道嗎？」

「知道呀。」女主人依然忙著針線活一邊回答。看起來絲毫不害怕被發現。的確是超然物外的模範妻子。

「是妳嫁來時就有，還是婚後出現的？」主人問。若是嫁來之前就已禿頭那是騙婚——他雖未說出口卻在心中暗想。

「什麼時候出現的我哪還記得啊，禿不禿有什麼關係。」妻子非常看得開。

「怎麼會沒關係，那可是妳自己的腦袋。」主人略帶怒氣說。

167 指東京都內歷史悠久的淺草寺。寺內供奉觀音菩薩，通常被人稱為淺草觀音。
168 即文久錢（文久永寶）。等於四文錢，進入明治後直到中期，等於一厘五毛錢。

「就是因為是自己的腦袋，我才說沒關係。」她說。但是看起來終究有點在意，把右手放到頭頂，試著來回撫摸那塊禿斑。「咦，怎麼變得這麼大，我記得以前不是這樣。」聽她的意思，似乎終於醒悟禿頭會隨著年紀變得太大塊。

「女人一綁頭髮，這裡就被扯緊，所以人人都會禿頭。」她稍做辯解。

「如果大家都以那種速度禿頭，到了四十歲，不就都變成光禿禿的藥罐了。妳那肯定是生病。說不定會傳染，還是趁早去給甘木醫生看一下。」主人頻頻撫摸自己的頭。

「你光會講人家，自己的鼻孔還不是也有白毛了。禿頭如果會傳染，那白頭髮也會傳染。」女主人有點憤憤不平地咕噥。

「鼻子裡的白毛看不見無所謂，可是頭頂上——尤其是年輕女人的頭頂那麼禿很難看。太醜了。」

「嫌我醜幹嘛娶我。是你自己要娶我現在又嫌我醜……」

「我當初不知道。直到今天才發現。妳那麼威風，當初嫁進門時為何不給我看妳的頭頂。」

「笑死人！天底下哪有經過頭部檢測合格才能出嫁的道理！」

「若只是禿頭也就算了，這我勉強還能忍受，問題是妳的身材比一般人矮小。太難看了。」

「身材高矮一眼就看得出來吧？你從一開始娶我的時候就應該知道我的個子不高。」

「我知道，雖然知道，但我當時以為妳還會長高所以才娶了妳。」

「都已二十歲了怎麼可能再長高——你也太欺負人了。」女主人把手裡的背心一扔，扭頭瞪著主人。似乎覺得主人如果答得不好就要跟他沒完沒了。

「就算已二十歲也沒人規定不能再長高。我本來以為，妳嫁來之後只要給妳吃點有營養的東西，應該還有希望長高。」主人一本正經地強辭奪理時，門鈴尖銳響起，有人大聲呼喚。看來鈴木君終於根據屋頂長草的提示找到苦沙彌老師的臥龍窟[169]了。

女主人把吵架留待他日，倉皇抱起針線盒與小背心躲進起居室。主人團起鼠灰色毯子隨手扔進書房。看到女傭拿來的名片後，主人的神色有點驚訝，但他還是撂下一句「請對方過來」就握著名片鑽進後面的廁所。主人為何要急忙鑽進廁所我始終不得而知，為何要拿著鈴木藤十郎的名片去廁所更是令人無法解釋。總之困擾的只有被迫跟他進入那個臭地方的名片君。

女傭把印花坐墊重新在壁龕前放好，請客人進去後就退下了，之後，鈴木君環視室內。牆上掛著花開萬國春這件木庵[170]贗品，京製的廉價青瓷花瓶插了彼岸櫻，逐一檢視後，他不經意往女傭放的坐墊一看，不知幾時竟有一隻貓端坐其上。毋庸贅言那正是在下我。這時鈴木君的心中掀起一陣並未形諸於色的風波。這個坐墊顯然是為鈴木君準備的。為自己準備的坐墊自己還來不及坐，居然就有奇妙的動物不請自來，光明正大地霸占位子。這是打破鈴木君心中平衡的第一條件。如果這個坐墊在女傭邀請下，空寂無主地任由春風吹拂，鈴木君或許會刻意表示謙遜之意，在堅硬冰冷的榻榻米上忍耐到主人再三盛情邀請才坐上去。但早晚都該歸自己所有的坐墊現在是誰不打招呼就搶先坐了？若對方是人類他或許還會禮讓一下，可是讓給一隻貓

169 指世人不知的大人物住的房子。《三國志》的諸葛孔明就被這麼稱呼。

170 木庵（1611-1684），明朝的黃檗宗僧人。擅長書法，與隱元、即非並稱黃檗三筆。根據芥川龍之介的《漱石山房之秋》（1920）記載，漱石山房的牆上常時掛著木庵寫的「花開萬國春」。

簡直太不像話！對象是貓讓他更加不愉快。這是打破鈴木君心中平衡的第二條件。最後，這隻貓的態度更是令他惱火。彷彿有點憐憫，貓傲然端坐在牠本無權碰觸的坐墊上，眨著渾圓的利眼，像要質問來者何人般直視鈴木君的臉孔。這是破壞平衡的第三條件。他既然如此憤懣不平，本來可以拎著我的後頸把我直接從坐墊拽開，但鈴木君只是默默看著。堂堂人族應該不可能會因為害怕一隻貓而不敢動手，那他為何沒有早點處置我來發洩他的不滿呢？我發現這完全是出於鈴木君身為一個人類想維持體面的自尊心。如果訴諸腕力，三尺小童也能輕易拉扯我；但若就面子問題來考量，縱然是貴為金田君股肱的鈴木藤十郎本人也無法對這坐鎮二尺見方中央的貓族大神如何。即便是在無人看見的場所，與貓爭座的行為多少還是有損人類的威嚴。認真與貓一爭曲直實在太幼稚了。太滑稽了。為了避免這種不名譽，縱然有點不便也得忍耐。但正因不得不忍，對貓的憎惡也因此倍增，所以鈴木君不時看著我面露猙獰。我看到鈴木君的憤恨神色覺得很有趣，所以刻意壓制滑稽之念裝作若無其事。

我與鈴木君之間這樣上演默劇之際，主人終於整妥衣裝從廁所出來，道聲「嗨」便安然就座，手上的名片已不見蹤影，看來鈴木藤十郎的名字已在那個臭地方被判處無期徒刑。我還來不及同情名片君遭逢無妄之災，主人已拎起我的後頸大罵一聲小混蛋把我扔向簷廊。

「請坐吧。真是稀客。你什麼時候來東京的？」主人面對舊友請對方在坐墊坐下。鈴木君把坐墊翻面後，方才坐下。

「最近還在忙所以來不及通知，其實之前我已調回東京總公司……」

「那真是太好了，好久不見了。應該是從你去鄉下之後就沒見過吧？」

「嗯，已將近十年了。之後雖然不時也會來東京，但每次都諸事纏身，來不及跟你連絡。你一定在怪我吧。上班族與你的職業不同，實在太忙了。」

「十年過去你倒是大不相同了。」主人上上下下打量鈴木君。鈴木君的頭髮梳得整整齊齊，身穿英國訂製西裝，還有華麗的領飾，胸前甚至有金鍊子發光，實在不像是苦沙彌君的舊友。

「嗯，如果不掛著這種東西，就會沒氣勢。」鈴木君頻頻在意金鍊子。

「那是真的嗎？」主人提出很失禮的問題。

「是十八K金。」鈴木君笑著回答，「你也老了不少。記得你有小孩，是一個嗎？」

「不。」

「二個？」

「不對。」

「更多嗎？那是三個？」

「嗯，三個。今後還不曉得會有幾個。」

「你講話還是這麼隨性。最大的幾歲了？已經不小了吧？」

「嗯，幾歲我不確定，大概六歲或七歲吧。」

「哈哈哈，教師真悠哉。我當初要是也去教書就好了。」

「你試試看，三天就嫌煩了。」

「不會吧，當老師好像很高雅，很輕鬆，又有閒暇，可以研究自己喜歡的學問，不是很好嗎？企業家雖然也不壞，但以我們的家世沒希望。要當企業家必須地位更高才行。下等人終究只能無聊地到處拍馬屁，不愛喝酒也得捧著杯子敬酒，簡直蠢透了。」

「我從學生時代就對企業家深惡痛絕了。只要能賺錢，商人什麼都敢做，按照古代的說法就是賤民。」面對企業家，主人暢所欲言。

「不會吧——也不能那樣一概而論，雖然的確有點下等，總之如果沒有和金錢殉情的覺悟就行不通——不過說到錢那可難伺候了，我剛剛才去過某位企業家那裡，他說為了賺錢不得不採取三不主義——不講道義，不講人情，不怕丟臉。就是這三不，有意思吧？哈哈哈哈。」

「是誰這麼愚蠢？」

「他一點也不蠢，相當機靈，在企業界小有名氣，你不知道嗎？他就住在這前面的橫巷。」

「你說金田？原來是那傢伙。」

「你好像很生氣。沒什麼，那應該只是開開玩笑，他不過是打個比方形容得做到那種地步才能賺錢。你千萬別這麼認真解釋。」

「三不主義或許是開玩笑無所謂，但他老婆的鼻子又是怎麼回事！你既然去過應該也看到那個鼻子了吧？」

「你說他太太嗎？金田太太倒是相當爽朗的人。」

「我說鼻子啦，我是說她的那個大鼻子。之前我還針對那鼻子寫了一首俳體詩呢。」

「什麼俳體詩？」

「俳體詩你都不知道嗎？你對時勢也太閉塞了吧。」

「是啊，像我這麼忙，根本沒時間鑽研文學。而且我從以前就不太喜歡。」

「你知道查理曼大帝[171]的鼻子形狀嗎？」

「啊哈哈哈！你真會開玩笑。我哪知道啊。」

「艾靈頓[172]被部下取了鼻子的綽號。你知道嗎？」

「你幹嘛只在意鼻子，到底怎麼了？鼻子是尖是圓還不都一樣。」

「怎麼可能一樣。那你知道巴斯卡[173]的事嗎？」

「又來了，我簡直像是來面試的。巴斯卡又怎麼了？」

「巴斯卡曾經講過一句話。」

「什麼話？」

「如果埃及豔后的鼻子再短一點，世界表面就會出現大變化了。」

「原來如此。」

「所以不能像你這樣隨便瞧不起鼻子。」

「好啦，今後我會重視的。不談那個了，今天我來，是有點事情找你。——那個你以前教過的學生，水島——對，水島，呃，我一下想不起來。——不是說他常來找你嗎？」

---

171 法蘭克國王查理曼（Charlemagne，742-814）。

172 艾靈頓公爵（Arthur Wellesley，1769-1852），初代威靈頓公爵，英國軍人、政治家。在滑鐵盧之戰打敗拿破崙，後來成為英國首相。

173 巴斯卡（Blaise Pascal，1623-1662），法國哲學家、科學家。以巴斯卡法則而聞名。「如果埃及豔后的鼻子……」出自他的著作《思想錄》，意思是說「她若非足以誘惑凱撒等人的大美女……」。

「寒月嗎？」

「對對對，寒月，就是寒月。我想打聽一下關於他的事。」

「該不會是婚事嗎？」

「多少類似那個吧。今天我去金田家……」

「上次鼻子自己來過。」

「是嗎？對了，金田夫人也這麼提過。她說本來想好好向苦沙彌兄請教，不巧迷亭來了，在你這裡插科打諢，弄得她暈頭轉向。」

「誰教她要頂著那種鼻子來。」

「不，我當然不是怪你。都是因為有那位迷亭在場，讓她無法好好深入打聽，她非常遺憾，所以才拜託我過來再打聽一次。我以前沒做過這種事，不過如果當事人彼此不排斥的話，我居中撮合一下也絕非壞事——所以我就來了。」

「真是辛苦你了。」主人冷淡回答，但心裡聽到當事人彼此這種說法，不知何故，竟有點心動。彷彿在悶熱的夏夜裡，一縷涼風潛入袖口。本來我這位主人是本著不講情面、頑固到底的宗旨所製造出來的男人，但話說回來他與冷酷無情的文明產物畢竟從一開始就有所不同。哪怕他動不動就生氣發牢騷，還是體會到這其中暗示的信息。之前他與鼻子女士吵架是因為看鼻子不順眼，可鼻子的女兒沒有任何過錯。雖然因為討厭企業家，所以肯定也討厭身為企業家之一的金田某，但不得不說這與他的女兒本人毫不相干。他和那個女孩子無冤無仇，寒月又是他疼愛甚於親生弟弟的得意門生。如果真如鈴木君所言，當事人彼此兩情相悅，那麼即便只是間接，妨害人家的姻緣終究不是君子所為。——苦沙彌老師好歹自認是個君子。——如果當事人兩情相悅彼此喜歡的話——但那正是問題所在。對於這起事件，若要改變自己的態度，首先就必須弄清真相。

「那個女孩真的想嫁給寒月嗎？金田與鼻子怎麼想都不重要，那個女孩自己的意思究竟如何？」

「那當然是，那個——該怎麼說——這個——呃，應該是想嫁吧。」鈴木君的答覆有點含糊不清。其實他本來打算只要打聽一下寒月君的事可以回去復命交差就行了，根本沒有確認過金田小姐的意思。因此向來圓滑的鈴木君這下子似乎也有點狼狽。

「『應該』聽起來並不確定。」主人無論什麼事都要正面解決才甘心。

「不，這是我的說話方式不對。小姐那邊的確有意。不是，是非常有意——啊？——金田太太是這麼對我說的。據說她好像三不五時就會說寒月君的壞話。」

「那個女孩嗎？」

「對。」

「真是怪丫頭，居然說寒月的壞話。首先，那豈不是表示她不中意寒月？」

「這你就錯了，世人很奇妙，有時說意中人的壞話反而代表更看重對方。」

「世間哪有那麼蠢的傢伙？」主人即便聽到這種涉及人心幽微的奧妙也毫無所感。

「世間到處都是這種蠢人我也沒辦法。像金田太太就是這麼解釋的。她說女兒常常罵寒月先生是愣頭愣腦的呆瓜，可見心裡一定是非常重視寒月先生。」

主人聽到這不可思議的解釋，因為太意外，不禁瞪圓雙眼，也沒回話，只是像在看雜耍藝人般盯著他。鈴木君心想，看這樣子，搞不好反而會弄巧成拙，於是急忙把話題轉向主人應該也能判斷的方面。

「你想想也該知道吧，有那樣的財產，那樣的容貌，想嫁去哪個門當戶對的家庭都沒問題。寒月君或許也很了不起，但就身分而言——提到身分或許有點失禮——就財產而言，總之，不管誰看了都知道並不相配。金田夫妻之所以特地請我來這一趟，不就是因為小姐本人中意寒月君嗎？」鈴木君提出相當有力的論點來說明。這次主人似乎也被他說服了，所以鈴木君終於鬆了一口氣，但如果在這種地方糾纏不清說不定又有翻臉之虞，於是鈴木君決定打鐵趁熱，趕緊談妥事情完成使命才是萬全之策。

「所以，基於上述的理由，對方說，什麼金錢或財產都不需要，只希望當事人有個附屬的資格——所謂的資格，也就是頭銜——並不是要傲慢地講條件說什麼拿到博士才有資格向小姐求親——千萬別誤會，這都是因為之前金田太太來訪時迷亭君也在場，而且一直講些奇怪的話——不，絕對不是你的錯。金田太太也讚揚你是個不會說場面話非常正直的好人。一切都是迷亭君的錯。——所以當事人如果能成為博士，金田家自然也好對世間交代，比較有面子，如何？水島君近期之內可以提交博士論文，獲得博士學位嗎？——若只是金田家，什麼博士或學士學位都不需要，但畢竟還得考慮所謂的世間眼光，不可能那麼輕易許婚。」

被鈴木這麼一說，金田家要求寒月拿到博士學位好像也不算太無理了。既然覺得不算無理，自然就想答應鈴木君的請求。看來主人完全被鈴木君玩弄在股掌之間。我家主人果然是個單純正直的男人。

「那好吧，下次寒月再來，我會勸他寫博士論文。不過他是否打算娶金田家的女兒，那個必須先當面問清楚才行。」

「當面問清楚？那樣大張旗鼓只會壞事。還是在尋常交談時不動聲色地引導一下最簡捷。」

「引導一下？」

「嗯，用引導這個字眼或許有語病。——也不用刻意引導啦。總之在對話過程中自然就會知道。」

「你或許會知道，但我聽得一頭霧水。」

「你不懂也沒關係。不過最好不要再像迷亭那樣多嘴多舌破壞好事。用不著特地勸他，這種事本來就該聽從當事人自己的意見。下次寒月君來了，最好盡量不要干擾他。——不，我不是說你，我是說那個迷亭。被那傢伙一說，絕對沒有好下場。」他代替主人正在說迷亭壞話時，說人人到，迷亭老師又從後門口飄飄然乘著春風進來了。

「哎呀——真是稀客。變成我這樣的狎客[174]後苦沙彌簡直不把我放在眼中。看來苦沙彌家只能十年來一次。就連這待客用的點心都比平日吃的更高級。」他說著隨手抓起藤村[175]羊羹大嚼。鈴木君吞吞吐吐。主人嘻嘻竊笑。迷亭的嘴巴不停蠕動。我自簷廊邊窺見這瞬間情景之後

174 相對於前面的「稀客」，即常客。

175 位於本鄉，自江戶以來的高級日式點心店。羊羹特別有名。

暗忖，難怪會有所謂的默劇。禪宗的無言問答若是以心傳心，這一幕默劇顯然也是以心傳心。雖然很短暫卻是頗為尖銳的一幕。

「本以為你一輩子都注定是候鳥，沒想到曾幾何時又飛回來了。人果然應該活久一點。因為也許轉眼就會撿到意外的好運。」迷亭對待鈴木君也像對待我家主人一樣說話毫不客氣。就算曾是搭伙的老友，十年沒見面，照理說也該客套一下，但唯有迷亭君不會那樣做，一時之間真不知他是傲慢還是愚蠢。

「我還沒有可憐到讓你這麼瞧不起。」鈴木君四平八穩地回嘴，但似乎還是有點坐立不安，神經質地把玩那條金鍊子。

「你搭乘過電氣鐵道[176]嗎？」主人突然對鈴木君提出奇問。

「今天我好像是專程送上門來讓你們嘲笑。反正我就是鄉巴佬——別看我這樣，好歹也有街鐵[177]的股份六十股。」

「那果然不可小覷。我本來有八百八十八股半，可惜大半被蟲吃了，現在只剩半股。如果你早點來東京，我還可以給你十股沒被蟲蛀的，真是太可惜了」

「你的嘴巴還是這麼惡毒。不過玩笑歸玩笑，有那樣的股票絕不會吃虧，因為價值一年比一年高。」

「對了，就算只有半股，放個千年後也足以蓋三棟倉庫了。你我在這方面都是精明的當世才子，相較之下苦沙彌就可憐了。說到股票（kabu）他只會想到蘿蔔的兄弟蕪菁（kabu）。」說著又拈起羊羹看向主人，主人也被迷亭的食欲傳染，自己朝點心碟伸手。在這世上萬事積極者總是擁有受人模仿的權利。

「股票不重要，但哪怕只有一次也好，我真想讓曾呂崎坐坐看電車。」主人說著悵然凝視咬了一口的羊羹上的齒痕。

「曾呂崎如果搭電車，每次恐怕都會一路坐到品川，還是當天然居士被刻在澤庵石上比較安全。」

「說到曾呂崎，聽說他死了。真可憐，他是個聰明人，真是遺憾。」鈴木君這麼一說，迷亭當下接腔：

「他雖然聰明，做起飯來卻最差勁。每次輪到曾呂崎煮飯，我總是外出靠蕎麥麵填飽肚子。」

「的確，曾呂崎煮飯老是外焦內生，我也很受不了。而且配菜總是涼拌豆腐，冷冰冰的難以下嚥。」鈴木君也從記憶底層喚起十年前的牢騷。

「苦沙彌從那個時代就是曾呂崎的好友，每晚都會一起去吃紅豆湯，所以現在才會為慢性胃弱所苦。老實說，苦沙彌吃的紅豆湯更多照理說應該比曾呂崎先死才對。」

「天底下哪有那種道理？比起我吃紅豆湯，你美其名曰運動，每晚拿竹劍去後面的卵塔婆[178]

---

176 即電車。在東京最早是於明治三十六年八月，東京電車鐵道株式會社的品川、新橋之間通車。

177 電鐵公司之一東京市街鐵道株式會社的簡稱。明治三十六年九月開始運行數寄屋橋、神田橋之間。也是《少爺》的主角任職的公司。

178 即墳場。「卵塔」是在四角或八角形台座上建立卵形塔的石塔，因此正確寫法應是「卵塔場」。「塔婆」是豎在墓後祭祀死者，成塔形的細長木板。

敲打石塔，被和尚發現不是還挨了一頓臭罵。」主人也不甘示弱抖出迷亭的昔日惡行。

「啊哈哈哈！對對對，和尚說敲打菩薩的頭會妨害安眠不可以這麼做。但我是用竹劍，這位鈴木將軍赤手空拳更暴力。他和石塔玩相撲，推倒了大大小小三座石塔。」

「當時和尚簡直氣壞了。要求一定要恢復原狀，我說等我雇到人手幫忙再說，他偏說不能找人幫忙，為了表示懺悔一定要自己動手，否則就違背了神明的旨意。」

「當時你可是弄得灰頭土臉。穿著薄棉汗衫與內褲，在雨後的積水中哼哼唧唧……」

「你卻若無其事地在旁邊寫生真的很惡劣。我平時很少動怒，唯獨那次打從心底咒罵你。當時你的發言我到現在還記得你知道嗎？」

「十年前的發言誰還會記得啊，不過我到現在還記得那座石塔上刻著歸泉院殿黃鶴大居士安永五年辰正月。那座石塔的造型非常古典優雅。搬走時我甚至很想把它也偷走。那座石塔極符合美學原理，頗有歌德式趣味。」迷亭又在宣揚他那亂七八糟的美學。

「那不重要，重點是你的言論。你當時是這麼說的——我準備專攻美學，所以天地之間的趣事我都要盡量寫生以供將來做參考，什麼可憐、同情之類的私情不是我這種忠於學問的人該說的話。我覺得你實在太無情，所以當場用沾滿泥濘的手把你的寫生簿撕破了。」

「我的繪畫天分受挫，從此一蹶不振，就是那時害的。都是被你阻斷前途。我恨你。」

「別開玩笑了。是我恨你才對。」

「迷亭從那個時候就愛吹牛。」主人吃完羊羹再次插入二人的對話中。「約好的事從來不履行。受到質問也從不道歉，只會顧左右而言他。那座寺廟境內的紫薇開花時，他宣稱要在紫薇凋零前寫出美學原論，之後我說不可能，絕對寫不出來。結果迷亭回答：別看我這樣其實是個意志堅強的男人，如果你這麼懷疑不如來打賭吧。我當真答應了，我倆約好誰輸了就要請對方去神田吃西餐。我是覺得他一定寫不出來才敢打賭，但內心還是有點害怕。因為我根本沒有錢請他吃西餐。沒想到這位老兄完全無意動筆。過了七天甚至過了二十天還是一張稿紙也沒寫。等到紫薇凋謝，樹上一朵花也不剩時他還是若無其事，我心想一頓西餐有希望了，於是逼他履約，迷亭卻裝傻不肯認賬。」

「他肯定又扯出什麼歪理吧？」鈴木君接話。

「嗯，這傢伙真的臉皮很厚。他居然振振有辭地說什麼自己雖無能但意志力絕對不輸給我。」

「我一張也沒寫嗎？」這次是迷亭自己發問。

「那當然，當時你是這麼說的：我在意志力這方面無論面對任何人都不會退讓一步，但是很遺憾的是記憶力卻比人差一倍，我充分具有撰寫美學原論的意志，但那個意志在向你宣言的隔天就忘了，所以紫薇凋謝也無法寫出論文實乃記憶之罪而非意志之罪，既非意志之罪自然沒理由請客吃西餐——你說這些話的時候還跩得很呢。」

「原來如此，迷亭君發揮一貫特色，果然有趣。」鈴木君不知為何聽得很開心。與迷亭不在時的語氣截然不同。這或許是機靈人的特色。

「哪裡有趣了？」主人似乎到現在還在生氣。

「那真是不幸，所以為了補償你，我不是敲鑼打鼓在找孔雀舌嗎？你別生氣，耐心等一等。不過談到撰寫著作，今天我可是帶來一大奇聞喔。」

「你每次來我這裡都有奇聞，我可不會再上當了。」

「今天的奇聞是真正的奇聞。如假包換，一毛不差的奇聞。寒月開始寫博士論文了你知道嗎？寒月是那種博學多聞的人，所以我本來以為他不會浪費力氣在博士論文這種無趣的事情，沒想到他終究還是動了凡心，你說好不好笑？這一定要通知那個鼻子，現在她說不定正在做橡實博士的美夢呢。」

鈴木君聽到寒月的名字，當下擠眉弄眼暗示主人不能說、千萬不能說。主人卻完全不解其意。方才見到鈴木君被鈴木君說服時只覺得金田小姐可憐，現在迷亭這麼一批評鼻子女士，主人又想起了之前吵架的事。想起之後雖感滑稽，但也不免有點生氣。不過寒月開始寫博士論文的消息是最好的伴手禮，這的確如迷亭老師自誇的，是近來一大奇聞。不僅是奇聞，而且是可喜可賀的奇聞。娶不娶金田小姐暫時無關緊要。總之寒月能夠成為博士是件好事。像自己這種雕壞的木頭人縱使扔在佛像製作師的屋子角落沒有上漆直到被蟲蛀壞也沒啥好遺憾，但若是那種精心傑作的雕刻就該早日刷上金箔。

「他真的開始寫論文了嗎？」主人不管鈴木君的暗示，熱心詢問迷亭。

「你真的很不相信別人講的話耶。——不過他要寫的題目是橡實還是上吊力學不確定。總之以寒月的作風肯定會讓鼻子敬畏有加。」

打從剛才迷亭就不客氣地一再喊鼻子，鈴木君每次聽到都很不安。迷亭毫無所覺一派坦然。

「之後我針對鼻子又做了一番研究，最近在項狄傳[179]這篇文章中發現鼻論。金田的鼻子如果讓斯特恩看見了肯定會是好題材，真是可惜。她有充分的資格鼻垂青史，那樣沒沒無聞地結束一生太可悲了。下次她如果再來，我一定要替她寫生當作美學上的參考。」他還是一樣滿嘴跑火車胡說八道。

「但她女兒好像想嫁給寒月。」主人抖出之前剛從鈴木君那裡聽來的消息，鈴木君露出為難的表情頻頻向主人眨眼示意，但主人就像絕緣體完全不導電。

「傷腦筋，那種人的孩子原來也會戀愛，不過應該不是什麼大不了的戀情，頂多是鼻戀吧。」

「就算是鼻戀，寒月肯娶就行了。」

「肯娶就行了？你前幾天不是還堅決反對？今天怎麼態度軟化了。」

「我沒有軟化，我從來不軟化……」

「那你是怎麼回事？鈴木，你忝為企業家末席之一，不如你來講幾句話讓我們參考參考。我是說關於那個金田某某人。要把那個某某人的女兒捧成天下第一聰穎的高材生水島寒月的夫人，就像燈籠配吊鐘，我們身為他的朋友不能默視，哪怕是身為企業家的你對此也沒有異議吧？」

「你還是一樣元氣十足。好得很。你與十年前的樣子毫無變化真了不起。」鈴木君逆來順受，試圖敷衍帶過。

「若要誇獎了不起，起碼該著眼於更博學之處。以前希臘人很注重體育，對各種競技都有貴重的獎賞，提出百萬獎勵之策。但不可思議的是，對於學者的智慧卻沒有任何獎賞留下記

179 英國小說家勞倫斯．斯特恩（Laurence Sterne，1713-1768）的小說《項狄傳》（The Life and Opinions of Tristram Shandy, Gentleman）。漱石對於這篇小說與《我是貓》報以「分不清頭尾毫無靈魂宛如海參」這句同樣的評語。

錄，所以千百年來實為一大謎團。」

「原來如此，的確有點怪。」鈴木君徹底附和他的論調。

「但就在兩三天前，我研究美學時忽然發現了那個理由，一下子解開多年疑團。就像鑽出漆桶[180]豁然開朗，得到痛快的覺悟，達到歡天喜地之境。」

迷亭的話太誇張，就連善於逢迎拍馬的鈴木君，也露出不知所措的表情。主人像要說又開始了，拿起象牙筷子噹噹敲響點心碟的邊緣低著頭。只有迷亭一個人得意洋洋大發議論。

「白紙黑字寫出這個矛盾現象的說明，將吾人的疑問自千載之下的黑暗深淵救出的人你猜是誰？他號稱是有學問以來的大學者，正是希臘哲人，逍遙派始祖亞里斯多德[181]。根據他的說明——喂，你不要敲盤子了，好好專心聽我說。——他們希臘人在競技得到的獎賞，比他們表演的技藝本身更珍貴。因此才算是褒獎，也才能成為獎勵。但智慧本身又如何呢？如果對智慧獎賞某種物品，那就不得不給予比智慧更有價值的東西。但世間哪有勝過智慧的珍寶？當然不可能有。弄得不好甚至只會有損智慧的威嚴。對於智慧，即便他們把成箱的銀子堆滿奧林帕斯[182]，傾盡克羅伊斯[183]的財富也無法給予對等的報酬，不管怎麼想都不划算，看破這點後，從此就什麼也不獎賞了。黃白青錢[184]難以匹敵智慧，這下子應可充分理解了吧？服膺這個原理後我們再回過頭來看時事問題。金田某算什麼，他只不過是個拿紙鈔貼滿眼鼻的人罷了，若是形容得更奇特一點，他不過是一個活動紙鈔。活動紙鈔的女兒頂多也只是活動郵票吧。反觀寒月君又如何？他光榮地以第一名的成績自最高學府畢業，毫不倦怠地耷拉著長州征伐時代的外褂帶子，不分日夜研究橡實的安定性，即便如此仍不滿足，最近不是還將發表壓倒凱爾文爵士[185]

的偉大論文嗎？只不過偶然行經吾妻橋差點發生跳水鬧劇，但這也是熱血青年往往會有的發作性作為，絲毫不影響他在學問方面的成績。若以迷亭風格的比喻評論寒月君，他堪稱活動圖書館。是用智慧捏塑出來的二八口徑炮彈。這枚炮彈一旦得到時機就會在學界爆炸——如果爆炸了等著瞧吧——應該會爆炸吧……」迷亭說到這裡一下子想不出他自稱的迷亭風格的形容詞，因此多少有點俗話說的虎頭蛇尾之感，但他立刻又說：「活動支票就算有幾千萬張也會化為粉碎！所以，總之寒月絕對不能娶那麼不相配的女人。我不同意，那就等於是百獸之中最聰明的大象，與最貪婪的小豬結婚。你說對吧苦沙彌君？」他說完之後，主人又開始默默敲盤子。鈴木君有點沮喪。

「不至於那樣吧。」他無奈地回答。之前他講了那麼多迷亭的壞話，這時如果隨便發言，主人這種無法無天的人還不知會對迷亭揭穿什麼祕密。這時還是盡可能避開迷亭的鋒芒穩住局

---

180 「漆桶」是陷入煩惱的狀態。「鑽出漆桶」是擺脫煩惱得到開悟的禪語。

181 希臘哲學家亞里斯多德（Aristoteles，B.C.384-B.C.322）在各種領域皆留下有系統的研究，他的學派稱為逍遙派。

182 奧林帕斯（Olympos），希臘神話的眾神居住之地，該國的最高峰。

183 克羅伊斯（Kroisos），利底亞王國最後的國王（在位期間 B.C.560-B.C.546）。征服小亞細亞誇耀巨富，後來被波斯王丘羅斯二世打敗。

184 貨幣的總稱。「黃白青」是金銀銅。

185 凱爾文爵士（Lord Kelvin，1824-1907）。威廉．湯姆森（William Thomson）的稱號。英國物理學家。格拉斯哥大學教授。

面方為上策。鈴木君是個機靈人。這年頭任何抵抗都要盡可能避免，無謂的口角已是封建時代的遺物。人生的目的不在於口舌之爭而是實行。只要照自己的計畫步步推進，就能達成人生的目的。不須辛苦與擔憂與爭論，只要事情有進展，人生的目的便可以極樂方式達成。鈴木君畢業後藉由這種極樂主義獲得成功，藉由這種極樂主義掛上金鍊子，也因這種極樂主義接受金田夫婦的委託，同樣是靠著極樂主義成功說服苦沙彌君，讓這樁婚事已有八、九成的成功希望。這時迷亭這種不按常理出牌，令人懷疑是否有正常人以外的心理作用的瘋子半途插入，自然令鈴木有點錯愕。發明極樂主義的是明治的紳士，實行極樂主義的是鈴木藤十郎君，現在被這極樂主義困住的也同樣是鈴木藤十郎君。

「你什麼都不知道才會故作無辜地說什麼『不至於那樣』，難得如此寡言地保持優雅，但你如果親眼目睹之前那位鼻子夫人來訪時的樣子，就算你再支持企業家肯定也會退避三舍，對吧苦沙彌君？你不是還奮起抵抗？」

「不過你得到的評價好像還是不如我。」

「啊哈哈哈！你倒是挺有自信的。難怪你被學生和老師拿 savage tea 當話柄嘲笑還敢去學校。我自認意志力不比人差，但也做不到你那麼厚臉皮，我甘拜下風。」

「即使被學生與教師講幾句風涼話又有什麼好怕的。聖佩甫[186]雖是獨步古今的評論家，在巴黎大學講課時卻評價極差，為了怕遭到學生攻擊，他外出時必定會在袖內暗藏匕首做為防身工具。布魯尼提耶[187]同樣在巴黎的大學攻擊左拉[188]的小說時……」

「可你又不是什麼大學教師。區區一個教授英語讀本的老師引用那種大師的例子，就像小雜魚以鯨魚來比喻自身，講那種話更會惹人恥笑喔。」

「你閉嘴。聖佩甫和我一樣都是學者。」

「這真是了不起的見解。不過隨身攜帶刀子很危險，你最好不要模仿。大學教師如果暗藏匕首，英文讀本的教師大概帶把小刀片吧。不過話說回來刀子太危險，還是去廟前商店街買把玩具槍回來扛著走好了。那樣也比較可愛。對吧鈴木君？」鈴木君聽到話題脫離金田事件總算鬆了一口氣。

「你們還是一樣天真無邪又愉快。闊別十年後與你們重逢，感覺就好似自狹仄的小路來到廣闊的原野。看來我們老朋友之間的談話也不可小覷呢。在外面不管跟人說什麼都得留心弄得自己提心吊膽又憋悶實在很痛苦。說話無罪真好。而且與昔日學生時代的友人說話最不用顧忌最舒服。啊呀，今天意外遇到迷亭君真是太愉快了。我還有點事就此告辭了。」鈴木君說著站起來，迷亭也說，「我也該走了，我現在得去日本橋的演藝矯風會[189]，可以與你同行一段路。」「那正好，好久沒有這種機會，我們一起去散步吧。」於是二人攜手同歸。

---

186 聖佩甫（Charles Augustin de Sainte-Beuve，1804-1869），法國詩人、小說家、批評家。被稱為近代批評之父。以《週一閒談》、《我的毒舌》等作而知名。

187 布魯尼提耶（Ferdinard Brunetiere，1849-1960），法國文藝批評家。主張古典主義，以《法國文學史的批評研究》等而知名。

188 左拉（Emile Zola，1840-1902），法國自然主義作家。以小說《酒館》、《娜娜》等而知名。

189 同名團體以改良戲劇為目的，創設於明治二十一年，翌年改稱為日本演藝協會。

5

巨細靡遺寫出二十四小時發生的事，再巨細靡遺閱讀至少得花二十四小時，就算是大力鼓吹寫生文的我也不得不承認這不是貓族能夠企及的本領。因此我家主人雖然隨時隨地都有值得詳細描寫的奇言奇行，我也沒有能力與耐心一一向讀者報告誠感遺憾。雖然遺憾卻是不得已。貓族也一樣需要休養。鈴木君與迷亭君走後，安靜得就像冷風暫息、大雪紛飛的深夜。主人照例又躲進書房。小朋友在六張榻榻米大的房間並排放著枕頭睡覺。隔著一間半的紙門，女主人正在面南的房間給算來已有三歲的小女兒餵奶哄她睡覺。花蔭深處日暮西沉的日光驟落，就連行經門口的木屐聲都能清楚傳至起居室。鄰街的宿舍吹奏明笛[190]的聲音斷斷續續不時刺激昏昏欲睡的耳底。外面想必已夜色朦朧。晚餐以魚板高湯將貓飯一掃而空後肚子非常需要休養。

我曾隱約聽說世間有所謂貓戀的俳諧[191]趣味，這種現象說什麼每到初春時節的夜晚區內同族便會興奮得四處上竄下跳令人睡不安枕，但我尚未遭逢這種心理上的變化。本來愛情就是宇宙性的活力。上至天神丘比特[192]下至土中鳴叫的蚯蚓、螻蛄，碰上此道皆會為之傷神憔悴乃是萬物之常，所以我等貓族會有懵懂的風流之氣亦是在所難免。回顧起來我也曾暗自仰慕三毛子。即便是三不主義的禍首金田君的掌上明珠，那位愛吃阿倍川餅的富子也有愛慕寒月君的傳言。所以我絕對無意譏嘲天底下為千金春宵虛度而發狂徘徊的雌貓雄貓是自尋煩惱，但我自己就算被誘惑也沒那種心思所以無能為力。我眼下的狀態只想休養。這麼想睡覺根本無法戀愛。

還是慢吞吞繞到小孩的棉被邊舒服睡個大頭覺吧。……

不意間睜眼，只見主人不知何時已自書房來到寢室鑽進女主人身旁的被窩中。主人有個癖好，睡覺時一定會從書房攜來小本的洋文書。但躺下之後這本書通常看不到二頁。有時甚至拿來就往枕畔一扔，完全沒碰過。既然一行也沒讀過似乎沒必要特別拎過來，但那正是主人之所以是主人之處，縱使女主人笑話他、勸阻他，他也絕不妥協。每晚還是照樣辛辛苦苦把不看的書拿到寢室。有時也會貪心地一次抱著三、四本來。之前甚至每晚抱韋伯斯特[193]大字典過來。想來這是主人的一種病，就像奢侈的人不聽龍文堂的松風聲[194]就睡不安穩，主人大概也是不把書本放在枕邊就睡不著，如此看來，對主人而言書本不是用來閱讀而是催眠用的工具。這是鉛字版的安眠藥。

今晚他八成也拿了什麼書吧，我定睛一看，紅色的小本子卡在主人小鬍子前方半是攤開。主人左手的大拇指還夾在書中，可見今晚奇特地看了五、六行。與紅色書本並排的那個鎳銀懷

190 近世傳入日本，近代中國音樂明樂使用的笛子。到了明治時代，清樂用的清笛也稱為明笛。

191 俳諧是江戶時代盛行的日本文學的一種形態。正確說法應稱為「俳諧連歌」。與正統連歌不同，注重遊戲性。是俳文、和詩等俳諧味（俳味）文學的總稱。

192 羅馬神話的神 Jupiter 的英文念法。羅馬人最重要的神，與希臘的宙斯一視同仁。

193 韋伯斯特（Noah Webster，1758-1843），美國字典編纂者。

194 「龍文堂」是江戶末期至明治初期的京都鑄工。在此指鑄有其銘文的鐵瓶。「松風聲」是茶人們形容開水沸騰的聲音。

錶正散發出不似春天的冷光。

女主人把幼兒扔在一尺之外自己張著大嘴打呼，連枕頭都睡掉了。說到人類什麼最難看，我想莫過於張嘴酣睡的醜態。貓族終其一生也不會丟這種臉。本來嘴巴是用來發音，鼻子是用於吞吐空氣的工具。不過若去寒冷的北方，人類會變得無精打彩盡量不張口，結果有時也會用鼻子說話似地不停窸窸窣窣，但我認為鼻子堵塞時光用嘴呼吸比鼻子不停吸氣更難看。首先老鼠屎從天花板掉落時就很危險。

至於小孩，也以不遜於母親的姿勢大剌剌睡著。姐姐團子像要強調這是當姐姐的權利，把右手伸長放在妹妹的耳朵上。妹妹寸子為了報復，也把一隻腳丫放在姐姐的肚子上傲然仰身。比雙方一起入睡時的姿勢已經整整旋轉了九十度。而且兩姐妹還保持這種不自然的姿勢毫無不適地安然熟睡。

春天的燈火果然不同。在這天真爛漫卻毫不風流的光景背後，地板彷彿珍惜良宵般看似格外閃亮。現在不知幾點了？我放眼環視室內，四下悄然無聲只聞牆上的時鐘滴答聲與女主人的鼾聲還有遠處女傭的磨牙聲。這個女傭每次聽到人家說她磨牙總是矢口否認。她倔強主張自己有生以來從未磨牙，絕對不會說什麼我今後會改或對不起吵到您了這種話，只是一味堅持沒那回事。的確，那是睡著時做的事自然不可能記得。但事實即便不記得依然存在所以才困擾。世間有人做了壞事還認定自己是個大好人。這種人自信自己無罪因此可以天真無邪，但別人受到困擾的事實不可能因為他的天真無邪而抹滅。說這種話的紳士淑女想必都屬於這個女傭一類。——夜色更深了。

有人咚咚輕敲廚房的遮雨板二下。奇怪，這時候不可能有人來。八成又是老鼠作祟。若是老鼠我已決定不抓所以任牠去鬧即可。——這時咚咚又響了二下。看來不是老鼠。若真是老鼠也是非常謹慎的老鼠。主人家的老鼠，就像主人學校的學生不分日夜只顧著練習如何胡鬧使壞，把如何將可憐的主人自夢中驚醒視為天職，所以絕對不可能如此客氣。剛才敲門的的確不是老鼠。家中的老鼠之前甚至闖入主人的寢室咬傷主人不高的鼻頭後高奏凱歌而返，所以不可能做出如此膽小的舉動。肯定不是老鼠。這次又吱地一聲響起遮雨板自下方向上抬起的聲音，同時紙拉門也盡可能徐緩地、順著溝槽慢慢滑動。絕對不是老鼠。是人類。這種深更半夜，若有人未開口喊人通報卻自己卸下門板悄悄進來的話肯定不是迷亭老師或鈴木君。說不定是我早已久仰大名的小偷隱士。若真是那種隱士，我很想盡快一睹尊容。隱士現在站在後門口抬起二隻骯髒的大腳似乎只前進了二步。走到第三步時不知是否絆到了地板上的活動拉板，喀搭一聲在靜夜響起聲音。霎時之間我背上的毛就像被鞋刷逆向擦過。接下來那一陣子，連腳步聲也沒有了。我朝女主人一看，她依舊張著大嘴在夢中吞吐太平的空氣。主人八成也正做了大拇指夾在紅皮書裡的夢。之後廚房傳來擦火柴的聲音。看來這位隱士不像我有這麼好的夜視本領。看不清四下環境一定很不方便吧。

這時我蹲著思考。隱士會從後門往起居室的方向出現呢，還是會左轉經過玄關去書房？腳步聲伴隨拉動紙門的聲音朝簷廊那邊去了。隱士進了書房。之後再也沒有任何動靜。

我終於醒悟應該趕緊把主人夫婦叫起來，但是該怎麼叫醒他們，我實在沒主意，唯有思緒如水車在腦中不停旋轉，怎麼也想不出個名堂。我咬住被子邊緣甩一甩，但試了兩三次之後一點也不管用。我想把冰冷的鼻子往主人的臉上貼，才剛湊近主人的臉，熟睡的主人忽然伸長手，二話不說就一掌拍開我的鼻子。鼻子對貓族而言也是要害。我痛得要命。這下子沒辦法，我只好試圖喵喵叫二聲來叫醒他，但不知何故，偏偏此時喉頭卻像卡了東西似地發不出聲音。好不容易勉強擠出低沉的聲音卻把自己嚇了一跳。主人沒有醒，隱士的腳步聲倒是突然響起。對方正緩緩沿著簷廊走近。他快要過來了，到此地步我只好死心，躲在紙門與藤編箱籠之間偷窺動靜。

隱士的腳步聲來到寢室的門前便倏然停止。我屏氣凝神，拼命思考接下來要做什麼。事後想想，捉老鼠時若能有這種心情肯定手到擒來。靈魂都快從雙眼蹦出來了。拜這位隱士所賜我得到此生難再的開悟實在不勝感激。這時紙門的第三格彷彿被雨淋濕般唯有正中央變色。我正覺得上面隱約有淺紅之物逐漸變深，白紙不知幾時已破了，露出紅色的舌頭。舌頭轉眼便消失在黑暗中。取而代之的是一隻可怕的發光物，自破洞的那頭出現。那顯然是隱士的眼睛。古怪的是，那隻眼睛不看屋內的任何東西，偏偏好像只盯著躲在藤箱後面的我。雖然不到一分鐘的時間，但我甚至覺得被這樣盯著肯定會折壽。正當我再也忍受不住，決心從箱子後面衝出來時，寢室的紙門倏然拉開，等候多時的隱士終於現身在我眼前。

按照敘述的順序，接下來我有幸將這位意外的稀客小偷隱士介紹給諸位，但在那之前我想先稍微陳述一點鄙見。古代的神明被尊為全知全能。尤其是耶穌教的上帝直到二十世紀的今天依然戴著這個全知全能的面具。然而俗人想的全知全能，有時亦可解釋為無知無能。這句話明顯是自相矛盾，但能夠一語道破這個矛盾悖論的，開天闢地以來恐怕只有我，這麼一想，連我自己都不免有點虛榮心，所以我很想在此陳述理由，讓高傲的人類諸君也好好記住貓族不可小覷。據說天地萬物乃是神所創造，如此看來人類應也是神的作品，就像所謂的聖經上聽說便是如此明文記載。話說，關於人類，人類自身累積數千年來的觀察，在大感玄妙不可思議的同時，的確越來越傾向於俯首承認神的全知全能。先不說別的，人類數量如此眾多卻無一人是同樣面貌。臉上的配件當然是固定的，可以說大同小異。換言之他們都是以同樣的材料製造出來的。雖是以同樣的材料製造出來卻沒有一人出現同樣的結果。想到居然能以如此簡單的材料造出如此不同的臉孔，不得不對製造者的技術深感嘆服。沒有獨創的想像力絕對想不出這麼多種變化。即便一代畫師窮其畢生精力力求變化，頂多也只能畫出十二、三種臉孔，以此推知，神一手包辦製造人類的本領不得不令人驚嘆。這是在人類社會絕對看不到的技術，所以稱之為全能之技想必亦不為過。人類在這點似乎非常敬畏神，的確，若就人類的觀點而言如此敬畏誠屬應當。但是若就貓族的立場而言，同樣的事實也可視為神無能的證明。就算不是完全無能，想必也可斷定祂絕對不比人類的能力高明到哪去。據說神是按照人類的數量製造出那麼多種臉孔，但這是祂當初胸有成竹才展現如此多樣的變化？還是本來打算管他阿貓阿狗通通做一樣的臉孔，結果做了之後終究不成功於是成果有好有壞陷入如此雜亂的狀態？這點無人能夠斷定。他們的臉部構造看似天神成功的證據，可誰又能確定那不是失敗的痕跡？雖可譽為全能，但是評為無能亦無不可。他們人類的眼睛在平面上二隻並列因此無法同時間看到左右兩方，視野之內只有事物的半面真是太可憐了。如果換個立場看，這麼單純的事實在他們的社會不分日夜一再發生，但當事人昏了頭，被神吃得死死的，似乎毫無覺悟。製作時要出現千變萬化的成果若是困難，徹頭徹尾的模仿同樣也是困難。向拉菲爾[195]訂購二幅分毫不差的聖母像，就和要求二幅全然不同的瑪丹娜[196]一樣，對拉菲爾而言恐怕都會很為難，不，要他畫二幅同樣的畫或許反而更困難。要求弘法大師[197]以昨日同樣的筆法書寫空海二字，說不定會比要求他換個字體書寫更痛苦。人類用的國語是完全依模仿主義傳習而來。他們人類自母親、自奶媽、自他人身上學習實用性的語言時，除了按照耳朵聽到的依樣重述別無其他野心，只是盡其所能地模仿他人。根據這種模仿成立的國語經過十幾二十年後，發音自然會產生變化，這足以證明他們並沒有完全模仿的能力。純粹的模仿如斯艱難。因此神若是能把他們人類製造得難以區別，宛如一個模子生產出來的醜女面具，想必益發能夠表明神的全能，同時，把今日這般各有不同的臉孔曝露於天日之下，出現令人眼花繚亂的變化反而可以由此推知神的無能。

我已忘了自己有何必要做出以上論述。連人類都會忘本對貓來說自是當然，還請寬容見諒。總之我瞥見拉開寢室的門倏然出現在門口的小偷隱士時，心中自然湧現以上的感想。為何湧現？——若問我為何，那我現在必須好好思考一下。——呃，原因是這樣子的。

當我看到悠然出現在我眼前的隱士臉孔時，那張臉——平日我一直在懷疑神的製作成果或許是無能所致，但此人的特徵足以令我暫時打消那個念頭。所謂的特徵很簡單。他的眉眼與我親愛的美男子水島寒月君一模一樣。我當然沒有許多小偷知己，但從其行為之粗暴想像，我在心裡多少已描繪出一張臉孔。我武斷地認定對方一定是鼻翼左右箕張，眼如一分錢銅幣，還頂著刺蝟頭，但看與想有天差地別，想像力一點也不可靠。這個小偷身材修長，膚色淺黑，有著一字眉，是個意氣風發的英俊小偷。年約二十六、七歲，連這點都與寒月君一模一樣。神既有手段製造出二個這麼肖似的臉孔，那就絕對不可以無能視之。不，老實說，乍看之下我甚至懷疑是寒月君自己發瘋在三更半夜跑來，可見二人有多像。但是此人的鼻子底下沒有淺黑色的鬍渣，令我察覺這是另一個人。寒月君是個頗有滄桑魅力的俊俏男子，足以輕易吸引被迷亭戲稱為活動支票的金田富子小姐，可見他是上帝精心製造的產物。而這個小偷單就外貌觀察，在吸引女性的作用上絲毫不比寒月君差。如果金田小姐是被寒月君的眼睛與嘴巴迷住，那她不以同樣的熱情愛上這個小偷先生簡直沒道理。撇開道理不談，也不合邏輯。像那樣有才氣、事事都一點就通的性子，這種程度的事就算別人不說肯定也懂。如此看來若把這個小偷代替寒月君送出去，她肯定也會獻出滿腔愛情從此琴瑟和鳴。就算萬一寒月君被迷亭說動，毀了這樁千古良緣，只要有這位隱士健在便可保無事。我將事情未來發展預想到如此地步後，為了富子小姐，總算暗自安心。這個小偷先生存在於天地之間實乃富子小姐生活幸福的一大要件。

小偷的腋下夾著東西。一看之下是之前主人扔進書房的那條舊毯子。他身穿唐棧[198]大褂，御納戶[199]博多腰帶綁在屁股上方，膝部以下裸露白生生的小腿，現在正抬起一隻腳踩在榻榻米上。方才還夢到被紅皮書咬手指的主人，此時翻個身大聲說「是寒月啊」。小偷將毯子往地上

---

195 拉菲爾（Raffaello Santi，1483-1520），義大利文藝復興期的畫家、建築家。

196 瑪丹娜（Madonna），基督教的聖母瑪麗亞。拉菲爾以多件聖母子像而聞名。

197 弘法大師（774-835），平安初期的高僧空海的諡號。在書法方面，號稱日本三大名筆之一。

198 唐棧是一種棉織條紋布，頗受行家與匠人喜愛。漱石的作品中也一再出現。

199 御納戶色的簡稱。灰藍色。

一扔，跨出的腳急忙縮回。只見紙門的背後立著二條細長的小腿微微顫動。主人嘴裡嗯了一聲咕噥著扔開那本紅皮書，像有皮癬病般在自己黝黑的手臂上抓來抓去。之後又安靜了，頭歪在枕頭旁邊就這麼沉沉睡去。看來他喊的那聲寒月完全是不自覺的夢話。小偷在簷廊站了一會窺視室內動靜，見主人夫婦確實熟睡後再次抬起一隻腳踩在榻榻米上。這次連喊寒月的聲音也沒響起。之後他把另一隻腳也跨進來。一盞春燈照亮的六帖室內，小偷的影子被明顯一分為二，從藤箱越過我頭上的牆壁一半是漆黑的。轉頭一看，小偷臉部的影子正好在牆壁三分之二的高度隱約蠕動。即便是美男子，如果光看影子也會像八頭妖怪般形狀怪誕。小偷自上方窺視女主人的睡顏不知怎地露出奸笑。他連笑法都與寒月君如出一轍把我嚇了一大跳。

女主人的枕邊慎重放著四寸方角一尺五、六寸長的釘箱。這是住在肥前[200]的唐津人多多良三平君日前返鄉帶回來的土產山藥。把山藥放在枕邊睡覺是少見的例子，但我家這位女主人會把紅燒菜用的三盆[201]放進西式收納櫃，本來就是對場所適宜與否毫無概念的女人，所以對她而言，別說是山藥，就算把黃蘿蔔乾放在寢室或許也不當一回事。但小偷不是神，自然不可能知道世間還有這種女人。也難怪他會以為如此鄭重貼身擺放的一定是貴重物品。小偷稍微拿起山藥箱，那個重量很符合小偷的預估顯然頗有分量，所以他非常滿意。想到他竟然要偷走山藥，而且是這樣的俊俏男子偷山藥，我忽然覺得很好笑。不過隨便出聲會有危險所以我硬是忍住了。

之後這位隱士喜滋滋地用舊毯子裹起山藥箱。他四下張望有無東西可以捆綁。這時，幸運地發現主人睡覺時解下的皺綢男用腰帶。小偷用這條腰帶將山藥箱牢牢綁緊，輕鬆地扛在背上。這副德性看起來實在不討女人喜歡。之後他把二件小孩的無袖棉袍塞進一件主人的大內褲，大內褲的股間頓時隆起一團就像菜花蛇吞下青蛙——或者應該稱為菜花蛇臨盆更貼切。總之看起來很奇怪。如果諸位不相信可以試試看。小偷把大內褲綁在脖子上。我正好奇他接下來要做什麼，只見他已把主人的外套像大包袱巾一樣攤開，然後把女主人的腰帶與主人的棉袍和內衣以及其他各種雜物整齊折疊好後順手一裹。那種熟練與靈巧的手法令我有點佩服。之後他把女主人的腰繩與繫帶接在一起用來捆綁這個包裹再一手拎起。最後他四下檢視還有什麼可拿的，在主人的頭頂前方發現「朝日」[202]的菸袋，於是順手扔進袖裡。又從袋中取出一根菸轉身背著燈點燃。津津有味地深吸一口後，吐出的青煙留下乳白色煙霧繚繞尚未消散時，小偷的腳步聲已逐漸遠離簷廊再也聽不見了。主人夫婦依然熟睡。看來人類意外地糊塗。

我也需要暫時休養。一口氣講了太多話，身體實在吃不消。等我睡了一覺醒來時，三月的天空晴朗無雲，主人夫婦正在後門口與警察談話。

「那麼，應該是從這裡闖入繞去寢室那邊。你們在睡覺時完全沒有察覺？」

「對。」主人好像有點尷尬。

「那麼是幾點左右遭竊的呢？」警察問了一個強人所難的問題。若是知道時間也不會被偷了。主人夫婦倒是沒發現這點，還在頻頻針對這個問題討論。

---

200 佐賀縣西北部的舊地名。現在的唐津市西部地區。

201 三盆糖，結晶細致的上等白砂糖。

202 明治三十七年七月專賣局發售的有濾嘴紙捲菸。

「大概是幾點？」

「這個嘛……」女主人思考。她似乎認為想一想就會知道。

「你昨晚是幾點睡的？」

「我睡的比妳晚。」

「對，我睡的比你早。」

「那妳是幾點醒的？」

「七點半吧。」

「如此說來盜賊潛入會是幾點呢？」

「總之是半夜吧。」

「我當然知道是半夜，我問的是幾點。」

「詳情得再好好想想才知道。」女主人還打算繼續思考。警察只是形式上隨便問問，對於到底是幾點潛入絲毫不關心。管他是謊話還是怎樣，只要隨便給他一個答覆就好，可是主人夫婦卻在那兒不得要領地一問一答，所以警察看起來有點焦躁。

「那麼，遭竊時間不明囉？」他這麼一說，主人照例以那種口吻回答：

「哎，就是啊。」

警察面無笑容。

「那麼，明治三十八年某月某日府上關門睡覺時，盜賊卸下某處的遮雨門偷偷潛入盜走數件物品——請按上述宗旨提出書面文件。這不是通知是告訴。不用寫上收件人的名字。」

「失竊物品要一一寫出嗎？」

「對，棉袍幾件價值多少，就像這樣寫出來。——我進去府上看了也沒用，反正都已經被偷了。」警察泰然自若地交代完就走了。

主人把紙筆硯墨拿到和室中央，把女主人叫到面前，「我現在要寫失竊告訴書，妳把被偷的東西一一道來。說吧。」他用像要吵架的語氣說。

「哎呀討厭，什麼說吧，你那麼蠻橫的語氣誰要說啊。」女主人綁著細腰帶一屁股重重坐下。

「妳那是什麼態度，簡直像不成氣候的旅館陪宿女子。為什麼不把腰帶紮好！」

「嫌棄這個就給我買新的。就算是陪宿女子，碰上東西被偷也沒辦法吧？」

「妳的腰帶也被偷了嗎？真是過分的傢伙。那就從腰帶開始寫起。是什麼樣的腰帶？」

「還能是什麼樣的腰帶，你以為我有那麼多腰帶嗎？就是黑色平織與皺綢內襯的腰帶。」

「黑色平織與皺綢內襯的腰帶一條——價值多少錢？」

「六圓左右吧。」

「妳也不看看自己是什麼德性還用那麼貴的腰帶。下次用一圓五毛錢的就好。」

「哪有那樣的腰帶？你就是這樣所以我才說你不通人情。隨便老婆穿得再怎麼破破爛爛，只要你自己穿得好就無所謂是吧？」

「算了，還有什麼？」

「絲織的外套。那是河野叔母留給我當紀念的遺物，雖然同樣是絲織品，但和現在的絲織品可不一樣。」

「用不著講解那麼多。多少錢？」

「十五圓。」

「妳穿十五圓的外套和妳的身分太不相稱了。」

「有什麼關係，又不是叫你買給我。」

「還有什麼？」

「一雙黑色分趾襪。」

「是妳的嗎？」

「是你的啦。代價是二毛七分錢。」

「還有呢？」

「一箱山藥。」

「連山藥都偷走了嗎？他打算煮來吃，還是磨成泥？」

「誰知道他要怎麼吃。你自己去問小偷。」

「多少錢？」

「山藥的價錢我不知道。」

「那就當作是十二圓五毛錢吧。」

「太可笑了，就算是從唐津挖來的山藥，也不可能要價十二圓五毛錢。」

「妳不是說不知道價錢嗎？」

「我的確不知道，雖然不知道但十二圓五毛錢也太誇張了。」

「什麼叫做雖然不知道但十二圓五十錢太誇張。簡直不合邏輯。妳就是這樣才會說妳是呆瓜帕雷歐羅卡斯[203]。」

「你說什麼？」

「呆瓜帕雷歐羅卡斯。」

「你說的待括怕雷毆打死是什麼東西？」

「是什麼都不重要。還有呢？——我的衣服怎麼都沒提到？」

「還有的不重要。你先告訴我待括怕雷毆打死是什麼意思。」

「沒什麼意思。」

「告訴我有什麼關係，你也太瞧不起我了吧。你一定是看我不懂英文就趁機說我壞話。」

「別說傻話了，快點說還有什麼失竊物品。不趕緊提出告訴，東西可拿不回來喲。」

「反正就算現在提出告訴也來不及了。先不談那個，你告訴我待括怕雷歐打死到底是什麼意思。」

「你這女人真囉唆，就跟妳說沒有什麼意思。」

「那好，我也沒什麼其他的失竊物品可說了。」

203 江戶俗語稱笨蛋為Otanchin，與東羅馬帝國最後的皇帝康斯坦丁·帕雷歐羅卡斯（Constantinus XI Palaeologus）諧音的雙關語。

「妳真頑固。那就隨便妳好了。我也不寫失竊告訴書了。」

「那我也不告訴你還有什麼東西被偷。反正是你自己要提出告訴，你寫不寫對我而言都無所謂。」

「那就算了！」主人照例站起來就進書房。女主人又回到起居室在針線盒前坐下。二人就這樣啥也沒做，默默瞪著紙門長達十分鐘之久。

這時玄關門猛然拉開，山藥贈送者多多良三平君進來了。多多良三平君本來是在這家寄宿的書生，現在已自法科大學畢業任職於某公司的礦產部。這位也是企業家預備軍，算是鈴木藤十郎君的學弟。三平君基於以前的關係不時造訪昔日恩師的草廬，碰上星期日甚至會玩上一整天才走，和一家人都是親密無間的關係。

「夫人。今天天氣真好哩。」他滿口唐津腔，在女主人面前穿著西式長褲就屈起單膝坐下。

「哎喲，是多多良先生。」

「老師出門了嗎？」

「沒有，他在書房。」

「夫人，老師整天用功對身體不好唄。偶爾星期天也要放個假，您說是吧。」

「跟我說也沒有用，還是你自己勸他吧。」

「是這樣沒錯啦……」三平君說到一半放眼環視屋內，「今天怎麼沒看到令千金。」女主人還沒把話聽完，團子與寸子已從隔壁房間跑出來。

「多多良叔叔，今天你帶壽司來了嗎？」姐姐團子還記得之前的約定，一看到三平君就開口催促。多多良抓抓腦袋：

「妳的記性可真好，下次我保證一定帶。今天我忘了唄。」他老實招認。

「討厭啦。」姐姐這麼一說，妹妹也立刻有樣學樣跟著說：「討厭啦。」女主人總算心情好轉稍微露出笑容。

「壽司是沒帶，山藥倒是送過喔。小姑娘吃了嗎？」

「山藥是什麼？」姐姐問，妹妹再次有樣學樣也跟著問三平君：「山藥是什麼？」

「你們還沒吃嗎？那趕快請媽媽煮來吃唄。唐津的山藥和東京的不一樣，很好吃喔。」三平君頗為故鄉自豪，女主人這才想到：

「多多良先生，謝謝你上次送的東西。」

「怎麼樣？嘗過了嗎？我怕山藥被折斷，特地緊緊塞在箱子裡唄，應該可以保存很久吧。」

「不巧你特意贈送的山藥昨晚被小偷拿走了。」

「被偷了？真是荒唐的傢伙。原來還有那麼愛吃山藥的男人啊？」三平君深深感嘆。

「媽媽，昨晚家裡遭小偷了嗎？」姐姐問。

「對。」女主人隨口回答。

「小偷進來了——那——小偷進來了——他是什麼表情進來的？」這次是妹妹發問。對於這個奇妙的問題，女主人不知該如何回答才好。

「表情凶巴巴地進來。」女主人說完看著多多良君。

「凶巴巴的表情就是像多多良叔叔這個樣子嗎？」姐姐毫無同情心地緊接著又問。

「胡說。怎麼可以這麼失禮。」

「哈哈哈，我的臉有那麼凶巴巴嗎？傷腦筋。」他抓抓頭。多多良君的後腦有一塊直徑一寸的禿斑。是一個月前出現的，找醫生看過，但似乎不容易痊癒。第一個發現這塊禿斑的就是姐姐團子。

「多多良叔叔的頭像媽媽一樣發亮喔。」

「我叫妳閉嘴！」

「媽媽，昨晚的小偷頭上也光光的嗎？」這是妹妹發問。女主人與多多良君不禁噗嗤一笑，小孩子太煩人害得大人都不能好好講話，於是，「好了，妳們兩個去院子玩一下。媽媽待會給你們點心吃。」女主人好不容易趕走小孩。

「多多良先生的頭是怎麼了？」她一本正經地問道。

「被蟲咬了唄。一直沒好。夫人也是嗎？」

「拜託，什麼被蟲咬，我們女人家把頭髮紮起綁髮髻多多少少都會有點禿。」

「禿頭都是細菌造成的唄。」

「我的才不是細菌。」

「那是夫人嘴硬唄。」

「絕對不是細菌。不過英文是怎麼說禿頭的？」

「禿頭叫做bald。」

「不對，不是那個，應該有個更長的名稱。」

「您問老師，不就馬上知道了？」

「就是因為你那個老師不肯告訴我，我才來問你。」

「我只知道bald唄。您說的更長，到底是多長？」

「說是什麼待括怕雷毆打死。待括應該是指禿，怕雷毆打死是頭吧？」

「也許吧。我待會就去老師的書房翻閱韋伯斯特大字典查一下。不過老師也真奇怪。這麼好的天氣，偏偏要窩在家裡——夫人，那樣子可治不好胃病喔。您應該勸老師沒事去上野賞賞花也好唄。」

「還是請你帶他出門吧。你們老師向來不會聽女人的話。」

「最近他還是嗜吃果醬嗎？」

「對，還是老樣子。」

「之前，老師還在抱怨：內人說我吃果醬吃太凶很困擾，我自認沒吃那麼多，一定是哪裡搞錯了。當然令千金與夫人您肯定也一起吃了——」

「哎喲多多良先生，你真是的，幹嘛說那種話。」

「可是夫人您明明露出吃了的表情唄。」

「看臉哪能知道那種事。」

「誰說不能唄——如此說來夫人一點也沒有吃嗎？」

「我當然也吃了一點。就算吃了又有什麼關係。那本來就是我家的東西。」

「哈哈哈哈！我就知道是這樣——不過說真的，遭小偷真是天外飛來橫禍。只有山藥被偷嗎？」

「若只是山藥我也不用這麼發愁了，家居服全都被拿走了。」

「那可麻煩了。又得借錢了嗎？這隻貓若是狗就好了——真是可惜。夫人您還是養一隻大狗吧。——貓不管用的唄。光會吃飯——牠會捉老鼠嗎？」

「一隻也沒抓過。真是隻厚顏無恥的懶貓。」

「哎呀，這可不行。還是趕快扔掉吧。不然送給我拿去煮來吃好了。」

「哎喲，多多良先生你還吃貓啊？」

「我吃過。貓肉很好吃。」

「你還真是豪邁。」

我早就輾轉耳聞下等書生之中也有吃貓的野蠻人，但直到這一刻之前我做夢也沒想到，平日頗為照顧的多多良君竟然也是這種人。況且該君已非書生，雖然畢業不久好歹也是一名堂堂法學士、六井物產公司的職員，所以我的驚愕非同小可。有句格言說看到人就要當成小偷切勿輕信，關於這點寒月二世的行為已做出證明，但看到人就要當成吃貓者卻是拜多多良君所賜讓我頭一次發現的真理。

俗話說入世方知事，知事懂事是很好，但每天危險多多，一天都不能大意。狡滑與卑鄙乃至穿著表裡不一的護身服這也都是大家懂事後的結果，懂事就是成長之罪。老人沒一個好東西正是這個道理。至於我，或許趁現在就在多多良君的鍋中與洋蔥一同早點往生西天極樂方為上策，正當我這麼想著在角落縮成小小一團時，之前與女主人發生口角後轉身躲回書房的主人，聽見多多良的聲音，慢吞吞來到起居室。

「老師，聽說您遭小偷了。真是太蠢了。」多多良劈頭便如此慰問。

「闖進來的傢伙的確很蠢。」主人徹底以賢人自居。

「闖進來的方式固然愚蠢，偷東西的方式也不太聰明呢。」

「沒東西可偷的多多良先生想必最聰明。」女主人這次倒是站在良人這邊說話。

「不過最蠢的還是這隻貓唄。真不知牠到底是什麼意思。也不抓老鼠，小偷來了也故作不知。——老師您把這隻貓給我好嗎？反正留在這裡也派不上任何用場唄。」

「給你也可以。不過你要做什麼？」

「煮來吃掉。」

主人聽到這麼凶猛的發言，呵呵冒出噁心的胃弱性笑聲，但他也沒回答，所以多多良君也就沒再堅持非要吃我不可，這對我來說倒是意外之福。之後主人話題一轉：

「貓不重要，倒是我的衣服被偷了冷得要命。」說著看似極為消沉。原來如此，想必的確很冷。昨天還裹著二件棉袍今天卻只有短袖襯衫，一早到現在又沒運動一直枯坐，不充分的血液自然悉數流到胃部，一點也沒有流向手腳。

「看來老師當什麼教師終究不行唄。稍微遭到小偷光顧，立刻就捉襟見肘——不如趁現在換個想法改行當企業家吧？」

「你們老師討厭企業家，你跟他講那種話也沒用。」

女主人在一旁回答多多良君。她當然是希望丈夫成為企業家。

「老師自學校畢業已有幾年了？」

「到今年是第九年吧。」女主人回頭看主人。主人沒說對或不對。

「過了九年都沒漲過月薪。就算再怎麼用功鑽研也無人褒獎，郎君獨寂寞[204]啊。」他把中學時代學過的詩句念給女主人聽，女主人有點聽不懂所以沒回話。

「教師固然討厭，但企業家更討厭。」主人似乎正在心底思考自己喜歡什麼。

「你們老師什麼都討厭……」

「老師不討厭的只有夫人嗎？」多多良君開起不似他平日作風的玩笑。

「最討厭。」主人的回答簡單明瞭。女主人把臉一撇故作不知，旋即再次看向主人。

「活著也很討厭吧？」她抱著氣死主人的打算說。

「的確不怎麼喜歡。」主人回以意外悠哉的答覆。這下子女主人也沒轍了。

「老師如果不稍微活動一下出去散散步，會把身體弄壞的唄。——您還是當企業家吧。那樣要賺錢真的是輕而易舉。」

「你自己還不是沒有賺到錢。」

「那是因為我去年才剛進公司唄。即便如此也比老師的存款多。」

「你存了多少？」女主人熱心打聽。

「已有五十圓了。」

「你的月薪到底有多少？」這也是女主人問的問題。

「三十圓唄。其中每個月要交給公司五圓存起來，以備不時之需。——夫人您不妨拿零用錢買一點外濠線[205]的股票，過三、四個月就會賺一倍。真的只要一點點錢，便可立刻翻倍甚至賺回三倍。」

「那麼有錢的話縱使家裡遭小偷也不用愁了。」

「所以我才說一定要當企業家。老師如果當初也攻讀法科去公司或銀行上班，現在應該一個月有三、四百圓的收入，真是太可惜了。——老師，那個叫做鈴木藤十郎的工學士您認識嗎？」

「嗯，他昨天才來過。」

「這樣子啊，之前在某個宴會遇到時談起老師，他說：原來你在苦沙彌君那裡做過書生啊，我與苦沙彌君以前在小石川的寺廟一起搭過伙，下次你去見他時替我問候一聲，改天我也會親自去拜訪他。」

「最近他好像來東京了。」

「對，他以前在九州的煤礦坑，最近一直待在東京。他挺有手腕的。對我這種人也像朋友似地聊得很熱絡。——老師，您猜他拿多少錢？」

「不知道。」

「月薪二百五十圓，一年三節還有獎金，平均算下來他每個月應可領到四、五百圓唄。那樣的男人，都能領這麼多的薪水，老師專教讀本卻十年一狐裘[206]的話未免太荒謬了。」

---

204 良人一個人感到寂寞之意。

205 東京電氣鐵道株式會社經營繞行皇居外濠溝一圈的路線。當時剛開通。

206 狐裘為狐皮大衣。《禮記》檀弓篇提到齊國宰相晏平仲一件狐裘穿了三十年。

「的確很荒謬。」即便是像主人這樣超然主義的人，在金錢觀念上也與普通人無異。不，或許窮困令他比旁人加倍渴求金錢。因為多多良君大力吹噓企業家的好處也不見他再開口反駁。

「夫人，老師這裡有個水島寒月來拜訪嗎？」

「對，他常來。」

「他是什麼樣的人物？」

「據說學問很好。」

「是個英俊男子嗎？」

「呵呵呵，與多多良先生差不多吧。」

「真的嗎？與我差不多嗎？」多多良君很認真。

「你怎麼會知道寒月的名字？」主人問。

「是之前某人拜託我。他真有那樣的價值讓人打聽嗎？」

多多良君還沒打聽就已先把姿態擺得比寒月高。

「他比你厲害多了。」

「是嗎，比我厲害啊？」他不笑也不生氣地說。這是多多良君的特色。

「他最近會拿到博士嗎？」

「聽說現在正在寫論文。」

「果然愚蠢。居然在寫博士論文，我還以為此人可以稍微談得來。」

「你的見識還是這麼不同凡響。」女主人笑著說。

「說什麼他成了博士就要把某某人的女兒嫁給他，未免太荒唐了吧，怎麼可以為了娶妻而拿博士學位，我告訴對方說與其嫁給那種人還不如嫁給我。」

「告訴誰？」

「就是委託我打聽水島的男人。」

「不是鈴木嗎？」

「不是，對那個人，我還不敢講那種話。因為對方是大頭目。」

「多多良先生原來是紙老虎啊。來我家這麼耀武揚威，可是到了鈴木先生面前一定變得畏縮縮吧？」

「對。不那樣的話，會很危險。」

「多多良，我們去散步吧。」主人突然說。從剛才就只穿一件夾衣委實太冷了，運動一下或許可以暖暖身子——主人基於這種想法主動做出這史無前例的提議。適逢其會的多多良君當然沒理由遲疑。

「走吧。去上野嗎？去芋坂[207]吃糯米團子吧。老師吃過那裡的糯米團子嗎？夫人也一起去吃吃看唄。又軟又便宜。還可以喝酒。」他照例揮灑那天馬行空毫無秩序的口才時，主人已經戴上帽子走下脫鞋口。

我再一次需要略做休養。主人與多多良君在上野公園做了些什麼，在芋坂又吃了幾盤糯米

207 下谷區（現台東區）谷中天王寺町的坡道。坡下的羽二重團子很有名。

團子，這方面的逸事我不必偵察，也沒那個勇氣跟蹤，所以就此略過，趁機好好休養才是。休養生息是萬物理當向天要求的權利。在這世上有義務生存的蠢動者，為了達成生存的義務不得不休養。如果有神說：汝為工作而生非為睡眠而生，我一定會回答：如您所言為工作而生因此也要為工作請求休養。就連我家主人這種只能對著器械發洩不平的硬漢，不也時常在週日以外自行休養嗎？多愁善感日夜勞神如我者，就算是貓當然也比主人更需要休養。只是之前多多良君罵我是除了吃飯睡覺以外毫無用處的廢物令我有點耿耿於懷。只會受外界物象役使的俗人，除了五感刺激之外別無活動，所以評價他人時也不出形骸之外真是傷腦筋。好像沒有撅起屁股出點汗就不算在工作似的。

據說達磨這個和尚坐禪坐到腳都爛了，但是哪怕藤蔓從牆縫鑽進來堵塞大師的眼口仍不為所動，也不代表他是在睡覺或死掉了。他的腦中一直在活動，思考廓然無聖[208]之類的大道理。儒家據說也講求靜坐的工夫。即便如此也不是閉居一室之中安閒地跪著修行。腦中的活力其實比常人加倍熾烈地燃燒。只是外表看起來極為沉靜肅穆罷了，所以天下的凡夫俗眼將這等知識巨匠視為昏睡假死的庸人，竟以無用廢物或浪費糧食這些不當字眼誹謗。這些凡夫俗眼都是只看形不看心，是視覺天生有缺陷的人——而且他們多半像多多良君一樣是見形不見心的第一流人物，所以這位多多良三平君把我當成乾屎橛[209]也是理所當然，可恨的是就連稍微涉獵過古今書籍對事物真相略有了解的主人，竟也二話不說地贊同淺薄的三平君，對貓肉火鍋之說毫無異議。不過退一步想，他們如此瞧不起我，也是在所難免。因為自古以來便有大聲不入於俚耳，陽春白雪、曲高和寡[210]的譬喻。若要強迫看不見形體之外活動的庸人看見自己的光輝，就像逼和尚綁頭髮，叫鮪魚演講，要求電車脫軌，勸告主人辭職，叫三平不要滿腦子金錢。終究是強人所難。我雖是貓，畢竟也是社會性的動物。既是社會性的動物，縱使再怎麼自視清高，在某種程度上也得與社會配合。主人與女主人乃至女傭、三平不能對我做出正當評價，我雖感遺憾但姑且還能嘆一聲莫可奈何；可是不明不白就被剝皮賣給做三弦琴的琴匠，把肉剁碎送上多良君的餐桌這種無差別待遇可就事關重大了。我既然承受天命以腦袋活動現身在這世間，身為古往今來第一名貓，身體自然非常重要。俗諺有云千金之子不坐堂陲[211]，若一心只求超邁[212]眾人，肆意追求自身的危險，那不只是禍及自身，也大大違背了天意。猛虎入了動物園也只能與糞豚為鄰，鴻雁一旦被鳥店生擒亦與雛雞同為俎上肉。既與庸人為伍自然不得不降低格調化為庸貓。若要做庸貓就必須捉老鼠。——我終於決定捕鼠。

據說日本不久之前與俄羅斯展開大戰。我是日本貓當然支持日本。我甚至很想組織一個混

---

208 禪的奧義廣大無邊，沒有聖凡之別。《碧巖錄》中達磨被問到何為「聖諦第一義」，他的回答是「廓然無聖」。

209 穢物直接乾掉之意。用來罵人之語。禪宗認為只要睜開活眼，穢物也是真理。

210 普通人難以理解崇高的境界。「大聲」指堂皇正論。「陽春白雪」在楚國被視為最高尚的曲子。

211 「堂陲」是堂的邊緣。《史記》提到「千金之子，坐不垂堂」。意指有錢人家的孩子很謹慎，不會坐在危險的堂邊。

212 優於眾人。

編貓旅團[213]去撓傷俄國士兵。像我這樣元氣十足的貓，只要願意捉一兩隻老鼠，就算躺著也能手到擒來。以前有人問當時著名的禪師：如何才能開悟？據說禪師回答要像貓捉老鼠一樣。所謂像貓捉老鼠，意思是說只要盯上了就不可能落空。有句俗諺說女人太聰明反而吃虧，但我想應該還沒有貓太聰明反而捉不到老鼠這種格言。如此看來即便聰明如我也不可能捉不到老鼠。不僅不可能捉不到，也不可能失手。過去我不捉，只是因為不想捉罷了。春陽如昨日漸暗，花瓣不時在好風吹拂下自廚房紙門的破洞飛進，漂浮在小水桶中的影子，白花花的就像後門昏暗的門燈光暈。今晚我下定決心要立下大功，讓全家吃驚，因此有必要先巡視戰場記住地形。戰鬥線當然不可能範圍太大。若以榻榻米的張數而言，大約四張吧，其中一張被區隔成一半是流理台、一半是酒鋪或蔬果店的店員來送貨時用的土間。爐灶與窮酸的廚房很不搭調，看起來很氣派，赤銅水壺亮晶晶，後方剩下二尺百葉板的隔間就是我的飯碗所在地。靠近起居室的六尺空間是放碗盤的櫃子，把小廚房隔成更小，與旁邊裸露的架子高度幾乎一致。下方放著磨缽，磨缽中，小桶的屁股對著我。磨泥板、磨杵並排懸掛，一旁悄然放著滅火罐。漆黑的椽木交叉，中央垂下一根鐵勾，前端掛著扁平的大籃子。那個籃子不時隨風搖晃傲然擺動。為何要掛這個籃子，來到這個家後我本來還不懂，後來才知這是用來裝食物以免被貓碰觸，我深深感到人類的壞心眼。

接下來要擬定作戰計畫。說到要在何處與老鼠開戰，當然得選老鼠出沒的地方。此處的地形就算再方便，自己一個人乾等著可不算戰爭。所以我有必要研究一下老鼠的出入口。我站在廚房中央環視四方，猜想老鼠會從哪一邊過來。心情頗有幾分類似東鄉大將[214]。女傭剛才去澡堂還沒回來。小孩早已就寢。主人吃了芋坂的糯米團子回來照舊窩進書房。至於女主人——我不知道女主人在做什麼。八成正在打瞌睡夢見山藥吧。門前不時有人力車經過，人車經過後更添寂寥。無論是我的決心、我的鬥志、乃至廚房的情景、四周的寂寞，整體感覺一律顯得悲壯。總覺得自己就是貓中的東鄉大將。一旦進入這種境界，內心會產生一種驚人的愉快，這點人人皆同，但我發現在這愉快的底層橫亙著一大憂心。我已有與鼠背水一戰的覺悟所以不管來多少隻我都不怕，但是敵軍出現的方向不明會很麻煩。我將周密觀察得來的材料綜合判斷之後發現鼠賊出沒的路線有三條。他們若是溝鼠，肯定是沿著土管自流理台繞經爐灶的後方。那我到時候就躲在滅火罐後面，斷絕他們的歸路。或者他們會從把洗澡水倒進水溝用的石灰洞迂迴行經浴室突然跑進廚房。那我就守在鍋蓋上等他們來到眼下時跳下去一把攫住。然後我又四下一看，發現櫃子門的右下角被咬破一個半月形的小洞，疑似他們的出入口。我把鼻子湊近聞了一下，有點老鼠味。老鼠若從這裡吶喊著出來，我就以柱子為盾來應戰，從旁猛然伸出爪子。老鼠如果從天花板過來——我仰頭一看，漆黑的煤灰在燈光下發亮，宛如倒掛的地獄，以我的本領恐怕上不去也下不來。不過對方應該不至於從那麼高的地方落下，所以這方面可以解除警戒。不過話說回來我還是擔心對方展開三面攻擊。若只有一隻老鼠，我閉著一隻眼也能打退。若是二隻，我自信還是可以勉強退敵。但若是三隻，就算是預期中應該可以憑本能捉到老鼠的

---

213 混成旅團是以步兵旅團為主加上砲兵等其他必要兵種組成的獨立部隊。以下將「我」的捕鼠行動視為日俄戰爭。

214 東鄉平八郎（1848-1934），日俄戰爭時聯合艦隊司令長官。於日本海海戰大勝。

我也束手無策。話說回來去找車夫家的黑子之流求助也有礙我的威嚴。該如何是好？想了半天還是沒有主意不知該如何是好時，認定不會發生那種事顯然是最能夠安心的捷徑。心態上當然也希望不要有無法對付的意外發生。首先不妨放眼看看世間。昨日娶的新娘說不定今天就會死，但新郎還是玉椿千代八千代[215]，滿嘴賀詞毫不憂心。不憂心，並不是因為沒有憂心的價值。而是因為再怎麼憂心也無能為力。以我的情況也沒有把握可以斷言一定不會出現三面攻擊，但是認定不會發生讓自己安心會比較方便。安心對萬物都是必要的。我也想要安心。因此我認定不會發生三面攻擊。

但是這樣還是有點不放心，我想了半天是怎麼回事最後終於明瞭。對於三個計策之中選哪個最明智的這個問題找不到明確答案，所以才會煩悶。老鼠從櫃子出來時我有這個對策，從浴室現身時我也有計策，從流理台爬上來時也想好該怎麼應付，但若是一定要從中選擇一個，這下子可傷腦筋了。東鄉大將對於俄國波羅的海艦隊[216]會走對馬海峽還是津輕海峽，或者繞遠路走宗谷海峽，據說非常憂心，如今我以自身的遭遇試想，當時的他肯定非常困擾。我不僅是整體狀況與東鄉閣下相似，處在這特殊的地位也同樣與東鄉閣下費盡苦心。

我如此努力絞盡腦汁之際，突然間破掉的紙門開啟，露出廚娘的臉。說她露臉，當然不是沒有手腳。而是晚上看不清其他部位，只有臉的顏色特別明顯清楚落進眼底。廚娘平時本就紅潤的臉頰變得更紅，從澡堂一回來，也許是記取昨晚的教訓，她早早便把廚房的門窗關緊。書房傳來主人嚷著「把我的拐杖放到枕邊」的聲音。為何要在枕邊放拐杖我實在不明白。總不可能是以易水壯士[217]自居，瘋癲得想聽龍鳴[218]。昨天是山藥，今天是拐杖，明天不知又會是什麼。

夜色尚淺，遲遲不見老鼠出現。大戰之前我需要先養精蓄銳。

主人的廚房沒有天窗。相當於和室門框上方的地方挖空了一尺左右，冬夏通風代替了天窗。春風誘惑壯烈凋落的彼岸櫻，颯然自窗口吹入，令我猛然驚醒，這才發現朦朧的月光不知幾時灑落，爐灶的影子斜掛在地板的活動拉板上。我該不會睡過頭了吧？我抖了兩三下耳朵窺視屋內情況，四下鴉雀無聲，一如昨夜只聞時鐘滴答聲。已到了老鼠出沒的時刻。不知敵人會從哪兒出現。

櫃子裡響起窸窣的聲音。好像是用腳壓著小碟子邊緣翻動裡面的東西。從這裡出來嗎？我躲在洞旁靜候。遲遲不見出來的動靜。碟子的聲音停了，這次好像又爬到大碗之類的上面。不時響起鈍重的聲響。而且隔著櫃子門已來到我附近。與我的鼻子相距不到三寸。不時還有腳步聲悄悄接近洞口，隨即又遠離，一隻也沒露面。櫃子門的彼端現在就有敵人在逞凶，我卻不得不盯著洞口默默等待還真是需要有耐心。老鼠在旅順碗[219]中大開舞會。廚娘要是把這櫃子留個

215 此句的出處不明。「玉椿」是椿的美稱，「千代」、「八千代」意味永遠，皆為祝頌時常出現之詞。

216 波羅的海防衛戰的俄國主力艦隊。日本海海戰時被東鄉大將的聯合艦隊擊敗。

217 中國戰國時的刺客荊軻。易水是中國河北省的河川名。荊軻應燕太子丹之請去刺殺秦始皇，在易水與太子丹告別時吟詠「風蕭蕭兮易水寒」。

218 名劍宛如龍鳴的劍吟聲。

219 旅順灣的諧音。旅順港乃甲午戰爭、日俄戰爭的重要軍事據點。

縫讓我鑽得進去就好了，真是太不靈光了。

這時爐灶後面我的飯碗鏗然響了一聲。敵人也從這個方向過來了嗎？我悄悄躡足走去，自小水桶之間有尾巴驚鴻一瞥隨即消失在流理台下。過了一會浴室那邊的漱口杯撞到臉盆。這次是後方嗎？我一轉身，只見將近五寸的大傢伙倏然推落牙膏奔向簷廊下方。別想逃！我跟著跳下去可惜已不見敵人的蹤影。捕鼠比我預想中更困難。或許我天生就沒有捕鼠能力。

我繞到浴室，敵人就從櫃子跑出來；我戒備櫃子，敵人就從流理台跳上去；我守在廚房中央，敵人便自三方面一同作亂。該說是可惱，還是卑鄙呢？他們終究不是謹守君子之風的敵人。我勞心費神地來回奔走努力了十五、六趟，一次也沒成功。雖然遺憾，但與小人為敵，即便是東鄉大將也束手無策。起先有勇氣也有敵愾之心甚至還有悲壯的崇高美感，但最後只剩下麻煩與荒謬還有睡意與疲倦，於是我坐在廚房中央再也不動了。但我就算不動，只要眼觀八方，像敵人這種卑鄙小人不可能有什麼作為。本以為對方是勁敵，原來這麼小家子氣啊，這場戰爭關係到名譽問題的感覺已消失，只剩下憎惡。憎惡的念頭過去後，鬥志也隨之消退不禁一陣茫然。茫然之後只覺得管他的，反正對方也做不出機靈的舉動，於是我在輕蔑之下昏昏欲睡。經過以上的過程，我終於睏了。我要睡覺。即便對敵時也需要休養。

橫向對著簷廊打開的窗口，又飄進一團花瓣，我正感到強風環繞吾身，敵人忽然從櫃子口迅如彈丸地衝出，我無暇閃避，牠已破風而來咬上我的左耳。接著出現的黑影我還來不及思索牠是否要繞到我身後已掛在我的尾巴上。那是瞬間發生的事。我無目的地機械式跳起。全身力量灌注毛孔試圖抖落怪物。咬我耳朵的傢伙失去重心軟趴趴地垂在我的側臉。柔軟如橡皮管的尾巴尖不經意鑽進我的嘴裡。我逮住這有力的把柄，像要咬碎般叼著尾巴左右搖晃，結果只有尾巴留在門牙之間，牠的身體撞上貼了舊報紙的牆壁，反彈到地上的活動拉板上。我趁著牠爬起來時迅速撲上去，牠像球一樣彈起，掠過我的鼻頭把腳縮在牆上的裝飾架邊緣站起來。牠自架子上居高臨下看著我，我從木板地板仰望牠。距離是五尺。中間有月光，如大幅布幕懸掛空中似地斜射進來。我的前腳用力，勉強試圖跳到架子上。前腳順利搭在架子邊緣，後腳卻懸在半空中掙扎。之前掛在我尾巴上的那隻黑傢伙，還以死不鬆口的架勢緊咬不放。我面臨危機！我重新將前腳抓住架子邊緣試圖抓得更深。每次換姿勢，尾巴上的重量就拖著我向下滑。若再滑落兩三分就得掉下去了。我越來越危險。架子層板響起爪子刮過的刺耳聲音。這樣不妙！我抬起左前腳換姿勢時，爪子沒抓好，於是我變成以一隻右腳掛在架子上。我自己以及咬在我尾巴上的重量令我的身體不停晃動。之前文風不動躲在架子上窺伺機會的怪物，看準這個時機自架子一躍而下，如石子般衝向我的額頭。我的爪子失去了最後一絲依靠。三隻合而為一，筆直劃破月光向下墜落。放在下一層的磨缽，與磨缽中的小桶和果醬空瓶滾到一處，帶動底下的滅火罐，一半在水缸中，一半滾落木頭地板上。所有的東西都在深夜發出非同小可的動靜，連拼命的我都為之膽寒。

「小偷！」主人大吼一聲自寢室衝出來。一看之下他一手提燈，一手拿著拐杖，惺忪睡眼射出與身分相應的炯炯光芒。我乖乖蹲在自己的飯碗旁。二隻怪物已躲入櫃中。主人手足無措，只能憤怒地對著空氣質問：「到底是誰！誰發出那麼大的聲音！」月已西斜，使得那道白光只剩下一半的寬度。

6

這麼熱連貓都受不了。英國的席德尼．史密斯[220]據說飽受夏日之苦曾經喟嘆好想脫皮去肉只剩骨頭涼快一下。但是用不著只剩骨頭沒關係，至少把我這身淺灰色斑紋毛衣漿洗一下也好，或者暫時拿去典當算了。在人類看來或許以為貓一年到頭頂著同樣的臉，春夏秋冬都以同樣造型度過，極為單純省事又省錢地過完一輩子，但就算是貓也會隨季節感到寒暖。偶爾也會想泡泡水，最主要的是隔著這身毛衣即使泡過澡也不容易乾，所以我只好忍受汗臭味，到這個年紀還沒去過澡堂。有時當然也想用扇子，但我的爪子握不住扇子所以沒辦法。這麼一想人類真是奢侈。明明可以生吃的東西他們非要特地又煮、又烤、又用醋浸漬或者沾味噌吃，大費周章地取悅彼此。穿衣服也是。若要他們像貓這樣終年穿著同樣的衣服，對於天生就有缺陷的他們而言，或許有點強人所難，但也犯不著非得在皮膚上面放上那麼煩雜多樣的東西吧。一下子麻煩羊，一下子搔擾蠶，甚至還得靠棉花田幫忙，幾乎可以斷言奢侈是無能的結果。就算衣食方面姑且先不談，把這種行事作風發展到與生存沒有直接利害關係之處未免太不合理。首先，頭髮本是自然生長，所以放任不管才是最簡便也最有利於當事人的行為，他們卻多事地設計出種種繁瑣造型還洋洋得意。自稱和尚的人無論幾時都露出青頭皮。天氣一熱就在頭上打開陽傘。天冷時就拿頭巾包裹。如此看來究竟為何非要剃光頭頂著青色頭皮豈非莫名其妙。轉頭一想還有人會拿梳子這種無意義的鋸齒形工具把頭髮左右均分為之沾沾自喜。如果不是中分就以七三分的比例在頭蓋骨上做出人工區劃。其中也有人將這區劃通過頭頂直達腦後。簡直像仿造的芭蕉葉。其次還有將頭頂剃平，左右兩側筆直削落。把圓形頭顱鑲上方形外框，簡直就像是園丁修剪過的杉樹樹籬。另外甚至還有五分頭、三分頭、一分頭，弄到最後說不定會有連腦袋裡面都剃光的負一分頭、負三分頭這種新奇造型流行也未可知。總之我真不懂人類如此自尋煩惱是何用意。先不談別的，明明有四條腿卻只用二條就很奢侈。有四條腿本來可以任意行走，每次卻只用二條，剩下的二條就像別人贈送的鱈魚乾無所事事地掛在那裡簡直太可笑。看到這裡便可理解，人類比貓更閒才會在無聊之下想出那些舉動找樂子。但可笑的是這樣的閒人卻動不動就到處宣揚自己好忙好忙，而且臉色也顯得極為忙碌，緊張得讓人懷疑弄得不好甚至會被忙碌害死。他們之中有些人看到我就會說要是能夠像我一樣該多輕鬆，但想輕鬆就去輕鬆不就得了。又沒有人拜託他們那麼忙碌。自己非要製造出難以應付的事情嚷著好痛苦，就像是自己起火還要猛喊好熱。如果到了貓也會想出二十種剃頭方式的那一天，貓也不可能這樣輕鬆。想輕鬆就該像我一樣夏天也穿毛衣好好修行。

——不過話說回來的確有點熱。穿毛衣實在太熱了。

這樣下去連我個人專利的午睡都做不到。難道沒有什麼好辦法嗎？長久怠於觀察人類社會，今天不如參觀一下他們奇特怪誕的齷齪樣子好了，但是不巧主人在這點與貓頗為近似，午睡睡得和我一樣多，尤其放暑假之後更是沒做過一件像人該做的工作，不管再怎麼觀察他都沒

220 席德尼．史密斯（Sydney Smith，1771-1845），英國牧師、作家。

有觀察的價值可言。這種時候迷亭如果來了胃弱性皮膚八成也會出現幾分反應，暫時對貓敬而遠之——我正想著老師也該出現時，不知幾時浴室那邊竟有人嘩啦啦地戲水。不只是戲水聲，不時還大聲喳呼：「哎呀真好。」「太舒服了。」「再來一點。」聲音響徹屋內。來到主人家還這樣小呼小叫，一點禮貌也沒有的只有一個人。肯定是迷亭。

他終於來了，我心想這下子可以打發今天半日時光了，老師已揮汗照例大搖大擺走進和室，「嫂子，苦沙彌君怎麼了？」一邊打招呼一邊把帽子往榻榻米上一扔。女主人在鄰室趴在針線箱旁睡得正舒服，忽然響起嗡嗡巨響震動耳膜當下大吃一驚，睜著惺忪睡眼出來一看，迷亭穿著薩摩布[221]大刺刺地坐著正在猛搖扇子。

「哎呀您來了。」她說著有點狼狽，「我一點都不知道。」女主人的鼻頭掛著汗水打招呼。「沒事，我剛來。剛剛在浴室讓女傭替我沖水，總算起死回生——實在熱得要命。」「這兩三天，坐著不動都會出汗，真是熱死人了。——不過您還是一樣精神抖擻。」女主人依然沒抹去鼻頭的汗水。「啊，謝謝。這點暑熱怎麼可能改變我。不過這麼熱可不尋常。弄得人渾身無力。」「我也是，以前都不用睡什麼午覺，可是實在太熱了忍不住就——」「會想睡覺是吧？那很好呀。白天能睡，夜裡也能睡的話，沒有比這更好的了。」他還是照舊說話悠哉，但光是這樣好像還不夠，「哪像我，一點也不想睡，這是天生的。每次來看到苦沙彌這樣老是睡覺的人我都很羨慕。尤其胃弱更受不了這種酷熱。健康的人都懶得在今天這種天氣把腦袋安在肩上。可是腦袋已經裝上去了又不能摘下來。」迷亭今天似乎格外困擾該如何安置腦袋。「嫂子的頭上還掛了東西，自然更坐不住。光是髮髻的重量就讓人想躺下了。」他這麼一說，女主人心想是頭髮曝露了自己剛才還在睡覺，於是一邊說「呵呵呵，您嘴巴可真壞」一邊摸頭。

迷亭才不在乎那種事，「嫂子，昨天啊，我在屋頂上試著煎蛋喔。」他口出妙言。「要怎麼煎？」「屋頂的瓦片被曬得很燙，所以我覺得不利用一下太浪費，就把奶油溶化打個蛋。」「天啊。」「結果太陽果然不聽使喚。煎不成半熟蛋。我只好下來看報紙，後來有客人來我就忘了這回事，今早才忽然想起，我心想應該熟了，上去一看——」「結果怎樣？」「別說是半熟了，蛋黃都流出來了。」「哎呀呀。」女主人皺著八字眉感嘆。

「不過立秋前還那麼涼快，這時候變熱真不可思議。」「就是說啊。之前穿單衣都嫌冷了，前天卻突然變熱。」「本來是螃蟹橫行的時候，但以今年的氣候看來恐怕要倒退吧。說不定是老天爺在暗示不可倒行逆施[222]。」「你在說什麼？」「不，沒什麼。總覺得這種氣候逆行的現象就像海克力士[223]之牛。」他得意忘形越發胡言亂語，女主人聽得一頭霧水。不過之前的倒行逆施已令她多少學到教訓，所以這次只「噢」了一聲沒有反問。她沒有反問就枉費迷亭特地提起了。「嫂子，妳知道海克力士之牛的典故嗎？」「沒聽說過那樣的牛。」「妳不知道嗎？那我講解一下吧。」他都這樣開口了，女主人也不好意思說用不著，只好說聲「好」。「以前海克力士牽了一頭牛來。」「那個海克力士是養牛的嗎？」「他不是養牛的。也不是伊呂波牛肉店[224]的老闆。當時希臘還沒有任何牛肉店。」「哎喲，這是希臘的故事？那你早說不就好了。」

221 產自薩摩，以細線織成的上等麻布。用於夏服。
222 出自《史記》，在此指事物不按順序反而倒著來。
223 指希臘神話中的英雄海克力士（Hercules）。

女主人只聽說過希臘這個國名。「我不是一開始就說了是海克力士嗎？」「海克力士就是希臘的嗎？」「對，海克力士是希臘的大英雄。」「難怪我不知道。然後那個男人怎樣了——」「那個男人像嫂子妳一樣睏了呼呼大睡——」「哎喲討厭。」「趁他睡著時，巴康[225]的兒子來了。」「巴康又是什麼？」「巴康是鐵匠。這個鐵匠的兒子偷走了那隻牛。問題就出在這裡。他拽著牛尾巴拉走了牛，結果海克力士醒來到處找牛也找不到。他當然找不到。因為他就算追尋牛的腳印，小偷也不是牽著牛往前走，而是拽著尾巴不停向後拉著走。就鐵匠的兒子而言算是很聰明。」迷亭老師這時早已忘記天氣的話題。

「對了，妳家先生呢？還是在睡午覺嗎？午睡在中國人的詩句也會出現是很風雅的行為，但是像苦沙彌這樣當成例行功課就有點俗氣了。啥事也沒做，好像每天一點一點死掉似的。嫂子，麻煩妳去叫他起來一下。」他這麼一催促，女主人似乎也有同感，「好，他那樣真的很傷腦筋。首先對身體就沒好處。明明才剛吃飽飯。」她剛要站起來，「嫂子，說到吃飯，我還沒吃飯呢。」人家也沒問他就坦然自若地說。「哎呀，都這個時候了我一點也沒注意到——家裡也沒啥好招待的，要不要吃點茶泡飯？」「不，用不著特意準備茶泡飯。」「那怎麼行，不過，反正我家也沒有合您胃口的好東西。」女主人有點譏刺地說。迷亭一聽就懂，「不，茶泡飯或湯泡飯都不需要。剛才我在路上買了吃的，我直接在這裡吃那個就行了。」他說出一般人絕對開不了口的話。女主人只喊了一聲「哎喲！」，那聲哎喲之中融合了驚訝的哎喲，還有氣憤的哎喲，以及謝謝你好心替我省事的哎喲。

這時主人發現家裡特別吵，抱著好夢被吵醒的心情，飄飄然從書房出來。「你這傢伙還是這麼吵。我本來正想舒舒服服睡一下。」他打著呵欠板起臉。「啊，你醒了嗎。驚擾鳳眠實在抱歉。不過偶爾一次應該沒關係吧。來，請坐。」聽這話簡直搞不清誰才是客人。主人默默坐下，從拼木工藝做的菸盒取出一根「朝日」開始吞雲吐霧，不意間看到迷亭扔在對面角落的帽子，「你買新帽子了？」他說。「怎麼樣？」迷亭立刻自豪地把帽子遞到主人與女主人的面前。「哇，真好看。質地很細致又很軟。」女主人頻頻摸來摸去。「嫂子，這頂帽子可是寶貝喔，它可以隨妳的心意變幻自如。」說著握拳朝巴拿馬草帽[226]的側邊一壓，果然出現一個拳頭大的凹洞。女主人還來不及驚呼，這次他又把拳頭伸進帽子內側一頂，帽頂就像釜頂般尖起。接著他又拿起帽子自兩側壓帽簷。壓扁的帽子宛如被擀麵棍擀過的蕎麥麵般扁平。然後從邊上像草席般捲起。「怎樣？看到了吧？」把捲起的帽子往懷裡一塞。「真不可思議。」女主人就像觀賞歸天齋正一[227]變魔術般感嘆。迷亭似乎也以此自居，故意把收進右邊懷裡的帽子又自左邊的袖口扯出，「完好無傷。」迷亭說著把帽子恢復原狀，以食指尖撐著帽底不停旋轉。本以為他已經玩完了，結果最後他把帽子往後一扔大搖大擺地往上面一坐。「這樣沒事嗎？」連主人都面露憂心。女主人當然也很擔心，特意提醒他：「好好的帽子萬一壓壞就糟糕了，你也該適可而止。」洋洋得意的只有帽子的主人，「可它就是不會壞，很妙吧？」他把壓扁的帽子

224 當時有名的牛肉店。有許多分店。

225 羅馬神話的火與鍛冶之神。

226 原產南美，以巴拿馬草編織的夏帽。當時漱石也會戴。

227 前名林屋正樂。明治十年左右改名歸天齋正一，以西洋魔術贏得歡迎。

自屁股底下取出直接戴到頭上，不可思議的是，帽子一下子就恢復頭型。「真是堅固耐用的帽子，怎麼會這樣？」女主人越發感嘆。「這不算什麼，這種帽子本來就是這樣。」迷亭戴著帽子回答女主人。

「老公，你何不也買一頂那種帽子？」過了一會女主人建議主人。「苦沙彌不是已有很好的草帽了？」「別提了，之前被小孩給踩扁了。」「哎呀呀，那真是太可惜了。」「所以下次不如也買一頂你這種耐用又好看的帽子。」女主人不知巴拿馬草帽的價錢，還頻頻勸告主人：「就買這個吧，好嗎？老公？」

迷亭君這次自右邊袖裡取出裝在紅盒子裡的剪刀給女主人看。「嫂子，帽子就先不提了，妳看這把剪刀。這也是個寶貝喔，這個有十四種用法。」如果沒拿出這把剪刀，主人可能正要因為女主人的提議而攻擊巴拿馬，幸好女主人天生就有女人的好奇心，這才得以免除這個惡運，與其說是迷亭機智我倒認為是僥倖的幸運。「那把剪刀為什麼有十四種用法？」這麼一問，迷亭立刻大為得意，「我現在一一道來，兩位聽好。注意聽好喔。這裡有個新月形的缺口對吧？可以把雪茄放在這裡切封口。然後你們看這個根部有點小設計吧？這可以把鐵絲弄成一段一段。接著平放在紙上橫著可以當成畫線用的定規。還有刀背有刻度可以當尺用。這邊的表面有銼刀所以可以磨指甲。看清楚了嗎？這尖端如果插進螺絲頭旋轉也可以當螺絲起子用。用力插進去撬起，一般釘箱的蓋子都能撬開。還有，這邊的刀尖可以當錐子。這裡可以削去寫壞的字，拆開之後，可以當刀子。最後——嫂子，這最後一種用途可有意思了，這裡不是有個蒼蠅眼大小的珠子嗎？妳過來看一下。」「我不要，你一定又想要我。」「妳怎麼這麼不相信我。

那妳就當是受騙吃個虧，稍微看一眼嘛。啊？不要嗎？真的只要一下子就好。」他把剪刀交給女主人。女主人笨拙地拿起剪刀，把自己的眼珠貼近那顆蒼蠅眼珠仔細打量。「怎麼樣？」「好像黑漆漆的。」「不是黑漆漆。妳稍微對著紙門的方向，別把剪刀放平——對對對，那樣應該看見了吧？」「哎呀，是照片。上面怎會貼著這麼小的照片？」「這就是它有意思的地方了。」女主人與迷亭一問一答。一直保持沉默的主人這時似乎突然很想看照片，「喂，讓我也瞧一下。」主人這麼一說，女主人把剪刀貼在臉上，「真漂亮，是裸體美人耶。」就是不肯放手。「喂，我叫妳給我看一下！」「你等一下嘛。頭髮好漂亮喔。長髮及腰呢。這個女人有點昂首，身材高得可怕，不過是個美人兒。」「喂，我叫妳給我看，妳直接給我看就好。」主人急著催促女主人。「好啦，讓你久等了，請觀賞。」女主人把剪刀交給主人時，女傭自廚房那邊說客人訂的餐點送來了，然後端著二籠蕎麥涼麵到和室來。

「嫂子，這是我自己準備的餐點。不好意思，我要在這裡開動了。」他彬彬有禮地行禮致意。一本正經做出戲謔的動作令女主人不知如何應付，「好，您請吃。」女主人隨口回了一句就默默旁觀。主人終於把眼睛自照片移開，「這麼熱的天吃蕎麥涼麵對身體不好喔。」他說。「沒事，吃愛吃的東西不大可能食物中毒。」迷亭說著掀開蒸籠蓋子。「剛擀好的麵條很新鮮喔。蕎麥麵放久了，就和人類的笨蛋一樣都是靠不住的。」說著把調味料放進醬汁中胡亂攪拌。「你放那麼多山葵泥會很辣喔。」主人擔心地提醒他。「蕎麥麵就要配醬汁與山葵吃。你一定討厭吃蕎麥麵吧？」「我比較愛吃烏龍麵。」「烏龍麵是搬運工那種粗人吃的東西。不懂蕎麥滋味的人是天下最可憐的人。」他邊說邊把杉木筷子插進去，盡可能撈起大量麵條舉到二寸的高度。「嫂子，吃蕎麥麵有種種規矩。初學者總是沾太多醬汁，然後亂七八糟塞進嘴裡。那樣根本吃不出蕎麥的味道。一定要這樣撈起一筷子。」說著他舉起筷子，長長的麵條整齊地懸在空中足有一尺長。迷亭老師覺得應該夠了，低頭一看，還有十二、三根麵條的尾巴沒離開蒸籠底部仍在盤子上糾纏。「這玩意很長喔，如何，嫂子，妳看這個長度？」他再次向女主人徵求意見。女主人極為佩服地回答：「真的很長耶。」「把這麼長的麵條三分之一浸入醬汁，然後一口吞下。不能嚼。嚼的話會失去蕎麥麵的風味。稀哩忽嚕地滑下咽喉才過癮。」他猛然舉高筷子，蕎麥麵條終於離地。筷子稍微沉向左手拿著的碗中，麵條的尾端漸漸浸入醬汁後，按照阿基米德[228]的理論，蕎麥麵浸泡的分量會增加醬汁的高度。但杯中本來就裝了八分滿的醬汁，所以迷亭夾起的麵條還沒浸入四分之一，杯中的醬汁已滿。迷亭的筷子在距離杯子五寸的上方停住暫時不動了。也難怪他不動。因為只要稍微放下，杯中的醬汁就會溢出。迷亭這時似乎也有點躊躇，但他忽然以脫兔之勢，把嘴巴湊近筷子，旋即已響起一陣稀哩忽嚕的聲音，只見他的喉結勉強上下蠕動一兩下，筷子尖上掛的麵條已消失無蹤。一看之下迷亭君的雙眼有一兩滴淚水自眼角滑落臉頰。是山葵太辣，還是吞嚥太困難，至今無從確定。「真厲害。虧你能一次吃那麼多。」主人很佩服。「太厲害了。」女主人也很激賞迷亭的本領。迷亭不發一語放下筷子，敲了兩三下胸口，「嫂子，一籠涼麵大抵三口半或四口就能吃完。如果費了更多口才吃完，吃起來就不香了。」說著拿手帕擦嘴稍微喘口氣。

　這時寒月君不知是怎麼想的，這麼熱的天氣他卻不辭辛苦地戴著冬帽，兩腳滿是塵土地來訪。「哎呀，美男子駕到，我正在吃東西不好意思喔。」迷亭坐在眾人環座的後方，大剌剌地吃光剩下的麵條。這次沒有像剛才那樣顯眼的吃法，也沒有用上手帕中途喘氣這樣失禮，輕易解決了二籠涼麵。

「寒月君，你的博士論文已經寫完了嗎？」主人問。迷亭也自後方說：「金田小姐正翹首以待，你要趕快交。」寒月君照例露出詭異的奸笑，「真是罪過，我也想盡快交稿讓對方安心，可是畢竟這是論文題目，需要格外費力做研究。」他一本正經說出不像正經的話。「對呀，題目就是題目，怎麼能全聽鼻子女士的意思。不過那個鼻子倒是有充分的價值讓人仰其鼻息。」迷亭也以寒月的方式打哈哈。比較正經的只有主人。「你的論文題目叫什麼來著？」「紫外線對青蛙眼球的電動作用之影響。」「那倒稀奇。不愧是寒月老師，青蛙的眼球會顫動喲。你看如何，苦沙彌君，在論文脫稿之前起碼該把那個題目告知金田家吧？」主人不理睬迷亭的意見，「那是很麻煩的研究嗎？」他問寒月君。「對，這是相當複雜的問題。首先青蛙眼球晶體的構造就沒那麼簡單。所以必須做種種實驗，我打算先做玻璃球然後再實驗。」「玻璃球只要去玻璃店買不就有了？」「怎麼可以——怎麼可以！」寒月老師稍微仰身挺胸。「圓與直線本是幾何學上的東西，符合那個定義的理想的圓與直線在現實世界根本不存在。」「既然沒有，那就算了吧。」迷亭插嘴。「所以我想先做出不影響實驗的球體。之前就已開始著手了。」「成功了嗎？」主人輕鬆地問。「怎麼可能！」寒月君說，他隨即發現這樣有點矛盾，

228 阿基米德（Archimedes，約B.C.287-B.C.212），古希臘科學家。發現將固體浸入液體中會產生與排除的液體重量相等的浮力。

「總之很困難。要慢慢打磨，覺得這頭的半徑過長要配合那頭，糟糕這次又變成那頭太長。好不容易辛辛苦苦磨好結果整體的形狀又歪了。總算把歪掉的調整回來又發現直徑出問題。起先像蘋果那麼大，最後越變越小只剩草莓那麼大。但我還是有耐心地繼續磨，結果變成黃豆大。到了黃豆大小還是磨不出完美的圓形。我已經很勤快打磨了——這個正月就已磨壞大大小小共六顆玻璃珠。」他喋喋不休說著不知是真是假的話。「你在哪兒磨那些珠子？」「還是學校的實驗室。早上開始磨，午餐時稍微休息，然後繼續磨到天黑，相當辛苦。」「那你最近嚷著好忙好忙，星期天也去學校報到，就是為了磨珠子嗎？」「沒錯，眼下我等於從早到晚都在磨珠子。」「成為製珠博士混入[229]——真想這麼說一句。不過聽了你的熱心鑽研，鼻子女士好歹會稍微感動一下吧。對了前幾天我有事去圖書館，後來要走的時候在門口偶然遇見老梅君。那傢伙畢業後還會上圖書館實在太不可思議了，於是我說您的用功精神真令人佩服，結果他臉色古怪說，不是來看書，是正好經過門前想小便，所以進來借廁所，說完一陣大笑，老梅君與你是正好相反的例子，真想放進新撰蒙求[230]。」迷亭君照例加上長長的注解。主人的態度變得比較嚴肅，「你每天這樣磨珠子無所謂，不過你本來打算幾時完成？」他問。「照這樣看來大概要十年。」寒月君看起來反倒比主人悠哉。「十年——還是早點磨完比較好吧？」「十年還算快的了。弄得不好可能要二十年。」「那可麻煩了，那豈不是難以成為博士？」「對，我也想讓對方盡早安心，但是不磨好珠子就無法完成重要的實驗……」

寒月君說到這裡有點停頓，「放心，不用那麼緊張啦。金田也很清楚我整天在磨珠子。其實兩三天前去時我也說清楚了。」他神色自得地敘述。於是之前雖然聽不懂三人的談話還是專心傾聽的女主人狐疑地問：「可是金田全家不是上個月就去大磯了嗎？」寒月君對此也有點迴避，「那就奇怪了，不知是怎麼回事。」他裝糊塗說。這種時候就得靠迷亭君了，話題中斷時、尷尬時、睏倦時、困擾時、任何時候他都會從旁橫插一腳。「上個月去大磯的人卻在兩三天前與你在東京見面，這可真是神祕。這是所謂的心靈交流。相思情切時經常發生這種現象。仔細一聽像是做夢，但若就算真的是夢也是遠比現實更真切的夢。像嫂子這樣沒經歷過誰愛誰那種問題就直接嫁給苦沙彌的人，一輩子都無法理解情為何物，也難怪會懷疑……」「哎喲，您有何證據講那種話？也太瞧不起人了吧。」女主人不等迷亭說完就半途頂回去。「你自己看起來應該也沒有戀愛的煩惱吧？」主人也開口正面聲援女主人。「我的緋聞就算再多也全都超過七十五天以上，所以你們或許已經不記得了——其實我現在這樣也是失戀的結果，所以才會這把年紀還單身。」他公平地依序環視在座每張臉孔。「呵呵呵呵，真有趣。」說這句話的是女主人。「又在唬弄人了。」說著把臉撇向院子的是主人。唯有寒月君，只說了一句「你這番懷舊談我很想洗耳恭聽以作參考」依舊笑嘻嘻。

「我的故事也很神祕，若告訴已故的小泉八雲[231]老師肯定大受歡迎，可惜他已長眠地下，所以我一直懶得說，不過今天難得有這機會我就和盤托出吧。但你們可得乖乖聽到最後喔。」

229 仿自淨琉璃《本朝二十四孝》（近松半二等人作）的台詞「成為園丁混入……」的戲謔之詞。

230《蒙求》是將古人發人深省的言詞編集而成的唐書。《新撰蒙求》意指現代版，是漱石虛擬的書名。

231 小泉八雲，明治作家拉夫卡迪奧．赫恩（Lafcadio Hearn，1850-1904）歸化日本後的名字。在漱石到任前，於東大教授英國文學。以取材自鬼怪傳說的作品《怪談》而聞名。

他又強調一下才切入正題。「回想起來已是往事——呃——那是幾年前來著——太麻煩了姑且就當是十五、六年前吧。」「開什麼玩笑！」主人嗤鼻冷哼一聲。「您的記性也太差了。」女主人也調侃道。唯有寒月君堅守承諾不發一語，擺出一副急著想聽下文的姿態。「那是某年冬天的事，當時我從越後經過蒲原郡筍谷、蛸壺嶺、會津藩領地的時候。」「真是古怪的地方。」主人再次插嘴。「你安靜聽人家說啦。很有意思的。」女主人制止他。「這時天黑了，我也不認識路，肚子很餓，無奈之下只好去那山路中央的屋子敲門，向對方說明種種原委，懇請收留。對方說這不過是小事一樁，歡迎我進去。這時看到拿蠟燭照著我臉孔的姑娘，我當下一陣悸動。那一刻我切身感到戀愛這種難纏的魔力。」「哎呀天啊。那種深山野嶺也有美人兒嗎？」「不管是深山或大海，嫂子，我真想讓妳看一眼那位姑娘，人家可是梳著傳統的文金高島田髮髻。」「噢！」女主人大吃一驚。「我進屋一看，八張榻榻米大的室內中央有個巨大的地爐，周圍坐著姑娘和她的爺爺奶奶再加上我，一共四人。對方問我一定餓了吧，我懇求對方什麼都行請快點給我一點吃的。於是老爺爺說，難得有貴客上門那就煮個蛇飯吧。這可是我失戀的關鍵你們要聽好喔。」「老師，我們當然會注意聽，但越後那種地方，冬天沒有蛇吧？」「嗯，這個問題很正當。不過這麼詩意的故事就不要拘泥那種理性的常識了。鏡花的小說裡，不也在雪中出現螃蟹[232]嗎？」他這麼一說，寒月君說聲「有道理」又恢復洗耳恭聽的態度。

「當時我也帶頭吃過不少噁心的東西，什麼蝗蟲、蛞蝓、赤蛙都已經吃到不想再吃了，所以蛇飯根本不算什麼。我立刻回答老爺爺說，就吃那個吧。於是老爺爺在地爐上方架上鍋子，在鍋裡放了米咕嚕咕嚕烹煮。不可思議的是，一看那鍋子的蓋子，有大大小小十個洞。蒸氣從那些洞冒出，我心想還真會設計。就鄉下來說很厲害了，正在看著時，老爺爺驀然起身不知去哪了，過了一會，他身側夾著大竹籠回來。不當一回事地隨手往地爐旁邊一放，我探頭往裡瞧——嘿，還真的有。那些長蟲，因為天氣寒冷，互相盤旋纏繞糾結成一團。」「不要再說那種故事了。真噁心。」女主人皺起八字眉。「這可是我失戀的主因所以不能不說。老爺爺左手拎起鍋蓋，右手不當回事地抓起那團長蟲，一下子通通扔進鍋中，立刻蓋上蓋子，就連我在那一刻都嚇得喘不過氣。」「不要再說了啦。太噁心了。」女主人被嚇壞了。「馬上就要說到失戀了，請暫時忍耐一下。之後不到一分鐘就有蛇從蓋子上的洞冒出頭，嚇了我一跳。我心想：哎呀蛇跑出來了！這時旁邊的洞也冒出蛇頭。我叫著『又出來了』時，另一頭也冒出來。這一頭也冒出來。最後鍋中蛇的蛇頭全出來了。」「為什麼會冒出那麼多蛇頭？」「鍋中熱了，蛇受不了想鑽出來。這時老爺爺說，應該可以了，趕緊拽吧云云，老奶奶應了一聲。姑娘也說了一聲好，各自抓著蛇頭用力一扯。於是蛇肉留在鍋中，唯有骨頭徹底分離，一拉蛇頭就把長長的骨頭全都拔出來了。」「那是替蛇拔骨啊？」寒月君笑著問。「的確是拔骨。手段可靈巧了。然後掀開蓋子，拿杓子把飯與肉攪拌在一起，就可以開動了。」「你吃了嗎？」主人冷淡地問，女主人苦著臉，「不要再說了啦，我噁心得吃不下飯了。」女主人如此抱怨。「嫂子是沒吃過蛇飯，才會這麼說，有機會妳自己吃吃看，肯定一輩子都忘不了那個滋味。」「拜託，我才不要，誰要吃那種東西！」「我在那裡填飽肚子，也忘了寒冷，毫不客氣地看著姑娘的俏

232 泉鏡花（1873-1939）的小說《銀短冊》（明治三十四年）有雪與蟹的故事。

臉，正當我覺得已了無遺憾時，對方請我去休息，我旅行本就累了，於是聽話地躺下，很不好意思地就這樣忘卻前後睡著了。」「後來怎樣了？」這次是女主人主動催促。「後來到了隔天早上我醒來就失戀了。」「發生了什麼事？」「哎，其實也沒什麼啦。早上起來我一邊抽菸一邊從後窗向外看，只見對面的水管旁，有個光頭在洗臉。」「是老爺爺或老奶奶嗎？」主人問。「別提了，我一下子難以辨認，於是觀望了一會，等那個光頭把臉轉向我這邊時，我大吃一驚。那竟是我的初戀，昨夜的俏姑娘。」「可是你剛才不是說姑娘梳著島田髻？」「前晚是島田髻沒錯，而且是漂亮的島田髻。問題是到了隔天早上就變成光頭了。」「又在唬弄人了。」主人照例把視線移向天花板。「我也感到很不可思議，內心有點驚恐，於是繼續躲在一旁觀望，光頭終於洗完臉，隨手把放在旁邊石頭上的高島田假髮戴到頭上，若無其事地走進屋裡，我這才恍然大悟。雖然恍然大悟，但自那一刻起，我已背負失戀的悲慘命運。」「還有這麼無聊的失戀。寒月君，你聽到了吧？就是因為這樣，即便失戀，也要這麼開朗快活才好。」主人對著寒月君評論迷亭君的失戀，寒月君說：「不過那個姑娘如果不是光頭，美滿地帶回東京，老師說不定會更開朗快活。總之好好的姑娘家卻禿頭實為千秋恨事。不過話說回來，那麼年輕的女孩子，怎麼會禿頭呢？」「我也針對這個問題想了很久，我猜肯定是因為蛇飯吃太多。蛇飯會讓人腦充血。」「不過，幸好你倒是好端端的沒事。」「我是幸好沒禿頭，但打從那時起，如各位所見，我成了近視眼。」他摘下金框眼鏡用手帕仔細擦拭。過了一會，主人像是忽然想起，「這故事到底有哪一點神祕？」為求謹慎，主人還是開口向他確認。「那頂假髮是從哪買的？還是撿來的？我怎麼想都不明白，所以這點很神祕。」迷亭君說著把眼鏡又掛回鼻樑上。「簡直像在聽相聲大師說段子。」女主人如此評論。

迷亭的饒舌也到此告一段落，本以為就此結束了，但他似乎是那種只要沒被堵住嘴巴就無法沉默到底的性子，馬上又說出這樣的話：

「我的失戀固然是苦澀的經驗，但那時如果不知她是光頭娶了她，肯定會礙眼一輩子，所以事情不考慮清楚實在很危險。像結婚這種事，有人就是到了緊要關頭，才發現對方在意外之處暗藏缺陷。寒月君也不要抱著那麼大的憧憬或一個人想得太複雜，還是好好定下心來磨珠子吧。」他說出這樣顯然帶有異見的發言後，寒月君說：「好，我也想盡量專心磨珠子，但對方不肯讓我這樣，真是傷腦筋。」說著還故意做出退避三舍的表情。「對了，你是因為對方把事情鬧大，不過也有很滑稽的喲。例如那個去圖書館小便的老梅君，他的故事就很離奇。」「他做了什麼事？」主人順著他的話接腔。「沒什麼，故事是這樣的。他以前在靜岡的東西館住過。——只有一晚喔——結果那晚他立刻向那裡的女傭求婚了。我雖然也很隨興，卻還沒有進化到他那種地步。不過，當時那間旅館有個名叫阿夏的美人，去老梅君房間服務的正好就是那個阿夏，也難怪他會那樣。」「豈止是難怪，他和你的某某嶺遭遇根本就一樣嘛。」「是有一點相似，老實說，我與老梅本就沒有那麼大的差異。總而言之，他向那個阿夏求婚，還沒得到對方的答覆忽然想吃西瓜。」「你說什麼？」主人面露不可思議。不只是主人，女主人與寒月也不約而同歪頭思考了一下。迷亭不管大家的反應繼續往下說。「他把阿夏叫來，問她靜岡縣有沒有西瓜。阿夏說，就算是靜岡起碼也有西瓜，然後用托盤拿了一堆西瓜來。於是老梅君就吃了。把堆積如山的西瓜都吃光，正在等候阿夏的答覆時，肚子先痛了，他嗚嗚呻吟但一點也不管用，於是又把阿夏叫來，這次是問她靜岡縣有沒有醫生。阿夏又說，即使是靜岡起碼也有醫生，然後帶了一個名字很像從千字文那什麼天地玄黃[233]剽竊而來的醫生過來。到了隔天早上，他的肚子總算不痛了，臨要出發的十五分鐘前，他把阿夏叫來，問對方是否答應他昨日的求婚，阿夏笑著說，靜岡縣有西瓜也有醫生，但是沒有一夜速成的新娘喔，說完掉頭就走，據說再也不見蹤影。從此老梅君與我一樣失戀了，除了借廁所再也不去圖書館，仔細想想女人真是禍水啊。」他這麼一說，主人也跟著接腔，「就是說嘛。之前我看繆塞[234]的劇本，其中有個人物引用羅馬詩人的作品說了這麼一段話。——比羽毛輕的是塵土。比塵土輕的是風。比風輕的是女人。比女人輕的是無有。——說得很精闢吧。說到女人你就是拿她沒辦法。」他異樣用力地說。女主人聽了可不同意。「你說女人輕巧是不對的，但男人沉重也不是好事吧。」「妳所謂的重是指什麼？」「重當然就是指重，就像你這樣。」「我哪裡重了？」「你還不重嗎？」夫妻倆開始奇妙的口角。迷亭聽得津津有味，最後開口了：「你們這樣面紅耳赤相互攻擊的樣子大概才是所謂的夫婦真相吧。昔日的夫婦之道那種東西肯定是毫無意義。」他的語意曖昧不知是在諷刺還是讚揚，本來話題到此也就可以結束了，但他偏偏又用那個調調擴大說明，做出如下陳述：

「以前敢對老公回嘴的女人，據說一個也沒有，那豈不等於娶個啞巴當老婆，所以我一向不敢苟同。還是像嫂子這樣直接頂撞丈夫說什麼『你不重嗎』比較好。既然都是要娶妻，爾偶也該吵個架，否則豈不是太無聊了。說到我母親，在我老爹面前只會說『是』和『好』。她嫁給我爹二十年，除了去廟裡拜拜就沒出過門，簡直太悲慘了。不過也因此把祖先代代的法名全都倒背如流。男女之間的交往也是如此，在我小時候那個年代絕對不可能像寒月君這樣與意中人合奏、或是心靈交流以朦朧體[235]相遇。」「真可憐。」寒月君低頭行禮。「的確可憐。而且那時的女人不見得比現在的女人品行更好。嫂子，最近不也常說這年頭的女學生都墮落了云云。其實以前比現在更糟糕。」「不會吧？」女主人很認真。「就是這樣，這可不是瞎說的，我有證據所以千真萬確。苦沙彌君，你或許也記得，我們直到五、六歲時還有人把女孩子像南瓜一樣裝在籃子裡用扁擔扛著到處叫賣，對吧？」「我不記得有那種事。」「在你的故鄉如何我不清楚，但在靜岡的確是這樣。」「不會吧？」女主人小聲說。「是真的嗎？」寒月君也不可置信地問。

「真的。我老爹就開過價。當時我大概六歲吧，與老爹一起自油町去通町散步，對面來人大聲喊著要不要買女孩、要不要買女孩。我們正好走到二丁目的轉角，在伊勢源這間和服店的門前遇到那個男人。伊勢源是店寬十間、倉庫五門的靜岡縣第一等和服名店。各位下次有機會去的話不妨去參觀一下。那間店還在。而且格局氣派。那裡的掌櫃叫做甚兵衛。每次都哭喪著臉活像是三天前剛死了親娘似地守在帳房。甚兵衛的旁邊坐著阿初這個二十四、五歲的年輕

233《千字文》是六世紀的中國編纂漢字四字成句集成千字韻文。被當作啟蒙教科書。「天地玄黃」是該書第一句。

234 繆塞（Louis Charles de Musset，1810-1857），法國詩人、小說家、劇作家。文中所指的「劇本」是Barberine（1835），其中引用了「比羽毛更輕……」等句。

235 朦朧體乃當時的批評用語，指意義曖昧不清的文藝，輪廓不明確的繪畫。

手下。這個阿初的臉色慘白，就像是皈依雲照律師[236]三七二十一天光喝麵湯過活。阿初的隔壁是阿長，此人則像是昨天家裡剛失火般愁眉苦臉地撥算盤。與阿長並排的……」「你到底是要說和服店的故事還是人口販子的故事？」「對對對，剛才講到人口販子。其實關於這個伊勢源也頗有奇譚，不過在此忍痛割愛，今天就專門只講人口販子。」「人口販子乾脆也別講算了。」「為什麼？這可是比較二十世紀的今天與明治初年女子品性的重要參考材料，怎麼能如此輕易擱下不談──剛才講到我與老爹走到伊勢源的門前，那個人口販子看到我老爹就說，老爺，有賣剩的女孩要不要？我算您便宜點，您買下來吧。說著放下扁擔擦汗。一看之下，前後籃子各裝了一個二歲的小女孩。老爹對那個人說，便宜的話可以考慮買，但是就只剩這二個貨色嗎？是的老爺，不巧今天全賣光了只剩下這二個。隨便哪個都行您就買去吧。說著雙手抓著女孩像賣南瓜似地遞到我老爹的鼻頭前。老爹砰砰拍打女孩的頭說，原來如此，聲音挺清脆的。之後雙方開始談判，經過一番討價還價後，老爹說，買下也不是不行但貨色沒問題吧[237]？是的，前面的丫頭我一直盯著所以保證沒問題，但是後面的這個，畢竟我背後沒長眼，說不定不小心在哪兒有了瑕疵。若是這丫頭的話可以再給您打個折。我至今記得這段問答，但當時幼小的心靈只覺得對付女人果然不可大意。──明治三十八年的今天，已無人做出這種荒謬的舉動四處兜售女孩，也聽不到有誰說眼睛看不到後面的貨色比較不保險。所以，以我的想法，還是該斷定拜西方文明所賜女人的品行也跟著進步不少，你說呢，寒月君？」

寒月君回答之前先高傲地咳了一聲，然後刻意以鎮定低沉的聲音如此陳述他的觀察：「這年頭的女人等於是在上下學的路上，或是合奏會、慈善會、園遊會上自己兜售自己，問人家：

『要不要買一下，咦？不要嗎？』所以沒必要雇用那種青果店淘汰的廢物，下作地沿路叫賣女孩子。人類一旦獨立心發達，自然就會變成這樣。老一輩的或許會說這是自找麻煩不如順其自然，但老實說，這是文明的趨勢，我更是認為這是可喜的現象，私下表達慶賀之意。買方也沒有人會做出敲打腦袋確認貨色好壞的粗魯舉動，所以這方面可以安心。在這複雜的世間，費那種工夫的日子可是沒完沒了。就算到了五十歲甚至六十歲也不見得能找到老公或老婆。」寒月君不愧是二十世紀的青年，坦然說出當世的想法，把敷島香菸的青煙呼地朝迷亭老師的臉上吹去。迷亭可不是會被這區區煙霧嚇退的男人。「如你所言，方今的女學生、千金小姐們是本著自尊自信的念頭造骨生肉，什麼都不輸給男孩，令人佩服之至。我家附近的女校學生更厲害。穿著筒袖勞作服吊單槓，令人敬佩。我每次從二樓窗口看到她們做體操就會緬懷古代的希臘婦女。」「又是希臘嗎？」主人冷笑地頂回來。「讓人感到美的事物大抵源自希臘，我也沒辦法。美學家與希臘是不可分割的。——尤其是看到膚色黝黑的女學生專心做體操，我每每總是會想起Agnodice的逸話[238]。」他一臉博學地說。「又冒出艱深的名詞了。」寒月君依然笑嘻嘻。「Agnodice是個了不起的女人。我很佩服她。當時雅典[239]法律禁止女人當產婆。很不方便。

236 雲照律師（1827-1909），真言宗僧侶。仁和寺第三十三代住持。建立目白僧園（後為雲照寺）。

237 漱石於明治三十七、八年的作品〈斷片〉有類似的一節。小說中「貨色沒問題吧」這句話在〈斷片〉中的說法是「她是Virgin嗎」。

238 伊奇努斯（Caius Julius Hyginus）創作的《寓話》中的插話。明治三十七、八年的〈斷片〉有英文摘錄。

239 指古希臘的都市雅典。

Agnodice應該也是感到那種不便吧。」「那個啥來著，你說的那個——阿什麼絲的是啥玩意？」「是女人啦，那是女人的名字。這個女人深深感到，女人不能當產婆未免太窩囊，太不方便。她很想當產婆，難道沒辦法當產婆嗎？於是當胸交抱雙臂整整思考了三天三夜。就在第三天的破曉，聽到鄰居家的嬰兒哇哇大哭，她這才恍然大悟，然後立刻剪去長髮換上男裝，去聽Hierophilus[240]的授課。順利聽完課，自覺已經沒問題了，於是她終於開業做產婆。沒想到，嫂子妳知道嗎，她居然帶動流行。那邊也有嬰兒呱呱落地這邊也有嬰兒呱呱落地。全都要靠她一個人去接生，所以她大撈一筆賺翻了。但人間事事都是塞翁失馬，七轉八起[241]，屋漏偏逢連夜雨，這個祕密終於曝光，有人指控她破壞公家的法規，要對她處以重刑。」「簡直像說書的。」「相當精彩吧？沒想到雅典的女人一同聯署請願，當時的行政長官也無法置之不理。最後將她無罪釋放，後來甚至還頒布法令，即便是女人也可以當產婆了，故事就此圓滿收場。」「你知道的真多耶，佩服佩服。」「對，大概的事我都知道。不知道的只有自己的愚蠢。不過那方面其實也稍有所知啦。」「呵呵呵你講話真有趣……」女主人笑得花枝亂顫，這時格子門又發出同樣的聲音響起。「咦，又有客人來了。」女主人退避到起居室。她前腳剛走，後腳緊接著就進來的是誰？原來是老熟人越智東風。

　這時候東風君一到，平日出入主人家的怪人雖不至於一網打盡，至少已湊齊人數足夠慰藉我的無聊。這樣若還不滿意就太奢侈了。如果當初我運氣不好被別家收養就完了，說不定老師他們一個人都沒認識就這麼死了。幸好我成為苦沙彌老師門下的貓兒，朝夕隨侍在貴人的虎皮前[242]，所以我家苦沙彌老師自不待言，就連迷亭、寒月乃至東風這些即便在遼闊的東京也難得一見、可以一騎當千的英雄豪傑的言行舉止，我都能躺著拜見，對我而言實為千載難逢的光榮。也因此讓我連這麼熱的天氣還得穿毛衣的痛苦都忘了，得以度過有趣的半日時光，所以我非常感謝。反正這麼多人齊聚一堂絕非小事。一定會說出什麼大消息吧？我躲在紙門的後面恭謹旁觀。

「好久不見。久違了。」東風君如此打招呼，一看他的頭，還是像之前一樣發光。光評論他的頭好像把他當成緞帳演員[243]，但他下半身穿著厚重的白色小倉袴褲，還不辭辛苦地穿得鄭重其事簡直像是榊原健吉[244]的內門弟子。因此東風君的身體看似普通人之處只有肩膀至腰部這一段。「唉，這麼熱，虧你還出門。歡迎常來這裡。」迷亭老師把這兒當成自己家般招呼他。「老師也好久不見了。」「是啊。記得自從今年春天的朗讀會後就沒見過。說到朗讀會，最近還是一樣熱鬧嗎？之後你沒再表演阿宮？那次很精彩喔。我還熱烈鼓掌呢，你注意到了沒有？」「是的，托你的福，令我勇氣倍增，終於撐到最後。」「下次什麼時候再舉行朗讀會？」主人插

---

240 前面提到的阿格儂迪絲的老師，也是醫師。

241 一再失敗仍奮勇再起，不屈不撓之意。

242 隨侍在貴人身邊。虎皮為貴人鋪地之物，寫信時在署名最後也會用「虎皮下」。參見《我是貓》第九章。

243 緞帳是舞台用的布幕，指在那種劇場演出的演員。布幕可左右開合的劇場較高級，被稱為大戲；相較之下小戲、緞帳戲、緞帳演員帶有輕蔑之意。

244 榊原健吉（1830-1894），江戶末期的劍客。在幕府的講武所當老師，維新以後也在下谷（現台東區）開設道館推廣劍道。

嘴問。「七、八月休息，九月我想盛大辦一場。有什麼有趣的主題嗎？」「這樣啊。」主人與興趣缺缺地回答。「東風君，要不要選我的創作？」這次是寒月君接話。「你的創作一定很有意思，是什麼樣的作品？」「是劇本。」寒月君盡可能強硬地說，果然，三人目瞪口呆，不約而同看著他的臉。「能寫出劇本倒是厲害。不知是喜劇還是悲劇？」東風君進一步追問，寒月老師仍一本正經，「不是喜劇也不是悲劇。最近什麼舊劇新劇[245]大多很吵，所以我另起爐灶，試作了所謂的俳劇。」「俳劇是什麼東西？」「就是俳句趣味的戲劇，簡稱俳劇。」他這麼一說，主人與迷亭都有點摸不著頭緒。「那麼，它的主題是什麼？」這麼問的還是東風君。「起源來自俳句趣味，所以我覺得拖太長不好，只寫了一幕劇。」「原來如此。」「先從布景說起吧，這個也是越簡單越好。在舞台中央種一棵大柳樹。然後柳樹的主幹有一根樹枝向右伸出，枝上停了一隻烏鴉。」「但願烏鴉停著不會亂動就好。」主人憂心地喃喃自語。「說穿了不值一提，烏鴉的腳其實是用線綁在樹枝上固定。然後下面放個水盆。美人側身使用手巾。」「那倒是有點Decadent[246]。先不說別的，誰來演那個女人？」迷亭問。「放心，這個馬上就能解決。我會雇用美術學校的模特兒。」「警視廳恐怕會說你有傷風化喔。」主人再次擔心。「只要不售票公演就沒關係啦。為這種事計較的話就連在學校都不能畫裸體畫了。」「畫裸體畫是為了練習，和光是坐著看略有不同。」「就是因為你們這麼說所以日本到現在還是不行。無論是繪畫或戲劇，都一樣是藝術。」寒月君氣燄高張。「算了，這些議論不重要，接下來要怎麼做？」東風君問，視情況而定他似乎真的有意採用所以急著聽下文。「這時俳人高濱虛子[247]自舞台旁邊的花道，拿著拐杖，頭戴白色燈芯帽子，身穿透綾[248]外褂，薩摩棉布的打折靴出來。穿著雖然像是陸軍的御用商人但扮演的是俳人，所以必須盡量悠然漫步，像是正在專心推敲俳句才行。然後當虛子走完花道來到舞台時，不意間抬起推敲俳句的雙眼向前一看，只見巨大的柳樹，柳樹背後有膚色雪白的女人在洗澡，他吃了一驚向上看，長長的柳枝上停了一隻烏鴉，烏鴉正在俯視女人戲水。於是虛子老師為這種俳味深受感動，沉思了五十秒後，大聲吟出一句「迷戀戲水女子豈是烏鴉乎」[249]，這時拍子木一響就此落幕。——如何？這樣的主旨，你不喜歡嗎？與其扮演阿宮，你不如扮演虛子更好。」東風君的表情似乎有點不滿，「太平淡了。最好是較有人情味的劇情。」他認真回答。到目前為止還算比較安分的迷亭自然不可能永遠保持沉默。「光是那樣，俳劇就已很驚人了。根據上田敏[250]的說法，俳味或滑稽這種東西太消極，是亡國之音，不愧是上田敏，說得太好了。那麼無聊的東西你表演看看。那才真的會被上田敏嘲笑。首先那到底是戲劇還是鬧劇就太消極分辨不清。恕我直言，寒月君還是老實待在實驗室磨珠子比較好。俳劇那種東西就算創作一百件甚至二百件，亡國之音終究不可取。」寒月君聽了有點憤怒，「真有那麼消極嗎？我倒是自認相當積極。」他開始為無關緊要的事辯解。「說

245 舊劇指歌舞伎劇，新劇指明治二十年代開始壯士戲的高田實與喜多村綠郎等人的新派劇。不是今日深受西方戲劇影響的新劇。

246 法文。意為「頹廢的」。批判用語。

247 高濱虛子（1874-1959），俳人、小說家。繼子規之後編輯經營《不如歸》雜誌，促成《我是貓》的誕生。

248 極薄的絲織品，夏季衣料。

249 虛子的俳句（明治三十八年作）。

250 上田敏（1874-1916），詩人、英國文學家。翻譯詩集《海潮音》而聞名。漱石在東大英文科的同事。號柳村。

到虛子，虛子老師吟出『迷戀戲水女子豈是烏鴉乎』，抓住烏鴉迷戀女子之處我認為非常積極。」「這倒是新說法。我可要好好洗耳恭聽。」「站在理學士的角度想，烏鴉迷戀女子本就不合理吧？」「的確。」「隨意說出這麼不合理的事，聽起來卻一點也不覺牽強。」「會嗎？」主人語帶懷疑地插嘴，但寒月不以為意。「為什麼聽起來不覺牽強呢？這如果從心理方面說明就很清楚了。老實說，迷不迷戀這種事是俳人本身的情感，與烏鴉根本不相干。之所以感到那隻烏鴉迷戀女子，換言之並非烏鴉本身如何。其實是俳人自己迷戀女子。虛子自己看到美人戲水為之驚豔，肯定是一見鍾情。他以迷戀的眼光看到烏鴉停在枝上文風不動凝視下方，於是認定那傢伙也跟我一樣拜倒在石榴裙下。這雖是一種誤認，但那正是充滿文學性且積極之處。把自己的感想，自行擴大到烏鴉身上還故作不知，這豈不正是明顯的積極主義嗎？老師你說是不是？」「原來如此，果然是高見，虛子聽了肯定也會吃驚。這番說明的確很積極，但實際演出那齣戲時，觀眾恐怕只會很消極。對吧東風君？」「對，我也認為太消極。」東風正經地回答。

主人似乎想稍微打開談話的局面，「如何，東風兄，最近有傑作嗎？」他問道。東風君說：「不，沒什麼值得給您過目的作品，不過近日我打算出版詩集——我把稿子也帶來了，能否請您撥冗指教。」說著從懷中取出紫色包袱，從裡面取出約有五、六十張稿紙，放在主人的面前。主人理所當然地道聲「那我拜讀大作」便開始看。第一頁有二行字：

與眾不同貌似弱

謹獻給富子小姐

主人露出略顯神祕的表情默默看了一會，於是迷亭在旁邊嚷嚷：「是什麼新體詩嗎？」一邊把頭湊近，「哇！獻給某人。東風君，你敢鼓起勇氣獻給富子小姐真了不起。」他大力讚美。主人仍感不可思議，「東風兄，這位富子，是真有其人嗎？」他問。「對，是之前與迷亭老師一起邀請出席朗讀會的女性之一。就住在這附近。其實剛才我本來想給她看詩集，順道去找過她，不巧她自上個月就去大磯避暑不在家。」他認真地說。「苦沙彌君，現在可是二十世紀。你不要板著臉，快點朗讀傑作吧。不過東風君這個獻詩的方式有點不妥。開頭『貌似弱』這句雅言到底是什麼意思？」「我認為是脆弱或孱弱之意。」「原來如此，的確也可這樣解釋，但本來的字義其實是危惧。所以若是我的話絕不會這麼寫。」「那該怎麼寫才會更有詩意呢？」「若是我會這麼寫：與眾不同看似弱謹獻給富子小姐的鼻下。雖只多了三個字，但有沒有鼻下差別可大了。」「原來如此。」東風君看似不懂強裝懂。

主人默默翻過一頁，終於來到卷頭第一章。

倦倦薰香裡
相思青煙裊裊似君魂
噢噢吾人，啊啊吾人，這辛酸人世
只有甜蜜之吻

「這個我就有點看不懂了。」主人嘆氣遞給迷亭。「這有點太過頭了。」迷亭說著遞給寒月。寒月說：「原來如此。」又還給東風君。

「你們看不懂也是在所難免，十年前的詩界與今日的詩界已是日新月異截然不同。現在的詩躺著讀或在火車站讀是絕對看不懂的，就連作者本人被問到時也經常答不上來。完全是靠靈感創作，所以詩人不負任何責任。鑽研注釋與訓義是老學究才做的事，我們是完全不碰的。之前我的友人也有一個名叫送籍[251]的男人寫了一夜這個短篇[252]，不管誰看了都覺得朦朧不清難以捉摸，碰到他本人時還試著向他確認主旨，但他本人居然也說不知道。我想那大概就是詩人的特色。」「他或許算是詩人但未免也太古怪了。」主人說。迷亭簡單以一句「腦子有病」直接打發送籍君。東風君光是這樣還嫌不夠。「送籍君在我們朋友之間也是例外，但我的詩還請用心一讀。尤其要請各位注意的是『辛酸』人世與『甜蜜』之吻成對，這可是我的苦心之作。」「的確看得出來你苦心孤詣的痕跡。」「用『甜蜜』與『辛酸』來反照感覺很像十七味辣椒粉的調調[253]很有意思。東風君獨特的技倆實在令人佩服。」他們頻頻打趣老實人來取樂。

主人不知怎麼想的，忽然起身去書房拿著一張草紙出來。「既然拜讀了東風君的大作，這次由我朗讀短文請諸位指教吧。」他似乎有點認真。「若是天然居士的墓誌銘我已經聽過兩三次了。」「哎，你先別說話。東風先生，這絕非我得意之作，純屬餘興，請你聽一下。」「那我就洗耳恭聽。」「寒月君也順便聽一下。」「不用順便我也會聽。內容應該不長吧？」「僅有六十幾個字。」苦沙彌老師開始朗讀親手撰寫的名文。

「大和魂！如此高叫的日本人像罹患肺病般咳嗽。」

「開頭夠突兀。」寒月君讚美。

「大和魂！報社說。大和魂！扒手說。大和魂一躍渡過大海。在英國發表大和魂的演說。在德國演出大和魂的戲劇。」

「原來如此，這比天然居士更精彩。」這次是迷亭老師挺身而出。

「東鄉大將擁有大和魂。魚店的阿銀也有大和魂。騙子、投機者、殺人凶手皆有大和魂。」

「老師，請在那兒加上『寒月也有』。」

「若問大和魂是什麼，回答『就是大和魂』逕自走過。走了五、六間[254]後傳來一聲嗯哼。」

「這一句很棒。你挺有文采嘛。下一句呢？」

「三角形是大和魂？或者四角形是大和魂？大和魂如字面所示是魂。既然是魂所以隨時飄來飄去。」

「老師，內容的確很精彩，但大和魂好像有點太多了吧？」東風君提醒道。「我贊成！」說這句話的當然是迷亭。

「人人說過，但無人見過。人人聽過，但無人遇過。大和魂一如傳說中的天狗嗎？」

主人抱著一結杳然[255]的打算念完了，但這篇名文實在太短，讓人搞不清主題到底是什麼，

---

251 「送籍」（souseki）應是取自「漱石」（souseki）的諧音。

252 漱石也在明治三十八年九月的《中央公論》發表過〈一夜〉。就在《我是貓》第六章發表的前一個月。

253 仿照七味辣椒粉的戲稱，十七味暗指俳句十七字。

254 一間約等於一．八公尺。

255 文章完結後仍有餘韻繚繞之意。

三人都以為還有下文繼續在那等著。等了又等，都沒聽見一個字，於是最後寒月問：「就這樣沒了嗎？」主人輕輕回答：「嗯。」嗯得有點太輕鬆了。

不可思議的是，對於這篇名文，迷亭並未像往常那樣大發議論，之後他轉頭問：「你不妨也把短篇集成一卷，獻給某人吧？」主人若無其事地問：「獻給你嗎？」迷亭說：「敬謝不敏。」然後就喀擦喀擦拿剛才給女主人看的剪刀剪指甲。寒月君問東風君：「你認識那個金田家的小姐嗎？」「今年春天邀她參加朗讀會後，我們就認識了，後來始終保持來往。我在那位小姐的面前，總會萌生一種感覺，好像無論是作詩或詠歌都能特別愉快地盡情發揮。這本詩集中的情詩特別多，我想也是因為有那種異性朋友帶給我靈感。所以我必須對那位小姐表達真摯的感謝，特別利用這個機會，獻上我的詩集。以前大概就是因為沒有交過異性好友所以才寫不出好詩。」「是這樣嗎？」寒月君的神色深處帶著笑意回答。就算是閒談家的聚會似乎也不可能持續太久，話題已漸漸熄火。我也沒有義務終日傾聽他們一成不變的清談，於是失陪去院子找螳螂。梧桐的綠意之間，西斜的日光斑駁落下，樹幹上有寒蟬拼命嘶鳴。晚間說不定會下一場雨。

7

我最近開始運動了。有些傢伙冷嘲熱諷說貓也配談什麼運動真是裝模作樣，但這種人類直到近年之前也一樣不懂運動為何物，將吃飯睡覺視為天職。他們應該還記得自己美其名曰無事是貴人[256]，雙手縮在袖子裡不肯將快要腐爛的屁股離開坐墊，還做作地宣稱那是老爺的名譽。叫人家要運動、喝牛奶、洗冷水澡、跳進海裡、到了夏天還得窩在山中飲晨露食晚霞，做出這一連串無聊指令的，是西方傳染給神國日本的晚近疾病，直可視為與鼠疫、肺病、神經衰弱一族。不過我去年才出生，如今只有一歲，所以不記得人類當初罹患這種病的樣子。不僅如此，當時我肯定還飄在浮世風中根本不在人間，不過貓族一年抵得上人類十年。我等的壽命雖比人類短了兩三倍，但一隻貓在那短暫歲月便已充分健全發育，可見將人類的歲月與貓族星霜以同樣的比例計算是大錯特錯。首先，光看一歲不足數個月的我能有如此見識便可想見。主人的第三個女兒算來已有三歲，但論及智力的發達，至今仍很遲鈍。她除了哭泣、尿床、吃奶之外啥也不懂。與憂世憤時的我相較，簡直弱爆了。所以我就算在方寸之間積蓄運動、海水浴、易地療養的歷史也不足為奇。這點小事若有誰會大驚小怪，那肯定是人類這種少了二條腿的笨蛋。人類從以前就是笨蛋。所以近年來才會大肆鼓吹運動的功能，宣揚海水浴的好處，視為一大發明。哪像我還沒出生就已懂得那點小事。首先，關於海水為何能當作藥物，這只要自己去一下海邊不就馬上知道了。那麼遼闊的地方有多少魚我不知道，但那些魚一尾也沒有生病看過醫生。大家都健健康康地悠游水中。如果生病了，身體自然不聽使喚。死了必然浮現水面。所以才會把魚的往生叫做浮屍，鳥的死亡叫做墜落，人類的寂滅叫做掛掉[257]。諸位不妨去問問曾經

256 禪語。進入無念無為之境的人才是可貴之人。參見《臨濟錄》。
257 死亡的俗稱。

出國橫渡印度洋的人見過魚死掉沒有，肯定人人都會回答沒有。那是當然的。就算來往多少次也沒見過一尾在水上停止呼吸——不能稱為呼吸，魚應該說是停止逐浪——沒人見過魚停止逐浪浮現水面。即便在那渺渺茫茫、漫漫無際的大海不分日夜燒炭點火搜尋，古往今來也看不到一尾魚浮屍水面，若由此推論，可以立刻做出「魚肯定特別身強體壯」的結論。那麼魚為何如此健康強壯呢？這也是只有人類才不懂，其實很簡單。一下子就能理解——因為魚吞沒潮水始終在做海水浴。海水浴的功能在魚的身上效果顯著。既然對魚的效果顯著，對人類當然也應效果顯著。像一七五〇年的理查德．羅素醫生[258]那樣大張旗鼓推出跳進布萊頓[259]的海裡即可百病全消的廣告只會讓人嘲笑太落伍。我族雖是貓，只要適當的時機一到，大家也準備一同前往鎌倉海邊。但現在不行。萬物皆有時機。一如明治維新前的日本人沒體會到海水浴的功能就死了，今日的貓族還沒有機會裸體跳入海中。欲速則不達，在今日這般臨時跑去築地的貓無法平安歸宅的當下絕對不能隨便跳水。在我等貓族的機能依照進化法則對狂瀾怒濤產生適當的抵抗力之前——換言之在貓「死掉」這個說法還沒普遍被貓「浮屍」這個說法取代之前——絕對不能隨便做海水浴。

海水浴暫且留待他日實行，運動倒是可以積極進行。二十世紀的今天如果不運動聽起來就像貧民一樣很難聽。如果不運動，會被鑑定為不是不運動，而是不能運動，沒時間運動，沒有多餘的時間心力去運動。以前做運動的人會被譏笑為折助[260]，現在輪到不運動的人被視為下等人。世人的評價因時因地如同我們貓族的眼珠一樣變化。我的眼珠不過忽大忽小，而人類的評說卻會在瞬間顛倒黑白。顛倒也無妨。事物皆有兩面，有兩端。敲打兩端讓同一事物身上發生黑白顛倒的變化，正是人類懂得變通的地方。若把「方寸」顛倒來看變成「寸方」亦有可愛之處。彎腰低頭自股間看天橋立[261]的景色別有一種趣味。莎士比亞[262]若千古萬古都是莎士比亞未免無趣。若無人偶爾自股間倒著看哈姆雷特，說一句「你這樣不行」，文學界恐怕也不會進步。所以以前批判運動的人現在忽然想運動，連女人都抱著球拍在路上走來走去也不足為奇。只要不嘲笑貓族運動很做作就好。話說或許有人懷疑我的運動是何種運動，所以基本上我還是說明一下吧。如諸位所知，貓很不幸地無法拿工具。所以球和拍子都無法應付。其次貓也沒錢，所以不能去買。基於這二大原因，我選擇的運動是不花一毛錢也不用道具的種類。那麼，或許有人猜想是慢吞吞走路或叼著鮪魚片拔腿就跑，但在力學上讓四條腿運動，依循地球的引力橫行大地實在太簡單了，這種運動我沒興趣。就算頂著運動之名，但是像主人經常做的那樣，讀讀書如字面所示的紙上運動恐怕有損運動的神聖。當然即便是那些一般運動，在某種刺激下我不見得不會做。只是搶柴魚、找鮭魚雖好，卻得有關鍵的對象才能做，除去這種刺激後會變得索然無趣。若無獎品充當興奮劑，那我比較想做點有技巧的運動。我想了又想。從廚

258 理查德．羅素（Doctor Richard Russell，1687-1759），英國醫生。關於海水浴的話題也出現在漱石的《文學評論》。
259 Brighton，英國薩塞克斯州的都市，面臨英國海峽。
260 武家僕人的俗稱。
261 將京都府宮津市的宮津灣與內海的阿蘇海南北分隔的沙洲。日本三大名景之一。
262 莎士比亞（William Shakespeare，1564-1616）。

房的屋簷跳到屋頂上，四腳站在屋頂頂端的梅花形瓦片上，高空走曬衣桿——這個終究不成功，竹竿太滑爪子抓不住。出其不意從背後向小孩撲去——這是頗有趣味的運動之一，但即便是偶爾為之也會倒大楣，所以一個月頂多試三次。被人把紙袋套到頭上——這只有痛苦甚無趣味。尤其是沒有人類在場就無法成功所以不行。其次還有用爪子抓書籍封面——這個不僅得冒著被主人看到會遭到斥罵的危險，而且只要求手部靈活，全身的肌肉並未發揮作用。以上這些都是我所謂的舊式運動。新式運動之中有些頗為有趣。首先是抓螳螂。——抓螳螂不是抓老鼠那樣的大型運動，但相對的也沒那麼大的危險。作為夏半至秋初的遊戲尤為上乘。至於方法，首先要去院子找一隻螳螂。運氣好的時候找個一兩隻都不成問題。找到之後就破風疾奔到螳螂君身旁。這時對方昂首擺出戒備的架勢。螳螂算是相當強悍，不知敵人的力量就敢抵抗倒是很有意思。我用右前腳朝牠高舉的頭部拍出一掌。牠仰起的頭很軟所以立刻軟趴趴往旁歪倒。此刻螳螂君的表情頗有趣。充滿驚訝。這時我搶先繞到牠的身後自背面輕抓牠的翅膀。牠的翅膀平時小心折起，但被我用力一抓，驟然自混亂中出現吉野紙[263]般的淡色內衣。牠連夏天也得這麼辛苦地穿二件衣服真可憐。這時牠的長脖子肯定會向後扭。雖然有時會轉過來，不過多半只有脖子倏然挺立。看似在等我這廂出手。對方一直保持這個態度的話我就不能運動了，所以我看僵持久了又出手給牠一掌。到此地步若是識相的螳螂必然會逃走。還敢對著我猛衝過來顯然是沒教養的野蠻螳螂。如果對方採取這種野蠻的舉動，那我就趁牠衝過來時狠狠教訓牠。大概會把牠拍飛兩三尺。敵人若是乖乖轉身逃走，我反而心生同情，沿著院中樹木如飛鳥繞行兩三次。螳螂君只逃了五、六寸。得知我的威力後已無勇氣再攻擊，只是拼命左逃右竄。但我也忽左忽右地緊追不捨，最後牠在痛苦之下展開翅膀試圖用力一躍。本來螳螂的翅膀與脖子配合，形狀頗為修長，但據我所知那純屬裝飾，就像人類的英語、法語、德語一樣不實用。所以牠利用那種無用的贅物試圖跳躍，對我自然不可能管用。名為跳躍實際上只不過是在地面拖行。到此地步我雖有點同情牠但為了運動別無他法。我不得不立刻奔向前方。牠因慣性作用無法臨時迴轉所以只好繼續前進，被我一掌打中鼻子。這時螳螂君必然會張著翅膀倒下。然後我以前腳按住牠稍事休息。之後再放開。放開後又按住牠。依照孔明七擒七縱的戰略[264]進攻。反覆進行這項順序約三十分鐘，看清牠動彈不得後稍微叼在嘴裡甩甩看。然後再把牠吐出來。這次牠躺在地上文風不動，我以腳一推，牠順勢跳起又被我按住。這招玩膩之後，最後的手段就是大口吃掉牠。順便告訴沒吃過螳螂的人，螳螂並不怎麼好吃。而且營養成分似乎意外稀少。抓螳螂之後是抓蟬運動。雖然名義上都叫抓蟬但其實分成很多種。正如人類也有油膩的傢伙、嘰嘰喳喳的傢伙、執拗的傢伙，蟬也分油蟬、嘰嘰蟬、寒蟬等等。油蟬很煩很吵。鳴蟬傲慢霸道。抓來有趣的唯有寒蟬。這種蟬要到夏末才會出現。等到秋風不斷從衣袖下方的縫隙撫過肌膚引發感冒時，牠正熱烈搖尾嘶鳴。牠很會叫，在我看來甚至覺得牠除了鳴叫與被貓抓之外再無其他天職。秋初就抓這玩意。這叫做抓蟬運動。我得先向諸位聲明，牠既冠上蟬的名號，就不能躺在地上。掉在地上的一定會招螞蟻。我要抓的可不是躺在螞蟻地盤的傢伙。是停在高高的樹枝

263 和紙的一種。大和國（現奈良縣）吉野地區生產的和紙統稱，以楮皮製成，紙質極薄。

264 孔明把敵將七縱七擒玩弄自如的戰略。出自《三國志》的故事，一般稱為「七縱七擒」。

上不停嘶鳴的傢伙。在此我也要順便請教博學的人類，牠的叫聲聽起來到底是可惜深深叫，還是深深叫可惜？我認為那個解釋與蟬的研究有重大關係。人類優於貓族的地方就在此處，人類自誇之處也在這方面，所以如果一時答不出來不妨仔細想想。不過那對於我的抓蟬運動倒是毫無影響。我只要循聲爬到樹上，趁對方專心鳴叫時一抓就到手。這看似簡單的運動其實相當費勁。我有四條腿，所以在行走大地這方面自認不輸其他動物。至少依二條腿與四條腿的數學常識判斷，我自認不會比人類差。但是論及爬樹，比我厲害的族類到是多得很。撇開專幹這行的猴子不談，人類身為猴子的末裔，手段也不可小覷。本來這是違反地心引力的勉強之舉，就算做不到也不丟臉，但在從事抓蟬運動時會造成極大的不便。幸好我還有爪子這項利器，總算勉強爬上去了，不過並沒有旁觀者以為的那麼輕鬆。而且蟬會飛。與螳螂君不同，一旦飛走就沒戲唱了，好不容易爬上樹，難保不會碰上無處施為等同沒有爬樹的惡運。最後，還有不時被蟬尿到的危險。牠的小便稍有不慎便會瞄準眼睛噴來。牠要逃走是沒辦法，但千萬可別噴尿。飛走之際還要撒尿這到底是何種心理狀態對生理零件造成的影響？或許是因為太心酸了？或者是為了出其不意，方便逃走的策略也未可知。如此說來，就像烏賊吐墨，小混混拿刀出來，主人賣弄拉丁語，都該歸納為同一綱目。這在蟬學上也是不容忽視的問題。如果充分做個研究，光是這樣便有博士論文的價值。這是題外話，到此為止還是言歸正傳。蟬最集中的——集中這詞若嫌古怪那就用集合吧，集合太陳腐還是用集中吧。——蟬最集中的是青桐樹。漢名據說叫做梧桐。這種青桐的葉子非常茂密，而且葉片皆有團扇那麼大，所以長在一起時簡直看不見樹枝。這對抓蟬運動造成很大的妨礙。只聞其聲不見其人這句俗諺，簡直就像是特地為我出現的。我莫可奈何只好循聲找去。從下方數來一間之處，梧桐恰好分成二股，所以我在此稍事休息，從葉子背後偵查蟬的下落。不過到了這裡，忽聞沙沙聲響，已有傢伙沉不住氣飛出。只要有一隻飛出後就完蛋了。在模仿這一方面，蟬和人類一樣傻。頓時不停有蟬飛出。有時等我爬到分叉處時已是滿樹寂然無聲。之前有一次我爬到這裡，不管怎麼看、怎麼抖耳朵都找不到蟬，我也懶得改天再來於是暫時休息，守在分叉的樹枝上等待第二次機會，不知不覺睏了，忍不住漫遊黑甜鄉裡[265]。等我覺得不對勁醒來一看，已自樹枝的黑甜鄉跌落院子的石板上。不過通常我每次爬樹都能抓到一隻。無趣的是，在樹上必須把蟬叼在嘴裡。所以等我下了樹吐出來時，蟬多半已死了。就算再怎麼拉扒牠也沒反應。捕蟬的樂趣，就在於悄悄潛行，趁蟬拼命將尾巴伸縮時猛然以前腳按住牠。這時牠會放聲悲鳴，拼命揮動輕薄透明的翅膀。這種迅速、美麗乃言語無法形容，實為蟬界一大奇觀。我每次按住蟬，都會請求牠讓我觀賞這場美術性的表演。如果看膩了就一口咬進嘴裡。有些蟬即便到了嘴裡還能繼續表演。抓蟬運動的其次是滑松。這個也不必冗長敘述，我稍微講一下就好。說到滑松各位或許會以為是滑松樹，但並非如此，同樣也是爬樹的一種。只是抓蟬運動是為了抓到蟬而爬樹，滑松卻是為爬樹而爬。這是二者的差別所在。本來松樹在常磐[266]自最明寺的饗宴以來，直到今日都格外崎嶇不平。因此松樹的樹幹是最不平滑的。沒有比它更可抓之處，沒有比它更好下腳之地。——換言之也是我的爪

265 午睡世界內。《詩人玉屑》一書提到「北人以晝寢為黑甜」。

266 出自謠曲《鉢木》的一節。佐野源左衛門常世因無柴火只好焚燒珍藏的鉢木（盆栽），以便款待最明寺僧人北條時賴。

子最好抓之處。現在要一氣呵成衝上那好抓的樹幹。衝上去再跑下來。跑下來有二種方法。一種是頭下腳上往地面落下。一種是保持上去時的姿勢慢吞吞以尾巴在下的姿勢下去。我要問人類：你們知道何者更困難嗎？以人類的淺薄見識，八成以為反正都是要下去，頭朝下衝下去更輕鬆。那就錯了。你們只知道義經下鵯越[267]的故事，所以或許以為就連義經都是頭向下衝下山路，貓當然也是頭朝下就夠了。你們不該如此心存輕蔑。你們以為貓的爪子是朝哪邊生長？全都是向內折。所以可以像鐵撬那樣勾住東西拉過來，反之卻無力推出。現在假設我猛然爬上松樹。我本來是在地上活動，所以就自然傾向而言我不可能在松樹上停留太久。只要待久了必然會落下。但是直接放手落下未免太快。所以必須以某種手段讓這自然傾向稍微放慢。也就是走下去。落下與走下看似大不相同，其實沒那麼嚴重。落得慢了就是走下，走下的速度快了就成了落下。落下與走下，僅一字之差。我不願自松樹落下，所以必須放慢速度下去。換言之必須憑藉某物抵抗落下的速度。我的爪子如前所述全都向內折，如果頭朝上豎起爪子的話，這爪子的力量悉數可以反過來利用落下之勢。因此落下可以變成走下。這是顯而易見的道理。反之若頭下腳上以義經的方式走松樹鵯越你試試看。就算有爪子也派不上用場。我會不停滑落，無法撐住自己的體重。於是本來想走下只好變成落下。可見義經下鵯越之法有多困難。在貓族之中能做到的恐怕只有我了。所以我才把這個運動稱為滑松。最後關於走圍牆我想說幾句話。主人的院子以竹籬圍起四角。與簷廊平行的那一片約有八、九間寬。左右雙方不過四間長。我現在說的走圍牆運動就是在這牆上繞行一周不跌落。有時當然也會失敗，但順利做到時會很安慰。而且到處都有末端燒黑的原木豎立，可以稍作休息。今天狀況極佳所以從早上到中午我已走了三遍，每次都很成功。越成功就越有趣。最後我又走了第四遍，第四遍走到一半時，鄰家屋頂飛來三隻烏鴉，在一間之外並排停留。這是不速之客。妨礙人家運動，甚至不知是哪裡的烏鴉，憑什麼停在別人的牆上？於是我出聲說我要經過叫他們讓開。第一隻烏鴉看著我奸笑。第二隻望著主人的院子。第三隻拿竹籬的竹子擦嘴。肯定剛吃過什麼東西。我在等候答覆，給他們三分鐘的時間考慮，就這麼站在牆上。烏鴉俗稱勘左衛門，果然是愚蠢的勘左衛門。我等了又等，他們既不打招呼，也沒飛走。無奈之下，我只好緩緩邁步。於是第一隻勘左衛門倏然展翅。我以為牠終於被我的凜凜威風嚇得要逃走，沒想到牠只是從向右的姿勢換成向左。混蛋！若在地面上我三兩下就能甩開牠，可惜，走圍牆本就費事，實在沒有多餘的心力應付什麼勘左衛門。可是話說回來我也不想等這三隻擋路的烏鴉自動讓開。首先，這麼等著腳下就撐不住。對方有翅膀，可以停在這種地方，因此或許愛留多久都不成問題。但我這可是第四趟了，本就已經疲累不堪。更何況還要進行不遜於高空走鋼索的雜耍兼運動。即便沒有任何障礙物都無法保證不會跌落，現在被這種黑衣混蛋，而且是三隻擋住去路簡直糟透了。看來除了自己中止運動下牆好像別無他法。我不想找麻煩，乾脆就這麼辦吧，敵人人多勢眾，而且是這一帶少見的陌生來客。嘴巴又尖，像是天狗的孩子。反正肯定不是什麼好東西。還是撤退比較安全吧，如果太過深入敵陣，萬一掉下去更丟臉。我正在這麼思忖時，面向左方的烏鴉叫了一聲笨蛋。第

---

267 鵯越是從神戶市區越過六甲山地西部往北走的山路。一之谷大戰時源義經在此率領部下衝下鵯越山坡發動奇襲因而知名。

二隻也有樣學樣喊笨蛋。最後一隻更是周到地連喊二聲笨蛋。縱使個性溫厚如我也無法忍耐。首先，在自己的家裡被烏鴉侮辱，有礙我的名聲。若說我還沒名字影響不到我的名聲，那麼至少也有礙我的面子。我絕不能退讓！俗話說烏合之眾，三隻烏鴉說不定意外弱小。我決定勇往直前，於是慢慢邁步走出。三隻烏鴉佯裝不知正在互相交談。我更生氣了。牆寬如果再多個五、六寸，我一定要讓他們好看，可惜就算我再怎麼生氣，也只能小心翼翼地慢慢走。好不容易走到距離先鋒只剩五、六寸的地方，正想著只要再加把勁就好，不料勘左衛門就像約好似地突然拍翅飛起一兩尺。那陣風突然掃到我臉上時，我大吃一驚，不慎失足，重重跌落。這太丟臉了，我從牆下抬頭一看，三隻都停在原來的地方一齊俯視我的臉。真是厚顏無恥！我瞪視他們，卻毫不管用。我弓起背吼了一下，但更不管用。正如俗人不懂得欣賞靈妙的象徵詩，我對他們施展的憤怒記號也得不到任何反應。仔細想想也難怪。之前我一直把他們當成貓對待。這是我的錯。若是貓的話，做到這個地步的確會見效，可惜對方是烏鴉。碰上烏鴉還真是沒轍。就像企業家急著想壓倒我家主人苦沙彌老師，就像把銀製的我獻給西行[268]，就像烏鴉在西鄉隆盛的銅像[269]拉屎。善於見機行事的我發現終究無法，於是斷然退回簷廊。已到了晚餐時間。運動雖好，但運動過度也不行，總覺得全身酸軟無力。不僅如此，雖還是初秋，運動時被太陽照到的毛皮似乎充分吸收了西斜的日光，導致渾身發熱。毛孔滲出的汗水若能流走該多好，偏偏毛髮根部附著油脂。背上好癢。被汗水弄得發癢與跳蚤爬過的癢可以清楚區別。若是嘴巴碰得到的地方還可以咬，腳碰得到的地方還可以撓一撓，但是背脊中央就無能為力了。這種時候只能找人類蹭蹭，或是用松樹皮充分摩擦，如果不二選一會難受得無法安眠。人類很愚蠢，只要用「貓哄聲」[270]——貓哄聲是我對人類發出的聲音。若以我為標準來看待，那不是貓哄聲，應該是被哄聲——算了，總之人類很愚蠢，所以我只要那樣細聲細氣湊到人類的膝旁，通常他或她就會誤以為我很愛他們，不僅任我為所欲為甚至不時還會摸我的頭。但最近我的毛中出現一種叫做跳蚤的寄生蟲繁殖，只要我偶爾靠近人類，一定會被拎著後頸扔出去。他們似乎只為了那種肉眼難辨、不足為取的小蟲子就對我失去興趣。翻手為雨覆手為雲[271]就是指這種情形。只為了區區一兩千隻跳蚤，虧他們對我做得出這麼現實的舉動。人類世界通行的愛的法則第一條據說是這樣的。——對自己有利時，才需要去愛人。——人類的態度翻臉如翻書，所以現在我就算身上癢死了也無法利用人力。只能採取第二種方法的松皮摩擦法。於是我又從簷廊跳下來準備去蹭一下，但我立刻發現這也是得不償失的愚策。理由很簡單。松樹有松脂。這種松脂相當執拗，一旦沾到毛上，管他是打雷還是波羅的海艦隊全滅也絕不離開。而且只要一沾到五根毛，很快就會蔓延到十根。等你發現沾到十根，已變成三十根遭殃。我可是生性淡泊的風雅名士貓。最討厭這種執拗、惡毒、黏搭搭、夾纏不清的傢伙。哪怕是天下第一的美貓我也敬謝不敏。更何況是松脂。就憑它那與車夫家的黑子兩眼迎著北風流出的眼屎無異的身分，也敢糟蹋我這身淡灰色毛衣，簡直不像話。它最好考慮一下。但那傢伙死不肯考慮。只要朝那塊毛皮

268 源賴朝送了銀製的貓給歌人西行，但西行轉手送給在外玩耍的孩童後就走了。出自《東鏡》。
269 位於上野公園，明治三十一年落成。高村光雲製作，岡崎雪聲鑄造。
270 貓哄聲（猫なで声）是形容貓被人撫摸時溫順討好的叫聲。此處配合文意姑且譯為貓哄聲。
271 指人心易變。出自杜甫的〈貧交行〉「翻手作雲覆手雨」。

爬去到了背上就一定會緊巴不放。有這麼不懂事的笨蛋當對手簡直有損我的顏面，而且也關係到我的毛皮。看來就算再癢也只能忍耐。但這二種方法都不能用，令我甚感憂心惶恐。如果不趁現在趕緊設法，說不定最後會罹患癢兮兮、黏答答的疾病。難道沒有什麼好辦法嗎？我屈起後腳思忖，不意間想起一件事。我家主人經常拿著毛巾與肥皂飄然出門，過了三、四十分鐘回來後，只見他原本朦朧的臉色多了幾分活力，看起來格外開朗。能夠對主人這麼陰鬱的男人造成如此明顯的影響，那麼對我肯定也會有點效果。我本來就生得這麼好看，實在沒必要再錦上添花變成大帥貓，但萬一生病年僅一歲數個月便夭折未免對不起天下蒼生。打聽之後發現這好像是人類為了打發時間想出來的洗澡方式。反正人類做出來的肯定不是好玩意，但事已至此勉強去試試應也無妨。就算試過之後無效也不會少塊肉。不過人類為自己打造的澡堂有這個雅量容許異類的貓族進入嗎？這是個疑問。那是主人一本正經進入的地方，應該不至於拒絕我，但萬一遭到婉拒，傳出去就太難聽了。最好還是先去偵查一下狀況。看過之後確定沒問題，再叼著毛巾衝進去洗澡吧。想到這裡我緩緩出發前往澡堂。

在橫町左轉後對面屹立高高看似竹子的東西，頂端冒出淡淡白煙。這就是所謂的澡堂。我悄悄自後門潛入。自後門潛入或許有人會說太卑鄙或不成熟，但那是只能自正門造訪的人半帶嫉妒惡意起鬨的說法。自古以來聰明人總是自後門出其不意來個奇襲。紳士養成方法第二卷第一章第五頁據說就有提到。下一頁甚至寫到後門就紳士的遺書而言乃是自身修得德行之門。我是二十世紀的貓所以起碼還有這點教育。最好不要太小看我。話說，等我潛入一看，只見左邊將松木劈成八寸堆積如山，旁邊堆滿煤炭如岡。或許有人要問為何是木柴如山，煤炭如岡，其實並無他意，我只是想分別用一下山與岡罷了。人類吃米、吃鳥、吃魚、吃獸肉，吃了那麼多噁心的東西最後墮落到連木炭都吃真是太可悲了。走到盡頭一看，一間寬的入口敞著門，往裡探頭一瞧，空蕩蕩的悄無聲息。另一頭頻頻傳來人聲。我斷定所謂的澡堂肯定就在聲音來源之處，於是鑽過木柴與煤炭之間形成的小山谷向左轉，往前走後右邊有玻璃窗，外面有小圓桶堆成三角形也就是金字塔的形狀。圓形物體被堆成三角形想必不情願，我暗自體諒小桶諸君之意。小桶南邊有四、五尺的隔板，看起來顯然在歡迎我。板子高度離地約一公尺所以正好方便我跳上去。我說聲「很好」一邊縱身一躍，所謂的澡堂頓時呈現在我的鼻頭、眼下、臉前。說到天底下什麼最有趣，再沒有比吃未吃過的食物、看未見過的東西更愉快。諸位若也像我家主人一樣每週三次來這澡堂待個三十分鐘乃至四十分鐘的話還好，如果像我一樣從未見過澡堂這種東西，最好盡快一覽。沒有替父母送終沒關係，然而這玩意一定要親眼見識一下。世界雖大但這種奇觀絕不多見。

哪一點是奇觀？說到奇觀，這種奇觀甚至令我不敢親口說出。這玻璃窗內喳喳呼呼的人類竟然全都光著身子。就像台灣的生蕃[272]。他們是二十世紀的亞當。本來若追溯衣裝的歷史——這個說來話長就禮讓給多伊菲爾斯德勒克[273]君，在此不再多談——人類一慣擁有服裝。十八世紀時在大英國巴斯[274]的溫泉地，奈許[275]制定嚴格規定時，浴場內的男女甚至必須從頭到腳都以

272 台灣的高砂族中，不服從中央權威者。熟蕃的反稱。當時台灣受日本統治。

273 多伊菲爾斯德勒克（Teufelsdrockh），卡萊爾《衣服哲學》中的虛擬人物。該書以介紹這位教授所做衣服研究的文體進行。

衣物緊緊包住。距今六十年前，同樣也是在英國的某個城市，曾設立美術設計學校。既然是美術設計學校，當然應該買進大量的裸體畫、裸體像的摹本與模型到處陳列，可是到了舉行開校典禮時學校職員卻碰上大麻煩。若要舉行開校典禮，就得邀請市內淑女到場觀禮。但當時的貴婦人認為人類是服裝的動物。不是一身皮的猴子手下。身為人類不穿衣服就像大象沒有鼻子、學校沒有學生、士兵沒有勇氣，完全喪失了本體。既然失去本體自然不能視為人類，那是獸類。哪怕那只是摹本與模型，與獸類人為伍終究有損貴婦人的品味。所以女士們拒絕出席。學校職員也認為無法和她們溝通，但是畢竟女人不分東西兩地皆是一種裝飾品。她們雖然不能舂米也當不了志願兵，卻是開校典禮不可或缺的化妝道具。於是沒辦法，學校職員只好去布料行買了三十五反[276]八分七的黑布回來，悉數罩在那些獸類人身上。為了怕失禮，甚至連臉都穿上衣服。據說是這樣才勉強順利完成典禮。可見衣服對人類有多麼重要。近來也有老師頻頻提到裸體畫主張裸體，但那是錯的。在有生以來從未有一天裸體的我看來，簡直大錯特錯。裸體是希臘、羅馬的遺風受文藝復興時代的淫靡之風誘使才興起，希臘人與羅馬人平時就已見慣裸體，所以想必絲毫不認為這與教化風俗有何利害關係，但北歐是寒冷的地方。就連日本都不可能裸體走在路上，如果在德國與英國裸體八成會活活凍死。死掉太無趣所以要穿衣。大家都穿衣於是人類變成服裝的動物。一旦成了服裝的動物後，突然遇到裸體動物自然覺得那不是人，是獸類。所以歐洲人尤其是北方的歐洲人才會把裸體畫、裸體像當成獸類處理。才會認定那是比貓更下等的獸類。美麗？美麗也不打緊，當成美麗的野獸看待即可。我這麼說，或許會有人質疑我看過西洋婦女的禮服沒有，我是貓自然沒見過西洋婦女的禮服。但據我所聞，她們袒胸、露肩、露胳臂還把這稱為禮服。真是奇也怪哉。到十四世紀為止他們的服裝並不滑稽，穿的就是普通人的衣服。為何後來會轉向如此下作的雜耍藝人風格我懶得麻煩就不多說了。知道的人就知道，不知道的人就裝不知道亦無不可。撇開歷史不談，他們展現此等異樣姿態雖然夜間洋洋得意但內心似乎還是有點人性，等到天一亮，便縮肩藏胸、包緊手臂，全身上下都包起來，不僅如此就連一根腳趾甲給人看見都視為奇恥大辱。這麼一想便知道他們的禮服也是透過一種愚蠢的作用，由傻瓜與傻瓜商量形成的。如果不服氣不妨白天也袒胸露臂試試看。就連裸體信徒亦然。如果裸體真有那麼好，那他們應該讓女兒裸體，順便自己也光溜溜地去上野公園散步才對，做不到？不是做不到，是西洋人不做，所以自己也不肯做吧？他們不是還穿著這種極不合理的禮服趾高氣昂地去帝國飯店[277]嗎？若問原因很簡單。恐怕只是因為西洋人穿所以就跟著穿。西洋人很強所以即便再勉強再荒謬也得模仿到底。難道就不曾想過長的就把它捲起、強的就把它折斷、重的就把它壓垮嗎？若說沒辦法就是想不到，那我拜託各位，別以為日本人有多了不起。學問固然也是如此，不過這與服裝無關所以就此略過不提。

衣服就是這般對人類極為重要。它重要得足以令人懷疑到底是人穿衣還是衣穿人。我甚

274 巴斯（Bath），羅馬時代便以溫泉出名的英格蘭西部城市。

275 奈許（Richard Nash，1674-1762），從賭徒搖身變成巴斯的儀典長。端正風俗在社交場名噪一時，也是著名的流行先驅，被稱為帥哥奈許（Beau Nash）。漱石的《文學評論》也有介紹。

276 布料的面積單位。長二尺八寸、寬九寸為一反。和服布料一反通常是成人一件和服所需布料大小。

277 帝國飯店是明治二十三年建設的道地西式旅館，目前仍在營業。

至很想說人類的歷史不是肉的歷史，不是骨的歷史，也不是血的歷史，純粹是衣服的歷史。所以看到不穿衣的人就覺得不像人。簡直像撞見怪物。怪物若整體統一都變成怪物，所謂的怪物自然會消失所以倒是沒關係，但人類自身卻會平添無數困擾。很久以前大自然平等製造人類拋到世間。所以任何人出生時都是赤裸裸的。如果人類的本性就是安於平等，想必會這麼赤裸裸地成長。但在赤裸的其中一人看來，人人都與他一樣就沒有努力的價值了。費盡心力也不見結果。一定要想辦法讓任何人一看到就知道是我。於是想要在身上佩掛點令人驚艷之物以便供人識別。該想什麼方法好呢？想了十年終於發明男用大四角褲於是立刻穿上，怎樣？怕了吧？他耀武揚威地穿著到處走。此人就是今日車夫的祖先。光是發明簡單的四角褲就費了十年的漫長歲月多少令人感到有點奇異，但那是自今日回溯古代置身於蒙昧世界做出的結論，在當時可沒有這麼大的發明。笛卡爾[278]想出「我思故我在」這個三歲稚兒都懂的真理據說也費了十幾年光陰。一切事物在發想時都很費事，所以四角褲的發明雖然費時十年，但就車夫的智慧而言不得不說已經很厲害了。四角褲問世後在世間常用的只有車夫。車夫穿著四角褲一副天下大道唯我橫行的表情昂首闊步令人看不順眼，於是不服輸的怪物歷時六年又發明外褂這種無用的廢物。四角褲的勢力頓時衰退，進入外褂全盛期。蔬果店、生藥店、和服店皆為這個大發明家的末流。繼四角褲期、外褂期之後來臨的是袴褲期。這是看不順眼外褂的怪物想出的東西，昔日的武士與今日的官員皆屬於此類。就這樣，怪物們爭先恐後各出新意，最後甚至出現模仿燕子尾巴的畸形[279]，但回頭想想他們的由來，絕非勉強、胡亂、偶然、漫不經心出現的事實。全都是基於好勝的勇猛心形成的種種新貌，人們穿戴上身到處走，藉以表明「我可不像你」。如此看來，此乃出自心理的一大發現。除此之外別無其他。一如大自然忌諱真空，人類討厭平等。在這討厭平等不得不將衣服如骨肉一樣纏裹在身上的今天，已是這個本質的一部分，把這些通通打發，回歸原本木阿彌[280]的公平時代是狂人之舉。好吧，就算甘於狂人之名也終究不可能回歸。回歸原始的人在開明人看來是怪物。縱使將世界幾億萬人口拉進怪物之域自以為這下子公平了，大家都是怪物就不怕丟臉了可以安心了，終究還是不行。全世界都成了怪物，自翌日起又得開始怪物的競爭。穿衣不能競爭那就變成怪物來競爭。赤裸歸赤裸，但其中自然還是會出現差別。就這點看來衣服到底還是不能脫掉。

而現在我眼下俯視的這群人，把不該脫掉的四角褲與外褂乃至袴褲全都脫下放在架子上，毫無顧忌地在眾目環視下露出本來的狂態，居然還能坦然談笑。我之前所說的一大奇觀就是這個。為了文明的諸君子，請容我在此稍做一般介紹。

場面太混亂我不知從何記述才好。怪物做的事本就沒有規律，所以要有秩序地證明很麻煩。還是讓我先從浴池說起吧。是浴池還是什麼我不懂，總之我想大概就是所謂的浴池吧。寬

278 笛卡爾（Rene Descartes，1596-1650），法國哲學家、數學家。被視為近代理性主義哲學的始祖。「我思故我在」出自他的《方法論》（1637）。

279 燕尾服。男士的西式禮服。

280 意指本已好轉，又退回原來的狀態。戰國時的武將筒井順昭病死時，刻意隱瞞死訊，在其子順慶長大前，命與他酷似的盲僧木阿彌當替身欺騙世人。木阿彌因此過著奢華生活，等到順慶成人，木阿彌又回去當清苦的僧人。

三尺，長一間半，隔成二個池子，一個裡面是白色的熱水。據說是某某藥浴，顏色就像石灰溶在水中那般混濁。但那不只是混濁。是油膩、凝重地混濁。仔細一聞就像餿掉了，這倒也不奇怪，因為據說一週才換一次水。旁邊是普通的一般熱水，但這池水也絕對不算透明、清澈。從它的色澤已充分表明頂多只有被攪混的儲水桶的價值。接下來是關於怪物的記述。這可辛苦了。儲水桶那邊，站了二個年輕人。站著面對面把熱水澆到肚子上。很享受。雙方在膚色黝黑這點都無可挑剔地發達。我正覺得這怪物看起來很強壯，這時其中一人拿手巾來回擦拭胸口一邊問道：「阿金，我老覺得這裡痛是怎麼回事？」阿金熱心給予忠告：「那是胃，胃可是會要命的。不小心點會很危險喔。」「可是是這左邊耶。」他說著指向左肺。「那裡就是胃。左邊是胃，右邊是肺。」「真的嗎？我以為胃在這裡。」這次他又拍拍腰部給對方看。阿金說：「那是疝氣。」這時一個年約二十五、六歲蓄著小鬍子的男人撲通跳進水中。頓時，身上的肥皂與污垢一同浮現水面。就像透過含鐵的池水觀看時那樣閃閃發光。一旁的禿頭老爺爺抓著五分頭正在講話。雙方都只有腦袋浮在水面上。「哎，到了這把年紀已經不行了。年老體衰比不上年輕人囉。不過唯有熱水至今如果不泡燙一點的就不舒服。」「老爺子你還很健康呢。這麼有精神絕對沒問題。」「沒精神囉。只不過沒生病罷了。人只要不做壞事可以活到一百二十歲呢。」「噢？可以活那麼久嗎？」「當然可以，保證活到一百二。明治維新前牛込[281]有個將軍侍衛叫做曲淵，他家的男傭就活到一百三十歲。」「那可真是長壽。」「是啊，活得太久，連自己的年齡都忘了。他說到一百歲為止還記得，之後就忘了。所以我知道的時候他就已是一百三十歲，而且還沒死呢。後來怎樣我就不曉得了。說不定至今還活著。」老人說著自浴池起身。

小鬍子男一邊在自己周遭散播雲母片狀污垢一邊一個人嘻嘻笑。緊接著跳進水裡的與一般怪物不同，背後有圖畫。看似岩見重太郎[282]揮舞大刀嚇退蟒蛇之圖，可惜未完工，怎麼找也找不到蟒蛇。因此重太郎看起來也有點失落。那人一邊下水一邊說：「水怎麼溫溫的不熱。」於是又有一人下水，「這還真是……應該再熱一點才對。」說著皺起臉忍受熱度，與重太郎先生面面相覷後，「嗨，師傅你好。」他打招呼。重太郎也說了一聲「嗨」，之後問道：「阿民怎麼樣了？」「不知怎地，就是喜歡鬧得轟轟烈烈。」「不只是鬧得轟轟烈烈……」「是嗎，他也是一肚子壞水的人。——不知怎地就是不受歡迎，不知為何，總是讓人不信任。工匠不該是那樣子的。」「對呀，阿民就是不肯放低姿態，太高傲了。所以才得不到信任。」「就是啊，他還自以為手藝高明——說穿了還是自己吃虧。」「白銀町的老人也都過世了，現在頂多只剩下桶店的阿元與紅磚屋的老闆與師傅。我好歹是在這裡出生長大的，哪像阿民，不知是打哪兒跑來的。」「是啊。不過虧他能混到那樣。」「嗯。不知怎地就是不討人喜歡。因為他不肯與人來往。」此人徹頭徹尾地攻擊阿民。

儲水桶就寫到這裡為止，再往白色浴池一看，這裡也客滿，與其說是水中有人不如說人中有水更適當。而且他們的態度頗為閒適，從剛才就只見人下水不見人出水。這麼多人擠在一起泡澡，水還存放一個星期難怪水會混濁，我感嘆著繼續放眼環視浴池，苦沙彌老師被擠到左

281 牛込（現新宿區）有同名的白銀町。

282 岩見重太郎是傳說中的武者。也有人說是在大坂夏之陣戰死的薄田隼人的舊名。在說書及傳奇小說中有各種武勇傳說。

邊角落紅通通地縮著不動。真可憐，要是有人肯讓個路就好了偏偏無人肯動，主人也沒有要出來的意思。只是動也不動滿面通紅。這還真辛苦。他八成是基於盡可能利用二錢五厘洗澡費的精神，才會那樣泡得紅通通吧，但愛護主人的我怕他不趕快上來會頭暈，不免蹲在窗口有點擔心。這時與主人隔了一個位置的男人踩著八字湊過來，「這藥浴好像太有效了。我總覺得背上有熱氣不停湧現。」暗自向列席的怪物尋求同情。「哪裡，這樣剛剛好。藥浴如果不這麼熱就無效。在我的故鄉，水比這裡還要熱一倍。」有人自豪地如此說道。「這種水到底可以治什麼？」把手巾疊起遮掩凹凸頭的男人問大家。「有很多功效喔。好像治什麼都管用。很豪氣。」說這話的是個臉色與外形都像乾扁黃瓜的人。若真的那麼有效，他泡了應該會比較強壯才對。「在水裡放藥之後，第三天或第四天恰恰好。今天正是最適合泡澡的時候。」有人博學地說，一看之下是個身形臃腫的男人。這八成是污垢堆積太厚。「喝了也有效嗎？」不知從哪冒出一個年輕稚嫩的聲音。「冷卻後喝一杯睡覺，會很奇異地不想小便，不信你試試看。」這麼回答的，不知又是哪張臉孔。

浴池就記述到這兒，接著我環視木頭地板的房間。到處都有不像樣的亞當擺出各種姿勢，在洗各種部位。其中尤其驚人的是仰臥望著高處的天窗，與趴著窺視溝中的二位亞當。這二人看起來特別閒。有個光頭面向石壁蹲著，小光頭在後面猛搥背。這二人大概是師徒關係順便代理澡堂服務員的工作吧。真正的服務員也在。似乎感冒了，這麼熱的地方還穿棉袍，拎著小桶往老爺肩頭澆熱水。一看右腳，大拇指根還夾著滾圓的搓澡棉。這邊有個男人貪心地拿了三個桶，一邊叫旁邊的人用肥皂一邊大發議論。我仔細一聽他是這麼說的：「槍炮是外國傳來的。以前都是拿刀對砍。外國人很卑鄙，所以才會發明那種東西。好像不是中國人發明的，應該還是外國人吧。和唐內[283]的時候可沒有。和唐內果然就是清和源氏[284]。據說源義經自蝦夷[285]前往滿洲時，有個很有學問的蝦夷男跟著一起去。後來源義經的兒子攻打大明，大明傷透腦筋，就派人去三代將軍[286]那裡要求借兵三千，三代將軍留下那人不讓他回去。——那叫什麼來著的？——好像叫什麼使。——然後那個什麼使被扣留二年，最後在長崎送了妓女給他。他與那個妓女生的孩子就是和唐內。之後回國一看大明已被國賊滅亡。……」他在說什麼我完全聽不懂。後方那個二十五、六歲的陰鬱男子，茫然將白湯往股間潑[287]。看起來似乎為腫瘤還是什麼疙瘩所苦。一旁年約十七、八歲傲慢地喋喋不休說什麼你怎樣我如何的大概是住在這附近的書生吧。再過去又是一個古怪的背影。從屁股中間像是插了寒竹似地脊椎骨節分明突出。左右兩邊各有四個形似十六武藏[288]的圖案排得整整齊齊。那個十六武藏紅腫潰爛周圍還化膿。如此依序寫來，可寫的太多，以我的本事就連其中一斑都難以形容。看來我這是自找麻煩，正當

---

283 近松門左衛門《國性爺合戰》的主角「和藤內」，多半寫作「和唐內」。以明末遺臣鄭成功為原型，父親為鄭芝龍，母親為日本人，立志反清復明，但未成功便病死。文中澡堂客人的說法與此並不一致。

284 清和天皇賜與源姓的一族。源賴朝等皆屬於此族。也有許多武士自稱為其末裔。《少爺》的主角也如此主張。

285 蝦夷是北海道的舊稱。

286 江戶幕府的第三代將軍德川家光。

287 以藥浴或蒸氣熱敷疼痛與紅腫處。

288 遊戲道具之一。在盤上畫線放一顆母石與十六顆子石。

我有點想打退堂鼓之際，入口忽然出現一個身穿淺黃色棉衣年約七十的光頭。光頭恭敬地對這些裸體怪物行以一禮，「各位客人，感謝每日惠顧。今天有點冷，還請多泡泡——請盡量利用白湯藥浴，好好休息。——掌櫃的，注意水溫。」他流利地說。掌櫃應了一聲「好勒——」。和唐內說：「真殷勤。不那樣怎麼做生意。」非常激賞老人。我突然見到這古怪的老頭有點吃驚，所以這方面的記述到此為止，我決定暫時專心觀察老頭。老頭隨即看著剛洗完澡年僅四歲的小男孩，「小弟弟，過來。」說著伸出手。小孩看著臉孔彷彿被踩扁的麻糬的老頭子，大概覺得事情不妙，「哇——」地放聲大哭。老頭有點意外，「哎呀，哭了啊，你哭什麼？你怕老爺爺？哎，這真是不好意思。」他感嘆道。因為束手無策只好機鋒一轉，改對小孩的父親發話。「哎，這不是阿源嗎。今天有點冷呢。昨晚潛入近江屋的小偷真傻。把潛入那家的地方割了一個方形的洞。而且你知道嗎？他居然啥也沒偷走。八成是被巡警或守夜人撞見了。」他大肆嘲笑小偷的莽撞無謀，然後又逮住一個人說，「哎哎哎，很冷吧。你現在還年輕，可能還沒感覺。」說了半天只有老人一個人叫冷。

好一陣子，我的注意力全放在老頭身上，壓根忘了其他怪物，甚至就連痛苦縮成一團的主人都自記憶中消失，突然沖水區與木頭地板房間的中間有人大叫。一看之下正是苦沙彌老師。主人的聲音特別大，他的大嗓門與聲音的沙啞難聽並非始自今日，但畢竟地點不同，令我大吃一驚。這肯定是因為在熱水中長時間忍耐泡太久所以抓狂了，我當下如此鑑定。這若純粹是生病造成的當然不能怪他，但他一邊抓狂一邊還能充分保持清醒，這點只要我一說他為何發出這麼大的吼聲諸位立刻就會明白。原來他正對著不足為取的自大書生展開幼稚的爭吵。「你退後一點，別把熱水潑到我的小桶！」如此怒吼的當然是我家主人。世間的事情全看你用什麼角度去想，這個怒吼沒必要判斷為純屬抓狂的結果。一萬人之中或許會有一個人解釋為就像高山彥九郎[289]斥退山賊。主人自己說不定也是抱著這個打算在演戲，但對方既然不以山賊自居自然不可能出現預期的結果。書生扭頭看他，「我本來就在這裡。」如此老實回答。這個答覆很尋常，只是表明他不會離開那裡也不會順從主人的意思，所以無論是就態度或言詞看來，都不足以回罵人家是山賊，這點即便主人再怎麼抓狂應該也很清楚。但主人的怒吼並不是針對書生的位置本身有所不滿，而是因為打從剛才這二人就不像少年應有的作風，過於傲慢自大，老是說得自己好像多懂似的，所以主人從頭聽到尾才會對這點如此氣憤。即便對方的態度溫和他也不肯默默離開浴池。緊接著他甚至大喝：「什麼混帳東西，有誰會把髒水一直潑到別人的桶中！」我對這個小毛頭也有點看不順眼，所以此時心中不免大呼快哉，但主人身為學校教員做出如此言行終究不妥。主人本來就是個死腦筋。就像燒過的煤炭渣一樣乾巴巴、硬幫幫。昔日漢尼拔[290]越過阿爾卑斯山時，路中央有塊大岩石，擋住軍隊的去路。於是漢尼拔拿醋澆這塊大岩石再拿火燒，等它變軟了，再拿鋸子像切割軟綿綿的魚板一樣切開大岩石，終於得以通行無阻。像主人這種即便浸泡如此有效的藥浴也毫無功效的男人，我覺得恐怕只有潑醋再拿火燒才管用。否則，這樣的書生縱使出現幾百人，耗個幾十年，也治不好主人頑固的毛病。這個浴

---

289 高山彥九郎（1747-1793），江戶後期的勤皇派。周遊列國，以激烈的尊王論與奇行而聞名。

290 漢尼拔（Hannibal，B.C.247-B.C.183），古代迦太基名將。在第二次布匿戰爭時越過阿爾卑斯山入侵義大利，大勝羅馬軍。

池裡泡的、以及在沖洗區坐滿的，是一群脫下文明人必備服裝的怪物，所以當然不能以常規常理來要求。他們怎麼做都不打緊。胃跑到肺的地方、和唐內變成清和源氏、阿民不可信任都沒關係。但是他們一旦出了沖洗區回到更衣間，就不再是怪物了。他們又回到普通人類生存的娑婆世界。所以要穿上文明必要的衣物。因此也不得不採取人類應有的行動。現在主人踩的地方是門口。他站在沖洗區與更衣間之間的門口，當事人接下來正要重回歡言愉色、圓轉滑脫的文明世界。主人就連這個節骨眼都如此頑固，可見這種頑固已牢牢扎根在他身上，是拔也拔不走的頑疾了。若是疾病自然無法輕易矯正。要治療這種頑疾，依在下愚見以為只有一個辦法。立刻請求校長將他免職。一旦免職，以我家主人食古不化的個性肯定會走投無路。走途無路的結果必然是餓死街頭。換言之，免職對主人而言將是死亡的遠因。主人雖然喜歡生病，卻討厭死亡。他想保持在不至於死掉的生病這種奢侈狀態。所以只要嚇唬他再犯那種病會害死他，膽小的主人肯定會嚇得發抖。我認為在他嚇得發抖時頑疾自然也會被清除乾淨。如果這樣還治不好那就到時再說。

即便再怎麼愚蠢或生病，主人畢竟還是主人。詩人有云一飯君恩重[291]，所以我雖然是貓，也不可能不關心主人。我的心中充滿同情，忍不住把注意力都放在那邊，疏於觀察沖洗區，不料白色藥浴池那邊突然傳來七嘴八舌的叫罵聲。這邊也有人吵架嗎？我轉頭一看，狹小的石榴口[292]被怪物擠得毫無餘地，只見毛毛的小腿與無毛的大腿亂七八糟動來動去。正值初秋的日光漸暗，沖洗區上方直至天花板是整片氤氳蒸氣。從那之間朦朧可見怪物擁擠之態。喊熱的聲音貫穿我的耳朵穿過左右在腦中混合。那個聲音有黃、有藍、有紅、有黑，交互重疊在澡堂內形成一種難以名狀的音響。只能以混雜與迷亂來形容，除此之外那個聲音毫無作用。我茫然盯著這種情景呆立原地。之後叫聲達到混亂之極，升高到再也無法更進一步時，突然間你推我擠的混亂人群中有一名大漢起立。他的身高比起其他人高出三寸。而且分不清是臉上有鬍子還是鬍中有臉同居，他仰起那張紅臉，發出正午敲破鐘般的聲音大吼：「加水加水！好燙好燙！」唯有這個聲音與這張臉孔，高於其他紛亂群眾之上，霎時令人感到整個澡堂好像變成只有這一個人。他是超人。是尼采[293]所謂的超人。是魔中大王。是怪物首領。再一看浴池後方，還有人應了一聲「好——」。我暗自稱奇，定睛再仔細一瞧，暗淡不清中，那個穿棉袍的服務員正把一塊煤炭往爐中扔。當那塊煤炭穿過爐灶的蓋子，劈啪作響時，服務員的側臉頓時一亮。同時服務員身後的紅磚牆也明亮如火。我有點害怕於是匆匆跳下窗子回家。回家的路上還在想。脫下外褂，脫下四角內褲，脫下日式褲裙，力求平等的這些赤裸人類當中，又會出現赤裸的豪傑壓倒其他群小。可見就算脫得再光溜溜也得不到平等。

回家一看天下太平，主人泡過澡滿面紅光正在吃晚餐。見我從簷廊進去，還說這貓真悠哉，剛才也不知去哪閒逛了。我看看餐桌，明明沒錢卻擺了兩三道菜。其中有一條烤魚。我不

---

291 他人請吃一頓飯的微小恩義稱為「一飯之恩」、「一飯之德」。例如「一飯之德必償」（《史記》）。

292 江戶時代澡堂自洗浴場去浴池的出入口。

293 尼采（Friedrich Wilhelm Nietzsche，1844-1900），德國哲學家。基於肯定一切生命的立場，將體現其理想的人物稱為「超人」，在《查拉圖斯特拉如是說》有詳盡描述。

知那是什麼魚，但肯定是昨天在御台場[294]附近撈到的。我曾說過魚很健康強壯，但再強壯也禁不起這樣又烤又煮。多病保殘喘方為上策。我暗自這麼想著在餐桌旁坐下，打算找機會撈點吃的，表面上裝作視而不見。必須有這種覺悟，不這麼裝蒜就吃不到美味的魚。主人戳了一下魚，露出不好吃的表情放下筷子。我熱心研究坐在正對面的女主人默默上下舞動筷子的樣子，以及主人的兩顎開開合合的情況。

「喂，打一下那隻貓的頭。」主人突然要求女主人。

「打牠做什麼？」

「反正妳打就是了。」

「像這樣嗎？」女主人說著朝我的腦袋拍了一掌。不痛不癢。

「牠沒叫嗎？」

「對。」

「那妳再打一下試試。」

「再打幾下也一樣吧？」女主人又揮掌打我。還是不痛不癢，所以我凝然端坐。但深思熟慮的我實在無法理解這是要做什麼。如果能了解，或許還有法子解決，但主人只說打打看，所以打貓的女主人固然困擾，被打的我也很困擾。主人見二次都不管用，有點急了，「喂，妳打牠讓牠叫一下。」他說。

女主人一臉不耐煩，「讓牠叫了要幹嘛？」她一邊問，一邊又拍來一掌。只要知道對方的目的就簡單了，原來只要叫了就可以滿足主人。主人就是如此愚蠢才惹人厭。若想讓我叫，只要早點說出目的，根本用不著一而再、再而三地多費手腳，我也可以一次就脫身不至於連挨兩三下。只叫妻子打貓的命令，除了打這個動作本身為目的之外的場合都不該用。打是對方的事，叫不叫卻是我的事。從一開始就預期我叫，在「打」的命令中，甚至包含本該屬於我個人自由的「叫」，這種想法真是太沒禮貌了。這等於是不尊重他人的人格。太瞧不起貓了。這是主人避如蛇蠍的金田君會做的事，誇耀裸體的主人做來卻顯得卑鄙。不過其實主人沒這麼小家子氣。所以主人的這個命令不是出於狡滑之極的心機。換言之，是從欠缺智慧的出發點湧現宛如孑孓的思維。吃了飯肚子當然會漲。拿刀割肉當然會出血。殺人當然會死。所以他才會武斷認定只要打我當然會叫。但是很遺憾，那一點也不合邏輯。照他那個論調的話，掉到河裡一定會死，吃天婦羅一定會拉肚子，領到薪水一定會去上班，看書一定會出人頭地。一定會有人為此困擾。如果挨打就非叫不可那我會很困擾。被當成目白時鐘[295]那我身為一隻貓活著還有什麼意義。我先在內心如此鄙視主人後，這才乖乖照他的要求喵了一聲。

於是主人立刻向女主人問道：「牠叫了，妳知道『喵』是感嘆詞還是副詞嗎？」

這個問題太突兀，所以女主人毫無反應。老實說，我甚至認為這八成是主人泡澡造成腦充血尚未恢復清醒。本來我家主人在附近這一帶就是出名的怪人，甚至被某人斷定為神經病。但主人對自己極有自信，一口咬定：我不是神經病，世上的人才是神經病。附近鄰居還喊主人

294 御台場是江戶幕府在品川海邊建的砲台。
295 目白時鐘是小石川區（現文京區）的目白不動堂（新長谷寺）的報時鐘。

狗，主人美其名曰為了維持公平也喊他們是豬。實際上主人似乎打算徹底維持公平。真是傷腦筋。他就是這種人，所以向女主人問出這樣的怪問題，對他而言或許只是小事一樁簡單得很，但對聽者而言，講出這種話的人的確有點近似神經病。因此女主人才會一頭霧水啥也不說。我當然也不可能回答。於是主人忽然扯高嗓門「喂」了一聲。

女主人大吃一驚回答「是」。

「那個『是』是感嘆詞還是副詞？」

「不管是哪個，那麼可笑的事應該不重要吧？」

「怎會不重要，這是支配國語專家頭腦的大問題。」

「哎喲，你說貓的叫聲嗎？拜託。你也不想想看，貓的叫聲根本不是國語。」

「所以我才說那是困難的問題。這叫做比較研究。」

「噢？」女主人很機靈，才不理會這種傻問題。「那麼，你知道是屬於什麼詞了嗎？」

「這是重要問題不可能一下子就弄懂。」他對著那條魚狼吞虎嚥。順便也吃了一旁的豬肉燒芋頭。「這是豬肉吧？」「對，是豬肉。」「哼！」他以極為輕蔑的語氣吞下。「酒再來一杯。」說著遞出杯子。

「今晚你好像很激動。臉都紅了。」

「我就要喝！——妳知道世界上最長的字是什麼嗎？」

「知道，是以前的關白太政大臣[296]吧。」

「那是名字。妳知道最長的字嗎？」

「你是說洋文？」

「嗯。」

「不知道，酒不喝了吧，那就吃飯吧，啊？」

「不要，我還要喝。我告訴妳最長的字是什麼吧？」

「好啊。然後你就要吃飯喲。」

「是archaiomelesidonophrunicherata[297]這個字。」

「這是你胡扯的吧。」

「誰跟妳胡扯，這是希臘文。」

「翻譯成日文是什麼意思？」

「我不知道意思。只知道拼法。寫出來足有六寸三分長。」

換作他人該在酒席上說的事，他卻清醒時說，實在是奇觀。不過今晚他倒是喝了不少酒。平日只喝二小杯，今天卻已喝了四杯。二杯就會滿臉通紅現在喝了雙倍自然臉紅得像火筷，看起來很痛苦。但他還不肯停。「再來一杯。」他遞出杯子。女主人看他太誇張。

「你就別喝了吧。這樣只會自己難受。」說著皺起臉。

296 藤原忠通（1097-1164），平安後期的歌人、書法家。小倉百人一首有法性寺入道前關白太政大臣，被稱為自古以來最長的名字。

297 出自亞里斯多芬（Aristophanes，約B.C.446-B.C.385）的喜劇《蜂》第二二〇行。意思是「古老心愛的孚里尼庫的西頓之歌」。

「小事，就算難受也得趁現在練習一下。是大町桂月[298]叫我喝的。」

「桂月是誰？」鼎鼎大名的桂月碰上我家女主人也一文不值。

「桂月是當今第一流的批評家。他叫我喝那肯定就是對的。」

「說什麼傻話。管他是桂月還是梅月，明知難受還叫人喝酒，簡直是多管閒事。」

「不只是酒。他還叫我要交際，要玩樂，要去旅行。」

「那就更可惡了。那種人居然是第一流的批評家？受不了。居然叫家有妻小的人去花天酒地……」

「花天酒地有何不可。就算桂月沒有建議，如果有錢我說不定也會這麼做。」

「幸好家裡沒錢。你要是現在開始花天酒地就麻煩了。」

「既然妳說麻煩那就算了，不過妳得稍微重視丈夫，而且，晚餐要讓我吃得更好一點。」

「這已是我竭盡所能了。」

「不見得吧。那麼花天酒地就留待他日我有錢時再說，今晚姑且到此為止吧。」主人說著遞出飯碗。他好像一口氣吃了三碗茶泡飯。當晚我也吃了三片豬肉與鹽烤魚頭。

8

之前說明走圍牆這項運動時，我自認已對環繞主人家院子的竹籬稍做敘述，若以為這個竹籬外面就是鄰居——也就是南鄰的小次郎家，那是天大的誤解。房租雖便宜，但那可是苦沙彌老師家。和小阿与或小次郎這種「小」字輩，不可能隔著一片薄薄的圍牆建立鄰居之間的親密交往。這片圍牆之外是五、六間的空地，盡頭有五、六棵蒼鬱的檜樹並立。從簷廊看去，對面是茂密的森林，住在這裡的老師彷彿是在荒郊野外的獨門獨院與無名貓為友共度歲月的江湖處士[299]。但檜樹枝條並未如一般吹噓的那麼茂密，從枝葉之間，可以清楚看見群鶴館這間只有名字氣派的廉價旅館的廉價屋頂，因此如果真要如上述那樣想像老師當然很困難。不過這間旅館若是群鶴館，那麼老師的住處就有臥龍窟的價值。反正名字又不扣稅，隨便彼此想取個多了不起的名字都行，話說這五、六間寬的空間添上竹籬東西橫向約有十間，之後，忽然在轉角彎曲，圍繞臥龍窟的北面。這個北面正是騷動的來源。本來空地盡頭又是荒地，大剌剌地包圍這房子的二側，但臥龍窟的主人自不待言，就連窟內的靈貓區區在下我都對這塊荒地很棘手。一如南側有整片檜樹林，北側也有七、八棵桐樹。樹高已達一尺左右，所以如果帶木屐店的人來肯定可以談個好價錢，但租房子的可悲之處，就在於不管再怎麼心動也無法行動。我對主人也很同情。之前學校的工友過來砍了一根樹枝，下次再來時已穿上嶄新的桐木屐，也沒人問就自己宣揚是用上次砍的樹枝做的。真是狡滑的傢伙。雖有桐樹，對我及主人一家而言卻是不值

---

298 大町桂月（1869-1925），詩人、隨筆家、評論家。明治三十八年十二月《太陽》刊載〈雜言錄〉（長谷川天溪，大町桂月的筆名）提到漱石「深諳果醬之味，不解酒趣」「不要光吃果醬，也要喝酒」「不要老待在書房，要去社會，也要跋涉山川；不要老陪貓，也要陪女人，拓展興趣……」等。《我是貓》第七、八兩章就在這篇批評的翌月發表。

299 江湖指世間，處士是在民間未任官者。指不求名利甘於平凡生活的人。

半毛錢的桐樹。古語有云懷璧其罪[300]，而我家則是種著桐樹不生錢，堪稱懷寶無用。愚蠢的不是主人，也不是我，是房東傳兵衛。明明在桐樹那邊一再抱怨怎麼沒有賣木屐的出現，轉過身卻佯裝無事只顧著來討房租。我並不恨傳兵衛所以他的壞話就說到這裡為止，還是言歸正傳，介紹這塊空地引起騷動的奇聞。但絕不能告訴主人。咱們就在這兒講悄悄話。本來關於這塊空地最不便的就是沒有圍牆。是一塊空蕩蕩、一覽無遺、頭上毫無遮蔽、可以通行無阻的空地。用現在式的語法好像在騙人不太好。其實應該說原本「有過」這麼一塊空地。但話題不溯及過去就無法了解原因。不了解原因，連醫生都會不知如何開藥方。所以我要從當初剛搬來這裡的時候開始慢慢道來。四面通風的話夏天當然是很舒服，就算不夠安全，反正這麼窮也不可能被偷。所以主人的家裡，不需要任何圍牆、籬笆、乃至於木樁、樹籬。不過我認為這是取決於住在空地對面的人類或動物種類的問題。因此要解決這個問題，就必須先了解駐守在對面那頭的君子是何種性質。還不知對方是人還是動物就先稱之為君子或許太草率，但大抵稱之為君子不會有錯。畢竟這年頭就連小偷都美其名曰樑上君子[301]了。不過在我接下來要講的故事裡的君子絕非會驚動警察的那種樑上君子。不僅不會驚動警察，倒是以數量取勝。多得數不清。那是一所名為落雲館的私立中學——為了把八百君子養成更上一層樓的君子，學校每月要收貳圓費用。既然名叫落雲館，所以我本以為校內都是風流君子，但那歸根究底就錯了。這不可信任的事實就像群鶴館沒有鶴，臥龍窟只有貓。徒有學士或教師之名卻如我家主人苦沙彌君這麼瘋狂，發現這點後自然就明白落雲館的君子也不見得是風流漢。如果這樣還堅稱不明白，可以先來我的主人家住三天試試。

前面也提到過，剛搬來此地時，那塊空地沒有圍牆，所以落雲館的君子就像車夫家的黑子，偷偷鑽進桐樹林，聊天、吃便當、在竹葉上睡覺——做盡各種勾當。之後便當的屍骸（也就是竹皮）、舊報紙、或舊草鞋、舊木屐，凡是以舊為名的東西大概都扔在這裡。粗枝大葉的主人意外不在乎，也沒提出任何抗議，是因為不知情還是知道也不打算追究，這我不清楚。但他們諸君子接受學校教育後，似乎漸漸像個君子，逐漸自北方朝南側蠶食而來。蠶食這個字眼若不適合君子那亦可不用。但除此之外別無形容詞。他們就像逐水草而居的沙漠居民，離開桐樹朝檜樹接近。檜樹所在之處是和室的正對面，除非特別大膽，否則應該做不出這種舉動。一兩天後他們的大膽變本加厲，成了大大膽。教育的成果真是太可怕了。他們不僅逼近和室的正面，還在這正面大聲唱歌。唱什麼歌我已忘了，但絕非三十一文字的正統詩歌。而是更活潑、更容易取悅俗耳的流行歌。吃驚的不只是主人，連我都為他們的才藝嘆服，忍不住豎耳傾聽。但讀者想必也知道，嘆服與麻煩有時會並存。這二者不意間合而為一，如今回想仍感到萬分遺憾。主人應該也很遺憾，只好衝出書房說，這裡不是你們該來的地方，滾出去！好像連趕了兩三次。但那些人可是受過教育的君子，自然不可能這樣就老實聽話。被趕出去後又立刻進來。進來就活潑地唱歌、高聲談話。而且這些君子的談話與眾不同，滿嘴都是「你這臭傢伙」或「關老子屁事」那種字眼。在明治維新前，據說那本來屬於小廝、挑夫、服務員這些販夫走卒

300 出自《春秋左氏傳》的「匹夫無罪，懷璧其罪」。擁有璧玉那種貴重物品，本來無罪者也會招來災禍。
301 陳寔對躲在樑上的小偷之稱。見《後漢書》。

的專業知識，但在進入二十世紀後，好像成了受過教育的君子學會的唯一一種語言。有人說，那與遭到一般人輕視的運動今日如此受到歡迎是同樣的現象。主人再次自書房衝出，逮住一個滿嘴這種君子語言的人，質問對方為何闖入這裡，君子當下忘記「你這臭傢伙、關老子屁事」的上等語言，以非常下等的語言說，「我以為這裡是學校的植物園。」主人訓誡他不可再犯就放了他。用「放了」形容就像放生小烏龜一樣有點可笑，實際上主人是抓著君子的袖子談判。主人似乎以為這樣囉唆半天應該夠了。但實際情形自女媧[302]時代就與預期不符，主人再次失敗。這次他們是從北側橫越宅邸，自大門溜出，大門響起開門聲還以為有客人來，結果桐樹那邊傳來笑聲。形勢益發險峻。教育的成果日益顯著。可憐的主人眼見事態不妙，立刻鑽進書房，恭敬修書一封給落雲館校長，懇求對方稍作取締。校長也鄭重回函給主人，表明會修築圍牆敬請耐心等候。過了一陣子，果真有兩三名工匠過來，半日時間就在主人家與落雲館之間建起高達三尺的四眼牆[303]。主人很高興，以為這下子總算安心了。主人真是笨蛋。君子的舉動不可能因為這點小事就改變。

戲耍他人是很有趣的事。就連我這樣的貓，都會不時戲耍家中的小女孩取樂，落雲館的君子戲耍笨拙的苦沙彌老師自是理所當然，為此不平的，恐怕只有被耍的當事人。如果剖析戲耍的心理，有二大要素。第一，被耍的人不能不當回事。第二，戲耍者在勢力或人數上必須比對方強。上次主人自動物園歸來，曾經頻頻感嘆。一聽之下原來是他看到駱駝與小狗吵架。小狗繞著駱駝迅如疾風不停吠叫，駱駝不以為意，依然扛著背上的駝峰站在原地。即便小狗再怎麼吠叫抓狂，駱駝也不理不睬，最後小狗也不鬧了。主人嘲笑駱駝太沒神經，但我認為用在這個場合是很好的例子。即便再怎麼擅長耍人，如果對方是駱駝就無法成立。可是如果對方像獅子或老虎那麼強大也不行。否則一耍弄對方立刻就會被大卸八塊。戲耍之下對方齜牙發怒，發怒歸發怒，卻不能拿自己怎樣——像這種安心的時候倒是很愉快。為何說這種事有趣呢？理由有很多。首先，很適合消磨時間。有人無聊時連鬍子都想一根一根數。以前有一個坐牢的人因為太無聊，據說在牢房牆上不斷畫三角形來度日。世間沒有比無聊更難忍受的東西，活在世上如果沒有什麼事件來刺激活力未免太痛苦。戲耍，換言之也就是製造這種刺激好玩的娛樂。但是如果不稍微激怒對方、令對方煩躁、示弱就不構成刺激，所以自古以來沉溺於戲耍人這種娛樂的，多半是不懂別人心情像是戰國時代那種傻瓜王侯的無聊人士，或者除了自己好過之外無暇他顧，智力發育很幼稚而且無處發洩活力的少年人。其次，這是實地證明自己優勢最簡便的方法。當然靠殺人、傷人、或陷害人也能夠證明自己的優勢，但這些毋寧是以殺人、傷人、陷害人為目的時該用的手段，自己的優勢只不過是實行這種手段後必然產生的結果。所以單方面想展現自己的勢力，而且不太想害人時，「戲耍」是最好的方式。如果不傷人就難以在事實上證明自己的「厲害」。如果不能成為事實，即便腦中安心，得到的快樂也意外地少。人類往往自恃甚高。即便難以自恃的場合也想這麼做。所以如果不對人實地應用一下「自己有恃無恐、這樣便可安心」的事實就不甘心。而且不懂道理的俗物，以及不太有自信、忐忑不安的人，更

302 古代中國傳說中，人頭蛇身的女神。修補天地，創造人類。

303 將竹片縱橫交織，空隙形成方孔的圍牆。

會利用各種機會，試圖勝券在握。這就和柔道家不時想把人摔出去是同樣的道理。柔道本領半吊子的人，哪怕是一次也好，只想遇上比自己弱小的傢伙，就算對方是外行人也想把人家摔出去，他們抱著這種極度危險的想法在區內走來走去的原因也在於此。其他還有種種理由，但說來話長在此就略過不提了。如果還想聽，可以帶一節柴魚來找我學習，我隨時可以開班授課。參考以上的推論後，我認為戲耍奧山猴子[304]與學校教師最容易。拿學校教師與奧山猴子相提並論是抬舉了。——不是太抬舉猴子，是太抬舉教師。但二者的確很像我也沒辦法。眾所周知，奧山猴子被鍊子鎖著。就算牠再怎麼齜牙、哇哇大叫也不用怕會抓傷。教師雖未被鍊子鎖住卻被月薪束縛。就算再怎麼戲耍也不用怕，教師不可能憤而辭職把學生打一頓。若有辭職的勇氣，一開始就不會去當教師做學生的保姆了。我家主人是教師。雖非落雲館的教師，但還是教師。是個戲耍起來極為適當、極為容易、極為安全的男人。落雲館的學生是少年。戲弄別人可以讓自己更高傲，就教育成果而言他們甚至認為這是他們理所當然的權利。不僅如此，如果不戲弄別人一下，他們充滿活力的五體與頭腦本該充分發揮卻在休閒中無處可使正感困擾。具備了這麼多條件，主人自然會被戲弄，學生自然要去戲弄他，這不管叫誰說都是順理成章。為此生氣的主人簡直太不懂事，太愚蠢了。後來落雲館的學生是怎麼戲弄主人，主人對此又是如何不識相，還請逐一看下去。

諸君知道四眼牆是什麼吧？是很通風的簡易圍牆。像我就可以從縫隙之間自由穿梭。有沒有這面牆對我而言其實都一樣。但落雲館的校長不是為貓打造這面牆，是為了不讓自己培養的君子潛入，特地請工匠來編織的。的確，四眼牆就算通風再好，人類也鑽不過去。要鑽過這面以竹子編成的四寸方孔，哪怕是清國的奇術師張世尊[305]都很困難。所以對於人類肯定能夠充分發揮圍牆的阻擋功用。也難怪主人看到建好的圍牆會大喜過望，覺得這下子沒問題了。但主人的論調有個很大的漏洞。比這面牆上的洞更大。是吞舟之魚[306]也能穿過的大漏洞。他是從「牆不可攀越」這個假定出發。他假定對方既然身為學校學生，即便是再粗製濫造的牆，一旦有了圍牆之名，清楚劃分界線後，對方便絕對不會擅自闖入。其次，他斷定就算有人暫時打破那個假定，企圖闖入也沒關係。縱使是厲害的小毛頭也不可能鑽過四眼牆，所以他斷定絕無被闖入之虞。的確，他們不是貓，自然不可能鑽過這個四方洞，想做也做不到，但要攀越、跳過卻不難。反而可以視為一種有趣的運動。

圍牆蓋好的翌日起，他們和沒有牆之前一樣自北側空地紛紛跳入。但是不再深入到和室的正面。為了讓自己萬一被追趕時還來得及逃跑，需要一點緩衝時間，於是他們事先將逃跑的時間也計算在內，在不怕被抓的地方玩耍。他們在做什麼，待在東邊偏屋的主人當然看不到。他們在北邊空地遊玩的狀態，必須打開院子的小門從反方向繞過拐角看，或是從廁所的窗口隔著圍籬眺望才看得見。從窗口遠眺時，無論在哪有什麼皆可一目瞭然，卻不可能因為發現幾個敵人就去逮捕。只能從窗戶柵欄內斥罵。如果自院子的小門迂迴深入敵境，對方聽到腳步聲，不等被抓就會退到對面那頭。就像海狗曬太陽時碰上偷獵船。主人當然不可能守在廁所監視。

304 奧山位於淺草公園北側，江戶時代有雜戲小屋，當時該處的花屋敷也設有動物園。
305 在淺草表演的中國魔術師，後歸化日本籍。
306 足以吞舟的大魚。參見《莊子》。

但是也不可能敞著院子的小門，一有動靜就立刻衝出去。如果要做那種事，除非當天立刻辭去教職專門對付他們才抓得到人。說到主人的不利，那就是他從書房只聽得見敵人聲音卻看不到人，以及從廁所窗口看得見人卻無法出手。敵人也是看穿他的不利才會採取這種策略。發現主人窩在書房時，他們就盡量大吵大鬧。其中也有故意嘲笑主人的言詞。而且聲音的來源很不確定。一聽之下難以判定是在牆內吵鬧，還是在牆外胡鬧。如果主人追出來，他們就開溜，或者裝出打從一開始就在牆外的模樣。看到主人去廁所——我一再使用廁所這個骯髒的字眼並不感到光榮，其實非常為難，但在記述這場戰爭時有其必要，實在是情非得已。——也就是看到主人蹲廁所時，他們一定會在桐樹附近徘徊故意讓主人發現。主人如果從廁所發出響徹四鄰的怒吼，敵人就不慌不忙地悠然退回根據地。這招令主人極為困擾。明明覺得對方闖入，拿著拐杖一衝出去卻又四下寂然不見人影。以為他們不在時，從窗口一看必然又有一兩人闖入。主人一下子繞到後院看，一下子從廁所窗口看，一下子從廁所看，一下子又繞到後院看，說多少遍還是一樣，說多少遍還是一再舊事重演。疲於奔命就是指這種情形。最後他究竟是把教師當成正職，還是把戰爭當成本業都已氣得有點搞不清楚了。當他氣昏頭達到頂點時，終於發生以下的事件。

事件通常是氣昏頭之下發生的。所謂昏頭自然是體液逆行導致頭腦不清醒。在這點，蓋倫[307]與帕拉賽瑟斯[308]乃至扁鵲[309]都沒有異議。不過往哪兒逆行是問題所在。是什麼東西逆行也是議論焦點。根據古代歐洲人的傳說，吾人體內有四種液體[310]循環。第一種是所謂的怒液。這個如果逆行上腦會令人暴怒。第二種名為鈍液。如果逆行上腦會令神經遲鈍。其次是憂液，它會令人憂鬱。最後是血液，會令四肢壯大。之後隨著人文的進步，鈍液、怒液、憂液曾幾何時都消失了，如今只有血液依舊如昔日那樣循環不已。所以若有逆行上腦的東西，除了血液應該別無他物。而且每個人的血液分量都是固定的。雖然多少會隨個人的性格不同略有增減，但是首先大抵是一個人五升五合的分量。因此，這五升五合的血液若逆行上腦，流經之處會劇烈活動，其他部位卻會缺血發冷。就像火燒派出所[311]當時，派出所的巡查都跑去警署集合，區內一個人也不剩的情景。那若從醫學上做診斷也等於是警察的逆行上腦。至於如何治療這種逆行上腦，就得讓血液像原先一樣平均分配到體內各個部位。如此一來逆行上腦的傢伙就不得不向下流回去。關於那方面也有種種竅門。如今已故的主人父親據說就會拿濕毛巾放在頭上，以暖桌取暖。傷寒論[312]也提到頭冷腳熱乃延命息災之徵，濕毛巾對長壽法是一日不可欠缺之物。要不然也可以試用和尚的慣用手法。一所不住的沙門雲水行腳的衲僧[313]必然在樹下石上過夜。選擇

307 蓋倫（Galen，約129-119），希臘醫生。羅馬皇帝馬爾庫斯·奧勒里烏斯的御醫。

308 帕拉賽瑟斯（PhilippusAureolus Paracelsus，1493-1541），瑞士醫學家、科學家。文藝復興期的代表性醫師。

309 中國古代傳說中的名醫。

310 怒液是（黃）膽汁，鈍液是黏液，憂液是黑膽汁。當時人們深信這與血液的配合會決定體質與氣質。

311 日俄戰爭結束後，雙方簽定朴資茅斯條約，為此不滿的民眾，於明治三十八年九月五日在日比谷公園舉行反講和的國民大會，為反抗當局的干涉而暴動，燒毀許多派出所。

312 傷寒論乃中國古代醫書。成於後漢建安年間。晉代修補。

313 「一所不住的沙門」指居無定所的流浪僧，「雲水行腳的衲僧」也是如行雲流水遊歷諸國的僧人。「衲僧」特指禪僧。

樹下石上並非為了刻意苦行。這是六祖[314]一邊舂米一邊想出的冷卻頭腦的祕法。不信各位在石上坐坐看，屁股會冷是理所當然。屁股一冷，血液就會從頭腦往下流，這在自然的順序上也毫無疑問。如此這般，人們發明了種種方法讓頭腦冷靜，卻至今沒想出引發頭腦充血的良方實在遺憾。若照一般思考，腦充血是有害無益的現象，但有時不能如此武斷。對某些職業而言，血液逆行上腦格外重要，不逆行上腦就啥也辦不成。其中尤其注重這個的是詩人。詩人需要頭腦充血就像汽船少不了煤炭，這項供給只要一天斷貨，他們就會成為除了拱手吃飯以外毫無本領的凡人。不過頭腦充血是發瘋的異名，不發瘋就無法出人頭地這傳出去太難聽，於是在他們的同好之間不以頭腦充血來稱呼頭腦充血。他們不約而同煞有介事地稱之為靈感。這是他們為了欺瞞世間而製造的名字，其實真面目就是頭腦充血。柏拉圖[315]替他們撐腰，把這種頭腦充血稱為神聖的瘋狂，但就算再怎麼神聖，一旦發瘋還是無人敢接近。還是取個「靈感」這種宛如新發明的藥物名稱對他們更好。不過這就像魚板是山藥做的，觀音像來自一寸八分的朽木[316]，大蔥鴨肉麵用的材料是烏鴉肉，廉價旅舍的牛肉鍋放的是馬肉，靈感其實也就是頭腦充血。頭腦充血後就等於是臨時的瘋子。之所以不用去巢鴨[317]住院是因為那是「臨時」發瘋。但要製造這種臨時發瘋很困難。一輩子當狂人反而容易，只有執筆寫作時才發瘋，即便是萬能的神明也得大費周章，所以極為少見。神明不製造那就只好靠自己。所以從古至今要激發頭腦充血也與防止頭腦充血一樣令學者傷透腦筋。有人為了得到靈感每天吃十二個澀柿子。這是源自「吃了澀柿子會便祕，便祕就會壓迫血管導致腦充血」的理論。也有人拿著酒瓶跳進鐵炮澡盆[318]。認定在熱水中喝酒就會腦充血。根據此人的說法，這下子如果不成功就燒熱葡萄酒泡澡一定會奏效。可惜他沒錢，終究未能實行就含恨而死真是太可憐了。最後也有人想到只要模仿古人應該會有靈感。這是應用「只要模仿某人的態度動作，心靈狀態也會肖似對方」的學說。像酒鬼一樣發牢騷，不知不覺就會有喝酒的心情。坐禪忍耐一炷香的時間，就會有和尚的心情。所以只要模仿古往今來激發靈感的名家所作，一定會腦充血。據說雨果[319]是躺在快艇上思考文章意趣，所以只要乘船凝視晴空一定會腦充血。史蒂文生[320]據說是趴著寫小說，所以只要趴著執筆一定會腦充血。就這樣，大家各出奇招想盡種種辦法，但是還沒人成功。首先在今日，人為的腦充血已是不可能。雖然遺憾但莫可奈何。只能早晚隨機等待靈感可能出現的時機到來已是毋庸置疑，為了人文發展，我殷切期望這個時機早日來臨。

腦充血的說明到此應已足夠，接下來我要描述事件本身。不過一切大事件發生之前總有小事件發生。只敘述大事件，卻忽略小事件，是自古以來歷史家常犯的弊病。主人的腦充血也因

---

314 自達磨數來第六代的祖師慧能（638-713）。

315 希臘哲學家柏拉圖（Plato，B.C.427-B.C.347）。著有《蘇格拉底的辯明》、《會飲篇》、《理想國》等。弟子眾多。

316 被尊為祕佛的淺草寺本尊，據說是「一寸八分」的觀音像。

317 指當時位於小石川區（現文京區）駕籠町，專收精神病患的東京府巢鴨醫院。

318 在桶中裝置鐵製或銅製圓筒的澡盆。

319 雨果（Victor Marie Hugo，1802-1885），法國詩人、小說家、劇作家。以《悲慘世界》等作知名

320 史蒂文生（Robert Louis Balfour Stevenson，1850-1894），英國小說家、詩人。以《金銀島》、《變身博士》等作知名。漱石也給予高度評價。

小事件的發生氣得更加嚴重，終於引發大事件，所以如果不按照發展順序一一道來，很難理解主人是如何氣昏頭為之抓狂。如果不理解，主人的抓狂就徒有空名，在世人看來或許會輕蔑地以為不至於那麼嚴重。既然氣昏頭抓狂了，如果沒被人大肆宣揚一下未免太沒勁了。我接下來要描述的事件無論大小對主人而言都不算光榮。我必須先聲明，事件本身並不光榮，做出斥責氣得腦充血，也是真正的腦充血，絕不比任何人差。主人在其他方面並沒有那種特別值得誇耀的特質。如果再不炫耀一下腦充血，就沒有其他特別值得一提的事跡了。

群集落雲館的敵軍近日發明了一種達姆彈[321]，利用十分鐘的下課時間或放學後，頻頻對著北邊空地開火。這種達姆彈俗稱為球，拿著大型磨杵隨意對敵人發射。這玩意就算真的是達姆彈也是從落雲館的運動場發射的，所以不可能打中待在書房的主人。敵人當然也不可能不清楚彈道太遠，但那正是策略所在。旅順戰爭時據說海軍也曾以間接射擊取得偉大戰績，滾落空地的球當然也可以收到相當大的功效。況且每擊出一發，敵人就會集體發出威嚇性的吼叫。把主人嚇得手腳血管收縮。煩悶至極之下，匯集該處的血液當然會逆行上腦。敵人的計策堪稱相當巧妙。昔日希臘據說有位作家叫做伊斯奇勒斯[322]。此人的腦袋一如其他學者作家。我所謂一如其他學者作家的腦袋是指禿頭。為何會禿頭呢？當然是腦袋的營養不足，缺乏活力讓頭髮生長。學者作家尤其用腦過度，通常極度欠缺養分。所以學者作家的腦袋一律營養不良，全都是禿頭。話說伊斯奇勒斯也是作家自然不得不禿頭。他也有一顆光溜溜的金橘頭。就在某日，他照例頂著那顆頭——頭沒有外出服也沒有家居服所以就只有那顆頭——頂著那顆頭晃呀晃的，在太陽照耀下走在路上。這是錯誤之始。禿頭在日光下從遠處看來，會非常亮。木秀於林風必摧之，特別光亮的頭自然也會遇上什麼摧殘。這時伊斯奇勒斯的頭上飛來一隻老鷹，一看之下爪子上還抓著不知從哪逮到的一隻烏龜。烏龜與鱉這種東西是很美味沒錯，可惜早自希臘時代便有一身堅硬的甲殼。即使再美味，披著一身甲殼也拿牠沒辦法。世間有蝦子的鬼殼燒[323]卻至今沒聽說過烏龜的甲殼煮，當時自然更沒轍。老鷹也有點束手無策，這時遙遠的下方有東西發亮。於是老鷹靈機一動。如果把烏龜丟到那發光的物體上，肯定可以把龜殼砸碎。砸碎之後再飛下去吃龜肉就輕而易舉了。沒錯，就這麼辦！於是看準目標後，老鷹便把烏龜自高處突然扔到那發亮的頭上。不巧作家的腦袋遠比龜殼軟，所以禿頭被砸得粉碎，有名的伊斯奇勒斯就這樣無辜慘死。這倒不提，費解的是老鷹的想法。牠是明知那顆頭是作家的頭才把烏龜丟下去，還是誤以為是禿岩？全看你怎麼去解釋，便可以拿落雲館的敵人與這隻鷹比較，也可能無法比較。主人的頭並未像伊斯奇勒斯或許多學者專家那樣光禿發亮。不過雖只有六帖陋室好歹也有自己的書房，既然一邊打瞌睡一邊埋首於艱深書籍，便得將他視為學者作家的同類。如此一來主人的頭不禿，是因為目前還不具備禿頭的資格，將來遲早會禿——這應該就是這顆頭上很快會降臨的命運。如此看來落雲館的學生以這顆頭為目標發動子彈攻擊堪稱極為因時制宜的妙計。如果敵人這項行動再持續個二週，主人的頭八成會因畏懼與煩悶產生營養不良，變成金橘或藥罐或銅壺那樣光禿禿。而且在連續二週的炮火攻擊下，金橘肯定會破爛。藥罐肯定會漏

321 子彈的一種。命中人體後會在內部爆裂擴大傷口，因此在一八九九年的海牙和平會議遭到禁用。

322 伊斯奇勒斯（Aischylos，B.C.525-B.C.456），希臘悲劇詩人。以《阿卡曼儂》等作知名。

323 將大蝦自背部剖開，連殼沾醬燒烤。

水。銅壺肯定會出現裂痕。沒有預想到這明顯的結果，還打算繼續與敵人戰鬥下去的，只有當事人苦沙彌老師自己。

某天下午，我照例在簷廊睡午覺，夢見自己變成老虎。我命主人拿雞肉來，主人應聲誠惶誠恐地送來雞肉。後來迷亭來了，我對迷亭說我想吃雁，叫他去雁鍋[324]弄一份回來，他說配上醃菜頭與鹽煎餅一起吃更能嘗到雁肉風味，照例又胡說八道，於是我張開大嘴咆哮嚇唬他，迷亭當下臉色蒼白說山下的雁鍋已關門大吉該怎麼辦。我說那就拿牛肉湊和也行，快去西川弄一斤上等肉來，否則我就把你吃掉！迷亭嚇得撅起屁股拔腿就跑。我的身體忽然變大，躺在簷廊占滿整個空間，正在等待迷亭歸來之際，家中忽有巨響，我還來不及吃牛肉就從美夢中驚醒。只見剛才還惶恐趴伏在我面前的主人，突然自廁所衝出來，甚至在倉促中狠狠踢到我的側腹，我正感到奇怪，他已匆匆套上院子用的木屐自院子的小門繞過去，往落雲館的方向跑。我一下子又從老虎變回貓多少有點不自在，也有點好笑，但主人這暴怒的樣子與側腹被踢的疼痛，令我一下子就忘了老虎的事。同時主人終於要出馬與敵人交戰好像很有趣，於是我忍住疼痛，跟在他後面去後門。這時我聽見主人大罵小偷的聲音。一看之下有個戴制服帽年約十八、九歲看似倔強的傢伙，正翻越四眼牆往對面爬。我心想哎呀晚了一步，那個制服帽小子已拔腿朝根據地像飛毛腿一樣逃走了。主人眼見大吼小偷這招成功，立刻又一邊大喊小偷一邊追去。但要想追上敵人，主人也得翻牆。如果深入敵陣，主人自己反而會被當成小偷。前面也提到過，主人是標準的腦充血。既然氣得這樣趁勢追小偷，看來即便夫子自身成了小偷也打算繼續追，只見他毫無回頭之意一路衝到牆腳下。就在他再走一步便要跨入小偷領域之際，敵軍之中，慢吞吞走出一位蓄有稀疏鬍子的將軍。二人隔牆展開談判。一聽之下是很無聊的議論。

「那是本校的學生。」

「該當學生的人，為何私闖他人住宅？」

「不，是球不小心飛過去了。」

「為什麼不先徵求我的同意再撿球？」

「今後我會提醒他們注意。」

「那就好。」

本來預期會有龍騰虎鬥之壯觀的交涉，就這樣在散文式的談判下迅速了結。主人旺盛的只有鬥志。一到緊要關頭，每次總是這樣草草了事。就像我從老虎之夢猝然變回小貓。我所說的小事件就是這個。記述完小事件後，接下來必須談到大事件。

主人拉開和室的紙門趴著，正在思考。八成是在思索對敵之策。落雲館那邊似乎正在上課，運動場格外安靜。但在校舍的某一室，可以清楚聽見正在上倫理課。朗朗聲音論述得相當精采，正是昨天敵軍派出談判的將軍。

「……公德是非常重要的，去西方那邊一看，無論是法國、德國或英國，不管是何處，沒有一個國家不施行這種公德。即便是下等人也一律注重這種公德。可悲的是，在我們日本，這方面還無法與外國抗拮。談到公德，諸君或許以為是從外國傳來的新鮮玩意，但那種想法大錯

324 位於上野公園東南口的知名雞肉餐廳。明治三十九年結束營業。是《我是貓》第八章發表的翌年。

特錯，昔人有云夫子之道一以貫之，忠恕而已矣[325]。這個恕字正是公德的出處。我也是人，自然偶爾也會想放聲高歌。但我在看書時如果聽到隔壁鄰居在大聲唱歌，就會靜不下心看書。所以當自己感到高聲吟誦唐詩選[326]一定很痛快時，想到隔壁如果也住了一個像我一樣怕吵的人，不小心吵到對方未免抱歉，所以這種時候我總是盡量克制。希望你們也盡量遵守公德，千萬不要去做妨害他人的事。……」

主人豎耳傾聽這段話，聽到這裡咧嘴一笑。這個咧嘴一笑的意義有必要說明一下。諷刺家看到這裡想必會以為這一笑的背後帶有冷酷的批判。但主人絕非那麼惡劣的男人。與其說惡劣，應該說他還沒有那麼發達的智慧。主人為何會笑呢？完全是因為開心而笑。身為倫理教師的人做出如此痛切的告誡後，自家想必可以永久免於達姆彈的亂射。暫時也不用怕禿頭，腦充血的問題就算一時無法根治，只要時機到了應該也會逐漸好轉，從此不用頂著濕手巾窩在暖桌裡取暖，也不用在樹下石上過夜了。就是因為主人這麼判斷，才會咧嘴笑嘻嘻。在二十世紀的今天仍誠實以為借錢必還的主人，當然會認真看待倫理教師講的這番話。

之後似乎下課時間到了，教師的話語倏然停止。其他教室的授課也一齊終了。於是之前關在教室裡的八百名學生一同發出叫囂聲衝出建築物。說到那種聲勢，簡直就像敲落一尺有餘的蜂巢。嗡嗡叫的聲音，自窗戶，自門口，舉凡有洞之處，一概毫不留情地冒出。這正是大事件的開端。

我先從蜂陣說明吧。若以為這種戰爭哪有什麼陣勢可言那就錯了。普通人說到戰爭，除了沙河或奉天或旅順[327]之外好像就沒有其他戰爭。至於比較有詩意的野蠻人，也只會聯想到阿奇里斯[328]拖著赫克托爾的屍體，繞行特洛伊城牆三圈；燕人張飛[329]在長坂橋使出丈八蛇矛，睥睨曹操百萬大軍這種誇大的記載。聯想是個人的自由，但是若以為沒有其他戰爭就錯了。甚至在太古蒙昧時代，說不定都發生過那種可笑的戰爭。但在太平時代的今日，在大日本國的帝都中心，如此野蠻的行動簡直是不可能的奇蹟。就算再怎麼引起騷動也不可能比火燒派出所事件更嚴重。如此看來臥龍窟主人苦沙彌老師與落雲館八百健兒的戰爭，應該算是東京市有史以來的大戰之一。左氏[330]記載鄢陵之戰時也是先從敵軍的陣勢說起。自古以來擅於敘事者皆用這種筆法已成為通則。因此我在描述蜂陣時也不例外。先從蜂陣的陣形看起，在四眼牆外有一隊呈縱列排成的隊伍。這看來是負責引誘主人進入戰鬥線的人。「還沒有投降嗎？」「沒有沒有。」「不行啦不行啦！」「他不出來。」「他不上當。」「怎麼可能不上當！」「叫叫看吧！」「汪汪！」「汪汪！」「汪汪汪！」然後整個縱隊一起大聲喊叫。離縱隊稍遠的右邊運動場那裡，炮

---

325 孔子之道以忠恕為中心貫徹到底之意。出自《論語》。

326 集合唐代詩人作品的詩選集。共七卷。江戶初期傳至日本，被廣泛閱讀。

327 皆為舊滿洲地名。日俄戰爭的激戰區。

328 描寫特洛伊戰爭的荷馬敘事詩《伊利亞德》中的插話。這場戰爭是小亞細亞都市特洛伊與古希臘諸城之戰，阿奇里斯是《伊利亞德》的主角阿喀琉斯，希臘這方的英雄。赫克托爾是特洛伊國王普利阿摩斯的長子。

329 《三國演義》中的插話。燕人張飛是幫助蜀國劉備與魏國曹操對戰的勇將。持一丈八的長矛，大為活躍。

330 左氏是中國東周時的學者左丘明。孔子的《春秋》注釋書《春秋左氏傳》三十卷的作者。「鄢陵之戰」在《春秋左氏傳》中被譽為敘述最佳。漱石也在《文學論》中給予高度評價。

兵隊占據地形有利的要害處布下陣地。有一名將領面向臥龍窟手持磨杵形的大棍子。隔了五、六間距離又有一人相向站立，磨杵後面又有一人，這人面朝臥龍窟站著。如此排成一直線面對面的是炮手。根據某人的說法這是棒球練習，絕非戰鬥準備。我這個文盲不懂棒球是啥。但聽來似乎是美國傳入的遊戲，今日在中學以上的學校運動中據說特別流行。美國是個老是突發奇想的國家，所以把這種會被誤認為炮隊、騷擾鄰居的遊戲教給日本人或許真的是出於好心。而美國人大概也真的把它視為一種運動遊戲。但即便是純粹的遊戲，既有這樣驚擾四鄰的能力自然可以充分用於炮擊。就我所觀察到的，他們分明打算利用這種運動技巧收炮火之功。事情全看你怎麼去解釋。有人假借慈善之名行詐騙之實，也有人美其名曰靈感實為腦充血而沾沾自喜，所以棒球遊戲背後不見得沒有戰爭。在某人的說明中或許是指世間一般的棒球。而我現在記述的棒球則是只限此種特殊場合的棒球，也就是攻城炮戰。接下來我要介紹發射達姆彈的方法。以直線排列的炮陣中有一人，右手握達姆彈丟向拿磨杵的人。達姆彈是用什麼製造的局外人絕對不知道。那是把堅硬的圓石仔細以皮包裹縫合而成。這樣的子彈自一名炮手的手中丟出，破風飛去，站在對面的一人揮起手中的磨杵，敲向子彈。偶爾也有沒被打中的子彈飛走，但通常都會發出「鏗！」的一聲巨響反彈回去。力道非常猛烈。足以輕易打爛神經性胃弱的主人腦袋。炮手光是做到這樣就夠了，在周圍附近還有許多看熱鬧兼作援兵的人助陣。棒子一敲中子彈，立刻響起鼓掌、尖叫、與加油的起鬨聲。有人說打中了吧。有人說這招還不管用嗎。有人說這下子怕了吧。有人說該投降了吧。若只是這樣也就算了，被打回來的子彈三次總有一次會飛進臥龍窟宅內。如果沒飛進去就達不到攻擊的目的了。達姆彈近來各地也有製造但是都很昂貴，所以即便在打仗時也不可能充分供應。通常一隊炮手只能分到一兩顆。不可能每次鏗的一聲就消耗掉一顆寶貴的子彈。於是他們成立了一支撿球部隊來撿子彈。掉落的地點好的話撿球自然不費事，萬一飛進草原或別人家裡就無法輕易取回。所以平時為了盡可能節省勞力，應該會往比較容易撿球的地方打，但這時正好相反。目的不在於遊戲，而是戰爭，所以他們故意把子彈打進主人的家裡。球既然掉進主人家的院子，就得進去撿。潛入院子最簡便的方法就是翻越四眼牆。若在四眼牆內引起騷動，主人一定會動怒。否則就得脫下盔甲舉手投降。在苦心傷神下一定會漸漸禿頭。

敵軍剛才擊出的一發子彈，就準確無誤地越過四眼牆掃落桐葉，命中第二城牆也就是竹籬。發出轟然巨響。根據牛頓運動定律[331]第一條，若加上他力，一旦起動的物體會以均一速度直線移動。如果光是照這個定律支配物體的運動，主人的頭這時應該與伊斯奇勒斯的命運相同。幸好牛頓定出第一條的同時也製造出第二條定律，這才讓主人的頭驚險保住一命。運動第二定律說，運動的變化，與被施加的力成正比，發生在那施力作用的直線方向。這是什麼意思我有點不懂，但是看到那顆子彈沒有貫穿竹籬打破紙門砸爛主人的腦袋，肯定是拜牛頓所賜。過了一會，敵人果然潛入宅內，「這裡嗎？」「更左邊嗎？」一邊討論還拿棒子到處敲打竹葉。敵人每次潛入主人家撿子彈時總會弄出特別大的聲音。悄悄潛入悄悄撿球的話無法達到

331 英國物理學家牛頓（Isaac Newton，1642-1727）提出物體運動三原則。本文中沒有的第三定律是「作用反作用的定律」，內容是「二物體相互作用，恆常為相等反向」。

最重要的目的。子彈或許寶貴，但戲弄主人比子彈更重要。就像這時他們老遠就已看到子彈在哪裡。他們聽到打中竹籬的聲音，也知道打中何處，知道掉落的地點。所以若要老實撿球，絕對可以老老實實撿球。根據萊布尼茲[332]定義，空間是可能同在現象的秩序[333]。「好花會謝香猶存」永遠以同樣的順序出現。柳下必定有泥鰍。蝙蝠總是伴隨夕月出現。牆腳或許與球不搭。但每天都把球扔進別人家的人眼中所見的空間，的確早已習慣這樣的排列。一看就知道。所以他們這樣吵吵鬧鬧地到處找球其實是對主人宣戰的一種策略。

到此地步極便是消極的主人也不得不出面應戰了。之前還在和室傾聽倫理課咧嘴傻笑的主人當下奮然起身。猛然衝到屋外。當下活逮到一名敵人。就主人的水準而言已算是大有斬獲了。雖是大有斬獲，一看之下不過是個十四、五歲的小鬼。對於蓄鬍的主人而言還不夠資格充當敵人。但主人或許認為已經夠了。硬把道歉的對方拉到簷廊前。在此必須稍微說一下敵人的策略，敵人看到主人昨天發飆判斷他今天一定會親自出馬。屆時萬一來不及逃走被逮到會很麻煩。這時最好派一年級或二年級的小毛頭來撿球才能避開危險。好吧，就算主人逮到小毛頭囉嗦唆得理不饒人，反正也不會影響落雲館的名譽，和這麼小的孩子幼稚鬥氣只會讓主人自己丟臉。敵人的想法就是這樣。這就普通人的想法而言理所當然。但是敵人顯然忘了考慮對手並非普通人。主人若有這樣的常識昨天就不會衝出去了。抓狂發飆會把普通人提升到普通人以上的程度，把有常識的人變成沒常識。什麼女人、小孩、拉車的車夫、挑夫，腦子還有那樣的區分時，無法以抓狂傲人。如果沒有像主人這樣把不夠格當對手的中學一年級孩子逮來當戰爭人質的打算，就無法加入抓狂者的行列。可憐的是俘虜。只不過是聽從高年級學生的命令充當撿球的小兵，就倒楣地被沒有常識的敵將、抓狂天才追捕，來不及翻牆就被拽到院子前面。如此一來敵軍也無法安閒地看著自家人受辱。他們爭相翻越四眼牆，自院子的小門闖入院子。人數約有一打，並排站在主人的面前。而且多半都沒有穿外套或背心。有人捲起白襯衫的袖子，當胸交抱雙臂。有人把洗得泛白的棉絨衫隨意搭在背上。也有人時髦地穿著白色帆布鑲黑邊，胸口中央以同色繡上花體字。各個看來都是以一敵千的猛將，像是來自遙遠的丹波國笹山[334]昨晚才剛抵達此地，皮膚黝黑肌肉發達。讓這些人進入中學做學問簡直太可惜。如果去做漁夫或船夫想必會對國家更有貢獻。他們不約而同光著腳，把緊身褲捲起，看起來像是正要去附近幫忙滅火。他們成排站在主人面前不發一語。主人也沒開口。雙方互相瞪視之際隱約有種殺氣。

「你們是小偷嗎？」主人質問。氣燄高張。臼齒緊咬，怒火化為火燄自鼻孔噴出，因此鼻翼看似特別擴張。越後獅子[335]的鼻子八成就是仿照人類發怒時的樣子做的。否則不可能那麼嚇人。

「不，我們不是小偷。是落雲館的學生。」

「少騙人了。落雲館的學生怎麼會擅自侵入別人的院子。」

---

332 萊布尼茲（Gottfried Wilhelm Leibniz，1646-1716），德國哲學家、數學家。以《單子論》等知名。

333 萊布尼茲回答貝爾的批評。原文為l'ordre des coexistences possibles（可能同時存在的秩序）。在此是誇張形容家裡的空間關係保持一定狀態，帶有滑稽感。

334 意指來自遙遠的山村。

335 越後（現新潟縣）西蒲原郡月潟地區的獅子舞，也稱為角兵衛獅子。由孩童扮演。在此是指頭上戴的小形獅頭。

「但你也看到了，我們戴著有學校徽章的帽子。」
「那是假的吧。落雲館的學生怎會隨便闖入民宅？」
「是球飛進來了。」
「球怎會飛進來？」
「不小心就飛進來了。」
「太不像話了。」
「以後我們會注意，這次還請原諒。」
「身分不明的傢伙翻牆闖入自家，你們認為有那麼容易得到原諒嗎？」
「但我們真的是落雲館的學生。」
「若是落雲館的學生，那你們幾年級？」
「三年級。」
「真的嗎？」
「是的。」
主人回頭朝裡張望，大喊：喂！來人哪！來人哪！
生於埼玉的女傭拉開紙門，應聲探頭。
「妳去落雲館找個人過來。」
「要找誰過來？」
「找誰都行，總之找個人過來就對了。」

女傭回答「是」，但院子的光景太詭異，加上不知這趟任務的用意何在，事情的發展又太可笑，令她坐也不是、站也不是地嘻嘻笑。主人自以為這是一場大戰。自以為正在盛大發揮抓狂的霹靂手段。所以自己派出去的使者當然該支持自己，結果女傭不僅未以嚴肅的態度看待，還邊聽任務邊嘻皮笑臉。這讓主人不得不更加抓狂。

「管他是誰妳去叫人就對了，聽不懂嗎！隨便找校長或訓導主任或教務主任……」

「那個校長先生……」女傭只知道校長這個名詞。

「我說找校長或訓導主任或教務主任都行，聽不懂嗎！」

「如果都不在，找工友也可以嗎？」

「胡說八道！工友懂什麼？」

到此地步女傭或許也明白不得不去了，說聲「是」就出門。她還是沒搞懂跑腿的用意。我正擔心她把工友找來之際，不料那位倫理老師已自正門進來。與坦然就座等候的主人立刻展開談判。

「方才寒舍有這些不明人物闖入……」主人刻意使用忠臣藏式的古典語詞，「真的是貴校的學生嗎？」語尾略帶諷刺。

倫理老師倒是毫不吃驚，坦然自若地掃視院子裡站成一排的勇士後，視線又回到主人身上，做出以下的答覆：

「是的，全都是敝校的學生。我們一再告誡學生不得做出這種行為……真是傷腦筋……你們為何要翻牆？」

學生畢竟是學生。對著倫理老師看似一句話也沒有就是不吭聲。乖乖擠在院子角落彷彿羊群碰上大雪般安分。

「偶爾闖入那或許沒辦法。既然住在學校隔壁，想必有時球也會飛過來。但是……他們實在太胡鬧了。就算要翻牆也該不聲不響悄悄撿了球就走，那樣的話我還能勉強原諒……」

「您說得是，我已再三提醒他們了，但畢竟人數太多……今後你們一定要好好注意。如果球飛進來，就從正門徵求同意後才能進來撿球。知道嗎？——學校太大實在照顧不到沒辦法。不過運動是教育必要的一環，我們也不可能禁止。所以才會不慎造成您的困擾，這點還請見諒。今後我一定讓學生從正門徵得同意後再進來撿球。」

「不，那件事知道了就好。球再怎麼丟都沒關係。只要在正門打聲招呼就好。那麼這些學生就交給你了，請你帶回去吧。不好意思，還特地讓你過來一趟。」主人照例又虎頭蛇尾地說起客套話。倫理老師帶著這些丹波笹山好漢從正門回落雲館去了。我所謂的大事件就此暫時告一段落。若有人譏笑這算哪門子大事件，那就笑吧。這只不過表示對那種人不算大事件。我寫的是「主人」的大事件，不是「那種人」的大事件。若有人批評他這是有頭無尾強弩之末，我想請各位記住，這正是我家主人的特色。也請各位記住，主人之所以成為滑稽文的材料就在於這種特色。若說對付十四、五歲的小鬼還這樣未免太蠢，那我也同意他的確很蠢。所以大町桂月才會逮著主人說他至今不脫稚氣[336]。

我說完了小事件，又說完了大事件，接下來要描述大事件後來的餘波，做為全篇的結尾。我寫的一切，或許有讀者認為都是隨口瞎掰的，但我絕非那麼輕率的貓。一字一句的背後皆蘊含宇宙一大哲理這點自然不消說，而且一字一句層層相連首尾呼應前後對照，本以為是瑣碎閒談不經心一看卻忽然豹變成了艱深難懂的法語[337]，所以絕對不能躺著看或蹺著腿一次瀏覽五行那樣失禮。柳宗元[338]每次看韓退之[339]的文章據說都要先拿薔薇水淨手[340]，所以對於我的文章至少應該自掏腰包買雜誌[341]，不要向友人借來隨便湊合。我接下來要說的，雖然我自稱是餘波，但若各位認定餘波通常很無聊不用看也行，那你一定會後悔。請各位一定要仔細看到最後。

大事件的翌日，我想稍微散步一下於是出了門。這時就在要拐進對面橫町的轉角，金田老爺與鈴木藤十郎站在那裡正在起勁交談。金田君開車要返家，鈴木君去金田家造訪不遇正要離開，二人就在路上不期而遇。近來金田家也沒啥好稀奇的了，所以我很少再去那個方向，不過現在看到他，忽然還真有點懷念。鈴木也同樣好久不見，所以雖然在外頭還是去看他一下吧。我下定決心慢慢朝二人站的地方走近，自然聽到二人的對話。這不是我的錯。是對方自己要講話。金田君是個有良心到甚至找偵探打聽主人動靜的男人，所以我就算偶然聽一下他講話他應該也不至於生氣。如果他生氣了那表示他不懂公平是什麼意思。總之我旁聽了二人的對話。不

336 大町桂月的批評刊載於前面提到的《太陽》。漱石於明治三十八年十二月四日寫給高濱虛子的信上，提到「天下沒有比桂月更會寫稚氣俗文之人」。

337 祖師或高僧解說佛教真理的文章。

338 柳宗元（773-819），中唐詩人。唐宋八大家之一。字子厚。

339 韓退之（768-824），中唐詩人韓愈。唐宋八大家之一。字退之。與柳宗元並稱「韓柳」。

340 唐代《雲仙雜記》的插話。薔薇水是玫瑰花萃取的香水。

341 刊載〈我是貓〉的《不如歸》雜誌。

是想聽才聽。我明明不想聽但對話卻自動竄入我的耳中。

「我剛才去過府上，幸好在這裡遇到您。」藤十郎鄭重鞠躬。

「嗯，這樣啊。其實最近我也想見你一面。這下子正好。」

「是，那倒是剛好。您找我有事嗎？」

「不，也沒什麼大事啦。不算重要，卻非你不可。」

「只要是我能做的您儘管吩咐。是什麼事？」

「噢，這個……」金田沉思不語。

「不然，改天等您方便時我再來吧。您幾時有空？」

「沒事，也不是那麼嚴重。——難得有這機會就拜託你吧。」

「您千萬別客氣……」

「就是那個怪人啦。你那個老朋友。不是叫做什麼苦沙彌嗎？」

「對，苦沙彌怎麼了？」

「不是，也沒怎麼。只是自那起事件後我心裡一直不舒坦。」

「的確，苦沙彌就是那麼傲慢……起碼該稍微考慮一下自己的社會地位嘛，簡直是目中無人。」

「你說對了。說什麼不能為錢低頭，企業家又如何云云——老是講那種自大的話，那我倒要讓他瞧瞧企業家的手腕。所以打從之前我就在整他，但他還是硬撐。果然夠倔。我都嚇到了。」

「那傢伙缺乏利害得失的觀念所以一定是在拼命忍耐吧。他從以前就有那種毛病，換言之他不會察覺對自己有害的事所以無藥可救。」

「哈哈哈！的確無藥可救。我用了各種方法與手段。最後連學校的學生都派去了。」

「那倒是妙計。管用嗎？」

「這個嘛，他好像很困擾。肯定在不久的將來就會投降了。」

「那就好。他就算再怎麼倔強也寡不敵眾。」

「沒錯，他一個人有什麼本領。所以他好像已經快不行了，我就是想請你幫我去打探一下情況。」

「噢，這樣子啊。小事一樁。我馬上去看他。回程再順便向您報告情況。一定很有趣，看那個頑固傢伙意氣消沉，一定很有看頭。」

「好，那你回程過來一下，我等你。」

「那我就先走了。」

咦，原來金田這次是打這個主意，企業家的勢力果然驚人，把硬如煤炭渣的主人氣得抓狂，苦悶之下讓主人的頭變成禿頭，腦袋陷入與伊斯奇勒斯同樣的命運，原來都是企業家的勢力所致。我不知地球繞地軸旋轉是什麼作用，但操縱世界的的確是金錢。懂得這種金錢的威力，自由發揮金錢神威的，除了企業家之外再無他人。太陽順利自東升起，平安向西落下，也全拜企業家所賜。過去我住在不懂事的窮措大[342]家不知企業家的神威，連我自己都覺得失策。

342「措大」乃舉措大事。指書生。貧窮的書生，窮酸學者。

不過話說回來，冥頑不靈的主人這次也得稍微醒悟了。如果到這個地步他還打算堅持冥頑不靈會很危險。主人最寶貴的性命會有危險。他見到鈴木君會說什麼我不知道。看那模樣他的醒悟程度已經不證自明。我不能再磨蹭下去了。就算是貓也一樣會擔心主人。我得搶在鈴木君的前頭先趕回家。

鈴木君依然是個很會逢迎的男人。今天他沒有劈頭就說出金田的事，頻頻說些無關緊要的閒聊話題。

「你的臉色好像有點糟，是不是出事了？」

「沒什麼。」

「可是很蒼白喔，你得小心點。這個時節不好。晚上睡得好嗎？」

「嗯。」

「是不是有什麼心事？若有我能做的我一定幫忙。儘管說別客氣。」

「心事？你是指什麼？」

「不是，沒事就好，我只是說如果有的話。憂心對身體不好。還是笑著開心過日子更划算。我總覺得你太抑鬱了。」

「笑也對身體有害。有人就是一直笑才笑死的。」

「別開玩笑了。俗話說一笑福滿門。」

「以前希臘有位哲學家克里西波斯[343]，你不知道嗎？」

「不知道。他怎麼了？」

「他就是笑死的。」
「噢？那真是不可思議。不過那已是古時候的事……」
「無論古今都一樣。他看到驢子吃銀碗裡的無花果，覺得太好笑就一直笑。結果怎樣也停不下來。最後終於笑死了。」
「哈哈哈，不過用不著那樣沒限度地大笑嘛。笑一下——適度地——這樣就會很舒服。」
鈴木君頻頻研究主人的動靜之際，正門喀拉拉地拉開，本以為有客人來結果不是。
「我的球飛進來了，請讓我撿一下。」
女傭自廚房回答「好」。學生繞到後面。鈴木一臉古怪問那是怎麼回事。
「後面的學生把球扔進院子了。」
「後面的學生？後面有學生嗎？」
「是落雲館這間學校的。」
「噢，學校啊，那一定很吵吧？」
「何止是吵，根本不能好好看書。我要是教育部長一定立刻下令關閉學校。」
「哈哈哈，看來你氣壞了。該不會是發生什麼事惹惱了你吧？」
「別提了，從早到晚一直在惹火我。」
「既然那麼生氣不如搬家算了。」

---

343 克里西波斯（Chrysippos，約B.C.280-B.C.207），斯多葛學派的哲學家。

「誰要搬家啊，沒禮貌。」

「你對我發脾氣也沒用。只不過是小鬼頭。揍一頓就好。」

「你好我可不好。昨天我還把學校老師叫來談判。」

「那倒有意思。對方一定很惶恐吧？」

「嗯。」

這時門又開了，「球飛進來了請讓我撿一下球。」聲音如此說。

「哎，怎麼一直跑來，又是撿球的耶。」

「嗯，我們約定要從正門進來撿球。」

「原來如此，所以才一直上門啊。這樣啊，我懂了。」

「你懂了什麼？」

「沒事，我是說來撿球的原因。」

「今天這已是第十六次了。」

「你不嫌煩嗎？叫他們別來不就好了。」

「就算叫他們別來，他們非要來也沒辦法。」

「若說沒辦法那就談不下去了，你也犯不著這麼頑固吧。人如果有稜有角行走世間只會傷筋動骨自找苦吃。圓滑的到處滾動行走自如，有稜有角的滾動起來只會吃虧，每次一滾動撞到角多痛啊。這世上不是只有你一個人，人家不可能都照你的意思做。該怎麼說呢。總之跟有錢人作對是自己吃虧。只會折磨神經，對身體不好，人家也不會誇獎你。對方照樣活得好好的。

只要坐著差遣人就行了。俗話說寡不敵眾，你肯定打不過對方。頑固無所謂，但在你自以為可以貫徹到底的時候，已經影響到自己念書，打擾到每日的工作，最後累得人仰馬翻。」

「對不起。球飛進來了，我可以繞到後面撿一下嗎？」

「看吧，又來了。」鈴木君說著笑了起來。

「沒禮貌。」主人面紅耳赤。

鈴木君覺得已盡到訪問之意，說聲那我告辭了就走了。

緊接著進來的是甘木醫生。抓狂者自稱抓狂者從以前就不多見，等你發覺這有點不對勁時他已越過抓狂的高峰。主人的抓狂在昨天那起大事件達到最高峰，雖然談判虎頭蛇尾，總算告一段落，所以當晚在書房仔細思考才發覺有點不對勁。不過是落雲館不對勁還是自己不對勁還有充分存疑的餘地，總之就是不對勁。就算住在中學的隔壁，這樣一年到頭大動肝火也會察覺異樣了。既然有古怪就得設法解決。可是怎麼做都沒辦法。到頭來除了吃醫生的藥安撫肝火的源頭別無他法。這麼發現後終於起意讓平時看診的甘木醫生來做個診察。主人究竟是聰明還是愚蠢這個問題先不談，總之光是能夠發覺自己的抓狂不得不說已經很不簡單，是很奇特的發現了。甘木醫生照例面帶笑容一派從容，「怎麼樣？」他說。醫生大抵都會說怎麼樣。我就無法信任不說「怎麼樣」的醫生。

「醫生，我好像不行了。」

「啊？有那麼嚴重嗎？」

「醫生的藥真的管用嗎？」

甘木醫生也吃了一驚，但他本是性情溫厚的長者，倒也沒有特別激動。

「不可能不管用。」他沉穩地回答。

「就像我的胃病，不管吃多少藥都一樣。」

「絕對沒那種事。」

「真的嗎？會稍微改善嗎？」主人拿自己的胃問別人。

「不可能一下子就治好，會慢慢發揮效用。現在就已比原先好很多了。」

「是嗎？」

「還是會暴怒嗎？」

「當然，連夢裡都會動怒。」

「做點運動應該會比較好吧。」

「運動之後更生氣。」

甘木醫生似乎也被打敗了。

「那我先替你看看吧。」說著開始診察。主人等不及診察結束，突然大聲問：

「醫生，之前我看一本寫催眠術的書，書上說，應用催眠術可以矯正壞毛病及各種疾病，是真的嗎？」

「對，是有這樣的療法。」

「現在也有人這樣做嗎？」

「對。」

「施展催眠術很困難嗎？」

「簡單得很。我就經常這麼做。」

「醫生也會嗎？」

「對，要試一下嗎？理論上任何人都可以被催眠。只要你願意，我可以試試。」

「那倒是有意思，請你試試吧。我早就想被催眠看看了。只怕催眠之後醒不過來就糟了。」

「放心，不會有事的。那我就替你催眠。」

二人當下談定，主人決定要接受催眠。我以前沒見過這種事所以暗自竊喜，自和室角落旁觀那個結果。醫生先從主人的眼睛開始。一看他用的方法，原來是從上至下撫摸雙眼的上眼皮，即使主人已閉上眼，還是頻頻以同樣的方向撫摸。過了一會，醫生問主人，「這樣摸你的眼皮，眼皮越來越沉重了吧？」主人回答：「的確越來越沉重。」醫生又繼續撫摸，然後說，「越來越沉重了吧，可以嗎？」主人似乎也那樣覺得，保持沉默。同樣的摩擦法又持續了三、四分鐘。最後甘木醫生說，「已經睜不開囉。」可憐主人的眼睛終於閉上了。「已經睜不開了嗎？」「對，已經睜不開了。」主人默然閉眼。我還以為主人已經瞎了。過了一會，醫生說，「睜得開的話就睜開試試。應該睜不開。」「是嗎？」說完主人已正常地睜開雙眼。主人得意地笑著說，「我沒中招。」甘木醫生也同樣笑著說，「對，你沒被催眠。」催眠終究未成功。甘木醫生也走了。

接著來的是——主人家還沒來過這麼多客人。對於交際稀少的主人家而言簡直像在做夢。但的確是來了。而且來的還是稀客。我要記述這位稀客並不只是因為對方是稀客。我是在繼續描述之前那起大事件的餘波。而這位稀客是描述餘波時必不可少的材料。叫什麼名字我不知道，就只說他是個臉很長，還蓄著山羊鬍，年約四十前後的男人吧。相較於迷亭這位美學家，我打算稱呼此人為哲學家。為何喊他哲學家呢？他並未像迷亭那樣自我吹噓，只是我看他與主人對話的樣子總覺得他像個哲學家。這位似乎也是主人的老同學，二人的相處方式看起來毫不拘束。

「嗯，迷亭嗎，他就像浮在池水的金魚飼料輕飄飄的。之前帶友人經過根本不認識的貴族門前時，聽說他居然拽著人家說進去坐一下喝杯茶，真是夠悠哉。」

「結果呢？」

「後來怎樣我沒聽說——對了，他應該算是天賦異稟的奇人，是啥也沒想的金魚飼料。你說鈴木嗎——他來過嗎？噢？他雖不懂道理在社會上倒是混得很好。還喜歡掛著金懷錶。但他沒內涵所以毛毛躁躁沒出息。整天說什麼圓滑、圓滑，但他根本不懂圓滑的意思。迷亭若是金魚飼料，那他就是稻草包裹的蒟蒻。只會噁心地滑不溜手抖來抖去。」

主人聽到這奇特的比喻，似乎深有同感，難得地哈哈大笑。

「那你自己是什麼？」

「我嗎，我這種人——當然頂多是自然薯[344]。長長地埋在泥土中。」

「你好像始終泰然自若，真令人羨慕。」

「其實我跟普通人沒兩樣。沒什麼好羨慕的。只不過我也不會羨慕他人，就只有這點好處。」

「看來最近你格外富裕。」

「哪裡，都一樣。有時夠有時不夠。不過還吃得飽所以沒問題。不用怕。」

「我倒是很不愉快，肝火大動。不管往哪看都憤憤不平。」

「不平沒關係。想發脾氣就發，這樣會比較舒坦。世上什麼樣的人都有，就算勸別人效法自己，也不可能做到。筷子如果不像別人一樣拿就難以吃飯，但自己的麵包還是自己切最合適。請高明的裁縫做衣服，會送來一穿上就很合身的衣服，但是如果請笨拙的裁縫就得忍耐一陣子。不過世間自有運作規則，衣服穿久了，自然會逐漸配合你的體型。只要投對胎有對符合當今世間標準的理想父母，那就是幸福了。但是如果沒投好胎與社會格格不入，只能將就，或者忍到能夠迎合社會為止。」

「但我這種人，永遠不可能迎合社會，我很憂心。」

「勉強穿著不合身的西裝肯定會露出破綻。會吵架、自殺引起騷動。但你只是抱怨無聊，自殺當然是不可能，就連吵架也沒發生過。算是還不錯了。」

「其實我每天都在吵架。即便沒有對象，只要很生氣，就算是吵架了吧？」

「原來如此，是一人吵架啊。有意思，那吵再多都行。」

「但我已受夠了。」

「那就算了。」

「在你面前我就直說了，自己的心不可能那麼自由。」

344 自然薯指野生的山藥。

「噢？你到底是為什麼那麼憤憤不平？」

主人這時從落雲館事件開始，把今戶燒狸貓、瓶助、喜捨吾以及其他種種不平一一舉出，在哲學家面前滔滔不絕。哲學家先生默默傾聽，最後終於開口，如此勸說主人：

「不管瓶助說什麼你都只要充耳不聞就好了嘛。反正很無聊。中學生哪裡值得你去理會。他們又能有什麼妨礙？就算你去談判、吵架不也沒能解決那個妨礙嗎？在這一點，我認為以前的日本人比西洋人更了不起。這年頭大家都說西洋人的做法積極，非常流行，但那其實有一個很大的缺點。首先，說到積極那根本沒完沒了。即使事事積極到底，也不可能到達滿足之域或完全的境界。你看對面不是有檜樹嗎？你覺得那個很礙眼於是把樹鏟除。之後看對面的旅館也礙眼。讓旅館搬走後，又會看更遠處的房子不順眼。總之不管做到哪個地步都沒完沒了。西洋人的做法全都是這樣。無論是拿破崙[345]或亞歷山大[346]，沒有一個人是贏了就能滿足的。看不順眼別人，發生爭吵，對方不肯閉嘴，於是告上法院，在法庭勝訴，若以為這樣就能了結就錯了。心情到死都會焦灼，怎麼可能了結。寡人政治[347]不行，就採用代議政體。代議政體不行，又想改用別的。嫌河川太自大就架設橋樑，嫌高山不順眼就挖隧道。說交通太麻煩就鋪鐵道。那樣不可能永久滿足。可是話說回來，人類又能夠積極堅持自我到什麼地步？西洋文明或許積極進取，但其實是一輩子不滿足的人創造出來的文明。日本的文明不是改變自身以外的狀態來求滿足。與西洋最大的不同，就是根本上是在周圍境遇不可動這個假定下發達。縱使親子關係不佳，也不會像歐洲人那樣試圖改善這種關係來解決。日本人將親子關係視為本來狀態不可動搖，講求的是如何在那種關係下尋求安心的手段。夫婦君臣的關係亦復如此，武士與平民的區別亦然，觀察大自然本身更是如此。——如果有高山阻擋無法去鄰國，不是考慮如何把山炸平而是要設法讓自己不去鄰國也不受影響。要養成不必翻山越嶺亦可滿足的心態。所以你看，禪家與儒家一定都是在根本上抓住這個問題。縱使自己再偉大，世事也不可能盡如己意。我們無法讓落日回頭[348]，也無法讓加茂川倒流[349]。唯一能掌握的只有自己的心態。只要好好修行讓心靈自由，即使落雲館的學生再怎麼吵鬧不也照樣能夠不以為意？別人笑你是今戶燒狸貓也能置之不理。平助那種人如果說什麼蠢話，只要罵聲混蛋不就沒事了。據說昔日的和尚被人砍時還會風雅地說什麼電光影裡斬春風[350]呢。心靈的修行達到消極至極時或許就能產生如此靈活的作用。我雖然不懂那麼複雜的問題，但至少我認為一味吹捧西洋式的積極主義顯然有點謬誤。就像你現在再怎麼發揮積極主義，學生來戲弄你的時候你不也莫可奈何嗎？你的權力若能關閉那所學校或者報警控告對方的話當然另當別論，但你既然做不到，縱使再怎麼積極也贏不了對

---

345 拿破崙（Napoleon Bonaparte，1769-1821），法國皇帝。曾席捲歐洲，後因遠征俄國失敗而沒落。

346 亞歷山大（Alexandros III，B.C.356-B.C.323），即位後建設領土廣及希臘、波斯、印度的大帝國。

347 「寡」為少。少數支配通常稱為寡頭政治。「寡人」為寡德之人，是王侯用來自謙之詞。

348 誇耀權勢的平清盛據說曾以扇子招回夕陽。

349 《平家物語》中，形容權勢滔天的白河院（1053-1129）也無法事事稱心如意，舉出「賀茂河（加茂川）之水、雙六的骰子、武僧」為例。

350 昔日的和尚是指明代的無學祖元（1226-1286）。他應北條時宗之請赴日，創建圓覺寺，奠定臨濟宗的基礎。元軍侵入寺廟時，他曾吟詠「電光影裡斬春風」（即便出刀砍我，也像斬春風般，無法砍斷悟道僧人的生命）。參見澤庵禪師的《不動智神妙錄》。

方。如果積極出手只會演變成金錢問題。會遇上以寡擊眾的問題。換言之屆時你不得不對有錢人低頭。不得不對人多勢眾的小鬼退避三舍。像你這樣的窮人而且單槍匹馬卻想跟人家積極吵架，歸根究底這正是你憤懣不平的起源。如何，你懂了嗎？」

主人沒說懂不懂，只是默默傾聽。稀客走後，他又鑽進書房，也沒看書不知在想什麼。

鈴木藤十郎告訴主人要順從金錢與群眾。甘木醫生建議他用催眠術鎮定神經。最後一位稀客勸他以消極的修養讓自己安心。主人要選哪一個是他的自由。但是保持現狀肯定行不通。

9

主人有張麻子臉[351]。明治維新前據說天花很流行，但在英日同盟[352]的今天看來，這樣的臉孔已經有點落伍。天花的衰退與人口的增加成反比，根據醫學上的統計做出精密計算後得到的結論是：它在不久的將來恐怕會完全絕跡。即便是我這樣的貓，對這個高論也毫無置疑的餘地。現在地球上還有麻子臉的人我不知剩下多少，但在我平日來往的區域內算算，貓族一隻也沒有。人類則僅有一人。那碩果僅存的一人就是我家主人。實在很可憐。

每次看到主人的臉我就會想。是什麼因果宿命讓他頂著這麼古怪的臉孔毫不羞愧地呼吸二十世紀的空氣。以前或許還有點吃得開，但在一切痘疤皆已胳臂撤退的當今，依然據守在鼻頭與臉頰上不肯動搖的現象不僅不值得自豪，甚至反而有損痘疤的體面。可以的話應該趁現在消除才對。痘疤自己肯定也很徬徨無助。但它或許下定決心立誓要在勢力不振之際挽回落日於中天，所以才那樣霸道地占領整張臉孔。如此一來對這種痘疤絕不可輕視。它是對抗滔滔俗流萬古不滅的小洞集合體，堪稱值得吾人尊敬的凹凸。唯一的缺點就是髒兮兮的不好看。

主人小時候，在牛込的山伏町有位知名的中醫叫做淺田宗伯[353]，這位老人每次去病家出診時據說總是坐轎子慢慢晃過去。但是宗伯過世輪到他的養子那一代後，轎子頓時變成人力車。所以等養子死後由養子的養子繼承衣缽時，葛根湯說不定已變成安替比林[354]。乘轎走在東京市內的情景即便在宗伯老當時都已不多見了。能夠坦然自若做出這種舉動的只有因循舊習的亡者，火車上堆積的豬仔，以及宗伯老而已。

主人的痘疤在衰頹不振這方面也與宗伯老的轎子一樣，在旁人看來甚為可憐，但頑固不遜於老中醫的主人依然將孤城落日的痘疤曝露於天下，每日去學校講授英語讀本。

如此這般將上個世紀的紀念品刻滿臉上的他，站在講台上肯定也不斷對學生做出正常授課以外的重大訓誡。比起一再重複「猴子有手」[355]他更喜歡輕鬆解釋「天花對顏面造成的影響」

---

351 罹患天花臉上留下痕跡。後文中的「痘疤皆已自胳臂撤退」是指種牛痘。牛痘有時也會導致天花發病。漱石自己就是如此。

352 明治三十五年（1902）成立，大正十年（1921）廢止的英日同盟條約。目的是為了箝制南下的俄國在遠東發展。

353 淺田宗伯（1815-1894），中醫。江戶幕府的醫官。明治維新後任職宮內省，成為東宮御醫。

354 葛根湯是中藥，做為感冒藥不僅有名且應用範圍極廣。安替比林（Antipyrine），是當時使用的鎮痛解熱劑。

355 猴子有手（The Ape has hands）是當時英語教科書的初級篇經常出現的英文例句。

這個大問題，在潛移默化之中給予學生答案。如果主人這樣的教師不再存在，他們這些學生若想研究這個問題只能奔赴圖書館或博物館，就像吾人對於木乃伊不得不付出與埃及人同等的勞力。就這點看來，主人的麻子臉也在冥冥之中布施了奇妙的功德。

不過主人並非為了布施這種功德才在整張臉上種滿疱瘡。這其實是種的牛痘。不幸的是本來種在手臂上，不知幾時卻傳染到臉上。他當時還是小孩子也不像現在這麼注重外貌，只知道喊著好癢好癢拼命撓臉。彷彿火山爆發熔漿流過臉上，把父母給的臉蛋全毀了。主人不時對女主人說他沒有罹患天花之前曾是玉面帥哥。甚至自豪當時俊美得在淺草觀音寺贏得西洋人頻頻回顧。原來如此，或許的確是吧。可惜無人可以替他保證。

就算有天大的功德還可教化學生，髒兮兮的東西畢竟還是髒兮兮，所以主人懂事後就對臉上的痘疤非常擔心，使盡各種手段企圖抹消這種醜態。但痘疤與宗伯老的轎子不同，不可能因為不喜歡就突然消失。至今仍清楚留著痕跡。主人對這清楚的痕跡似乎有點在意，每次走在路上都會計算麻子臉。今天遇到幾個麻子臉，是男的還是女的，地點是在小川町的勸工場[356]還是上野公園……悉數記錄在他的日記裡。他確信自己對痘疤的知識肯定不遜於任何人。之前某位留洋歸國的友人來訪時，他甚至問對方：「西洋人可有麻子臉？」那位友人說：「這個嘛……」歪著頭想了半天之後回答：「很少見耶。」主人還不放心，再次反問：「雖然很少見，但是還是有囉？」友人不以為意地回答：「就算有也都是乞丐或者站坡的[357]。受過教育的人當中好像沒有。」主人說：「是這樣嗎？和日本不太一樣啊。」

主人依照哲學家的意見與落雲館學生暫時休戰，之後就待在書房頻頻思考。或許是採納了對方的忠告，打算在靜坐之中消極地修養靈活的精神，但主人本來就膽小，偏偏老是陰鬱地袖著手，這樣怎麼可能會有好結果。我甚至覺得他還不如把英文書拿去典當，向藝妓學學喇叭歌[358]更有用，但那麼偏執的男人終究不可能聽從貓的忠告，只好隨便他了，於是我有五、六天都沒接近他。

今天算來正好是第七天。禪宗有人在七日之內大徹大悟以驚人之勢結跏[359]，不知我家主人如何，是死是活總之都該有個了結了，於是我悄悄自簷廊走到書房門口偵察室內的動靜。

書房是向南的六帖房間，光線明亮之處放了一張大桌子[360]。光說大桌子諸位可能不懂。這是一張長六尺、寬三尺、高度應有八寸的大桌子。當然不是市售的成品。這是去附近的建材行談判請對方特地打造兼作床鋪的罕見桌子。為何要訂做這麼大的桌子，又為何會起意躺在上面，我沒問過當事人所以不知道。也許只是心血來潮，結果自找麻煩，或者一如某種精神病患常見的毛病，將吾人屢屢所見、二個不搭軋的觀念聯想到一起，擅自將桌子與床鋪聯結。總之

356 當時位於神田區（現千代田區）裡神保町一丁目的小川町街東明館。勸工場是今天的百貨公司的前身，專門販售各種日用品與雜貨。
357 明治至大正初期，站在坡下專門幫人推板車或人力車上坡來賺錢的人。
358 當時加上「嘟嘟嘟」這種模擬喇叭音的流行歌。
359 結跏趺坐的簡稱。坐禪時雙腳交疊的方式。左右腳背各自放在相反側的大腿上。
360 明治三十九年拍攝過漱石的書房照片，堆積多本書籍的桌子後面是背對書架身穿和服的漱石。矮桌約有成人的身高那麼長，〈漱石寫真帳〉（《漱石全集》二〇〇二年版第四卷附錄）中，照片的解說引用了《我是貓》第九章的這一段文字。

是奇想天外。可惜想法雖奇特卻毫無用處。我曾見過主人躺在這桌上睡午覺結果一翻身就跌下去滾向簷廊。從此這張桌子就再也沒被當成床鋪使用。

桌前有一個扁平的薄毛呢坐墊，上面有三個香菸燒出來的洞。可以看見裡面的棉花微黑。在這坐墊上向後端坐的正是主人。他的腰上綁著鼠灰色的骯髒腰帶，腰帶的左右兩端軟趴趴地垂向腳底。之前我玩弄這腰帶，腦袋還狠狠挨了一巴掌。那不是我該輕易接近的腰帶。

他還在思考嗎？有句比喻說拙劣的思考云云[361]，我從後方探頭一看，桌上有東西閃閃發亮。我不禁連眨了兩三下眼，這不對勁！我忍受刺眼的不適，盯著發亮的東西看去。於是我發現是從桌上移動的鏡子發出的亮光。但主人為何在書房揮舞鏡子呢？談到鏡子，那玩意當然應該掛在浴室。我今早就在浴室見過這面鏡子。我特別說「這面鏡子」是因為主人家中除此之外沒有其他鏡子。主人每天早上洗臉之後梳頭時也會用到這面鏡子。——或許有人會問，主人這樣的男人也要梳頭嗎？實際上他對別的事不在乎卻唯獨對那顆頭特別仔細。自我來到這個家到現在，哪怕是再熱的天氣，主人都沒有理過五分頭[362]。一定保持二寸的長度，而且不僅煞有介事地將頭髮左分，還讓右邊的髮尾稍微翹起故作不知。這或許也是精神病的徵兆。這種矯揉造作的分髮方式與這張桌子毫不搭調，但畢竟沒有傷害到他人，所以誰也沒有資格批評。當事人自己也很得意。撇開分髮方式是否時髦洋派先不談，如果懷疑他為何把頭髮留那麼長，那其實是有原因的。他的痘疤不僅侵蝕他的顏面，似乎老早之前也已侵蝕頭頂。所以他如果像普通人一樣剃成五分頭或三分頭，短髮的髮根處會露出數十個痘疤。那些痘疤就算再怎麼撫摸、摩挲，也不會一一脫落。看似枯草荒野中的螢火蟲或許自有風流，但女主人當然很不滿意。所以既然頭髮留長一點就不怕曝露，他當然不可能主動曝露自己的缺陷。甚至恨不得臉上也長毛把臉上的痘疤遮住，因此沒必要把免費長出來的頭髮花錢剃掉，宣揚自己連頭蓋骨上都有一堆麻子。——這就是主人留長髮的理由，頭髮長，是他把頭髮旁分的原因，基於那個原因才照鏡子，因此將鏡子放在浴室，而那個鏡子只有一面。

該在浴室的鏡子，而且是唯一一面鏡子，現在既在書房出現肯定是鏡子得了離魂病[363]，再不然就是主人從浴室拿來的。若是主人拿來的，又是為了什麼呢？或許那是消極修養必備的工具。以前有學者[364]拜訪傳揚佛法的某智者，見和尚正在專心磨瓦片。學者問對方在做什麼，和尚聲稱正想打造鏡子所以拼命打磨。學者聽了大吃一驚說，即便是名僧也不可能把瓦片磨成鏡子，和尚咯咯大笑說，是嗎，那就算了，看再多書籍也無法悟道的人想必也是如此。主人說不定就是聽到那個故事才把鏡子自浴室取來頻頻攬鏡自照。好像越來越熱鬧了，且讓我悄悄窺視。

不知情的主人看似熱心地盯著那面鏡子。鏡子本來是詭異之物。深夜放上蠟燭，在寬敞的房間一個人照鏡子頗需要勇氣。例如我第一次被這家的小姑娘把鏡子推到臉前時，就被嚇得繞著屋子跑了三圈。即使是白天，像主人這樣拼命盯著看肯定也會被自己的臉嚇到。光是看著

---

361 拙劣的思考，等同休息。這句諺語是調侃下棋時無益的長考。

362 五分等於〇．九公分。三分等於〇．六公分。理成三分頭或五分頭幾近光頭。

363 離魂病即夢遊症。

364《江西馬祖道一禪師語錄》（亦稱《馬祖錄》）及《正法眼藏》〈古鏡〉中的插話。「某學者」是馬祖道一，「智者」是南岳懷讓。

都會覺得臉孔很詭異。過了一會主人自言自語說：「原來如此，這張臉的確很醜。」他肯承認自己的醜陋倒是令人刮目相看。就舉止而言雖是瘋子的作為，但說的話倒是真理。這如果再更進一步，會害怕自己的醜惡。人類如果沒有徹頭徹尾地感受到自己是可怕的惡棍這個事實，就算不上是吃過苦的人。如果不是吃過苦的人終究無法解脫。主人到此地步本來可能也會說聲「噢，好可怕」但他就是不說。講完「原來如此，這張臉的確很醜」之後，不知想起什麼，他猛然把臉頰鼓起。然後伸掌朝鼓起的臉頰拍了兩三下。我不知道這是什麼咒語。這時我感到好像有種東西很像這張臉。仔細一想，那原來是女傭的臉。順便介紹一下女傭的臉，那才真的是圓滾滾。上次有人自穴守稻荷神社[365]提了河豚燈籠來當禮物，女傭的臉就像那盞河豚燈籠一樣鼓脹。膨脹的方式太殘酷甚至失去了雙眼。不過河豚的鼓脹是周身上下皆渾圓，而女傭，由於本來的骨骼是多角形，鼓起臉時也是依照骨骼的形狀鼓起，所以就像泡水腫漲的六角鐘。女傭如果聽見我這麼講一定會生氣，所以對她的敘述就到此打住，還是回頭說主人吧，這樣猛吸一口空氣鼓起臉頰的他依照前面所述伸手拍打臉頰，一邊再次自言自語：「皮膚這麼緊繃時痘疤就不顯眼了。」

接著他把臉側過去，把被光線照到的半邊臉對著鏡子。「這麼看起來很顯眼。還是正面對著日光時看起來比較平滑。真是奇怪。」他似乎非常感嘆。然後猛然伸長右手，盡可能把鏡子拿遠再靜靜打量。「離這麼遠看來也還好嘛。果然不能太靠近。——不只是臉，事事皆如此。」他大徹大悟似地說。然後忽然把鏡子放倒。以鼻根為中心，將眼睛額頭眉毛全都朝這中心擠成一團。我覺得他的容貌看起來變得很不愉快，「不，這不行。」他自己似乎也發現了，立刻作罷。「為何會這麼醜呢？」他有點懷疑地把鏡子拉到離眼睛三寸之處。右手食指輕撫鼻翼，然後將指頭對著桌上的吸水紙用力一按。指上的鼻油被吸收，在紙上浮現圓形的油漬。把戲還真多。然後主人把抹過鼻油的指頭一轉，用力拉開右眼下眼皮，做出一般所謂的鬼臉。到底是在研究痘疤，還是在和鏡子互瞪有點難以判定。以主人向來三心二意的作風，想必看久了自然會有種種表現。不僅如此。如果秉持善意做蒟蒻問答式的解釋[366]，主人或許是基於見性自覺[367]的方便才對著鏡子表演各種動作。人類一切的研究其實都是在研究自我。說什麼天地山川日月星辰，其實都只不過是自我的別名。撇開自我不可能發現其他值得研究的事項。如果人類能夠超脫自我，自我恐怕會在超脫的瞬間消失。而且自我的研究除了自己無人肯做。就算很想讓人做，渴望請人做，終究辦不到。所以自古以來的豪傑都是靠自己的力量變成豪傑。若是靠他人來了解自己，就等於請人代替自己吃牛肉來判斷肉是硬是軟。朝聞法，夕聽道，梧前燈下[368]持書卷皆只不過是挑撥此種自證的方便手段[369]。別人的說法中，他人的講道中，乃至堆滿五車的蠹紙堆裡，都不可能有自己存在。若有那也是自己的幽靈。不過在某些場合幽靈或許勝過無靈。追逐影子不見得不能遇見本體。許多影子大抵離不開本體。就這個角度而言，主人既然

365 位於東京府荏原郡（現大田區）羽田村，俗稱羽田稻荷。

366 穿鑿附會地以佛教的角度解釋。「蒟蒻問答」是真正的禪僧把假扮禪僧的蒟蒻販子的動作，視為體現了深遠真理的落語故事。

367 禪語。領悟自己的本性。

368 指書房。梧（桐）木桌前，燈火之下。

369 指激發自力開悟的手段。

在擺弄鏡子應該算是比較懂事的男人了。我認為遠比他囫圇吸收什麼愛比泰德斯的學說故作學者姿態要好得多了。

鏡子是自戀的釀造器，同時也是自大的消毒器。如果抱著浮華虛榮的念頭照鏡子時，它將是最能夠煽動愚者的工具。自古以來抱著過大的自信害人害己的事蹟有三分之二都是鏡子所為。一如法國大革命當時有個好奇的醫生發明了改良式斬首器[370]造成天大的罪孽，首先造出鏡子的人想必也會為此睡不安枕。不過對自己快要絕望時，在自我萎縮的當下照照鏡子是最好的良藥。美醜一目瞭然。肯定會發現自己頂著這張臉孔居然也好意思在人前昂首闊步活到今日。發現這點時，是人的一生中最可貴的一刻。自己明白自己的愚蠢是最可貴的。在這種自覺性笨蛋的面前，所有的自大者都得低頭惶恐不已。就算當事人趾高氣昂，自以為在輕蔑嘲笑吾人，但在我看來那種昂然其實已等於是惶恐低頭。主人不是那種照鏡子便會醒悟己身愚蠢的賢人。但他至少可以公平看見自己臉上的痘疤痕跡。自認臉孔醜陋想必也是體察心境鄙賤的階梯。他是個好男兒。這或許也是哲學家勸說的成果。

我一邊這樣想一邊繼續窺視，不知情的主人盡情做完鬼臉後，「好像充血很嚴重。果然是慢性結膜炎。」他說著拿食指的側邊開始用力搓揉充血的眼皮。可能是覺得很癢，但本就赤紅的眼睛，自然禁不起他這樣搓揉。不久以後肯定會像鹹鯛魚的眼珠一樣潰爛。之後他睜眼朝鏡子看去，果然像北國冬天的天空一樣陰霾混濁。不過平日也不是什麼明亮的眼睛。如果用誇大一點的形容詞，甚至是混沌一片難辨眼白與黑眼珠。就像他的精神一貫朦朧不得要領，他的眼睛也曖曖然昧昧然長久遊移在眼窩深處。有人說這是胎毒，也有人斷定那是天花的後遺症，也可能是小時候經常受到柳蟲[371]與赤蛙的照顧，枉費母親精心養育，或許正因如此，至今仍如出生當時一片朦朧。依我偷偷想來這種狀態絕非胎毒或天花所為。他的眼珠如此徬徨在晦澀混濁的悲境，乃是因為他的腦袋由不透明的實質構成，是那個作用達到暗淡迷濛之極，才會自然顯現於形體，為不知情的母親增添無謂的煩憂。見煙即知有火，眼睛混濁乃愚昧的證明。如此看來他的眼睛就是心靈的象徵，他的心就像天保錢[372]一樣空洞，所以他的眼也像天保錢一樣，多半無法在世間通用。

之後他又開始拈鬚。他的鬍鬚本來就不規矩，每根鬍子各有姿態肆意生長。縱然這年頭流行個人主義，這樣任性恐怕還是會給主人惹麻煩，主人也有鑑於此最近大加訓練，盡可能讓鬍子有系統地排列。他的熱心沒有白費，如今鬍子的步調似乎總算逐漸統一。之前雖也「有」鬍子，但最近已可為自己「蓄」鬍子而自豪。熱情通常會因應功效的程度受到鼓舞，所以我家主人眼見鬍子的前途有望，遂不分朝夕只要手一閒下來必定對鬍子大加鞭撻。他的志願就是像德國皇帝陛下[373]一樣，蓄起積極向上的鬍子。所以不管毛孔是橫向還是往下長，他只要稍微

---

370 斷台頭叫做guillotine。是根據提案改良舊式斷頭台（不是發明者）的法國醫師吉羅廷（Joseph Ignace Guillotin，1738-1814）的名字命名。法國大革命時，許多人都是用這個處死。

371 柳樹上的蟲子，據說與赤蛙皆為小兒疳症的妙藥。

372 天保通寶的俗稱。一枚等於百文錢，但明治之後等於八厘，不足一錢，因此常用來嘲諷愚人或落伍的人。

373 威廉二世（Friedrich Wilhelm Viktor Albert，1859-1941，在位期間1888-1918），左右兩端翹起的八字鬍很有名，被稱為「皇帝鬍」。《我是貓》第九章的末尾提到「我」的主人也留著類似的鬍子。

抓住一把鬍子就往上扯。鬍子也挺倒楣的，當然主人自己也不時感到疼痛。但那就是訓練。不容分說都要把鬍子倒著往上拉扯。在門外漢看來或許像是一種樂趣，但唯有當事者才知箇中甘苦。這就像教育者隨便扭曲學生的本性，還以此誇耀自己的本領。所以沒有任何理由可以指責主人。

主人秉持滿腔熱誠訓練鬍子時，廚房裡那位多角性的女傭見郵件送來，擦擦通紅的手走進書房。右手拈鬚、左手持鏡的主人，保持那個姿勢轉頭看向門口。一看到他那尾端被迫倒立的八字鬍鬚，女傭頓時衝回廚房，趴在鍋蓋上哈哈大笑。主人倒是不以為意。悠然放下鏡子拿起郵件。第一封信是印刷品，上面鄭重其事地印了很多字。一看之下：

敬啟者：謹頌祥祺。回顧往昔，日俄戰爭乘著連戰皆捷之勢宣告和平克復，吾國忠勇英烈之將士如今泰半在萬歲聲裡奏起凱歌，國民之歡喜難以言喻。曩昔宣戰之皇命詔令發布全國，義勇為國奉獻的將士久處萬里異域忍受寒暑苦難一心從事戰鬥，為國獻身之至誠令人永記難忘，而軍隊凱旋至本月幾乎已告終了，因此本會預定於二十五日，代表一般區民為本區內一千有餘出征將校戰士舉辦凱旋慶祝會兼慰藉軍人遺族，以熱誠歡迎聊表感謝之衷，如蒙諸位大力贊助得以舉辦盛典，實為本會之幸，尚祈閣下慷慨解囊義捐為荷。謹此敬具。

寄信人是貴族。主人默讀一遍後立刻重新塞回信封佯裝不知。什麼義捐太可怕了，絕對免談！之前為東北歉收[374]樂捐了二圓還三圓後，主人從此每見到人就要抱怨一次自己被迫樂捐、被搶錢。既然是樂捐，當然是自願樂於捐出不是被迫的。又不是遭到搶劫，用搶來形容不太妥當。但是主人似乎認為自己就像遭到搶劫，即使叫他歡迎軍隊，即使那是貴族的勸說，若是強迫或許還有可能，現在只不過是一封印刷信就要叫他出錢那絕不可能。在主人看來歡迎軍隊之前應該先歡迎自己。歡迎自己之後或許大抵上的人都可以歡迎，但在自己為生活奔波朝夕時，他似乎打算把歡迎軍隊之事全權交給貴族處理。主人接著拿起第二封信，說：「啊，這也是印刷信。」

時值秋寒謹賀府上日益隆盛。關於敝校正如閣下所知自前年以來因二三野心家妨害一時窘困至極，凡此種種皆因不肖在下能力不足所致，為此深自警惕臥薪嘗膽[375]，幸而辛苦終有結果，近日欲獨力建造符合我等理想之新校舍，籌措校舍建設經費之際別無他法遂出版別冊裁縫祕術綱要一書。本書乃不肖在下多年苦心研究師法工藝方面之原理原則，嘔心瀝血絞盡腦汁所作，為讓本書普及一般家庭，在製作成本額僅添附少許利潤以便諸位購求，一則可助宏揚斯道，再則亦可積蓄微薄利潤充作校舍建設經費。近日竊思閣下當樂於贊助敝校建築費用，故不揣冒昧懇請購讀拙作祕術綱要一部或可分贈府上侍女使用。企盼閣下贊同。伏維拜鑒。匆匆敬上。

大日本女子裁縫最高等大學院

校長　縫田針作　九拜

主人冷淡地把這封嚴肅的書信揉成一團扔進垃圾桶。針作君的九拜與臥薪嘗膽都沒派上用場實在可憐。接著是第三封信。第三封信頗有異樣光彩。信封是紅白條紋[376]，就像棒棒糖的包裝般華麗，正中央以八分體[377]大字寫著珍野苦沙彌老師虎皮下[378]。雖不知信封內是否會冒出個阿太[379]，至少封面頗為光鮮體面。

若以我律天地便該一口吸盡西江水[380]，若以天地律我則我只是陌上塵[381]。須知，天地與我何涉。……第一個吃海參者須佩服其膽識，第一個吃河豚者應敬重其勇氣。吃海參者乃親鸞再世，吃河豚者乃日蓮[382]分身。至於苦沙彌老師只知瓠瓜乾沾醋味噌之味。食瓠瓜醋味噌而成天下之士者，吾至今未見。……

好友會出賣汝。父母亦於汝有私。愛人也拋棄汝。富貴本就不可恃。爵祿一朝盡失。祕藏於汝腦中的學問只會發霉。汝尚有何可恃？天地之中有何可求？神乎？

神不過是人類為排遣痛苦而造的土偶。乃人類失禁脫糞凝結的臭皮囊。恃無可恃者豈曰安易。咄咄[383]，醉漢滿口胡言，蹣跚走向墳墓。油盡燈自滅。業盡何物遺。苦沙彌老師多管閒事多喝茶多吃屁。……

不把人當人就一無所畏。不把人當人的人，憂憤不把我當我之世間又如何。權貴榮達之士不把人當人而有所得。但他人不把我當我時卻怫然變色。隨你任意翻臉變色吧。混蛋。……

我把人當人，他人卻不把我當我時，不平之士會發作性地從天而降。這種發作性的活動名之為革命。革命非不平之士所為。乃權貴榮達之士主動促成。朝鮮多人參，先生何不服用。

寫於巢鴨　天道公平　再拜

針作君是九拜，此人卻只是再拜。顯然是霸道地認為光是沒有要求捐錢就抵得上七拜。這封信雖未要求捐錢，內容卻晦澀難懂。無論投稿到哪家雜誌絕對都會被退稿，所以我以為頭腦不透明的主人肯定會把這封信撕得粉碎。沒想到他居然一再從頭細讀。或許他認為這種信函有

---

374 連載本文的明治三十八年，東北地區遭逢稻穀歉收之災。

375 日本在甲午戰爭後，基於對俄、德、法出面干涉的反彈，廣泛使用這句成語。

376 據今井淳武藏大學名譽教授表示，以前在歷史學家齋藤阿具家見過這種「信封袋」。《我是貓》連載當時齋藤任教於仙台第二高等學校，漱石借住在齋藤家，隨著齋藤調職一高，漱石也跟著搬了家。

377 漢字的書體之一，秦國王次仲以小篆二分加隸書八分而成的裝飾書體。以前的隸書稱為古隸，今日說到隸書通常是指這種八分體。

378 「虎皮下」是寄至虎皮地毯之意。書信收件人常用之語。

379 「阿太」是指醜女面具。糖中出來個阿太是賣糖的廣告詞，在此是指無法保證裡面會出現什麼。

380 飲盡世界的氣魄。西江是中國南部的大河。漱石於明治三十四年的〈斷片〉提到「唐朝的龐居士說待汝吸盡西江水，若真能飲盡西江水，與其當和尚不如當豆藏（魔術師）」。

381 意指一吹就飛走的渺小事物。

382 親鸞與日蓮皆為鎌倉時代的僧侶，親鸞為淨土真宗的祖師。日蓮為日蓮宗的祖師。

383 禪語。嚴厲斥責之聲。

其意義，決心不厭其煩地探究那個意義。天地之間難解的事物眾多，但沒有哪一樣是沒有賦予意義的。哪怕是再艱深的文章，只要有心解釋皆可輕易解釋。說人類是笨蛋或說人類聰明皆可輕易理解。根本不用考慮。說人類是狗或是豬都不是特別艱難的命題。說山巒低矮也無所謂，說宇宙狹小也沒關係。烏鴉是白的、西施是醜婦、苦沙彌老師是君子也行得通。所以即便是這麼無意義的信，如果非要賦予道理絕對找得出意義。尤其像主人這樣硬是把不懂的英語穿鑿附會做解釋的男人更喜歡賦予意義。被學生質問天氣不好為何要說Good morning時他思考了七天，哥倫布這個名詞用日語怎麼說這個問題他花了三天三夜才答出來，對這樣的男人而言，不管吃瓠瓜乾沾醋味噌可成天下之士，還是吃朝鮮人參發動革命，皆可隨處湧現意義。主人似乎暫時以對待Good morning的方式生吞活嚥下這些難解的詞句。「這封信的意義相當深遠。肯定是研究哲理的人。見解不凡。」他大為讚賞。光從這番話也可看出主人的愚昧，但是反過來想其實也不難理解。主人有個毛病就是對不懂的事物格外崇敬。這想必不只是主人才有的毛病。不懂之處往往潛伏不可小覷的奧祕，不可測之處總會顯得特別崇高。所以俗人雖然不懂裝懂，學者卻把淺顯易懂的事物講解得讓人聽不懂。看大學的講課也知道，饒舌講解別人聽不懂的事反而獲得好評，說明易懂之事的人卻不得人心。主人崇敬這封信不是因為意義明瞭。而是因為主旨何在幾乎難以捉摸。因為信中沒頭沒腦地冒出海參與失禁脫糞。所以主人尊敬這篇文章的唯一理由，與道家尊敬道德經，儒家尊敬易經，禪家尊敬臨濟錄[384]一樣純粹是因為不懂。但是完全不懂會很不甘心，所以好歹要自行加上注解裝出很懂的樣子。不懂裝懂報以敬意自古以來就是愉快的事。——主人恭敬地把這篇八分體的名文捲起，放在桌上，袖手陷入冥想。

這時玄關忽有人大聲喊：「有人在家嗎？」聽聲音似乎是迷亭，卻很不像迷亭作風地在門口頻頻喊人。主人之前就在書房聽到那個聲音卻袖手文風不動。或許是因他一貫主張出面應門不是主人的職責，所以他絕不會主動從書房出來打招呼。女傭剛才出門去買洗衣肥皂了。女主人在廁所。於是能出面的只有我。可我其實也不想去。結果客人自己從脫鞋口衝進屋內，拉開紙門大步闖入。主人固然不像話，客人也好不到哪去。我以為客人去了和室那邊，結果只聞紙門開關兩三次，緊接著他已來到書房。

「喂，開什麼玩笑。你在做什麼？客人來了。」

「咦，是你啊。」

「你這是什麼態度。既然在家起碼說句話，搞得家裡像沒人似的。」

「嗯，我正好在思考一點事情。」

「就算在思考也能喊一句『請進』吧。」

「的確可以。」

「你還是一樣好膽量。」

「我之前就一直致力於精神修養。」

「你真無聊。忙著精神修養無暇回話，客人可倒楣了。你這麼鎮定我很傷腦筋耶。其實我不是一個人來的。我帶了貴客來。你出來見一下人家。」

---

384 中國臨濟宗的開山始祖臨濟義玄的言行錄。漱石的藏書也有《首書增補　臨濟慧照禪師錄》（出雲寺版）。

「你帶了誰來？」

「是誰不重要總之你出去見一下客人。人家堅持要見你。」

「到底是誰？」

「不管是誰你先起來就對了。」

主人袖著手倏然起立，一邊說：「你又在唬人了吧。」來到簷廊不以為意地走進客廳。只見一名老人面對室內六尺壁龕肅然端坐。主人不禁將雙手自袖中取出乖乖在紙拉門旁坐下。這下子等於與老人同樣面朝西方，所以雙方無法互相見禮。堅守古風的人在禮義方面是很囉唆的。

「來，那邊請。」他指著壁龕那邊催促主人。主人在兩三年前還認為坐在哪都無所謂，但之後聽某人講解壁龕，方知那是上段之間的變形版，乃是上位者坐的席次，從此就再也不肯靠近壁龕。尤其現在有個陌生的長者穩坐不動，自然不可能自己去上座。連招呼都還沒打。於是好歹低頭行個禮。

「那邊請。」他也重述對方的說詞。

「不，那樣不好打招呼，還是您那邊請。」

「不，那樣不好……您那邊請。」主人也潦草地模仿對方的說詞。

「不敢當，您這麼謙遜真是令人惶恐。反而讓我不安。還請別客氣，請上坐。」

「是您謙遜……惶恐惶恐……請請請。」主人面紅耳赤嘴裡結結巴巴。看來精神修養也沒啥效果。迷亭君躲在紙門後面笑著看熱鬧，這時覺得時機差不多了，從後面推主人的屁股，

「你就過去吧。你這樣挨著紙門害我都沒地方坐了。別客氣，往前坐吧。」迷亭硬生生插話。主人只好膝行滑向前方。

「苦沙彌君，這位就是我每次跟你說的靜岡縣的伯父。伯父，這就是苦沙彌。」

「哎，幸會，每次迷亭都來打擾您，我一直想找機會聆聽您的高見，今天有幸經過附近，所以特來拜訪，今後還請多多關照。」對方以老派作風流暢地客套，主人向來交際不多，沉默寡言，幾乎沒見過這麼老古董的老先生，所以起初多少有點怯場看似退縮不前，但對方這麼滔滔不絕一說，令他把朝鮮人參和棒棒糖的紙袋都忘了，只能在情急之下做出彆扭的回答。

「我也……我也……應該去拜見您才對……還請指教。」說完他稍微自榻榻米抬頭一看，老人還在伏身行禮，於是嚇得又把頭貼在榻榻米上。

老人計算呼吸一邊抬頭一邊說：「我本來在這邊也有房子，在膝元[385]居住多年，幕府瓦解後去了那邊就沒再回來。現在來了一看連方向都分不清了——如果沒有迷亭陪伴，連事情都辨不好。所謂滄海桑田，入國[386]三百年以來，將軍家也……」他還沒說完迷亭老師就不耐煩地說：

「伯父，幕府將軍家或許好，但明治時代也不錯呀。以前可沒有什麼紅十字會[387]吧？」

「那倒是沒有。完全沒有紅十字這種名號。尤其是拜見皇族殿下御容這種事是到明治時代

385 將軍的膝下，指江戶。

386 指德川家康在江戶成立幕府政權。

387 日本紅十字會成立於明治二十年（1887）。後面提到「殿下」，當時紅十字會總裁是閑院宮載仁。

才有的。我也是活得久才能出席今日的總會，聽見殿下的玉聲，這下子已死而無憾。」

「您好久沒回來了，就算只是參觀東京也是收獲。苦沙彌君，伯父這次是因紅十字召開總會才專程從靜岡過來，今天我們一起去了上野，現在正要回去。所以特地穿了我之前在白木屋訂做的大禮服。」他提醒道。這位伯父的確穿了正式的大禮服。雖然穿著禮服卻一點也不合身。袖子太長，前襟大敞而開，背後凹陷不平，腋下緊繃吊起。就算叫裁縫刻意做難看一點，恐怕也無法難看到如此地步。而且白襯衫與白領子各分東西，一仰頭就能看到喉結。首先那個黑色領結究竟屬於領子還是襯衫都不確定。禮服還能忍受，但白色髮髻卻是奇觀。出名的鐵扇又如何呢？我定睛一看，果然放在他的膝旁。主人這時終於回過神，把精神修養的成果充分應用在老人的服裝上有點吃驚。本以為不至於像迷亭形容的那麼誇張，見到本人才發現比迷亭敘述的更嚴重。如果自己的痘疤是歷史研究的材料，那麼這位老人的髮髻與鐵扇絕對有更大的研究價值。主人很想問一問那把鐵扇的由來，卻有點不好意思初次見面就質問人家，不過話題中斷也很失禮，於是，「一定很多人參加吧？」他問了一個很尋常的問題。

「哎，人可多了，而且那些人都一直看我——看來這年頭的人眼光都變高了。以前可沒有這樣。」

「對，是啊，以前可沒有那樣啊。」他說話的語氣倒像老人。這並非主人故意不懂裝懂。只要當作他那朦朧的腦袋隨口說出的言語即可。

「而且，大家都在看我這把甲割[388]。」

「那把鐵扇想必很重吧。」

「苦沙彌君，你拿拿看。相當重喔。伯父你拿給他試試。」

老人用力拿起，說聲不好意思遞給主人。就像去京都黑谷[389]參拜的香客拿起蓮生和尚[390]的大刀，苦沙彌老師拿了一會後，說聲「原來如此」就還給老人。

「大家都說這是鐵扇，其實這叫做甲割，與鐵扇是不同的東西……」

「噢，怎麼說呢？」

「這可以把盔甲割開——趁敵人眼花之際攻擊。據說早自楠正成[391]的時代就使用……」

「伯父，那就是正成的甲割嗎？」

「不，這不知道是誰的。不過歷史悠久。說不定是建武時代打造的。」

「或許是建武時代吧，不過寒月君可傷腦筋了。苦沙彌君，今天我們回程時正好有機會，於是趁著經過大學順道去理科教室，參觀了一下物理實驗室。結果這個甲割是鐵做的，把有磁力的機器都搞得一陣大亂。」

「不，那不可能。這是建武時代的鐵器，是上好材質的鐵，絕對沒那種問題。」

「就算是質地再好的鐵也不管用。是寒月這麼說的我也沒辦法。」

---

388 經常被稱為鐵扇，笹間良彥的《圖錄日本甲冑武具事典》提到「形似十手（捕棍），附有木製柄鞘，俗稱兜割，與十手一樣皆為護身用具」。

389 京都市左京區黑谷町的金戒光明寺的俗稱。

390 熊谷直實（1141-1208），鎌倉初期的源氏武將。後成為新黑谷（金戒光明寺）的法然弟子，法名蓮生。金戒光明寺留有他的遺物。

391 楠木正成，生卒年不詳，鎌倉時代末期至南北朝的知名武將。

「你說的寒月，就是那個在磨玻璃珠的男人嗎？年紀輕輕的真可憐。應該還有別的事可以做吧。」

「真可憐，他那其實也是一種研究。只要把玻璃珠磨好就能成為氣派的學者。」

「磨珠子就能成為大學者的話，那誰都做得到。老頭子我也可以。玻璃店的老板也可以。做那種事的人在中國叫做玉匠，身分很卑微。」說著把頭轉向主人暗求贊同。

「原來如此。」主人客氣接腔。

「當今一切學問都是形而下學[392]，看起來好像不錯，可是到了緊要關頭卻一點用處也沒有。以前可不是這樣，武士是拼命的買賣，所以必須致力於心境修行以免緊要關頭狼狽失措，想必您也知道，那可不像磨珠子或扭鐵絲那麼容易。」

「原來如此。」主人還是客氣附和。

「伯父說的心境修行是袖手打坐來代替磨珠子吧。」

「就是有你這種想法才麻煩。其實並沒有那麼簡單。孟子[393]甚至說過求放心。邵康節也說過心要放。還有佛家之中有個中峰和尚也說過具不退轉。那並不容易理解。」

「果然聽不懂。那到底該怎麼辦呢？」

「你看過澤庵禪師[394]的不動智神妙錄[395]嗎？」

「沒有，聽都沒聽過。」

「書中說，要者乃心置於何處。若置於敵身之動作，則心為敵身之動作所奪。若置於敵人之大刀，則心為敵人之大刀所奪。若置於殺敵之念，則心為殺敵之念所奪。若置於吾刀，則心為吾刀所奪。若置於吾人不死之念，則心為吾人不死之念所奪。若置於他人之戒備，則心為他人之戒備所奪。故心無可置之處。」

「虧你能一字不漏地背下來。伯父的記憶力真好。這段很長耶。苦沙彌君你懂嗎？」

「原來如此。」主人這次還是用一句原來如此打發。

「哪，你說是吧？要者乃心置於何處，若置於敵身之動作，則心為敵身之動作所奪。若置於敵人之大刀……」

「伯父，那種事苦沙彌君很明白啦。最近他天天都在書房修身養性。就算有客人來都不肯分心出面接待，所以他絕對沒問題。」

「噢，那倒是奇事——那你不如也跟著一起修身養性。」

「嘿嘿嘿，我可沒有那種閒功夫。伯父是自己過得輕鬆寫意，就以為別人也在玩吧。」

「你實際上不就是在玩嗎？」

「可我是閒中自有忙。」

「看吧，就是因為你粗心馬虎我才說你必須修行，只有忙中自有閒這句成語，我可沒聽過

---

392 相對於探究事物本質的形而上學，分析具體事物與現象的學問稱為形而下學。在此帶有批判意味。

393 以下三人的故事皆出自澤庵禪師的《不動智神妙錄》。邵康節為北宋儒學家。中峰和尚為中國元代的禪僧。

394 澤庵（1573-1645），臨濟宗僧人。後來接受水尾天皇與將軍家光的皈依。

395 以澤庵回答柳生但馬守宗矩的問題，藉劍道說明禪家奧妙真諦的言詞為主，編纂成一卷十三項的佛書。「心該放在何處……」也是該書的一節。

閒中自有忙這種說法。對吧苦沙彌先生？」

「對，我也沒聽過。」

「哈哈哈哈，我說不過你們。對了伯父，你看怎樣，好久沒來了要不要吃東京的鰻魚？我請你去竹葉[396]。現在搭電車過去的話一下子就到了。」

「鰻魚固然好，但今天我已約好要去找三原，我也該告辭了。」

「噢，杉原啊，那位老先生也很硬朗。」

「不是杉原，是三原。你老是搞錯真是傷腦筋。把別人的姓名弄錯很失禮。你應該好好注意。」

「可是他不是叫做杉原嗎？」

「寫成杉原但是念成三原。」

「真奇怪。」

「這有什麼好奇怪的。自古以來就有所謂的名目讀法[397]。蚯蚓的日文名字叫做眯眯子。那就是眼睛看不見的名目讀法。就跟蛤蟆叫做青蛙一樣。」

「噢，這倒驚人。」

「打死蛤蟆牠會仰面翻身（kaeru）。所以名目讀法稱為青蛙（kairu）。透眼牆叫做空垣，菜薹叫做菜莖，都是同樣的道理。把杉原念成杉原是鄉下人的講法。如果不注意會被人笑話。」

「那麼，那個，伯父現在要去找三原嗎？傷腦筋。」

「沒關係，你不想去可以不去。我一個人去就好。」

「伯父一個人可以嗎？」
「用走的可能有困難。幫我雇輛車，我從這裡坐車過去吧。」
主人當下派女傭去找車夫。老人又說了一大串客套話道別才在髮髻戴上禮帽走了。留下迷亭。
「那就是你的伯父啊。」
「那就是我的伯父。」
「原來如此。」主人再次在坐墊坐下袖手思考。
「哈哈哈，是個豪傑吧？我能有那樣的伯父很幸運。不管帶他去哪都是那副調調。你一定也嚇到了吧？」迷亭自以為嚇到主人了所以很開心。
「哪裡，我才沒那麼吃驚。」
「那樣還不吃驚的話，膽子也太大了。」
「不過那位伯父的確很了不起。他主張精神修養這點值得大大尊敬。」
「值得尊敬嗎？等你六十歲的時候說不定也會像那位伯父一樣落伍，遭到時代淘汰。你可要好好撐住。如果輪到你被時代淘汰那就太不聰明了。」
「你這麼擔心被時代淘汰，但在某些時間與場合，落伍更了不起。首先現在的學問只顧著

396 當時位於京橋區（現中央區）新富町的竹葉亭。尾張町新地也有分店。
397 約定俗成的讀音方式。澤庵禪師的《結繩集》有同樣的記述。

一味向前走，但不管走到哪裡都沒完沒了。終究無法滿足。相較之下東方的學問走消極路線更有味道。因為那是心靈本身的修行。」主人把之前從哲學家那裡聽來的現學現賣。

「這下子不得了。這番話聽起來好像是在說八木獨仙。」

聽到八木獨仙這個名字，主人大吃一驚。其實之前訪問臥龍窟說服主人後悠然離去的哲學家正是這位八木獨仙。剛才主人說的這番議論完全是從八木獨仙那裡現學現賣，應該不知情的迷亭竟然間不容髮便搬出這位老師的大名，等於狠狠挫傷了主人臨時速成的假鼻子。

「你聽過獨仙的說法嗎？」主人不安地求證。

「豈止是聽過，那傢伙的論調，十年前在學校時與現在一點也沒變。」

「真理本就不可能輕易改變，不變說不定更可靠。」

「有你這樣替他說好話，獨仙也能繼續宣揚他那一套了。首先八木（Yagi）這個名字就取得好。他那鬍子完全就像山羊（yagi）。而且他從寄宿時代就一直是那副德性。獨仙這個名字也不賴。以前他來我這裡過夜也會議論那套消極的修養云云。每次都講同樣那一套，我說你都不睏嗎，這位老兄可悠哉了，居然堅持他一點也不睏，還是照樣大談他的消極論，把我煩死了。沒辦法我只好說：你或許不睏，但我可睏死了，拜託你快睡覺吧。這樣逼他睡覺還好——問題是那晚老鼠出來咬獨仙的鼻頭。三更半夜弄得雞飛狗跳。別看他嘴上說得好像大徹大悟其實依舊很愛惜性命。他非常擔心。還責備我說老鼠的毒性萬一擴散全身就糟了，叫我要負起責任，弄得我都傻眼了。結果沒辦法我只好去廚房拿飯粒黏在紙片上唬弄他。」

「怎麼說？」

「我告訴他那是進口的膏藥，是近來德國名醫發明的，印度人被毒蛇咬傷時只要用這個就馬上見效，所以貼上去就保證沒事。」

「原來你打從那時就特別會唬弄人。」

「……獨仙是那樣的老好人，所以信以為真，安心地呼呼大睡，隔天起來一看膏藥下面掛著絲，原來是黏到他的山羊鬍了，真滑稽。」

「不過他比起當時變得神氣多了。」

「你最近見過他嗎？」

「一週前他來過，聊了很久才走。」

「難怪你會說出獨仙式的消極論。」

「其實當時我聽得非常佩服，所以正打算也奮發圖強好好修身養性。」

「奮發圖強是很好。但是如果太把別人說的話當真會很像傻瓜喔。你這人的毛病就是只要是別人說的話你一律都會當真。獨仙嘴上雖然講得好聽，到了緊要關頭還不是半斤八兩。你應該知道九年前的大地震[398]吧？當時從寄宿的二樓跳下來受傷的只有獨仙一個人。」

「他自己對此不是大有說辭嗎？」

「沒錯，照他的說法還是難能可貴的經驗呢。禪語的機鋒峻峭[399]，所謂石火之機可以驚人

398 明治二十七年六月二十日，東京一帶發生大地震，造成嚴重死傷。

399 機鋒是形容心中氣勢的禪語。《碧巖錄》有「機鋒峭峻」一語。

的迅速應付事物。他人嚷著地震了正在倉皇之際，唯有自己果斷自二樓窗口跳下，可見修行的效果——他當時開心地這麼說，跛著腳還沾沾自喜。他是個死不認錯的男人。所以我說整天嚷著禪呀佛的才是最可疑的傢伙。」

「會嗎？」苦沙彌老師有點氣弱。

「上次來時他一定講了什麼禪宗和尚的夢話吧？」

「嗯，他告訴我一句電光影裡斬春風。」

「就是那句電光。那打從十年前就是他的口頭禪所以才可笑。這位無覺禪師[400]的電光在宿舍裡簡直無人不知無人不曉。而且他有時一咳嗽還會錯把電光影裡說成春風影裡斬電光，可有意思了。下次你不妨試試。當他從容不迫地說出那句時，你故意提出種種反駁。他一定會立刻顛倒過來說出奇怪的話。」

「碰上你這種促狹鬼只能投降。」

「還不知誰才是促狹鬼呢。我最討厭什麼禪宗和尚又什麼開悟的。我家附近有南藏院這間寺廟，那裡有位八十歲的隱居老人。之前下起午後雷陣雨時寺內落雷，把隱居老人院前的松樹劈斷了。但和尚泰然自若說不要緊，仔細一打聽原來根本是聾子。難怪泰然自若。事情大抵都是那樣的。獨仙一個人悟道就夠了，偏要動不動就誘惑別人。拜獨仙所賜已經有二個人發瘋了。」

「是誰？」

「還能有誰。一個是理野陶然。受到獨仙的影響熱衷禪學還跑去鎌倉的禪寺，最後終於在外地發瘋了。圓覺寺[401]前不是有火車平交道嗎？他闖進平交道內在鐵軌上坐禪。還氣燄囂張地說要讓對面駛來的火車停下。最後是火車主動停下保住了他的命，但他接著又說自己的身體是水火不入的金剛不壞之身，跳進寺內的蓮花池到處冒泡泡。」

「死了嗎？」

「那次也是幸好道場的和尚經過救了他，但後來他回到東京，罹患腹膜炎死了。雖是因腹膜炎而死，但罹患腹膜炎卻是因為在僧堂吃了麥飯與萬年醬菜，所以說穿了等於是被獨仙間接殺死。」

「太過熱衷也有好有壞呢。」主人露出有點毛骨悚然的表情。

「的確。被獨仙害慘的還有另一個老同學。」

「真危險。是誰？」

「立町老梅。他完全是被獨仙慫恿才會說出鰻魚上天那種話，結果最後成真了。」

「成真了是什麼意思？」

「鰻魚真的上天，豬成了仙人。」

「那又是怎麼回事？」

「八木若是獨仙，立町就是豬仙，沒見過像他那麼貪吃的傢伙，他的貪吃與禪宗和尚的壞

400 無知無覺的禪僧。仿照前出的無學禪師之戲稱。

401 鎌倉山內的臨濟宗圓覺寺派本山。漱石也曾去參禪。

心眼併發所以無藥可救。起先我們也沒發覺，但現在回想起來當時怪事連連。他會跑來我家問是不是有炸肉排飛到那棵松樹上了，還說在他的故鄉都是把魚板當成浮板游泳，一再發出驚人之語。光是這樣胡言亂語還好，但最後他甚至催促我一起去門口的水溝挖栗子泥點心，連我都只好投降。過了兩三天他終於變成豬仙被關進巢鴨精神病院。本來豬沒資格發瘋，完全是拜獨仙所賜讓他演變到那種地步。獨仙的勢力相當厲害喔。」

「噢？他現在還在巢鴨嗎？」

「應該在吧。他是自大狂，氣燄囂張。最近宣稱立町老梅這個名字太無趣，自號天道公平，自命為天道的化身。很瘋狂喔。你去看一下就知道。」

「天道公平？」

「就是天道公平。雖然瘋狂倒是挺會取名字的。有時也署名孔平。他說世人迷惘所以他一定要拯救世人，於是到處寄信給友人。我也收到四、五封，其中也有內容太長害我被罰了二次郵資不足的費用。」

「那我收到的也是老梅寄來的囉？」

「你也收到了嗎？那倒是有意思。也是紅色的信封吧？」

「嗯，中央是紅的左右是白的。很奇特的信封。」

「那個啊，據說是特地從中國弄來的。他說天道是白的，地道也是白的，人在中間是紅的，這是豬仙的格言……」

「這個信封袋倒是頗有典故。」

「正因是瘋子所以更講究。而且即便已經瘋了，貪吃的脾性似乎依然健在，每次必定會寫到食物之事說來還真奇妙。他寄給你的信上想必也寫了什麼吧？」

「嗯，他寫了海參的事。」

「那是因為老梅以前愛吃海參。理所當然。還有呢？」

「還寫了河豚與朝鮮人參什麼的。」

「河豚與朝鮮人參的搭配倒是絕妙。大概是打算叫你吃了河豚中毒的話就把朝鮮人參煎來服用吧。」

「好像也不是。」

「不是也無所謂。反正是瘋子。就只有這樣嗎？」

「還有。還有一句苦沙彌老師多管閒事多喝茶多吃屁。」

「啊哈哈哈，說你多管閒事多喝茶多吃屁未免太刻薄了。他肯定以為這樣就已把你批得啞口無言。幹得好。天道公平君萬歲。」迷亭老師越說越有趣，不禁哈哈大笑。主人得知他滿懷尊敬反覆誦讀的信件寄信人竟是如假包換的瘋子後，之前的熱誠與苦心似乎是白費力氣不由心生怒氣，同時想到自己竟對瘋子的文章如此費心玩味也不免有點羞愧，最後甚至懷疑對瘋子之作如此佩服的自己是否多少也有點精神問題，於是在氣憤、慚愧、憂心合併的狀態下露出忐忑不安的神色。

這時大門喀拉拉開啟，只聽見沉重的鞋音在脫鞋口響了二步，緊接著已有人大聲說：「不好意思，打擾一下。」與主人的懶於動彈相反，迷亭是個頗為急躁的人，因此不等女傭出面，他已嚷嚷著「進來！」二步躍過相隔的房間衝向玄關門口。他每次不等別人應門就自行進屋的毛病的確令人困擾，但既已進了別人的屋子他就會擔當起書生的職責所以倒也挺方便的。其實迷亭自己也是客人。客人都去玄關應門了，身為主人的苦沙彌老師自然沒有待在和室不動的道理。若是一般人這時候應該尾隨其後出面應付客人，但這正是苦沙彌老師與眾不同之處。他坦然坐在坐墊上讓屁股安穩不動。不過讓屁股安穩不動，與自身安穩不動，看似相仿，實質上卻差異甚遠。

衝到玄關的迷亭講了一堆話，之後朝裡屋大聲說：「喂，勞駕屋主出來一下。你若不出面，無法應付。」主人只好袖手慢吞吞出來。一看之下迷亭握著一張名片弓身打招呼。是極無威嚴的低姿態。名片上印著警視廳刑事巡查吉田虎藏。與虎藏並立的是個年約二十五、六歲、身材高挑穿著一身外國衣料的男人。奇妙的是此人與主人一樣袖著手，默默佇立。我覺得他看起來有點眼熟，仔細觀察之下豈止是眼熟，分明就是上次深夜來訪拿走山藥的小偷先生。這次居然在大白天公然現身玄關。

「喂，這位是刑事巡查，逮到之前那個小偷，要叫你出面結案，所以特地上門。」

主人看似終於明白刑警登門的理由，低頭朝小偷那邊鄭重行禮。小偷比虎藏看起來更有男子氣概，所以主人大概誤以為這位是刑警。小偷想必也大吃一驚，但他總不可能自稱是小偷，於是一臉無辜地站著不吭氣。雙手還是藏在袖中。不過他掛著手銬，就算叫他把手伸出來也伸不出來。若是一般人看這情形應該就已大致明白了，可惜我家主人不像一般人，他對公務員與警察格外尊敬。遇上官方的公權力總覺得那是很可怕的東西。不過就理論而言，他也知道巡查其實只是老百姓出錢雇用的警衛，但是實際見到時還是忍不住鞠躬哈腰。主人的父親是昔日三流地區的名主[402]，對上面的大人物點頭哈腰的習慣或許因果循環如此回報在兒子身上。說來真是太可憐了。

巡查似乎覺得很好笑，笑嘻嘻說：「明天上午九點之前請到日本堤[403]的分局來。——您失竊的物品有哪些？」

「失竊的物品……」他說到一半才發現，已經不幸將那些東西大半忘記。只記得多多良三平送的山藥。山藥如何其實不重要，但說到「失竊的物品……」就講不下去很像与太郎[404]太丟人了。別人遭小偷也就算了，自家遭小偷卻無法做出明確的回答，證明自己太不成器，於是他只好鼓起勇氣接著說：「失竊的物品……是一箱山藥。」

小偷這時似乎也覺得很好笑，低頭把下巴埋進衣服領子。迷亭哈哈大笑說：「看來你特別捨不得山藥。」唯有巡查格外正經。

「山藥沒找到，不過其他物件大致都找回來了。——總之你來看了就知道。另外，歸還物品時需要填寫單據，請不要忘記帶印章。——一定要在九點之前到。是日本堤分局。——淺草警署管轄內的日本堤分局。——那我走了，告辭。」巡查自行交代完就走了。小偷先生也跟著離開。他的手伸不出來，無法關門，所以任由大門敞著就走了。主人看似既惶恐又不滿，鼓著

402 名主等於是江戶時代的村長。漱石之父夏目小兵衛直克也曾是牛込一帶（現新宿區）的名主。
403 通往吉原紅燈區的道路，也稱為吉原堤防。
404 做為愚蠢年輕人的名字，經常出現在落語故事中。

臉狠狠把門關上。

「哈哈哈！你可真尊敬刑警。平時要是一直保持那種謙恭態度就好了，問題是你偏偏只對巡查客氣。」

「那是因為人家還專程來通知我。」

「就算他來通知，那也是他的工作職責所在。你以平常心應付他就夠了。」

「但那不是普通工作。」

「當然不是普通工作。是偵探這種不受歡迎的工作。比一般工作更下等。」

「你講這種話，小心倒大楣。」

「哈哈哈！那我不說刑警的壞話了。不過你尊敬刑警也就算了，連小偷都尊敬就不得不令人吃驚了。」

「誰尊敬小偷了？」

「你明明就有。」

「我怎麼可能接近小偷。」

「但你不是還向小偷行禮了？」

「什麼時候？」

「你剛剛不就低頭鞠躬了？」

「胡說八道，那是刑警。」

「刑警會那副打扮嗎？」

「就是因為是刑警才那副打扮吧。」
「你真頑固。」
「你才頑固。」
「首先，刑警去別人家怎麼可能那樣袖手佇立？」
「刑警不見得就不會袖著手。」
「你的態度這麼強硬倒是令我敬畏。你鞠躬的時候那傢伙始終就那樣站著喲。」
「人家是刑警，所以說不定會那樣做。」
「你真有自信。看來我說破嘴皮子你也不肯聽。」
「我當然不聽。你只會嘴上說小偷、小偷，但你又沒親眼看到小偷闖進來。你只是這麼自以為是還死鴨子嘴硬。」

迷亭到此地步似乎也灰心地明白這是個不受教的男人，於是難得地沉默下來。主人自以為好久沒這樣挫挫迷亭的銳氣很是得意。在迷亭看來，主人的價值因為倔強而貶值，但照主人說來只要倔強就比迷亭更厲害。世間還有很多這種傻瓜。當他以為只要堅持倔強到底就贏得勝利時，他本身的價值已經大幅貶低了。不可思議的是頑固的當事人到死還以為自己很有面子，做夢也想不到以後人家只會輕蔑他懶得理他。無知者是幸福的。這種幸福據說被命名為豬的幸福。

「總之你明天打算去一趟嗎？」
「當然要去，叫我九點之前去，那我八點出門。」
「學校怎麼辦？」

「請假。學校算什麼！」他說得擲地有聲很是理直氣壯。

「你倒是挺有氣勢的。請假真的沒關係嗎？」

「沒關係，我們學校是給月薪，不可能扣錢。放心。」主人老實直說。說狡滑當然狡滑，說單純也很單純。

「你要去無所謂，但你認得路嗎？」

「怎麼可能認得。只要坐車去不就行了。」主人大言不慚。

「原來你是不遜於靜岡伯父的東京通，失敬失敬。」

「你儘管佩服我好了。」

「哈哈哈！說到日本堤分局，我告訴你，那可不是普通地方。是吉原喔。」

「你說什麼？」

「那是吉原。」

「你是說那個有紅燈區的吉原？」

「對呀，說到吉原，東京只有那麼一處。如何？你想去看看嗎？」迷亭君又開始調侃他。

主人聽到吉原，似乎有點遲疑，但立刻念頭一轉，「管他是吉原還是紅燈區，既然說了要去就一定要去。」主人在無謂的地方格外用力。愚人總是在這種地方意氣用事。

迷亭君只說：「想必會很有趣，你去看看就知道。」掀起波瀾的刑警事件這下子姑且告一段落。迷亭之後依舊饒舌，到了傍晚，他說太晚回去會被伯父罵這才離去。

迷亭走後，主人匆匆用過晚飯又躲回書房，再次拱手做出以下思考。

「自己本來頗為佩服意欲效法的八木獨仙，被迷亭這麼一說，似乎也不是值得效法之人。而且他提倡的論調也很沒常識，照迷亭的說法好像有點瘋癲。更何況他已經有二個瘋子手下了。實在很危險。如果隨便接近他恐怕會被他拉進同一個瘋子系統內。自己之前一見到文章便驚為天人，還以為對方肯定是有大見識的偉人，沒想到那位天道公平其實是立町老梅這個標準的瘋子，現在還住在巢鴨精神病院。即使迷亭的敘述有誇大之處，老梅在瘋人院中獨享盛名自命為天道主宰一事恐怕也是事實。如此說來自己或許也有點危險。俗話說同氣相求、物以類聚，我既對瘋子的說法感到心悅誠服——至少對他的文章言辭深表同情——那我自己或許也離瘋子不遠了。好吧，即便不是被同一個模子鑄造，但若與狂人比鄰而居，一牆之隔說不定幾時就被打穿，變成在同室之內促膝談笑。這可不妙。的確，仔細想想自家大腦的作用連自己都要驚訝，堪稱奇上加妙，變旁有珍[405]。腦漿一杓的化學變化激發意志產生行為，進而化作言詞，不可思議的是往往有失中庸。即便舌上無龍泉，腋下不生清風，奈何齒根有狂氣，筋頭有瘋癲味。越想越不妙。弄得不好說不定我已是標準的精神病患。幸好尚未傷人或造成世間困擾所以還沒被趕出區內，得以繼續做東京市民。這已經不是消極或積極的問題了。必須先從脈搏好好檢查。但我的脈搏似乎並無異狀。是腦袋發燒嗎？這方面好像也沒有腦充血的問題。但我還是不放心。」

「如此把自己與瘋子比較，細數相似之點後，自己委實無法脫離瘋狂之域。這是方法不

405 奇、妙、變、珍皆是強調非常奇妙的樣子。

對。拿瘋子當標準把自己往那邊解釋才會做出這樣的結論。若以健康的人為本位，把自己放在旁邊比較或許會有相反的結果。為此應該先從身邊的人開始。首先今天來過的大禮服伯父如何？心該放在何處……他也有點怪怪的。第二個是寒月。他從早到晚帶便當去學校磨珠子。這也半斤八兩。第三是……迷亭？那傢伙把嘻笑怒罵當成天職。分明是陽性的瘋子。第四是……金田太太。那種惡毒的脾性完全脫離常識。根本是個瘋婆子。第五輪到金田。我沒見過金田本人，但是看他恭敬奉承那種妻子，夫妻還能琴瑟和鳴，可見他也是個非凡人物。非凡是瘋子的異名，所以視為同類應不為過。還有——還有很多。落雲館的諸君子，就年齡而言才剛萌芽，但在狂躁這點卻是足以目空一世的英豪。如此算來一般人大抵都是同類。這下子我安心多了。說不定社會就是一群瘋子的集合體。瘋子集合在一起針鋒相對、互揭瘡疤、互相謾罵、你爭我奪，全體就像細胞一樣瓦解又生成、生成又瓦解，這或許就是所謂的社會。其中多少懂點道理、明白是非的人反而被當成絆腳石，於是打造出瘋人院這種地方，把絆腳石都關進去讓他們出不來。如此說來關在瘋人院的其實是普通人，在院外張狂的反而是瘋子。瘋子在孤立時只會被徹底當成瘋子，但成為團體有了勢力後，或許反而成了健全的人。大瘋子濫用金錢與權力使喚許多小瘋子胡鬧還被人稱為英雄好漢的例子並不少見。真是令人越想越糊塗。」

以上如實描寫出我家主人當晚在孤燈下深思熟慮時的心理過程。他的頭腦有多麼不透明在此已表露無遺。他雖然留著像德國皇帝一樣的八字鬍，卻是連瘋子與常人都無法區分的笨蛋。而且他難得提出這個問題考究自己的思考力，卻終究沒有做出任何結論便草草作罷。他事事皆是這般沒有腦力徹底思考的男人。他的結論之模糊，一如自他鼻孔噴出的「朝日」青煙難以捕捉，這就是他的議論中唯一能夠當成特色值得記憶的事實。

我是貓。或許有人懷疑我既然是貓如何能夠這般精密記述主人心中的想法，但這點小事對貓來說不算什麼。我可是會讀心術的。最好別多嘴問我是什麼時候學會的。總之我就是會。趴在人類膝上睡覺時，我會把我這身柔軟的毛衣悄悄在人類的腹間摩擦。於是一道電光閃過，他的腹中想法便清楚映現在我的心眼。之前也是，主人一邊溫柔撫摸我的頭，突然冒出可怕的念頭：如果剝了這隻貓的皮做成皮背心一定很暖和。我當下驚覺不禁渾身發冷。太可怕了。當晚主人腦中冒出的想法也因此有幸向諸君報導實在是我的莫大光榮。不過主人想到「越想越糊塗」之後就呼呼大睡見周公去了。到了明天肯定已忘記自己想過什麼。之後如果主人還會思考瘋子的問題，必然得從頭再重新思考。如此一來誰也無法保證他還會按照這樣的路線、如此這般做出「越想越糊塗」的結論。不過即使一再重新思考，試圖走任何一條路線，最後的確也只能「越想越糊塗」。

10

「老公，已經七點囉。」女主人隔著紙門喊道。主人不知是已經醒了還是仍在睡，只是把臉朝著另一邊沒吭氣。不回話是此人的老毛病。非得開口不可時他就「嗯」一聲。這個「嗯」也不是輕易出口的。人如果懶惰到連回話都嫌麻煩，倒也有趣，像這種人絕對不會受女人青睞。就連現在娶的女主人都不太重視他，其他的以此推知想必雖不中亦不遠矣。被父母手足嫌棄的人，不相干的紅顏傾城[406]自然更不可能青睞他，因此，主人甚至不受妻子喜愛，當然也不可能得到世間一般淑女的眷顧。我本來沒必要在這時曝露主人沒有異性緣之事，但他自己似乎想歪了，還強辭奪理聲稱是因為流年不利才不受妻子喜愛，所以我是看他痰迷心竅，才好心多說幾句想幫他自覺一二。

明明是他事先吩咐的時刻，但是時刻到了提醒他，他不僅充耳不聞，還把臉一撇，嗯都不嗯一聲，女主人斷定過錯在丈夫不在妻子，於是擺出「遲到了我可不管」的姿勢，扛著掃帚與雞毛撣子自行去書房了。不久書房響起啪答啪答的聲音，照例又開始打掃清潔。打掃的目的究竟是為了運動，還是遊戲，我不負責打掃所以無從得知，視若無睹當然也沒關係，但我不得不說這家女主人的打掃方法實在毫無意義。為什麼說她毫無意義呢？因為這位女主人只是為打掃而打掃。把雞毛撣子往紙拉門掃過一遍，掃帚在榻榻米上滑過。然後就視為打掃完畢。至於打掃的原因及結果，她不負絲毫責任。因此乾淨的地方每天都很乾淨，有紙屑或灰塵的地方永遠都有紙屑灰塵。以前有個故事叫做告朔餼羊[407]，做了或許總比不做好。但就算做了也不是為了主人。在無謂之處每日勞心勞力正是女主人厲害之處。女主人打掃是多年的習慣，雖有機械式的聯想頑強地綁在一起，但是論及打掃的實質內容，一如女主人出生之前，尚未發明撣子與掃帚的古代，絲毫沒有進步。想來這二者的關係就如同形式邏輯學命題上的名詞[408]，不管內容如何硬是結合在一起。

我與主人不同，本來就早起，這時候已經餓了。家人都還沒用餐，我身為一隻貓當然更不可能吃早餐，但這正是貓淺薄之處，想到冉冉冒煙的湯汁香氣或許正從碗中香噴噴地飄出，我就再也坐不住。無望的事，明知無望還心存企盼時，只能在腦中勾勒那個願望，按兵不動方為上策，但我做不到，我很想試試心願與實際究竟能否吻合。雖知一試之下必然失望，但沒有親自在事實上接受最後的失望之前還是無法承認。我忍不住溜去廚房。先探頭窺視爐灶後面的貓碗，果然如我所料還是保持昨晚舔乾淨的樣子，闃然無聲，在曖昧的光線自窗口射入的初秋日影中發亮。女傭把煮好的米飯移至飯鍋中，現在正在攪動炭爐上的鍋中物。鍋子周圍有沸騰溢出的米汁一條一條黏附，看似貼了薄紙。既然飯與湯都煮好了先讓我吃一口應該也可以。這種時候還客氣未免太沒意思了，反正就算不如所願也沒損失，於是我鼓起勇氣決定催促女傭給我吃早餐，縱使我只是寄居此地也一樣會餓。拿定主意後我喵了一聲，發出甜美的、如泣如訴的哀怨叫聲。女傭壓根沒回頭看我。她是天生的多角臉，所以我早就知道她不通人情，但是若能成功地以泣訴聲激起她的同情那才顯出我的本領。我再次喵嗚喵嗚叫。我相信那叫聲帶有悲壯音調足以令天涯遊子生斷腸之思。女傭還是沒回頭。這女人說不定是聾子。聾子不可能當女傭，或許她只有對貓叫聲聽不見。世上有所謂的色盲，當事人自以為視力健全，被醫生一說才知有缺陷，這個女傭大概也是音盲。音盲肯定也是一種缺陷。明明有缺陷還特別霸道。就像半夜，即使我要出去尿尿一再叫她開門她也絕對不肯幫我開門。偶爾讓我出去了也不肯再放我進

406《後月酒宴之島台》俗稱角兵衛的常磐津長歌這首曲子歌詠的歌詞。「傾城」是指風月場所的美人。

407 在古代中國，諸侯將天子頒下的曆法放進祖廟，每逢朔日供奉羊肉，告知祖靈該日為朔日。後來這項儀式逐漸流於形式，但孔子說禮不可廢（出自論語）。

408 以徒取形式為問題的學問做比喻，意指女主人打掃沒有實質效果。

屋。即便是夏天，夜晚的露水也對身體有害。更何況有霜的時候，站在簷下枯等天明有多麼辛苦，諸位絕對無法想像。上次我被關在門外時還遭到野狗攻擊，千鈞一髮時，好不容易爬上倉庫屋頂，整晚都在發抖。這全都是女傭不通人情造成的麻煩。就算對這種人喵喵叫，她也不可能被打動，但是，俗話說饑餓抱佛腳[409]，又說饑寒起盜心戀愛寫情書[410]，餓的時候什麼事都肯做。於是我第三次喵嗚嗚喵嗚嗚喵嗚嗚，為了喚起她的注意刻意叫出更複雜的聲音。我確信那美妙的聲音不比貝多芬的交響曲遜色，可惜對女傭似乎毫無影響。女傭突然屈膝自地板搬開一塊活動拉板，從中取出一根四寸長的硬炭。然後把那根長長的傢伙在炭爐的邊緣敲呀敲，敲成三段後周遭被炭粉弄得漆黑。好像也有一些粉塵飄進湯中。女傭才不在乎那種小事。立刻把敲碎的三塊炭自鍋子底下塞入炭爐中。她終究不曾傾聽我的交響曲。無奈之下我只好悄然返回起居室，經過浴室旁邊時，三個小姑娘正在洗臉，相當熱鬧。

說到洗臉，上面二個大的在念幼稚園，老三還不到姐姐的屁股高，所以不可能正經地洗臉、手腳俐落地化妝。只見老三自水桶扯出一塊濕抹布頻頻在臉上抹來抹去。拿抹布洗臉肯定很噁心，但每次有地震時這孩子都嚷著好好玩所以這點小事不足為奇。說不定她比八木獨仙更有悟道的慧根。長女不愧是長女，以大姐姐自居，立刻把漱口杯乒乒乓乓一扔，「小寶，那是抹布。」把抹布扯過去。小寶也很有主見所以不肯輕易聽姐姐的話。「不要，巴噗！」說著又把抹布拽回來。這個「巴噗」是什麼意思，出自什麼語源，無人知曉。總之小寶發脾氣的時候經常冒出這個名詞。抹布這時被大姐姐與小妹妹雙方左拉右扯，吸飽水分的中央便滴滴答答滴下水，毫不留情落在小寶的腳上。若只有腳還能忍受但是連膝蓋也濕了。小寶穿著元祿[411]花樣的衣服。元祿是什麼東西呢？我繼續聆聽之下，據說只要是不大不小的圖案都叫做元祿。不知是誰傳授的。「小寶，元祿都濕了，妳別鬧了。」姐姐說得很內行，但這個姐姐直到不久前還對元祿（genroku）與雙六（sugoroku）遊戲傻傻分不清楚。

想到元祿順便饒舌一下，這孩子經常說錯話，不時還會發生好像很瞧不起別人的口誤。比方說城門失火養隻池魚，御茶味噌（ochanomiso）女學校[412]，還把惠比壽（ebisu）與廚房（daidoko）[413]相提並論，有時還會說「我不是藁店[414]的孩子」，仔細糾正之下原來她把窮巷裡屋（uradana）與藁店（waradana）混為一談。主人每次聽到她這種口誤都會笑，但他自己去學校教英文時，恐怕一本正經地說出更滑稽的口誤給學生聽。

小寶——她不會說小寶，每次都自稱「小跑」——見元祿濕了，口齒不清地嚷著「元度撕了」哇哇大哭。元祿濕冷地貼在身上很難受，女傭從廚房跑出來，拿起抹布替她擦衣服。在這場騷動中比較安靜的，是身為老二的寸子姑娘。寸子把臉一扭，打開架子上掉落的瓶裝白粉，開始仔細化妝。她先伸出指頭沾了瓶中白粉往鼻頭一按然後豎著畫出一條白線，鼻子頓時

409 俗諺有云平日不求神，苦時抱佛腳。
410 淨琉璃《八百屋阿七》提到「饑寒起盜心，戀愛常詠歌」。
411 元祿其實是大塊圖案的華麗花色。當時頗為流行。
412 御茶水（Ochanomizu）女學校。當時位於本鄉區（現文京區）的女子高等師範學校附屬高等女學校。
413 可能是誤為七福神之中的惠比壽（ebisu）與大黑天（daikokuten）。
414 藁店為牛込區（現新宿區）的地名。

形狀分明。接著把指頭一轉摩擦臉頰後，往上一抹，形成白白的一團。可惜她好不容易盛裝打扮，女傭進來擦小寶的衣服時，卻順手也替寸子抹了臉。寸子看起來有點不滿。

我在一旁看著這幅情景，從起居間來到主人的寢室猜想他應該起床了，悄悄探頭一看，找不到主人的腦袋。只見一隻長十文半[415]的厚腳丫子從被腳伸出。大概是怕露出頭被叫醒，所以他乾脆把頭埋在被子裡。看起來就像隻小烏龜。這時打掃書房的女主人又扛著掃帚與撢子過來了。像之前一樣站在門口喊：「你還不起床嗎？」她站了一會，凝視沒有露出腦袋的被子。這次還是沒回音。女主人從門口朝裡走了二步，拿掃帚用力一戳，一邊又說：「你還不起來嗎？老公？」這時主人已經醒了。就是因為醒了，所以才事先把頭蒙在被子裡，以便躲避女主人的攻擊。他以為只要不露出腦袋便可躲過一劫，抱著這種無聊的僥倖心態睡懶覺，但對方可不饒他。第一次聲音是在門口，至少還有一間的距離，所以他心裡覺得尚可安心，等到戳來的掃帚已逼近三尺左右的距離他才吃了一驚。不僅如此，第二聲「你還不起來嗎，老公？」無論在距離或音量上都比之前更增一倍以上的氣勢，連被子裡都聽得見，他終於死心發現這下子不行，於是小聲嗯了一聲。

「九點之前要到吧？你再不快點就來不及了。」

「不用妳說我也要起來了。」從被子底下冒出回答實乃奇觀。女主人每次都見他使出這招，正感安心以為他要起來了，卻見他又睡回去，果然不可大意，於是催促：「快點，快起床！」人家都已經答應要起來了還厲聲斥喝叫人起床未免令人氣憤。像主人這樣任性的人自然更不高興。於是主人把之前還蒙著頭的被子一下子甩開。一看之下二隻眼睛也瞪得很大。

「吵什麼吵！我說要起來就會起來。」

「但你說要起來就是不肯起來呀。」

「什麼時候？誰說過那種謊話了？」

「你每次都這樣說。」

「說什麼傻話。」

「不知道是誰傻。」女主人站在枕畔用力一戳掃帚的樣子很英勇。這時後面車夫家的小孩小八忽然哇哇大哭。每次主人只要一發怒，小八就會大哭，這其實是車夫家的太太命令的。或許主人每次發怒時只要讓小八哭她就能賺到零用錢，但對小八而言卻是無妄之災。有個這樣的母親弄得自己從早到晚都得哭哭啼啼。如果主人能夠對這方面的內情稍有所覺控制一下怒氣的話，小八想必也能長壽一些，不過話說回來就算是受金田委託，會做這種蠢事的，幾可斷定是比天道公平君更誇張的人物。若只是主人每次發怒就讓小孩哭也就算了，金田君每次雇用附近的小混混譏笑主人是醜陋的今戶燒狸貓，小八就得哭。還沒確定主人是不是發怒，已預想他必定會發怒，搶先一步讓小八哭了。如此一來已分不清主人是小八，還是小八是主人。要收拾主人很簡單，只要罵一下小八，便等於輕易甩了主人一耳光。昔日在西洋，犯罪者受刑時，如果本人已逃亡國外無法逮捕，據說就會打造塑像代替本人接受火刑，看來金田這些人之中似乎也有通曉西洋故事的軍師，傳授了這種妙計。無論是落雲館學生，或是小八的母親，笨拙的主人

415 十文半約等於二十五公分。

想必都無力招架。除此之外主人無力招架的還有很多。說不定他對整個街坊都不擅應付，只是現在無關緊要，等有機會我再慢慢介紹。

主人聽到小八的哭聲，似乎一大早就格外氣惱，當下自被窩霍然起身。如此一來已顧不得什麼精神修養或八木獨仙了。他一邊起身一邊雙手用力抓頭，幾乎把頭皮扯下來。累積了一個月的頭皮屑，毫不客氣地飛往脖頸、睡衣領口。非常壯觀。再看鬍子又是一驚，居然根根直立。或許鬍子是覺得主人都已生氣了自己也不好意思再心平氣和，於是根根暴怒，肆意往各個方向猛烈伸展。這種景象頗為可觀。昨日照鏡子一事，本來已讓鬍子乖乖模仿德國皇帝陛下整齊列隊，但睡了一晚之後已沒啥訓練可言，立刻回歸本來面目，恢復原本自由奔放的外表。彷彿主人一夜速成的精神修養，到了隔天便被抹得乾乾淨淨，與生俱來的野豬本領立刻全面曝露。有這麼亂七八糟的鬍子，這麼粗魯的人，虧他至今還能保住教師職位沒有被免職，這麼一想，才明白日本之大。因為地大物博所以金田與金田的走狗才能被當成人到處吃得開。他們都能像模像樣地當人了，主人似乎確信自己也沒有被免職的道理。反正到了緊要關頭寫明信片去巢鴨問天道公平，就會立刻分曉。

這時，主人把我昨日介紹過的混沌太古之眼努力睜大，定定看著對面的壁櫥。高約一間的壁櫥橫著區隔開，上下各有二扇拉門。下方的壁櫥，與被腳幾乎相接，起床的主人只要一睜眼，視線自然會對著這邊。一看之下有花紋的紙拉門已處處破裂看似肚破腸流。裡面的腸子也分很多種。有的是鉛字印刷品，有的是親筆信。有的翻到反面，有的頭下腳下。主人看到這些腸子的同時，忽然很想看看上面寫了什麼。之前主人還氣得想把車夫家的太太抓來，把她的鼻頭壓在松樹上，一下子突然又想看這些舊報紙實在不可思議，不過對這種陽性的暴躁病人而言一點也不稀奇。就像小孩哭鬧的時候只要塞給他一個點心立刻就會笑。主人以前寄宿某處的寺廟[416]時，隔著一扇門住了五、六名尼姑。說到尼姑堪稱壞心眼的女人當中最最壞心眼，這些尼姑似乎看穿主人的脾性，每每總是一邊生火自炊一邊打拍子唱歌，歌曰「又哭又笑烏鴉拉尿、又哭又笑烏鴉拉尿」。主人討厭尼姑據說就是始自當時。但尼姑雖討人厭，說的話卻一點也不錯。主人無論是哭、是笑、是喜、是悲都比旁人多一倍，相對的也無法長久持續。說得好聽點是不偏執，心情轉換得快，若翻譯成俗話說得客氣點就是缺心眼少根筋，是個只會氣呼呼把鼻孔撐得特別大的彆扭孩子。既是彆扭孩子，本著吵架之勢猛然起身的主人忽然念頭一轉跑去看壁櫥收藏的內容物自然也是理所當然。第一眼看到的是頭下腳上的伊藤博文。往上一看日期是明治十一年九月二十八日。韓國統監[417]似乎早自這時起便已追著政府公告的尾巴走。大人在這個年代在做什麼呢？勉強就著模糊難辨的字跡一看原來當時的職位是大藏卿[418]。果然位高權重。就算頭下腳上也是大藏卿。稍微往左一看這次大藏卿躺著睡午覺。應該的。倒立不可能堅持太久。底下有大塊大木板只看到「汝為」二字，想看下文偏偏沒露出。下一行只露出「快點」二字。這次也很想看卻還是毫無線索。如果主人是警視廳的刑警，或許不管是誰的東

416 漱石自己自明治二十七年十月至翌年四月寄宿小石川區（現文京區）靠近傳通院的法藏院。
417 明治三十八年日本於京城（首爾）設置統監府的長官。伊藤博文為首任統監。
418 明治十一年當時，伊藤博文同時兼任大藏少輔（次於卿、大輔的地位，明治二年任命）與內務卿（明治十一年任命）。

西都會拉出來看。刑警沒有受過高等教育所以為了查明事實不擇手段。很難纏。如果可以真希望他們客氣一點。不客氣的話最好讓他們永遠無法查出事實真相。據說他們甚至會羅織虛構陷良民於罪。良民本是出錢雇用他們的人，陷雇主於罪簡直又是一個標準的瘋子。接著轉眼一看中央，中央是翻筋斗的大分縣字樣。連伊藤博文都倒立了，大分縣翻筋斗自是當然。主人看到這裡，雙手握拳朝天花板高高舉起。這是準備打呵欠。

這個呵欠如同鯨魚的遠吠，音調荒腔走板，打完呵欠後，主人這才慢吞吞更衣去浴室洗臉。等不及的女主人立刻掀起被子折疊，照例開始打掃。她的打掃依舊是那套做法，主人的洗臉方式也十年如一日。依然如我之前介紹過的嘎——嘎——呃——呃——大聲漱口。之後頭髮也梳好了，他把西式毛巾搭在肩上去起居室，超然占據長火盆旁的位子。說到長火盆，諸位或許會想像那是櫸木如輪木[419]，或者內側的菸灰盒全部以黃銅打造，剛洗完頭髮的俏姐兒屈膝而坐，把細長的菸管往黑柿邊緣[420]輕輕一敲的模樣，但我家苦沙彌老師的長火盆絕對沒有那麼拉風招搖。它非常古樸，甚至令外行人看不出是什麼做的。長火盆通常必須擦得晶亮才好，但此物究竟是櫸木還是櫻木或桐木做的本就不明瞭，而且幾乎從未拿布擦拭過，所以非常陰森不起眼。若問這種東西是從哪買來的，根本不記得有人買過。那麼是別人送的嗎？好像也沒人送過。再問難道是偷來的嗎？似乎也曖昧不清。昔日親戚之中有位隱居老者，老者死時，曾委託主人暫時看家。後來主人自己有了房子自立門戶，自老者住處搬出時，據說不經意便把當成自家物品使用的火盆也一併搬來了。說來有點難堪。不過仔細想想雖然難堪但這種事在世間多得很。銀行家每天保管別人的錢，不知不覺就把別人的錢當成自己的錢了。公務員本是人民的僕人。為了處理事務，等於人民授權委託的代理人。但是頂著被委任的權力每日處理事務，久而久之便以為這是自己擁有的權力，狂妄地以為人民對此沒有理由置喙。世間既然到處都是這種人，自然不能以長火盆事件斷定我家主人有小偷的癖性。如果主人有偷竊癖，天下的人全都有偷竊癖。

坐在長火盆旁，面對餐桌的主人，三面分別是之前拿抹布洗臉的小寶、說要去御茶「味噌」學校的團子、把手指伸進白粉瓶的寸子，這三個孩子早已到齊享用早餐。主人公平地環視這三個女兒的臉孔。團子的臉蛋輪廓像南蠻鐵刀的刀鍔。寸子身為妹妹多少也有點像姐姐，所以臉蛋輪廓至少有資格充當琉球朱漆盆。唯有小寶獨放異彩，有張長臉。若是縱長形，世間這種例子倒也不少，問題是這孩子是橫長形。就算流行趨勢再怎麼容易變化，恐怕也不會輪到橫長形的臉蛋流行。雖是自家孩子，主人也忍不住要深思。但孩子還是照樣會成長。豈止是會成長，成長之快速簡直就像禪寺的筍子轉眼長成嫩竹。主人每次感到孩子又長大了，就覺得被人在身後追趕不免冒冷汗。即便主人再怎麼糊塗，好歹也知道這三位千金是女的。既然是女的當然遲早都得嫁出門。雖然知道，卻也自覺自己沒本領把女兒嫁出門。即便是自己的孩子也覺得有點棘手。既然覺得棘手當初就不該製造出來，但這就是人。說到人類的定義很簡單。只要說他們是一種喜歡無事生非自找苦吃的生物就足夠了。

419 形容木紋美麗如輪。

420 火盆上部的邊框以黑柿木做成。與銅製菸灰盒皆為昂貴物品。

小孩果然了不起。做夢也沒想到老爹正煩惱如何處置她們，只顧著開心吃飯。但麻煩的是小寶。小寶現年三歲，女主人很細心，用餐時，特地給她準備了三歲幼兒用的小筷子小碗，但小寶死不答應。總要搶姐姐的碗、扯姐姐的筷子，明明拿不好偏要拿。放眼世間，越是無能無才的小人，越想登上自己無望企及的官職，那種脾性就是從小寶這個時代萌芽的。起因如此久遠，絕非教育或薰陶可矯正，最好趁早死心。

小寶從隔壁搶來大飯碗，獨占長長的大筷子，頻頻逞威風。不擅使用偏要使用，所以不得不逞威風虛張聲勢。小寶先把二支筷子的根部握在一起用力往碗底戳。碗中裝了八分滿的米飯，上面盛滿味噌湯。筷子一往碗中用力，之前勉強還能保持平衡，這下子突然遭受襲擊立刻傾斜三十度。同時味噌湯也毫不客氣地灑滿胸口。小寶可不會因為這點小事就退縮。小寶是暴君。接著她又把戳進去的筷子用力自碗底挑起。同時把小嘴湊到碗邊，把挑起的飯粒划入口中。飛起的飯粒伴隨黃色的湯汁猛然噴向她的鼻頭與臉頰還有腮幫子。沒沾到頭臉直接灑落在榻榻米上的飯粒更是不計其數。這種吃飯方式太不講究了。我謹此忠告有名的金田君與天下有力人士。諸公對待他人就如小寶對待碗筷，飛入諸公口中的飯粒寥寥無幾。他們不是以必然之勢飛入，是不小心飛入。還請再重新思量。這絕非老於世故的辣腕者應有的所為。

姐姐團子因自己的碗筷被小寶搶走，只好從剛才便將就著使用小碗小筷子，但那碗本來就太小，即便裝滿一碗飯，也頂多三口就沒了。因此只好頻頻伸手去添飯。她已經吃了四碗，這次是第五碗。團子掀起飯鍋蓋子拿起大飯杓，看了半晌。似乎在遲疑該不該吃，最後終於下定決心，看準沒鍋巴的地方舀起一勺沒問題，但她反手往碗上一扣，裝不進小碗的米飯整坨全落到榻榻米上了。團子倒是不慌不忙，開始仔細撿拾掉落的飯粒。我正好奇她撿起來要怎麼辦，只見她已全數放回飯鍋。好像有點不衛生。

小寶活躍地把筷子挑起時，正好團子舀完飯。不愧是當姐姐的，看不下去小寶那張小花臉，一邊說：「哎呀，小寶，不得了，妳滿臉都是飯粒。」一邊已動手打掃小寶的臉。她先拿開沾在小寶鼻頭上的飯。拿開之後，立刻不假思索塞進自己的嘴裡令我大吃一驚。然後是臉頰上的飯。這邊的飯粒也很多，兩邊臉頰合起來約有二十粒吧。姐姐仔細地一一取下吃掉，最後把妹妹臉上的飯一粒不剩地吃光了。這時一直安分嚼黃蘿蔔乾的寸子，忽然自剛盛好的味噌湯中撈起一塊地瓜，迅速丟進嘴裡。諸君想必也知道，沒有比湯中的地瓜更燙嘴的東西。就連大人，如果不注意也可能燙傷。更何況是寸子這種缺乏經驗不懂如何處理地瓜的孩子，當然很狼狽。寸子哇地大叫一聲把嘴裡的地瓜吐到桌上。其中兩三片不知怎麼搞的滑到小寶的面前，在恰好的距離停住。小寶本來就愛吃地瓜。看到最愛的地瓜飛到眼前，立刻把筷子一拋，用手抓起狼吞虎嚥。

打從剛才就目擊這情景的主人不發一語，專心吃自己的飯，喝自己的湯，這時已經在忙著用牙籤剔牙了。主人對女兒的教育似乎打算採取絕對的放任主義。哪怕三姐妹變成蝦茶式部或鼠式部[421]，或者三姐妹不約而同與情夫攜手私奔，他八成還是會照樣吃自己的飯，喝自己的

421 當時一般女學生都流行穿蝦茶色（暗紫紅色）的日式袴裙，因此仿照才女紫式部之名戲稱為蝦茶式部。鼠式部是更滑稽化的說法。

湯，若無其事地袖手旁觀。他很沒用。不過看看當今所謂有用的人，除了會說謊騙人、搶先占便宜、虛張聲勢嚇唬人、設計陷害人之外似乎啥也不知。連中學的少年都跟著有樣學樣，誤以為不這麼做就吃不開，本該羞愧臉紅卻洋洋得意地實行這一套還以為這樣才是未來的紳士。這不叫做有用。應該叫做小混混。我也是日本貓所以多少有點愛國心。每次看到這種「有用」的人就很想揍一頓。這種人每多出一個，國家就會相對地衰退一分。有這種學生的學校，是學校之恥；有這種人民的國家，是國家之恥。明明是恥辱還能混跡世間實在令人費解。日本人似乎比貓族還沒氣概。太窩囊了。和這種小混混比起來，不得不說我家主人遠遠更加上等。他的沒出息更上等。他的無能更上等。他沒有小聰明所以更上等。

以這種無用的吃飯方式平安結束早餐後，主人穿上西服，坐上車，前往日本堤分局報到。開門時，他問車夫知不知道日本堤這個地方，車夫嘿嘿笑。是那個有紅燈區的吉原附近的日本堤喔——這樣特地強調未免有點滑稽。

主人難得搭車自玄關出門後，女主人照常用餐完畢，催促道：「好了，快去上學吧，否則要遲到了。」小孩倒是不當一回事，「哎呀，可是今天放假耶。」一點也不打算整裝出門。「怎麼可能放假，動作快點！」女主人這麼一罵，「可是昨天老師宣布要放假。」姐姐死不肯動。女主人至此也覺得有點不對勁，從櫃子找出月曆翻開一看，紅字分明寫著是國定假日。主人大概不知是假日還向學校請假吧。女主人大概也是毫不知情地把假單丟進郵筒。但迷亭是真的不知道還是故作不知，這就有點疑問了。被這項發現嚇了一跳的女主人說，好吧，那妳們乖乖地一起玩。一如平時取出針線盒開始工作。

之後那三十分鐘家內安穩無事，也沒發生什麼事件可供我報告，這時突然來了一位奇妙的客人。是年約十七、八歲的女學生。穿著鞋跟彎曲的鞋子，拖曳著日式紫色袴裙，頭髮像算盤珠一樣鼓起，也沒打招呼就從後門自己進來了。這是主人的侄女。據說是學校的學生，不時會在週日上門，經常與叔叔吵架後憤然離去，有個好聽的名字叫做雪江。可惜臉蛋不如名字，是那種只要出門隨便走走，一兩町之內必然會見到的大眾臉。

「嬸嬸好。」她大步走進起居室，在針線盒旁坐下。

「咦，妳怎麼這麼早就來了……」

「今天是大祭日[422]，我想趁早上來一下，所以八點半就急忙出門了。」

「這樣啊，有什麼事嗎？」

「沒有，只是好久不見了，所以過來坐一下。」

「那妳不用急著走，多坐一會。妳叔叔馬上就回來了。」

「叔叔這麼早已經出門了嗎？真難得。」

「對，今天啊，去的是個特別的地方。……他去警局了，夠特別吧？」

「哎呀，為什麼？」

「今年春天來咱們家偷東西的小偷抓到了。」

「所以被警察叫去對質？真倒楣。」

422 皇室舉行大祭的日子。其中也有一些成為國定假日。

「不是，是去領回失物。昨天巡查特地上門通知，說失竊的東西找到了叫我們去領回來。」

「噢？難怪，要不然，叔叔也不可能這麼早出門。平時這個時間他還在睡覺呢。」

「天底下再也找不出比你叔叔更愛睡懶覺的人……叫他起床他還不高興。今天早上也是，他叫我七點一定要叫他起床，我就叫他啦。結果他把頭埋在被子裡死不肯吭聲。我不放心，又叫他第二次，他居然從被子底下含糊應聲。真是敗給他了。」

「叔叔怎會那麼愛睡覺。一定是神經衰弱吧。」

「妳說什麼？」

「他真的很愛胡亂生氣嘛。虧他那樣還能教書。」

「沒事，聽說他在學校很安分。」

「那就更糟了。簡直是蒟蒻閻魔[423]。」

「怎麼說？」

「反正就是蒟蒻閻魔啦。他那樣本來就跟蒟蒻閻魔一樣。」

「他可不只是愛生氣喔。人家說右他偏要往左，人家說左他就要往右，事事都要跟人唱反調——他可倔強了。」

「是天生反骨吧。叔叔把那個當成樂趣。所以想叫他做什麼時，只要反著說，他就會照著做了。就像上次他買洋傘給我時也是，我故意一再說不需要、不需要，他就說怎麼可能不需要，立刻掏錢買給我了。」

「呵呵呵，妳真聰明。那我下次也用這一招試試。」

「嬸嬸妳一定要用這招。不然就吃虧了。」

「上次保險公司的人來，勸我們投保——講了一大堆，說什麼有這種好處，又有那種好處，一講就講了一個小時，妳叔叔就是不肯點頭。咱們家也沒存款，而且還有三個小孩，至少買個保險也會比較安心，但他壓根不在乎那種事。」

「是啊，萬一有個三長兩短的確不安心。」十七、八歲的小姑娘講起話來卻像個已經出嫁的婦人。

「我偷偷聽他們談判，真的很有意思。原來他也不是不認同保險的必要。因為必要所以才會有保險公司的存在。但他倔強地主張既然沒死就沒必要投保。」

「叔叔嗎？」

「對，結果保險公司的男人說，如果沒死當然用不著保險公司。但人命看似強韌其實脆弱，不知不覺中，誰也不知道危險幾時已逼近，妳叔叔居然嘴硬說，不要緊，我已決心不死。」

「就算下定決心，還是會死吧。就好像我決心一定要考試及格，最後還是落第。」

「保險公司的人也是這麼講。他說壽命不可能聽憑自己決定。如果靠決心便能長壽，那還有誰會死。」

「保險公司的人言之有理。」

---

423 小石川區初音町（現文京區）源覺寺內的閻魔堂。用蒟蒻當供品因此得名。但雪江的意思是指叔叔是個紙老虎，與這間閻魔堂的關係不大。

「有道理吧？可你叔叔就是不懂。他還神氣地說，不，我絕對不死。我發誓不死。」
「真古怪。」
「古怪吧？簡直太古怪了。他一口咬定說與其花錢買保險還不如存到銀行更好。」
「叔叔有存款？」
「怎麼可能會有。他壓根沒想過自己死了以後怎麼辦。」
「真令人擔心。他怎會那樣呢？來府上拜訪的人，也沒有一個像叔叔那樣。」
「怎麼可能會有。他絕對是獨一無二。」
「不如去找鈴木先生徵詢一下他的意見。那個人很穩重，一定過得很輕鬆自在。」
「別提了，鈴木先生在咱們家的風評可糟了。」
「怎麼全都相反。那麼，找那個人總行了吧——就是那個慢條斯理的——」
「妳說八木先生？」
「對。」
「八木先生更是令人啞口無言。昨天迷亭先生來還說他的壞話，恐怕沒有想像中那麼管用。」
「人家有什麼不好。那麼意氣風發又態度從容——上次他還在學校演講呢。」
「八木先生嗎？」
「對。」
「八木先生是妳的學校老師嗎？」

「不是，不是老師，他是應淑德婦女會的邀請專程來學校演講。」
「講得有趣嗎？」
「這個嘛，也不算太有趣啦。不過，那位先生，臉不是很長嗎？而且還留著像天神[424]一樣的鬍子，所以大家都聽得心悅誠服。」
「他去演講是講什麼？」女主人正在發問時，三個小孩聽到雪江的聲音，已從簷廊那邊一窩蜂地跑進起居室。之前大概在竹籬外的空地玩耍。
「哎呀雪江姐姐來了。」二個姐姐開心地大聲說。女主人說：「不要大呼小叫，大家安靜坐好。雪江姐姐現在正要講有趣的故事。」說著把針線活兒放到一旁。
「雪江姐姐要講什麼故事？我最愛聽故事了。」說這話的是團子。「是喀擦喀擦山[425]的故事嗎？」這麼問的是寸子。「小跑也要故事。」老三說著從二個姐姐之間促膝向前。但她的意思不是要聽故事，而是她也要講故事。「哎呀，又要說小跑的故事了。」姐姐笑著說，女主人哄她：「小寶待會再說，先聽雪江姐姐講完。」小寶就是不肯聽話。「不要，巴噗！」她大聲說。「噢，好好好，那小寶先說。妳要說什麼故事？」雪江謙虛地禮讓她。
「我跟妳說喔。我要說的是，小跑，小跑，去哪裡。」

424 在日本說到天神通常是指菅原道真。菅原本為平安時代的貴族，死後被尊為學問之神。
425 日本的民間故事。大意是狸貓害死老婆婆，兔子以妙計懲治狸貓代替老公公報仇。「喀擦喀擦山」這個名稱的由來，是狸貓背上揹著柴火，兔子想用打火石點火燒死牠，磨擦打火石發出聲音，狸貓起疑心時兔子哄騙牠的回答。

「真有趣。然後呢？」

「我去田裡割稻子。」

「真的啊，妳懂的好多。」

「然後妳蘭阻止。」

「哎呀，不是『蘭』，是『來』啦。」團子插嘴說。小寶還是大喝一聲「巴噗」叫姐姐閉嘴。但被姐姐這麼一打岔，她忘記接下來要講什麼，故事沒有下文了。「小寶，就只有這樣嗎？」雪江問。

「我跟妳說喔。然後就放屁喔。噗，噗噗。」

「呵呵呵，討厭，這種話是誰教妳的？」

「女傭。」

「女傭真壞，居然教這種事。」女主人也苦笑，「好了，接下來輪到雪江姐姐了。小寶要乖乖地聽喔。」這下子小暴君似乎也滿意了，暫時保持沉默。

「八木老師的演講是這樣的。」雪江終於開口。「據說以前在某個路口的中央有一尊很大的石頭地藏菩薩。不巧那是車馬來往穿梭非常熱鬧的場所因此非常礙事。區內的居民聚集討論，打算把這尊地藏設法搬到角落去。」

「那是真有其事嗎？」

「誰知道，他沒提到這點。——於是大家商量之後，當地最強壯的男人說，那很簡單，我一定可以搞定。於是他一個人走到那個路口，汗流浹背地用力拉扯，但是石頭地藏文風不動。」

「看來那尊地藏特別重。」

「是啊，結果那個男的累得半死，回家就躺平了，當地居民只好再次商量。這次當地最聰明的男人說，交給我來解決吧，我會做給你們看。於是他在層層食盒裝滿牡丹餅，來到地藏菩薩前，『快過來。』一邊說著一邊拿牡丹餅給地藏看，他心想地藏也很貪吃應該會被牡丹餅吸引，不料地藏文風不動。聰明的男人心想這可不行。於是又在葫蘆裝滿酒，一手拎著葫蘆，一邊拿酒杯再次來到地藏的面前說：你不想喝嗎？想喝酒就過來。這樣耗了整整三個小時，但地藏還是不為所動。」

「雪江姐姐，地藏菩薩的肚子不餓嗎？」團子問。「我好想吃牡丹餅。」寸子說。

「聰明人二次都失敗了，於是接著他又弄來許多假鈔說，想要吧？想要的話就過來。把鈔票當著地藏菩薩的面前一下子取出一下子收回，但是這招完全無效。這個地藏菩薩非常頑固。」

「是啊。有點像妳叔叔。」

「對，簡直跟叔叔一樣頑固。最後聰明人也死心了只好放棄。之後，有個吹法螺的人出現，輕輕鬆鬆地打包票說：我一定可以解決，各位放心吧。」

「那個吹法螺的人做了什麼？」

「那才有意思呢。他起初穿上巡查的制服，戴上假鬍子，來到地藏菩薩的面前，耀武揚威地說：喂喂喂，你再不走是你自己吃虧喔，可別小看警察。不過這年頭就算用警察的聲調嚇唬人也沒人聽從了。」

「就是啊。結果地藏菩薩動了嗎？」

「怎麼可能會動。祂和叔叔一樣。」

「但是妳叔叔對警察可是畢恭畢敬。」

「真的？叔叔會那樣？這麼說來，他也沒那麼可怕嘛。但是地藏菩薩還是不動，穩如泰山。於是吹法螺的人大怒，脫下巡查制服，把假鬍子扔進垃圾桶，這次又換上大財主的服裝。若照當今的說法就是像岩崎男爵[426]那種長相了。真可笑。」

「岩崎的長相是什麼樣的長相？」

「就是臉特別大吧。然後他什麼也不做，什麼也不說，只是一邊抽著大雪茄一邊繞著地藏走來走去。」

「那樣有什麼用？」

「讓地藏菩薩如墜五里煙霧中。」

「簡直像是相聲的搞笑段子。結果成功了嗎？」

「沒用，對方可是石頭。唬弄人也該見好就收，之後他又偽裝成皇族的殿下。真傻。」

「噢？那個時代也有皇族的殿下？」

「有吧。八木老師是這麼敘述的。我記得他說那人膽大包天，居然敢偽裝成殿下——此舉首先就很不敬，憑他一個吹法螺的也配！」

「他說的殿下是哪個殿下？」

「不知是哪個殿下，總之不管是哪個殿下都很不敬。」

「也對。」

「殿下出馬也不管用。吹法螺的也沒轍了，只好投降說，以我的本領也沒辦法對付那個地藏。」

「活該。」

「是啊，應該順便教訓他一下。——不過居民們很苦惱，再次商量，但是已經沒人願意自告奮勇接下這差事，所以很傷腦筋。」

「這樣就結束了？」

「還有下文呢。最後他們雇用了許多車夫與小混混，在地藏菩薩周圍大吵大鬧走來走去。說是只要欺負地藏菩薩讓祂待不下去就行了，於是日夜交替吵鬧不休。」

「真是辛苦。」

「但地藏菩薩還是不買帳。祂也很倔強。」

「後來怎麼辦？」團子熱心發問。

「後來啊，每天吵鬧都不見效，大家也漸漸厭煩了，但是車夫與小混混每天都有日薪可領，倒是開心得很。」

「雪江姐姐，什麼是日薪？」寸子發問。

「日薪啊，就是指錢。」

「領到錢要做什麼？」

426 岩崎彌之助（1851-1908），三菱會社社長。明治二十九年獲得男爵的爵位。

「領到錢啊。……呵呵呵，寸子妳真是的。——結果嬸嬸妳知道嗎，他們不是每日每晚不停吵鬧嗎？當地有一個人名叫傻瓜竹，是啥也不知、誰也不理睬他的傻瓜。傻瓜竹看到這場騷動就說你們幹嘛吵吵鬧鬧，耗了好幾年都無法搬動一尊地藏嗎，真可憐——」

「傻瓜雖傻倒是挺自大的。」

「的確是個相當自大的傻瓜。大家聽到傻瓜竹說的話，心想不試不知道，反正死馬當作活馬醫，就讓阿竹去試試吧，於是委託阿竹，阿竹二話不說就應承了，他說你們不要那麼吵，先安靜下來。然後他把車夫與小混混都趕回來，飄然走到地藏菩薩的面前。」

「雪江姐姐，『飄然』是傻瓜竹的朋友嗎？」團子在緊要關頭發出奇問，女主人與雪江忍不住笑了出來。

「不，不是朋友。」

「不然是什麼？」

「飄然啊。——沒辦法解釋。」

「飄然就是沒辦法解釋？」

「不是啦，所謂的飄然啊——」

「嗯。」

「妳知道多多良三平先生吧？」

「知道，他送給我們山藥。」

「就像那位多多良先生一樣。」

「多多良先生就是飄然？」

「對，沒錯。——於是傻瓜竹來到地藏菩薩面前把手袖在懷中說，地藏菩薩，這裡的居民想請你換個地方，你動一下好嗎？地藏菩薩當下說，這樣啊，那你們早說不就沒事了，於是緩緩動了起來。」

「真是奇妙的地藏菩薩。」

「然後就是演講。」

「還有嗎？」

「對，之後八木先生說，今天是婦女的聚會，我特地說這樣的故事自然有點用意，這麼說或許失禮，但婦女往往不肯走正面的捷徑，反而喜歡兜圈子繞遠路採取迂迴的手段。不過這種現象不僅限於婦女。明治時代即便是男性，受到文明之弊也變得有點女性化，經常浪費無謂的手段與勞力，許多人還誤以為這是正道，是紳士應有的方針，但這其實是受到文明開化束縛的畸形產物。遑論其他。只希望各位女士盡量記住我剛才講的小故事，到了緊要關頭能夠以傻瓜竹那種誠實的心態處理事物。各位若能成為傻瓜竹，夫妻之間、婆媳之間的糾紛肯定可以減少三分之一。人越有心計，那個心計反而越會帶來不幸，婦女平均而言比男性更不幸，完全就是因為這種心計過多。請各位效法傻瓜竹——以上就是他的演講內容。」

「噢，所以妳也決定成為傻瓜竹嗎？」

「拜託，什麼傻瓜竹。我才不要咧。金田富子小姐更是氣呼呼地說他太沒禮貌。」

「金田富子小姐？妳是說那個住在對面橫巷的？」

「對，就是那位洋派小姐[427]。」

「她也在妳的學校？」

「不，她只是來旁聽婦女會的活動。她真的很洋派。令人很驚訝。」

「不過聽說她長得很漂亮。」

「普通而已。沒有她自以為得那麼美。只要像她那樣化妝，一般人都會變漂亮。」

「那妳如果像她一樣化妝一定會比她漂亮兩倍。」

「討厭，少來了，人家不知道啦[428]。不過，她的確太做作了。就算家裡有錢——」

「就算做作還是有錢比較好吧？」

「話是沒錯啦——我看她才該稍微效法傻瓜竹。她可囂張了。上次她還向大家吹噓，聲稱有某某詩人把新體詩集獻給她咧。」

「是東風先生吧。」

「哎喲，是他獻的詩？他的品味也太奇怪了。」

「不過東風先生非常認真喔。他自認為做那種事是應該的。」

「就是因為有那種人才會壞事。——還有更好玩的事呢。聽說上次還有人寫情書給她。」

「噢？真不要臉。是誰做出那種事？」

「聽說不知道是誰。」

「沒有名字嗎？」

「名字倒是寫了，但是好像從來沒聽說過這號人物，而且那封信很長很長，長達一兩公尺。據說信中還寫了很多奇奇怪怪的話。什麼我愛妳就像宗教家愛著神，為了妳我願變成祭壇上的羔羊，被屠宰是我的無上光榮，我的心臟是三角形，三角的中央插著丘比特的愛神之箭，若是吹箭肯定命中紅心……」

「那是真的嗎？」

「當然是真的。我的朋友之中就有三個人親眼見過那封信。」

「她也真是的，居然把那種東西到處給人看。她既然打算嫁給寒月先生，那種事如果廣為人知應該會很困擾才對。」

「她才不困擾咧，反而很得意。下次寒月先生來，孀孀不妨告訴他。寒月先生一定還被蒙在鼓裡吧？」

「誰知道，他天天去學校磨珠子，八成不知情吧。」

「寒月先生真的打算娶她嗎？太可憐了。」

「可憐什麼？對方家裡有錢，必要時又能出力，不是很好嗎？」

「孀孀老是把錢掛在嘴上太沒氣質了。愛情應該比金錢更重要吧？如果沒有愛情就無法成立夫妻關係。」

「是嗎？那麼雪江妳要嫁給什麼樣的人？」

---

427 洋派（high collar，高領，指當時流行的西式男用襯衫，參照前文）從語源即可看出起初是指男性，但逐漸也用於形容女性。

428 這句是當時女學生的流行用語，被評為下流。漱石文中的人物也經常使用。

「那種事我哪知道，我現在又沒有對象。」

雪江與嬸嬸針對結婚大發議論時，打從剛才雖然聽不懂卻聽得很專心的團子突然開口宣稱：「我也想嫁人。」她這沒頭沒腦的願望，充滿青春氣息，就連本該寄予同情的雪江似乎也有點啞然，女主人倒是比較不以為意，「那妳想嫁去哪裡？」她笑著問。

「我啊，其實很想嫁去招魂社，但我討厭過水道橋，所以正在煩惱該怎麼辦。」

女主人與雪江聽到這個妙答，已經驚愕得沒有勇氣反問，只好哈哈大笑時，二女兒寸子對姐姐提出這樣的問題：

「姐姐妳也喜歡招魂社？我也好喜歡。那我們一起嫁去招魂社吧。好嗎？妳不肯？妳不肯就算了。我一個人坐車去。」

「小跑也要去！」最後連小寶也宣稱要嫁去招魂社。如果三姐妹真的一起嫁去招魂社，主人想必會很輕鬆。

這時車聲喀拉喀拉在門前停止，頓時傳來響亮的一聲「您回來了」。似乎是主人自日本堤分局回來了。女傭接下車夫遞來的大包袱，主人悠然走進起居室。「啊，妳來啦。」他一邊對雪江打招呼，一邊把手裡拿的貌似酒瓶之物拋到那個有名的長火盆旁。說是貌似酒瓶當然不可能真的是酒瓶，但也不像是花瓶，只是一種怪異的陶器，所以只好暫時先這麼稱呼。

「好奇怪的酒瓶，那種東西是從警局拿到的嗎？」雪江把倒下的瓶子扶起來，一邊問叔叔。叔叔看著雪江的臉，自豪地說：「如何？形狀很美吧？」

「形狀很美？你說這個？我看不怎樣吧。這是什麼油壺嗎？」

「怎麼會是油壺。說那麼殺風景的話太無趣了。」
「不然是什麼？」
「是花瓶。」
「若是用來插花，瓶口太小，肚子又太大了。」
「那才有意思呀。妳也太不懂風雅了，簡直跟妳嬸嬸沒兩樣。傷腦筋啊。」主人獨自拿起油壺，對著紙門那邊打量。
「反正我就是不懂風雅。我可做不出去警局領油壺的舉動。對吧嬸嬸？」嬸嬸已經顧不得這個了，她正解開包袱瞪大雙眼，仔細檢查領回的失物。「咦，這倒是意外。小偷也進步了呢。衣服全都被拆開分別漿洗過了。你快來看，老公。」
「誰會去警局拿油壺啊！我是因為等得太無聊，在附近散步時發現這個意外的精品。妳沒眼光看不懂，但那可是稀有的精品喔。」
「稀有得過分了。叔叔你到底去哪散步了？」
「還能去哪，當然是日本堤一帶。也去了吉原。那邊相當熱鬧。那個鐵門[429]妳看過嗎？一定沒有吧？」
「誰要去看啊。吉原那種操賤業的婦人住的地方我怎麼可能會去。叔叔身為教師，居然好意思去那種地方。我真的沒想到。對吧嬸嬸？嬸嬸？」

429 指吉原的大門。

「對，是啊。找回來的東西好像件數不夠。這些就是全部了嗎？」

「找不回來的只有山藥。本來叫我九點報到，怎麼可以讓我等到十一點，所以我才說日本警察不像話。」

「日本警察不像話？叔叔你去吉原散步更不像話。要是讓別人知道了會被免職喲。對吧嬸嬸？」

「對，肯定會的。老公，我有一條腰帶的單面不見了。我就說少了什麼。」

「區區一條腰帶的單面妳就死心吧。我可是苦等了三個小時，浪費了半天寶貴時間。」主人換上和服坦然自若地倚著火盆打量油壺。女主人無可奈何只好死心，把找回的失物直接收進櫃子就坐到位子上。

「嬸嬸，叔叔說這油壺是精品呢。明明就髒兮兮的。」

「那是從吉原買來的？天啊。」

「妳嗟呼什麼啊。妳根本不懂。」

「可是那種東西就算不去吉原，滿街也多得是。」

「偏偏就是沒有。這可是難得一見的精品。」

「叔叔也跟石頭地藏一樣頑固。」

「妳小小年紀竟敢教訓大人。這年頭的女學生嘴巴太壞了。應該回去看一下女大學[430]。」

「叔叔你討厭保險吧？女學生與保險哪一個更討厭？」

「我不討厭保險。那是必要的。只要考慮到未來，人人都會投保。但女學生是沒用的廢物。」

「沒用的廢物也無所謂。反正你又不投保。」
「我打算下個月就投保。」
「一定？」
「一定。」
「我看省省吧，投什麼保啊。還不如用那筆錢去買點東西。對吧，嬸嬸？」嬸嬸竊笑。主人倒是一本正經，「妳是自以為能活到一兩百歲，才會說那麼悠哉的話，如果稍微有點理性，自然會感到保險的必要。我決定下個月就要投保。」
「是嗎？那就沒辦法了。不過如果有錢像上次那樣買洋傘給我，拿去買保險或許更好。人家明明一再強調不需要、不需要還硬是要買給我。」
「妳真的那麼不需要？」
「對，我才不想要什麼洋傘。」
「那妳還給我好了。正好團子想要，妳把洋傘給她吧。妳今天帶來了嗎？」
「哎呀，那也太過分了。難道不是嗎？都已經買來送給我了，又叫我歸還。」
「是妳自己說不需要，我才叫妳歸還。這一點也不過分。」
「我的確是不需要，但太過分了。」
「妳怎麼講話顛三倒四的。妳說不需要我才叫妳還給我，這樣有哪裡過分？」

430 江戶時代女子的修身書籍。是廣泛流傳的假名體書刊。

「可是！」

「可是就是什麼？」

「可是就是很過分嘛。」

「笨蛋，翻來覆去只會講同樣的話。」

「叔叔自己還不是一直講同樣的話。」

「是妳一再重複我只好配合妳。妳剛剛不是親口說妳不需要？」

「我是說了沒錯。我的確不需要，但我不想還給你。」

「這倒是驚人。妳不僅不懂事還倔強簡直沒救了。妳的學校沒教邏輯學嗎？」

「少來了，反正你就是想罵我沒教育，隨便你說吧。送人的東西還催人歸還，就算是外人也不會講這麼不通人情的話。叔叔應該效法傻瓜竹才對。」

「效法什麼？」

「我是說你應該學習一下誠實淡泊的態度。」

「妳不但愚蠢還倔強。難怪會落第。」

「我就算落第也沒叫叔叔替我出學費。」

雪江說到這裡再也忍無可忍，潸然落淚打濕了紫色袴裙。主人很茫然，似乎想研究她的淚水究竟出於何種心理作用，緊盯著袴裙與垂頭的雪江。這時女傭自廚房過來，紅通通的雙手在門口併攏行禮，「有客人來了。」她說。「是誰來了？」主人問。「是學校的學生。」女傭一邊斜眼偷瞄滿面淚痕的雪江一邊回答。主人起身去了客廳。我為了研究人類兼取材，也悄悄尾隨主人去簷廊。研究人類若不挑選起波瀾時通常不會得到結果。平時普通的人就是普通，就算去看去問也平凡得令人提不起勁。但是到了緊要關頭，這種平凡會忽然因靈妙的神祕作用冉冉昇華，奇的、怪的、妙的、異的，一言以蔽之在我等貓族看來頗堪後進參考的事件皆會霸道地出現。雪江的紅顏淚正是那種現象之一。即便是如此不可思議、心態不可捉摸的雪江，與女主人說話之際還不覺得，等主人回來一拋出油壺，她頓時就像死龍身上注入蒸氣幫浦[431]，毫不吝惜地勃然發揚那深奧不可窺知的巧妙、美妙、奇妙、靈妙的天生麗質。那種麗質是天下女性共通的麗質。只可惜它並不輕易出現。不，一天二十四小時都在不斷出現，只是不會那麼明顯昭彰毫不客氣地出現。幸好有主人這種動不動就喜歡倒著摸我毛的彆扭古怪人士，所以我才能見到如此曲折的情節。只要跟在主人的後面，不管去哪肯定都能看到舞台演員情不自禁地隨之起舞。有這麼好玩的男人做我的主人，雖然貓的生命短暫，也能得到許多寶貴經驗。我實在太幸運了。不知這次的客人又會是誰。

一看之下此人年約十七、八，是個與雪江年紀不相上下的書生。大腦袋剃得精光，臉蛋中央有個圓鼻子，規矩端坐在和室角落。雖然沒有特別值得一提的特徵，頭蓋骨倒是挺大的。就連剃成光頭後看起來還那麼大，可見他如果像主人那樣留長髮，大腦袋一定更惹人注目。偏偏越是這種大頭越沒有學問，這是主人向來的主張。事實或許果真如此，不過乍看之下倒像拿破崙頗為壯觀。他的衣著就像一般書生，是薩摩飛白布料還是久留米飛白或伊予飛白我分不清，

431 蒸氣幫浦是蒸氣式滅火幫浦。此處應是指瀕死的龍被水柱一噴起死回生，現出真面目。

總之是穿著那種藍底白點的半袖夾衣，裡面似乎沒有穿襯衣或裡衣。只穿一襲夾衣還打赤腳往往會給人風流不羈之感，但這個人卻讓人感到骯髒邋遢。尤其榻榻米上留下三個宛如小偷的大拇趾印顯然是光腳造成的。他端坐在第四個腳印上，一臉窮酸地畏畏縮縮。規矩人如果這麼拘謹地端坐倒是不會令人在意，但頂著光頭衣衫短小的凶惡人物若是態度畏縮就難免顯得不搭調了。平時在路上見到老師不屑行禮還引以為傲的人，即便只是短短三十分鐘，要他像常人一樣坐著肯定也會很痛苦。可是偏偏還得像生來就是謙恭君子、有德長者般端坐，不僅他自己受罪，在旁人看來也很可笑。在教室或運動場那麼吵鬧的人，現在為何有能力如此約束自己，想來不免既可憐又滑稽。這樣一對一時，就算主人再怎麼愚魯，在學生的心目中似乎也有些許分量。主人想必也很得意。俗話說積沙成山，渺小的學生一旦大批聚集便成了不可輕侮的團體，說不定會鬧出抗爭行動或遊行示威。這大概就像膽小鬼喝了酒便會變得大膽。仗著人多勢眾鬧事終究只是暫時被人氣沖昏頭的結果，視為不清醒的行為應該不會錯。否則這個說是畏縮毋寧是垂頭喪氣自動緊貼紙門的薩摩飛白小子，不可能瞧不起就算再怎麼老朽好歹也有教師之名的主人。他沒那個膽子小看我家主人。

主人把坐墊推過去說「請坐」，但光頭小子渾身僵硬說聲「是」卻文風不動。眼前褪色破損的印花坐墊也沒勸坐就這麼大剌剌坐定，那個大腦袋卻傻呼呼地坐在後方，實在奇怪。坐墊是用來給人坐的，女主人可不是為了供人欣賞才把它從勸工場買來。站在坐墊的立場，如果沒人坐它就等於有損它身為坐墊的名譽，對於請客人坐的主人也有幾分沒面子。不惜讓主人沒面子也要與坐墊大眼瞪小眼的光頭小子絕非討厭坐墊。老實說，除了祖父的法事之外他活到這麼大還真沒什麼正式跪坐的機會，所以腳尖從剛才就已發麻正在叫苦連天。但他還是沒有把坐墊拿來坐。雖然坐墊晾在那裡無所事事但他還是沒坐。主人請他坐但他硬是不肯坐上去。真是個麻煩的光頭小鬼。這麼客氣的話當初眾人聚集時也該客氣一點才對，在學校也該客氣一點才對，在宿舍也該客氣一點才對。在不該客氣時瞻前顧後，在該客氣時卻毫不謙遜。不，甚至搞得一片狼藉。真是麻煩的光頭小鬼。

這時後方的紙門拉開，雪江恭敬替光頭小子送上一杯茶。若是平時，這個光頭小子可能會揶揄一句「savage tea 來了」，但他現在單是面對主人一個人就夠嗆了，再加上妙齡女子憑著在學校剛學來的小笠原流[432]，以做作的手勢送上茶杯，弄得光頭小子似乎非常苦悶。雪江關上紙門時在背後暗自偷笑。如此看來女人在同齡者當中也相當厲害。和光頭小子比起來遠遠更有膽量。尤其她剛剛才遺憾地灑下一滴紅淚，所以現在的竊笑就更顯眼了。

雪江退下後，雙方默默無言，就這麼僵持片刻，主人察覺這樣不是辦法終於開口。

「你叫做什麼來著的？」

「古井……」

「古井？你姓古井是吧。底下的名字呢？」

「古井武右衛門。」

「古井武右衛門──原來如此，好長的名字。不是這年頭常見的名字，是老式的名字，我

432 小笠原流本是武家禮式的一個流派。後傳至民間，戰前的女校也納入禮儀教育中。

記得你四年級了吧？」

「不是。」

「那是三年級嗎？」

「不是，二年級。」

「甲班嗎？」

「是乙班。」

「乙班的話，歸我管。這樣啊。」主人感嘆。其實這顆大頭打從入學當時就被主人盯上了，主人絕對沒有忘記。不僅如此，不時還會夢到，可見對那顆大頭有多麼印象深刻。但是溫吞的主人無法把這顆大頭與這古典的姓名連結，也無法把那個連結起來的印象與二年乙班連結。所以聽說這顆甚至在夢中出現過的大腦袋是自己督導的班級學生，不禁在心底兩手一拍暗呼「我想起來了」。但這個有顆大頭、姓名古典、而且歸自己督導的學生為何這時上門來他還真猜不出來。主人本來就人緣很差，學校的學生不管是新年正月或年底幾乎都不會來拜訪。古井武右衛門算是第一個上門的稀客。摸不透他來訪的用意，主人似乎也很為難。應該不可能只是來這麼無聊的人家裡玩耍，若是來勸主人辭去教職，態度應該更昂然，話說回來武右衛門君也不可能是來商量他個人的私事，不管怎麼想，主人都想不透。看武右衛門的樣子，或許連他自己也不清楚為何會來到這裡。無奈之下主人只好直接挑明了問他：

「你是來玩的嗎？」

「不是的。」

「那是有事囉？」

「對。」

「是學校的事嗎？」

「對，我想和您談一下……」

「嗯。是什麼事呢？你說說看。」說著面對武右衛門再也不吭氣。本來武右衛門以中學二年級學生的標準而言算是口才很好，雖然他腦袋大，腦力卻沒那麼發達，儘管如此說話方面在乙班算是佼佼者。之前問Columbus的日文怎麼翻譯害主人非常困窘的正是這位武右衛門同學。現在這位向來發言鏗鏘有力的同學，居然從一開始就像口吃的公主那樣吞吞吐吐扭扭捏捏，顯然是有什麼內情，不可能只是出於客氣。主人也感到有點納悶。

「如果有話想說，那你趕快說出來不就好了。」

「這件事有點難以啟齒……」

「難以啟齒？」主人說著看向武右衛門的臉孔，但對方依然低著頭，所以啥也看不出來。主人只好稍微換個口氣，「沒關係。你想說什麼都行。外面沒有人偷聽。我也不會告訴別人。」主人沉穩地補充。

「真的可以說嗎？」武右衛門還在猶豫。

「當然可以。」主人擅自替他做出判斷。

「那我就說了。」他一開口，猛然抬起光頭朝主人這邊似感刺眼地看著。他的眼是三角眼，主人鼓起臉噴出朝日香菸的煙霧同時把頭往旁一撇。

「其實那個……出了一點困擾的事……」

「什麼？」

「不管是什麼，總之就是很困擾，所以我來了。」

「所以我問你到底在困擾什麼？」

「那種事我本來不想做，都是因為濱田一直叫我借給他……」

「你說的濱田是濱田平助嗎？」

「對。」

「你借住宿費給濱田嗎？」

「我沒借給他那種東西。」

「那你借了什麼？」

「我把名字借給他。」

「濱田借用你的名字做什麼？」

「寄情書。」

「寄什麼？」

「我是說，借用名字，寄信出去。」

「我怎麼聽得一頭霧水。到底是誰做了什麼？」

「寄了情書。」

「寄情書？寄給誰？」

「所以我說難以啟齒。」
「那麼，是你寄了情書給某個女人嗎？」
「不，不是我。」
「是濱田寄的嗎？」
「也不是濱田。」
「那到底是誰寄的？」
「不知道該算是誰。」
「我越聽越迷糊了。意思是說沒有人寄情書嗎？」
「只有名字是我的名字。」
「只有名字是你的名字？我怎麼一點也聽不懂。你最好講得有條理一點。歸根究底那封情書的收信人是誰？」
「是住在對面橫巷一個姓金田的女子。」
「就是金田那個企業家嗎？」
「是。」
「那麼，只借名字是怎麼回事？」
「那家的女兒很洋氣又高傲，所以就寄了情書給她。——濱田說一定要有個寄信人的名字，所以要寫我的名字，他說他的名字過於平庸乏味。古井武右衛門這個名字比較好——於是，最後就借用了我的名字。」

「那麼，你認識那家的女孩嗎？交往過嗎？」
「根本沒有交往。見都沒見過。」
「真是胡來。沒見過對方居然還寄情書，到底是出於何種心態做出那種事？」
「大家本來只是說那丫頭太傲慢太囂張，所以戲弄她一下。」
「這更胡鬧。於是就公然寫上你的名字寄信去嗎？」
「對，文章是濱田寫的。我出借名字，遠藤趁夜去她家寄信。」
「那是你們三人一起做的囉？」
「對，可是，事後想想，萬一東窗事發被退學就糟了，所以非常擔心，連著兩三天都睡不著，越想越茫然。」
「這簡直是荒唐。所以信上寫了是文明中學二年級學生古井武右衛門嗎？」
「不，沒有寫上校名。」
「沒有寫上校名算是唯一值得慶幸的。要是鬧出校名你試試。那可是攸關文明中學的名譽。」
「怎麼辦？我會被退學嗎？」
「會嗎？」
「老師，我父親是個很囉唆的人，而且我母親是繼母，萬一鬧到退學，我真的會很麻煩。真的會被退學嗎？」
「那你就不該胡來。」

「我不是故意要做的，只是一不小心。能不能別叫我退學？」武右衛門帶著哭腔頻頻懇求。紙拉門的背後，女主人與雪江打從之前就一直吃吃偷笑。主人也吊他胃口一再說「會嗎」。相當有趣。

我說有趣，或許有人要質問我這有什麼地方有趣。會這麼問也是應該的。不管是人類也好，動物也好，有自知之明是一輩子的大事。若有自知之明，人類做為人也可比貓更受尊敬。那時我也覺得幸災樂禍地寫這種惡作劇的描述太對不起人家，所以立刻打算作罷。但正如自己不知自己的鼻子有多高，人似乎也往往看不清自己到底有幾兩重，所以才會對著平日瞧不起的貓提出那種質問吧。人類看似自大，卻還是有點脫線。枉費人類不管去哪都要扛著萬物之靈的名號到處走，卻連這點小小的事實都無法理解。而且恬然自若得令人有點發噱。他的背上扛著萬物之靈，卻到處嚷嚷著我的鼻子在哪裡、告訴我鼻子在哪裡。既然如此要辭去萬物之靈的名號嗎？偏偏至死都不肯放手。如此公然矛盾還能坦然自若甚至顯得有點可愛。若要可愛就得甘於作個笨蛋。

我在這時覺得武右衛門與主人、女主人、雪江姑娘有趣，不只是因為外在事件偶然撞在一起，將波紋擴散到奇妙之處。而是因為那個碰撞的回響在人心分別產生不同的音色。首先主人對這起事件的態度毋寧是冷淡的。武右衛門的父親如何囉唆，母親又如何對待繼子，他都不會太驚訝。他不可能驚訝。武右衛門退學，與自己被免職大不相同。近千名學生如果全都退學了，教師或許也會沒飯吃，但古井武右衛門一個人的命運不管怎麼變化，都與主人的朝夕生活幾乎毫無關係。關係不深自然同情也不深。為了陌生人蹙眉、擤鼻、嘆息絕非自然應有的傾向。我不相信人類是那麼深情、懂得關懷他人的動物。他們只是當成生於世間必須的賦稅，不時為了交際而流淚，或者做出同情的表情罷了。說穿了只是唬弄人的表情，老實說那是一門非常費事的藝術。這種唬弄如果做得好會被稱為極有藝術良心的人，受到世人重視。所以像那種受到世人重視的人才是最可疑的。不信一試便知。在這點，我家主人堪稱屬於笨拙的那一類。因為笨拙所以不受重視。因為不受重視，所以毫不掩飾內在的冷淡。從他對武右衛門一再重複「會嗎」也可清楚窺知其中的消息。雖說冷淡，但諸君千萬不可討厭主人這種善人。冷淡是人類的本質，沒有極力掩飾那種性質的才是老實人。如果諸君與之接觸時還期望比冷淡更多的待遇，不得不說那是太高估人類了。在這已難覓誠實的世間若要期待更多，除非是從馬琴的小說[433]拉出志乃或小文吾，把八犬傳搬到對面的三戶兩鄰，否則那是不可能實現的要求。關於主人我就先講到這裡，接下來我要描寫躲在起居室偷笑的女人們，她們這邊將主人的冷淡向前跨出一步躍入滑稽之域，倒是很開心。這二個女人對於武右衛門頭痛的情書事件，當成佛陀的福音[434]為之欣然。沒有理由，就只是高興。如果硬要剖析大概是看武右衛門頭痛就高興。諸君不妨問問女人，「妳看到他人有難會覺得有趣而笑嗎？」被問的人大概會說問這問題的人是笨蛋，如果不罵笨蛋，可能也會說故意問這種問題是侮辱淑女的品格。當成侮辱或許是事實，但見人有難卻取笑這也是事實。如此一來，就等於聲明：接下來你會親眼看到我做出侮辱我品格的事，但你不准批評我喔。我會偷竊。但你絕不能說我那樣不道德。若你說我不道德就等於在我臉上抹泥巴。是侮辱了我——等於如此主張。女人相當聰明，想法有條有理。既然生而為人，踐踏、踢開、被罵、而且別人不肯理會時，必然要有保持平靜的覺悟，而且被吐口水、被潑糞甚至被大聲嘲笑還得保持愉快。否則無法與這麼聰明的女人交往。武右衛門也因一時不慎，做出天大的失誤為之惶恐不已，或許有人認為這樣偷笑別人很沒禮貌，但那是年紀太輕太稚氣，別人失禮時就發脾氣反而可能被對方扣上小心眼的帽子，所以如果不想被這麼批評最好安分一點。最後我要介紹一下武右衛門的心性。他是憂心的化身。他巨大的頭腦就像拿破崙的腦子充滿功利心，他的腦子也充滿憂心幾乎爆炸。那個圓鼻子之所以不時抽動，是因為憂心透過顏面神經如反射作用般無意識地活動。他就像吞下大顆彈丸，腹中抱著無可奈何的塊壘，這兩三天來都不知所措。由於太難過，又想不出好主意，他以為若是來掛著督導之名的老師家，老師或許會幫忙，於是只好低下那顆大頭來到討厭的人家中。他完全忘記自己平時在學校是如何戲弄我家主人、煽動同學、刁難主人。他似乎深信哪怕他曾如何戲弄刁難主人，只要主人身為班導師就一定會替他擔心。他也太單純了。班導師可不是主人自己想要當的。只是奉校長之命不得不當。說穿了就像迷亭那位伯父戴的西洋禮帽。徒有其名。光靠名號做不了任何事。名號若能在緊要關頭派上用場，那雪江也能只憑名字相親了。武右衛門不僅自私任性，還基於高估人類的假定，認為他人一定會親切地對自己伸出援手。他大概做夢也沒想到會遭到恥笑。武右衛門來到導師的家中，肯定會發現一個關於人類的真理。有了這個真理，他將來想必會成為真正的人類。他會對別人的擔心冷淡以對，在他人有難時大笑。就這樣，天下想必會充斥未來

433 指《南總里見八犬傳》。內容高潮迭起，文中主角志乃與小文吾等人也等於是仁義禮智等封建道德的化身。

434 明治二十七年，保羅．卡魯斯博士（Dr. Paul Carus）著，鈴木大拙譯，釋宗演序的《佛陀的福音》（Gospel of Buddha）出版，受到當時佛教界注目。

的武右衛門。想必會充斥金田及金田夫人這樣的人。為了武右衛門著想，我很希望他能夠早點自覺成為真正的人。不然即便他再怎麼憂心，再怎麼後悔，再怎麼切實改過向善，終究不可能像金田那麼成功。不，社會甚至會在不久的將來把他放逐到人類居住地以外。豈止是自文明中學退學而已！

我正在這麼思忖暗覺有趣時，格子門喀拉拉開啟，玄關的紙門後面露出半張臉。

「老師。」

主人正在對武右衛門一再重複「會嗎」之際，忽聞有人在玄關門口喊老師，他心想這是誰，朝那邊定睛一看，從紙門後面露出的那張臉正是寒月君。「喂，快進來。」主人說完坐著不動。

「你有客人嗎？」寒月君還是只露出半張臉反問。

「沒關係，你進來。」

「其實我是來邀請老師的。」

「要去哪裡？又是赤坂嗎？那裡我可不想再去了。之前被你帶著走了半天，腿都腫了。」

「今天不用擔心。好久沒出門了，一起去走走吧？」

「到底要去哪裡？你先進來。」

「我想去上野聽虎嘯聲。」

「那多無趣啊。你倒是先進來再說。」

寒月君大概覺得站在遠方終究不方便談判，於是脫了鞋慢吞吞進屋。他照例穿著鼠灰色、屁股有補丁的褲子，但這並非時代的潮流，或屁股太重把褲子撐破，據他本人的解釋是最近開始學騎腳踏車導致局部經常摩擦。他做夢也沒想到眼前人是寫情書給他未來妻子的情敵，還「嗨」了一聲，對武右衛門點頭致意後才在靠近簷廊之處坐下。

「就算聽虎嘯也很無趣吧？」

「對，現在不行，先去各處散步，等到晚間十一點左右再去上野。」

「噢？」

「屆時公園內的老樹森然會很壯觀喔。」

「會嗎？大概是比白天稍微冷清吧。」

「所以如果盡量挑樹木茂密、白天也人跡罕至的地方走，不知不覺中肯定會忘記自己住在紅塵萬丈的都市，以為已誤入深山之中。」

「有那種錯覺又如何？」

「有那種錯覺，再佇立片刻，忽聞動物園內傳來虎嘯。」

「會這麼剛好吼叫嗎？」

「放心，老虎一定會叫。那個叫聲白天在理科大學都聽得見，夜闌人靜，四下無人，鬼氣逼人，魑魅衝鼻時……」

「魑魅衝鼻是什麼意思？」

「可怕的時候不是都這麼形容嗎？」

「會嗎？我倒沒怎麼聽說過。然後呢？」

「然後老虎會以悉數震落上野老杉樹葉之勢咆哮。很壯觀喔。」

「那想必很壯觀。」

「如何，要不要去冒險？我想一定會很愉快。老虎的叫聲一定要在半夜聽，否則我認為不算聽過。」

「會嗎？」主人一如對武右衛門的懇求抱以冷淡，對寒月君的探險也抱以冷淡。

之前一直豔羨地默默聆聽老虎這個話題的武右衛門，似乎被主人的「會嗎」再次想起自己的遭遇，「老師，我很擔心，我到底該如何是好？」他再次反問。寒月君狐疑地看著這顆大頭。我倒是另有想法，暫時失陪繞道去起居室。

起居室裡女主人正在吃吃笑，一邊將京都燒製的廉價茶杯倒滿粗茶，放在錸質茶托上。

「雪江，不好意思，請妳幫我把茶端出去。」

「我不要。」

「為什麼？」女主人有點驚訝，笑意頓時收住。

「反正就是不要。」雪江立即做出抱歉的神色，垂眼看一旁的讀賣新聞。女主人開始和她打商量。

「妳還真奇怪。是寒月先生來了。有什麼關係。」

「可是，我就是不想嘛。」她盯著讀賣新聞不放。這種時候根本一個字也看不進去，但若是揭穿她根本沒在看，恐怕她又會哭出來。

「這有什麼好害羞的嘛。」這次女主人笑著說，故意把茶杯壓在讀賣新聞上。雪江說：

「哎呀，嬸嬸好壞。」想把報紙從茶杯底下抽出，結果扯到茶托，茶水毫不客氣地自報紙上流進榻榻米的縫隙。「妳看吧。」女主人說。雪江嚷著：「哎呀，糟糕！」急忙跑去廚房。大概是要拿抹布。我看著這一幕覺得有點好玩。

寒月君還不知情，正在和室講起不相干的古怪話題。

「老師，門上的紙重新貼過了耶。是誰貼的？」

「是女人貼的。貼得很好吧？」

「對，手藝相當高明。是那位常常來訪的小姐貼的嗎？」

「嗯，她也有幫忙。她還炫耀說，紙門貼得這麼好有資格嫁人了。」

「噢？原來如此。」寒月君說著凝視紙門。

「這邊倒是貼得很平，但右角的紙多出來了有點沒貼平。」

「那邊是剛開始貼的，是在最缺乏經驗時的成果。」

「原來如此，難怪有點失誤。那表面的超絕曲線[435]終究不是普通作用能夠表現的。」不愧是理工學者，講話總帶有艱深的名詞。主人草率地隨口應了一聲：「會嗎？」

看這樣子就算繼續懇求也沒希望，武右衛門突然把他那偉大的頭蓋骨貼在榻榻米上，在默默無言之中表達訣別之意。主人說：「你要走了嗎？」武右衛門垂頭喪氣地拖著薩摩木屐[436]

---

435 Transcendental curve，以數學專用名詞誇張形容紙門上的複雜皺紋。

436 鞋台較寬的杉木木屐。

走出大門。真可憐。如果放任不管，他說不定會寫出巖頭吟[437]自華嚴瀑布跳下去自殺。歸根究底都是金田小姐的洋派時髦與自大惹的禍。如果武右衛門死了，最好化為厲鬼去找金田小姐索命。那種禍水即便自世上消失一兩人，男士們也不會困擾。寒月君也可以娶個更像大家閨秀的女人。

「老師，那是您的學生嗎？」

「嗯。」

「他的頭好大。學問好嗎？」

「頭雖大學問卻不怎樣。不時還會問些怪問題。上次還叫我翻譯 Columbus 讓我大傷腦筋。」

「都是因為頭太大才會問那種無聊的問題吧。那老師是怎麼回答他的？」

「啊？沒事，我就隨口敷衍過去了。」

「那麼您還是翻譯了嗎？了不起。」

「如果不翻譯一下小孩子不會相信。」

「原來老師也成了政治家。不過看他剛才的樣子，好像非常無精打彩，看不出他曾經刁難老師。」

「他今天是有點頹喪。那是個笨蛋。」

「到底怎麼了？雖然我只看到他一下卻也不免心生同情。他是怎麼了？」

「他做了蠢事。寄情書給金田家的女兒。」

「啊？那個大頭嗎？這年頭的書生真不簡單。真是沒想到。」

「你大概也很擔心吧……」

「我一點也不擔心。反而覺得有趣。就算寄再多情書也無所謂。」

「只要你安心就無所謂……」

「當然無所謂，我向來無所謂。不過那個大頭會寫情書，倒是令我有點驚訝。」

「重點就在這裡。他們是開玩笑的。說是因為那個女孩洋氣又自大，想戲弄她，所以三人聯手……」

「三人合寫一封信給金田小姐嗎？那更是奇談了。那豈不像是三人合吃一份西餐。」

「他們是分工合作。一個寫文章，一個寄信，一個出借名字。剛才來的就是出借名字的那個。這是最蠢的。而且他說連金田家女兒長什麼樣子都沒看過。你說他怎會做出那麼荒謬的事？」

「這可是近來的大事件。是傑作。那個大頭，大概覺得寫信給女人很有趣吧？」

「如果沒出紕漏的話。」

「沒事，就算出紕漏也沒關係，反正對方是金田。」

「那是你可能會娶的女人耶。」

「就是因為可能會娶才無所謂。沒事，不用管那什麼金田。」

---

437 明治三十六年於日光的華嚴瀑布投水自殺的一高學生藤村操，寫在巖頭樹上的絕筆。這種哲學式自殺轟動一時。藤村操也是漱石的學生。

「就算你無所謂……」

「放心，金田也不會在乎，沒問題。」

「那就好，不過他自己事後忽然受到良心譴責，知道害怕了，所以才慌慌張張來找我商量。」

「噢？所以他才那樣垂頭喪氣嗎？看起來膽子很小耶。老師是怎麼打發他的？」

「他口口聲聲害怕會被退學，那是他最擔心的。」

「為什麼會被退學？」

「因為他做了那麼惡劣、不道德的事。」

「談不上不道德吧。沒事。金田肯定會覺得很光榮到處吹噓。」

「怎麼可能！」

「總之他太可憐了。即便做那種事不對，但是讓他害怕成那樣，等於殺掉一個年輕男子。他的頭雖大看起來倒不像是壞人。鼻子還不時抽動挺可愛的。」

「你也像迷亭一樣說風涼話啊。」

「哪裡，這是時代思潮。老師太老派了，所以什麼事都喜歡解釋得太複雜。」

「但他未免太愚蠢了吧，也不認識對方就那樣惡作劇隨便送情書，簡直沒常識。」

「惡作劇通常都很沒常識。請救救他吧。這也算功德一樁。否則看他那樣真的會去華嚴瀑布。」

「會嗎？」

「請救他吧。更大、更懂事的大孩子們可沒這麼單純，他們做出惡作劇還死不認錯佯裝不知呢。與其讓他這樣的孩子退學，應該把那些傢伙一個不留通通放逐，否則太不公平了。」

「說得也是。」

「那麼怎麼樣，要去上野聽虎嘯嗎？」

「老虎嗎？」

「對，去聽聽吧。其實這兩三天之內我有點事必須返鄉一趟，暫時都不能跟您出去了，所以今天很想與您一同散步才來拜訪。」

「是嗎，你要返鄉啊，有什麼要事嗎？」

「對，有點事情。——總之我們出去走走吧？」

「是嗎？那就出去走走吧。」

「那就走吧。今天我請您吃晚餐——然後運動一下走路去上野，時間剛剛好。」寒月頻頻催促，於是主人也動心了，和他一起出門。之後只聽見女主人與雪江毫不客氣的聲音咯咯咯哈哈哈地笑個不停。

11

壁龕前，迷亭君與獨仙君正隔著棋盤對坐。

「沒賭注我不玩。輸了的人要請客喔。可以嗎？」迷亭君再次強調，獨仙君照例拉扯他的山羊鬍子，如此說道：

「如果那樣做，好好的清高遊戲都變得俗氣了。若因賭注而專注在勝負上就不好玩了。把成敗置之度外，以白雲無心冉冉出岫的心情下完一局，才能體會箇中滋味。」

「你又來了。碰上你這種仙風道骨還真麻煩。你簡直是列仙傳[438]中的人物。」

「彈無弦之素琴[439]啊。」

「發無線電嗎？」

「總之，下棋吧。」

「你持白子嗎？」

「我都無所謂。」

「不愧是仙人，果然瀟灑。你若持白子，依照自然的順序我就是黑子。好，來吧。儘管放馬過來。」

「照規定是黑子先下。」

「原來如此。那我就謙讓一下，定石[440]從這裡開始。」

「定石沒有這種下法。」

「沒有也沒關係。這是我新發明的定石。」

我的世界很小所以直到最近才見識到棋盤這種東西，不過越想越覺得這玩意設計得很巧妙。把不大的四方形板子隔成狹小的方塊，放上一堆黑白石子令人眼花繚亂。然後嚷著勝呀輸呀死呀活的，流著虛汗大呼小叫。只不過是一尺四方的面積，即便貓拿前爪扒拉一下也能搞得亂七八糟。昔人有云集結成草庵[441]，解開復歸野。這是無謂的惡作劇。還是袖手觀棋更輕鬆。起初的三、四十目，石子的排列方式並不礙眼，到了決定勝負的關頭再一看，哎呀呀真可憐。白子與黑子已放滿棋盤幾乎裝不下，互相擠成一團。雖說擁擠，卻又不可能推開隔壁的傢伙叫它讓位，嫌對方礙眼也無權命令面前的先生退下，只好死心視為天意，動也不動乖乖守著，除此之外別無他法。發明圍棋的是人類，若說人類的喜好會形諸於局面，擁擠的棋子命運堪稱代表了人類狹隘短視的性質。人類的性質若是可以從棋子的命運推知，那麼不得不斷言，人類將海闊天空的世界劃地自限，只喜歡拿小刀劃分自己的地盤，弄得自己除了雙腳立足之地以外再也跨不出一步。簡而言之可以說人類就是一種硬要自尋痛苦的生物。

悠哉的迷亭君與禪機十足的獨仙君，不知抱著什麼打算，今天偏偏從櫃子取出舊棋盤，開始玩起這沉悶的遊戲。畢竟是兩人一起做的事，起初二人各自行動，任由白子與黑子在棋盤上自由交錯，但棋盤的面積有限，橫豎交錯的格子隨著每一手被逐一填滿，就算再悠哉，就算再有禪機，當然還是會越來越舉步維艱。

---

438 據說是漢朝的劉向撰寫，中國古代七十一位仙人的傳記。

439 「素琴」是沒有裝飾的琴。《陶靖節傳》中提到詩人陶淵明每於喝醉後撫弄無弦素琴以寄意。據芥川龍之介表示，漱石的書房「有塞滿洋書的書架，也有『無弦琴』的匾額，還有漱石每日寫稿的紫檀小桌」（《漱石山房之秋》）。

440 定石又稱定式，是圍棋棋手們經過長期經驗累積，形成的某些固定下法。通常是在開盤布局階段。

441 《禪門法語集》收錄的「夢窗假名法語」有「集結成柴庵，解開復歸野」。

「迷亭君，你下棋太粗魯了。沒有下在那種地方的規矩。」

「禪宗和尚的棋或許沒這種規矩，但本因坊[442]有這種規矩所以沒辦法。」

「但這樣會死。」

「臣死且不避，彘肩安足辭[443]，我看就走這步吧。」

「既然你要出這招，很好。薰風自南來，殿閣生微涼[444]。那我在這裡補上一子就沒問題了。」

「咦，你補上這一子，了不起。我還以為你不可能補強。既然要補強不如撞八幡鐘[445]。這樣子，你看如何？」

「沒什麼如不如何。一劍倚天寒[446]——唉，麻煩！乾脆一刀砍了。」

「哎呀，糟了糟了。被你這麼一刀砍下去就死定了。喂，別開玩笑。等一下。」

「就是因為這樣，所以我不是從剛才就一直提醒你。變成這個局勢後你不能走這裡。」

「那我偏要走這裡真是對不起喔。你把這枚白子拿開。」

「你又要悔棋嗎？」

「順便把旁邊的也拿開。」

「你太厚臉皮了吧，喂。」

「Do you see the boy[447]嗎。——你和我是什麼關係。就不要那麼見外了，快點給我拿開。這可是生死關頭。就好像喊著刀下留人、刀下留人[448]從舞台旁邊衝出來。」

「那又不關我的事。」

「你不管也行，讓開一下。」

「你從剛才已經悔了六次棋了。」

「你記憶力真好。之後我會加倍悔棋喔。所以我才勸你識相地讓開一下。你也真倔強。既然坐禪，應該更懂分寸才對。」

「可是如果不殺這一子，我這邊就快輸了……」

「你不是從一開始就抱著『輸掉也無所謂』主義嗎？」

「輸掉是無所謂，但我不想讓你贏。」

「這真是荒唐的悟道。你還是一樣春風影裡斬電光。」

「不是春風影裡，是電光影裡。你說顛倒了。」

「哈哈哈！我還以為應該到了可以顛倒過來的時候，沒想到你果然還很清醒。那就沒辦

---

442 圍棋的流派之一。以安土桃山時代的本因坊算砂為開山始祖，由門人中棋藝卓越者繼承這個名稱。

443 詩張形容棋子死了也無所謂。典出《史記》〈項羽本記〉有名的鴻門宴的故事。「臣死且不避」是項羽與劉邦會見時，劉邦的臣子樊噲闖入救劉邦，接受項羽給的酒食時回答的話，但「彘肩」（豬的肩肉）原文是「巵酒」。

444 《唐詩記事》〈四十〉的唐朝柳公權聯句。

445 圍棋的「補強」棋子與「敲」鐘同音的雙關語。八幡鐘是深川富岡八幡宮的報時鐘。被視為離別鐘，常磐津之類的歌詞常見「別敲鐘」這句話。

446 無學祖元回答北條時宗的話。

447 與上一行的「你太厚臉皮了吧，喂」的日文發音相近的雙關語。

448 歌舞伎十八番《暫》中的場面。

法只好放棄了。」

「生死事大，無常迅速[449]，你就死心認命吧。」

「阿門！」迷亭老師這次在不相干的地方啪地下了一子。

迷亭君與獨仙君在壁龕前拼命爭輸贏時，和室門口這邊，寒月君與東風君並排，主人在一旁臉色蠟黃地端坐。寒月君的面前有三條柴魚光溜溜地在榻榻米上排隊，誠為一大奇觀。這些柴魚出自寒月君的懷中，取出時手心還能感到那熱氣，所以柴魚雖未穿衣倒是挺暖和。主人與東風君以奇妙的視線注視柴魚，寒月君終於開口：

「其實四天前我剛從故鄉回來，諸事纏身，到處奔走，所以未能及時來訪。」

「用不著那麼急著上門。」主人照例說話冷淡。

「不急著來訪當然也行，但這禮物不早點給您我不放心。」

「不就是柴魚嗎？」

「對，是我家鄉的名產。」

「這算當地名產？東京應該也有吧。」主人拿起最大的一條，放到鼻尖前聞味道。

「光是用聞的，聞不出柴魚的好壞喲。」

「塊頭比較大所以是名產嗎？」

「您吃吃看就知道。」

「吃當然是會吃，但這玩意好像前面少了一截。」

「所以我才說不趕緊送來我不放心。」

「為什麼？」

「還能為什麼，當然是被老鼠偷吃了。」

「那可危險。萬一我隨便吃下肚豈不是要得鼠疫」

「放心，只被偷吃掉那麼一點點不會有害。」

「到底是在哪兒被偷吃的？」

「在船中。」

「船中？怎麼會？」

「因為沒地方放，我把柴魚與小提琴一起放進袋中，上船後，當晚就被偷吃了。若只有柴魚也就算了，連我心愛的小提琴琴身都被當成柴魚啃掉一小塊。」

「這老鼠也太冒失了。在船上住久了，連是非好歹都分不清了嗎？」主人說著誰也聽不懂的話依然在打量柴魚。

「那是老鼠，不管住在哪裡都一樣冒失吧。所以就算帶回宿舍恐怕還是會被偷吃。我不放心，夜裡只好把柴魚放在床上睡覺。」

「那樣好像有點不衛生。」

「所以吃的時候請清洗一下。」

「洗一下怎麼洗得乾淨。」

449 禪語。生死乃重要問題，無常的事實迅速逼近。漱石老家的紙門上據說也寫了這句話。

「那就用草灰水浸泡，再搓洗搓洗總行了吧。」

「小提琴也是抱著睡覺嗎？」

「小提琴太大無法抱著睡……」他說到一半——

「你說什麼？抱著小提琴睡覺？那倒是風雅。有句詩說行到春重琵琶心[450]，但那已是久遠往事。明治時代的秀才如果不抱著小提琴睡覺怎能凌駕古人。寢衣守長夜更添小提琴這句如何？東風君，新體詩可以那樣說嗎？」迷亭自對面大聲加入這邊的談話。

東風君一本正經，「新體詩與俳句不同，無法那樣急就章。但是吟就時會有更觸動生靈機微的妙音出現。」

「真的嗎，我還以為生靈是要燒麻桿[451]來迎接的，果然靠新體詩之力也會降臨嗎？」迷亭還是扔下棋子不管，出言調侃。

「你這樣耍嘴皮子小心又要輸了。」主人提醒迷亭。但迷亭不當一回事。

「無論想贏或想輸，對方都已像鍋中的章魚束手無策，我就是因為下棋下得太無聊才加入小提琴的話題。」他這麼一說，獨仙君以略顯激動的語氣放話：

「這次輪到你了。我在等你呢。」

「啊？你已經下了嗎？」

「當然，早就下了。」

「下在哪裡？」

「我把這顆白子斜著延伸出去。」

「原來如此。把這顆白子斜著延伸會輸吧，那我就——那我就——那我也日暮西山，想不出什麼好招了。我再讓你下一子，你隨便找地方下吧。」

「哪有這種棋！」

「不相信有這種棋的話就下下看。——就在這一角稍微轉彎放著吧。——寒月君，你的小提琴太便宜才會被老鼠瞧不起亂啃亂咬。你應該大手筆買好一點的琴。要我幫你從義大利弄一把三百年前的古董嗎？」

「那就拜託你。順便最好也幫我付錢。」

「那麼舊的東西怎麼派得上用場！」不知情的主人大喝一聲斥責迷亭。

「那是你把人類的老古董與小提琴的古董一視同仁。即便是人類的老古董，像金田某這種人現在都很流行，所以小提琴當然也是越舊越好。——獨仙君，拜託你快點。雖非慶政的台詞但秋陽容易逝[452]喔。」

「跟你這麼急躁的人下棋真痛苦。都沒時間好好思考。算了，我就下在這裡吧。」

「哎喲，你終於起死回生。真可惜。我以為你不會下在那裡，還費盡心思發揮口才轉移焦點，結果還是沒用嗎？」

「廢話。你那不是下棋。是在唬人。」

450《五車反古》收錄的与謝蕪村的句子。
451 剝皮的麻莖。中元節時會焚燒這個來迎送死者之靈。
452 出自義太夫節《戀女房染分手綱》中慶政的台詞「天黑了嗎，秋陽短暫啊」。

「那是本因坊流、金田流、當世紳士流。——喂，苦沙彌老師，獨仙君不愧是去鎌倉吃過萬年醬菜，不為所動呢。真是令人佩服。棋雖下得不好，膽量倒是挺大。」

「所以你這種沒膽量的人，最好效法一下。」主人背對著他回答，迷亭立刻伸出紅紅的大舌頭。獨仙君彷彿事不關己，又催促對方：「輪到你了。」

「你什麼時候開始學小提琴的？我也想學一下，不過聽說好像很難。」東風君問寒月君。

「不，若只是普通演奏誰都學得會。」

「同樣都是藝術，所以對詩歌有興趣的人學起音樂肯定也很快——我是私下這麼自恃啦，你說呢？」

「很好啊。以你的本事一定會學得不錯。」

「你是什麼時候開始學的？」

「高等學校的時候。——老師，我跟您提過我學習小提琴的始末[453]嗎？」

「沒有，我沒聽說過。」

「念高等學校時有音樂老師教你嗎？」

「沒有，哪來的老師。是自己摸索。」

「那你是天才耶。」

「自學不見得就是天才吧。」寒月君反駁。被誇獎是天才還不高興的恐怕只有寒月君。

「那倒不重要，你說說看是怎麼自學的。我想做個參考。」

「告訴你也行。老師，我可以說吧？」

「好啊，你說吧。」
「現在經常看到年輕人拎著小提琴的琴盒走在路上，但在當時，高等學校的學生幾乎無人學習西洋音樂。尤其我念的學校堪稱鄉下之中的鄉下，是個純樸到號稱沒有麻底草鞋的地方，學校裡當然沒有任何學生會拉小提琴。……」
「故事好像越來越有趣了。獨仙君，我看我們的棋局就到此打住吧？」
「還有兩三處沒有解決。」
「沒關係。大致上的地方，都奉送給你。」
「就算你這麼說，我也不能收。」
「你這麼一板一眼真不像禪學家。那就一氣呵成趕緊解決吧。寒月君那邊好像很有趣。——就是那個高等學校吧，學生打赤腳上學的……」
「沒那種事。」
「可是，聽說大家都赤腳做兵式體操，還要練習向後轉，所以腳皮變得很厚。」
「怎麼可能。是誰跟你這麼說的？」
「是誰說的不重要。還聽說便當只有一個大飯團，像橘子一樣掛在腰上，學生就吃那個。說是吃其實應該說是用啃的。啃到最後據說中央會出現一顆酸梅。聽說學生就是為了這顆酸梅才一心一意地啃光周遭沒有鹹味的飯粒，果然是元氣旺盛啊。獨仙君，這個話題你應該喜

453 這是根據寒月的原型寺田寅彥在第五高等學校時的親身體驗。漱石在該校教過寅彥。

歡。」

「質樸剛健是很好的風氣。」

「還有更英勇的事跡呢。那裡據說沒有菸灰筒[454]。我的友人任職該地時，去買有吐月峰印記的菸灰筒，結果別說吐月峰了，連一個可以叫做菸灰筒的東西都找不到。他覺得不可思議，一問之下，據說對方一本正經地回答：菸灰筒只要去後面竹林砍一節竹筒誰都會做，沒必要賣。這也是將質樸剛健的風氣展露無遺的美談，對吧獨仙君？」

「哎，那是很好，但這裡我必須走一步空眼。」

「很好。空眼、空眼、空眼。這下子棋局結束了。——聽了這個故事，我非常驚訝。你能在那種地方自學小提琴真令人佩服。楚辭說惸獨不群，寒月君就是明治時代的屈原。」

「我才不要當屈原。」

「那就當本世紀的維特[455]。——怎麼，你要算子了？你還真是一板一眼。即便不算子也知道我輸了。」

「但是那樣沒有一個清楚的了結……」

「那你自己去算子吧。我可不奉陪。我得去聽一代才子維特君學習小提琴的故事，否則太對不起祖先，失陪了。」他說著離席，朝寒月君這邊靠過來。獨仙君仔細拿起白子把白的格子填滿，再拿起黑子把黑的格子填滿，嘴裡喃喃計算。寒月君接著說道：

「當地的風土如此，而我的故鄉居民又非常頑固，若有人表現稍微柔弱，就說在別縣學生面前沒面子，嚴重予以制裁，所以很麻煩。」

「說到你們家鄉的書生，真的無法溝通。先不說別的，幹嘛要穿什麼深藍色的素面袴褲。首先看那樣子就很奇怪。而且或許是因為被海風吹的，好像膚色特別黑。男人那樣還無所謂，若是女人那樣可就麻煩了。」迷亭只要一加入，正題就被扯到十萬八千里之外了。

「女人也一樣膚色黝黑。」

「那樣子居然還嫁得出去啊？」

「因為整個地方的人都很黑所以沒辦法。」

「真是不幸的宿命啊。對吧苦沙彌君？」

「黑一點比較好吧。如果生得白，每次照鏡子都會自戀那多不好。女人本來就是很難纏的生物了。」主人說著喟然長嘆一口氣。

「可是如果整個地區的人都很黑，膚色黑的人也一樣會自戀吧？」東風君提出言之有理的疑問。

「總之女人是完全不必要的生物。」主人說。

「你講這種話，嫂子又要在後面不高興囉。」迷亭老師笑著提醒他。

「怕什麼，沒事。」

「她不在家嗎？」

454 熊本沒有菸灰筒是漱石於五校執教時期的親身體驗。「吐月峰」是靜岡市的山名，因用此地的竹子做成菸灰筒，遂成菸灰筒的通稱。

455 歌德的小說《少年維特的煩惱》的主角，失戀後自殺。

「她剛才帶著小孩出門了。」
「我就說怎麼這麼安靜。他們去哪裡了？」
「我不知道。她沒告訴我就自己出門了。」
「然後再不告而歸嗎？」
「沒錯。還是你單身好。」他這麼一說，東風君略顯不滿。寒月君嘻嘻笑。迷亭君說：
「有了妻子後大家都會這麼說。對了獨仙君，你應該也有妻難吧？」
「啊？等一下。四六二十四、二十五、二十六、二十七。我說怎麼就這麼一小塊，原來有四十六目啊。本以為贏得更多，這樣看來，只差十八目嗎。——你剛才說什麼？」
「我說你應該也有妻難吧。」
「啊哈哈哈，沒什麼好難的。我內人本來就很愛我。」
「那真是失敬失敬。不愧是獨仙君。」
「不只是獨仙君。那樣的例子多得很。」寒月君代替天下的妻子稍做辯護。
「我也贊成寒月君。在我想來，人類要進入絕對之域，只有二種途徑，那二種途徑就是藝術與愛情。夫婦之愛代表其中之一，所以人類一定要結婚，完成這種幸福，否則就等於違背天意。——你說呢？老師。」東風君依舊一本正經地扭頭看著迷亭。
「真是高論。像我這種人終究不可能進入絕對之域。」
「娶妻之後更不可能進入。」主人板著臉說。
「總之我們未婚青年如果不充滿藝術的靈氣一路開拓向上就不會了解人生的意義，所以首先我打算從小提琴學起，剛才就是在向寒月君請教經驗之談。」

「對對對，本來應該洗耳恭聽維特的小提琴故事。你快說吧。我不會再插嘴了。」迷亭君終於收斂鋒芒。

「向上之路不是小提琴那種東西能夠開拓的。就憑那樣遊戲三昧要發現宇宙真理很困難。若想知道箇中消息就得有自懸崖撒手、氣絕之後再蘇醒[456]的氣魄才行。」獨仙君賣弄玄虛，對東風君半是訓誡地說教倒是無所謂，可惜東風君是個連禪宗的禪字該怎麼寫都不知道的男人，所以聽了毫不動容。

「嘿，或許是那樣吧，但藝術畢竟是人類渴望之極的表現，所以不可能就此捨棄。」

「不可能捨棄的話，就如你所願聊聊我的小提琴經驗談吧。正如剛才講的，我開始學小提琴之前也煞費苦心。首先要買琴就很困擾呢，老師。」

「我猜想也是，沒有麻底草鞋的地方怎麼可能會有小提琴。」

「不，琴倒是有。錢也早就存了一筆所以不成問題，但就是不能買。」

「為什麼？」

「那是小地方，如果買了琴立刻會被人發現。如果被發現，一定會馬上罵我不知天高地厚對我施加制裁。」

「天才自古以來總是會遭到迫害。」東風君說著大表同情。

456 禪語。出自《碧巖錄》的一節。

「又是天才嗎？拜託別喊我天才好嗎？於是我每天散步經過有小提琴的店門口時，總會想：要是能買那個該多好，抱著那個的感覺不知如何。我沒有一天不在想：啊啊好想要、啊啊好想要。」

「這是難免的。」如此評論的是迷亭。「你也太執著了。」難以理解的是主人。「你果然是天才。」如此佩服的是東風君。唯有獨仙君態度超然地拈鬚。

「那種地方為何有小提琴？各位或許會先萌生疑問，但是仔細想想一點也不奇怪。因為，當地也有女校，女校的學生每天都得練習小提琴當作課業，所以應該有琴。當然沒有好琴。但勉強可稱之為小提琴的貨色還是有。所以店裡也沒把重心放在那方面，只是在店頭吊了兩三把琴。結果，每當我散步經過店前時，被風一吹，或是小孩的手碰到，就會發出琴音。每次聽到那個聲音頓時就像心臟快要破裂，簡直是坐立不安。」

「真危險。癲癇也分水癲癇[457]、人癲癇等等有很多種，你是維特，所以是小提琴癲癇。」迷亭君如此揶揄。

「哎，如果沒有那麼敏銳的感覺無法成為真正的藝術家。果然是天才的體質。」東風君越發佩服。

「對，實際上或許真的是癲癇，不過那個音色倒是很奇特。之後直到今天我也拉過很多次卻拉不出那麼優美的聲音。該怎麼形容才好呢？終究說不出來。」

「是琳瑯謬鏘鳴[458]嗎？」說出這艱深名詞的是獨仙君，可惜無人理會，真是可憐。

「我每天去店頭散步，久而久之三度聽到這靈異的琴音。第三次我終於下定決心一定要買下這把琴。即便被鄉人譴責，被外縣的人輕蔑——好，哪怕是遭到鐵拳制裁斷了氣——哪怕是不慎遭到退學處分——唯有這個我非買不可。」

「所以才說你是天才嘛。若非天才，絕對不可能那樣一門心思地下決定。真令人羨慕。近年來我也努力想讓自己產生那麼強烈的感情，卻就是沒辦法。我也去音樂會專心聆聽過，但是好像就是沒有那麼大的觸動。」東風君頻頻語帶羨慕。

「沒有那種觸動才幸福。現在當然可以心平氣和地談論，但當時的痛苦是你完全無法想像的。——後來我終於牙一咬硬是買下來了。」

「嗯，為什麼？」

「正好是十一月的天長節[459]前一晚。鄉人全都一起去洗溫泉順便在那裡過夜，這邊一個人也不剩。我稱病請假，那天也沒去學校。躺在床上滿腦子只想著，今晚一定要出門順便把我渴望已久的小提琴弄到手。」

「你裝病不上學嗎？」

「沒錯。」

「你這招果然有點天才。」迷亭君似乎也有點肅然起敬了。

---

457 有人認為癲癇發作是被鬼魂附身，所以表現出死亡當時的狀態。口吐白沫是溺死的水鬼附身，所以稱為水癲癇。但也有人認為是飲水過多，水毒造成水癲癇。

458 「琳琅」乃美玉。形容玉石互相撞擊之聲。出自《楚辭》。

459 十一月三日，是明治天皇的生日。

「我從被窩伸長脖子，簡直等不及天黑。沒辦法，只好用被子蒙住頭，閉眼等待，但還是不行。一伸出頭，熾烈的秋陽照在整面六尺紙門上，亮晃晃地讓我一肚子火氣。上方有細長的影子，不時在秋風中晃動。」

「你說的那個細長的影子是什麼？」

「是把澀柿子剝皮，串起吊在屋簷下風乾。」

「嗯，然後呢？」

「沒辦法，我只好鑽出被窩拉開紙門到簷廊，摘下一個澀柿乾吃。」

「好吃嗎？」主人問出孩子氣的問題。

「那一帶的柿子，很好吃喔。東京人絕對不懂那種滋味。」

「柿子不重要，後來又怎樣了？」這次是東風君發問。

「後來我又鑽回被窩閉上眼，偷偷求神拜佛讓天色趕快暗下來。大概過了三、四個小時後，我心想應該可以了，探出來一看，熾烈的秋陽依然明晃晃照在六尺紙門上，上方有細長的影子輕飄飄晃來晃去。」

「那個已經聽過一遍了。」

「還有很多遍喲。之後我鑽出被窩，拉開紙門，吃了一個柿乾，又回到床上，偷偷求神拜佛，祈求趕快天黑。」

「還是又回到老地方了嘛。」

「老師你不要急，先聽我說。之後我在被窩裡忍耐了三、四個小時，心想這次應該沒問題了，探頭出來一看，熾烈的秋陽依然照在整面六尺紙門上，上方有細長的影子晃來晃去。」

「怎麼老是重複同樣的事情。」

「後來我鑽出被窩拉開紙門，去簷廊吃了一個柿乾……」

「又吃了柿子嗎？好像老是在吃柿子沒完沒了。」

「我也很不耐煩。」

「聽你說話的人更不耐煩。」

「你就是性子太急了，這樣我會很不好說下去。」

「聽的人也很難聽下去。」東風君暗自發洩不滿。

「既然諸位這麼困擾那我也沒辦法。說個大概就打住吧。簡而言之我吃了柿乾，鑽進被窩，鑽出來又吃，最後吊在簷下的柿子全吃光了。」

「等你吃光柿子天也黑了吧？」

「偏偏沒有，等我吃完最後一個柿乾，心想時間差不多了，探頭一看，熾烈的秋陽還是照在整面六尺紙門上……」

「我已經受不了了。老是重複根本沒個了結。」

「我這個說故事的人也講得很煩。」

「不過若有那樣的耐心，大抵上的事業皆可功成名就喔。如果我們不開口，秋陽大概會繼續照射到明天早晨吧。你到底打算什麼時候才買小提琴？」迷亭君似乎也有點忍無可忍了。只有獨仙君依舊泰然自若，哪怕是明天早晨、後天早晨，隨便秋陽再怎麼熾烈照射他也面不改色。寒月君也一派從容。

「您問到幾時才打算買，只要到了晚上，我打算立刻出門去買。遺憾的是，不管我什麼時候探頭都只看到秋陽明晃晃地照耀——哎，說到那時候我的痛苦，絕對不是現在各位這點小小的不耐煩而已。我吃完最後一個柿乾，看到天還是沒黑，不禁泫然淚下。東風君，我是真的很沒出息地哭了。」

「我想也是，藝術家本來就多愁善感，我很同情你的哭泣，但是能否趕快繼續往下說？」東風君是個好人，所以無論何時都會一本正經地做出滑稽的回答。

「我當然很想繼續說，但天就是不肯黑我也很傷腦筋。」

「天不黑的話我們這些聽眾也會很傷腦筋，還是算了吧。」主人似乎再也受不了如此說道。

「就此作罷更傷腦筋。因為接下來正要漸入佳境。」

「那我聽你說，你趕快讓天黑吧。」

「那麼，雖然您這個要求有點強人所難，不過您的作風向來如此，我就退讓一步，在此就當作天黑了吧。」

「這下子正好。」獨仙君裝模作樣地說，使得眾人不禁噗嗤笑了出來。

「眼看已入夜，總算可以安心地喘口氣，我走出鞍懸村的寄宿處。我向來討厭吵鬧的地方，所以故意避開方便的市內，在人跡罕至的寒村農家暫時結起蝸牛庵[460]……」

「『人跡罕至』未免太誇張了。」主人提出抗議。「蝸牛庵這個說法也很誇張。還是沒有壁龕的四帖半房間聽起來更寫實更有趣。」迷亭君也開口抱怨。只有東風君誇獎：「不管事實如何，言詞本身很有詩意，感覺很好。」獨仙君一臉認真，「住在那種地方要去學校一定很辛苦吧。大約幾里路？」他問。

「距離學校只有四、五百公尺，學校本來就位於寒村……」

「那麼學生大半都寄宿在那附近囉？」獨仙君繼續追問。

「對，通常每戶農家一定會有一兩人。」

「那樣還叫做人跡罕至嗎？」他遭到正面攻擊。

「對，如果沒有學校，的確人跡罕至。……話說當晚的服裝，我在手織棉質的鋪綿夾衣外穿著金釦制服外套，還把外套的風帽罩住頭盡量避人耳目。正逢柿樹落葉的時節，我自寄宿處前往南鄉街道的路上只見滿地落葉。每走一步都發出沙沙聲響令人不安。彷彿有人尾隨在後很不自在。轉身一看，東嶺寺的樹林形成幢幢黑影，在昏暗中勾勒出黑暗的影子。說到這個東嶺寺本是松平家的菩提所[461]，位於庚申山麓，與我寄宿之處只有一丁距離，是頗為幽靜的梵寺。樹林上方是無垠的星月夜空，天河橫越長瀨川而過，最後——最後，是的，首先流向布哇（夏威夷）那頭……」

「冒出布哇太突兀了吧。」迷亭君說。

「沿著南鄉街道走了二丁，自鷹台町進入市內，經過古城町，彎過仙石町，從食代町旁沿

460 形容狹小的陋室。

461 菩提所亦稱菩提寺，是一個家族代代信奉，並且放置祖先牌位的寺廟。

著通町依序走過一丁目、二丁目、三丁目，然後是尾張町、名古屋町、鯱鉾町、蒲鉾町……」

「用不著經過那麼多町沒關係。重點是你到底買了小提琴沒有？」主人不耐煩地問道。

「那家賣樂器的店是金善，也就是金子善兵衛家，還很遠。」

「很遠也無所謂，最好趕快買。」

「小的遵命。於是我來到金善一看，店裡燈火明晃晃……」

「又是明晃晃嗎？你的明晃晃可不是一兩次就能結束的真是傷腦筋啊。」這次是迷亭率先拉起防禦線。

「不，這次的明晃晃，只有一次明晃晃，所以各位不用擔心。——我透過燈影一看，那把小提琴微微反射秋燈，凹凸有致的琴身線條帶著冷光。唯有緊繃的琴弦某一部分亮晶晶地閃著白光映入眼中。……」

「你的敘述相當生動。」東風君誇獎。

「就是那個。想到那就是那把小提琴，我忽然心頭悸動雙腿顫抖……」

「哼哼。」獨仙君嗤鼻一笑。

「我不禁衝進去，自暗袋取出錢包，從錢包取出二張五圓鈔票……」

「你終於買了嗎？」主人問。

「我很想買，不過先等一下，這裡是關鍵所在。輕舉妄動只會失敗。所以我在緊要關頭忽然改變主意，決定作罷。」

「搞什麼，還是沒買嗎？就一把小提琴，倒是挺會吊人胃口。」

「我不是在吊胃口，我只是覺得還不能買所以沒辦法。」

「為什麼？」

「說到為什麼，當然是因為才剛入夜，路上還有很多人。」

「就算有兩三百人經過，又有什麼關係，你還真奇怪。」主人嘀嘀咕咕大表不滿。

「若是普通人縱使一兩千人也沒關係，但那是學校的學生，他們捲起袖子拿著巨大的手杖四處徘徊，所以我無法隨便出手。其中還有自號沉澱黨，總是在班上墊底還沾沾自喜的傢伙。那種人偏偏特別擅長柔道。我不能隨便出手買小提琴。否則不知會有何下場。我當然很想要小提琴，但別看我這樣好歹還是很愛惜生命的。比起拉小提琴被殺，還是不拉小提琴好好活著更輕鬆。」

「那麼，你終究還是沒有買囉？」主人再次確認。

「不，我買了。」

「你這人真是不乾脆。要買就趕快買嘛。不要就說不要，趕快做個清楚的了斷。」

「嘿嘿嘿，世上的事，可不像我們想的這樣可以清楚了斷。」寒月君說著冷然點起一根「朝日」香菸噴出煙霧。

主人似乎已經失去耐心，只見他起身進了書房，很快又拿了一本舊洋書出來，趴臥在地上開始閱讀。獨仙君不知幾時也退到壁龕前，一個人排好棋子自己跟自己下棋。好好的故事也因為拖太久使得聽眾少了一個又一個，只剩下忠於藝術的東風君，以及從來不在乎故事又臭又長的迷亭老師。

寒月君呼地朝世間毫不客氣噴出一縷長煙，然後以之前同樣的速度繼續說故事。

「東風君，那時我在想。看來剛入夜是沒戲了，但若是半夜才來，屆時金善又已睡覺了那樣更不行。如果不掐準時間趁著學生散步歸去而金善又還沒就寢的時刻上門，好好的計畫將會泡湯。但是要抓住那個時間點很困難。」

「的確，想必很困難吧。」

「我估計那個時間大約是十點左右。所以接下來直到十點之前必須找個地方打發時間。回家再重新出門太麻煩。去找朋友聊天好像也有點心虛沒意思。無奈之下我決定在市區散步直到時間差不多為止。若是平時，閒逛個兩三小時，時間就不經意過去了，但偏偏唯有那晚，時間好像過得特別慢——我深深感到，所謂的千秋之思大概就是形容那種情況吧。」他感觸良深地刻意把臉轉向迷亭老師。

「古人也說過等待之身煎熬如置暖桌[462]嘛，而且比起讓人等待自己，自己等待更煎熬，吊在店裡的小提琴想必固然痛苦，但是像毫無頭緒的偵探那樣四處打轉的你肯定更痛苦。累累若如喪家之犬[463]。唉，的確沒有比無家可歸的狗更可憐的了。」

「狗這個比喻很殘酷。我還不曾被拿來與狗比較過。」

「我聽了你的故事，就好像在閱讀昔日藝術家傳記似地非常同情。與狗相提並論只是老師開玩笑你別介意，還是繼續往下說吧。」東風君好言安慰。就算無人來安慰，寒月君當然也打算繼續往下說。

「後來我從徒町經過百騎町，從兩替町走到鷹匠町，在縣廳前細數枯柳的數目，在醫院旁計算窗口有幾盞燈光，在紺屋橋上抽了二根紙捲菸，然後看時鐘。……」

「到十點了嗎？」

「很遺憾並沒有。——我越過紺屋橋沿著河邊往東向上走，遇到三個按摩師。還有狗叫個不停呢，老師……」

「秋夜長宵川邊聞犬吠，這一幕有點戲劇化呢。你就像是戰敗逃亡的武士。」

「難不成你幹了什麼壞事嗎？」

「接下來正要做。」

「真可憐，買小提琴若是壞事，那音樂學校的學生全都是罪人了。」

「做別人不認同的事，哪怕是天大的好事也會成為罪人，所以世間沒有比罪人更不可靠的。耶穌生在那樣的人世也成了罪人。美男子寒月君若在那種地方買小提琴也會是罪人。」

「那就退一步姑且當作是罪人吧。罪人無所謂，但是遲遲不到十點很傷腦筋。」

「你可以再次一一細數町名。那樣如果還不夠就讓秋陽再次明晃晃照耀。如果那樣還是不夠那就再吃三打澀柿乾。你要講多久我都會聽，所以你就講到十點為止吧。」

寒月老師嘻嘻奸笑。

「被你們這樣搶先破梗，我除了投降別無他法。那就把故事直接跳到十點吧。話說到了十

---

462 出自俗曲歌澤節〈我物〉之詞。

463《史記》形容孔子之詞。「喪家之犬」是指流浪狗，或有喪事之家養的狗。

點我來到金善店前一看，夜闌人靜，領頭的兩替町幾乎已不見人跡，就連從對面過來的木屐聲都格外寂寥。金善已關起大片木門，只留下小門屏障。我感到彷彿被狗尾隨，有點毛骨悚然，不敢開門進去……」

這時主人自破舊的書本稍微移開眼，「喂，小提琴已經買了嗎？」他問道。「接下來正要買。」東風君回答。「還沒買嗎？真是冗長啊。」主人自言自語，說完又埋首書中。獨仙君沉默不語，已在棋盤上堆滿大半黑子與白子。

「我鼓起勇氣衝進去，帽子也沒摘下就說我要買小提琴，火盆周圍正有四、五名小孩與年輕人聚集說話，他們大吃一驚，不約而同看著我的臉。我不禁抬起右手把帽子用力往前扯以便遮住臉。我又說了一次：喂，我要買小提琴。坐在最前面一直仔細打量我的小孩含糊說聲好，站起來把吊在店頭的那三、四把小提琴全都取下來。我問多少錢，他說五圓二毛錢[464]……」

「喂，哪有那麼便宜的小提琴？該不會是玩具琴吧？」

「我問他每一把的價錢是否都一樣，他說：對，每把都一樣，全都是精心製作的琴。於是我從錢包取出五圓鈔票和二毛錢銅板，取出事先準備的大包袱巾把小提琴包裹起來。期間，店裡的人全都停下談話目不轉睛看著我的臉。我的臉被帽子遮住他們應該認不出來，但我還是很緊張，巴不得趕緊離開店裡。好不容易把包袱塞到外套底下，一出了店，店員齊聲大喊謝謝惠顧，害我捏了把冷汗。我走到路上後稍微四下一看，幸好路上半個人影也沒有，但一丁之外正有兩三人以響徹町內的聲音吟詩走來。這可不得了，我急忙在金善的轉角向西轉彎沿著護城河邊來到藥王師道，從榛木村走到庚申山腳總算回到寄宿之處，一看錶，差十分就深夜兩點了。」

「看來你熬夜走路啊。」東風君同情地說。「總算到家了。傷腦筋，真是漫長的道中雙六[465]啊。」迷亭君說著鬆了一口氣。

「接下來才精采呢。到目前為止只是序幕而已。」

「還有嗎？這可不簡單。一般人要是碰上你絕對會失去耐心。」

「耐心姑且不談，如果在此打住就好似雕刻佛像卻沒有注入靈魂，所以我得再稍作敘述。」

「你要講當然隨便你。該聽的我們還是會聽。」

「如何，苦沙彌老師也聽一下吧？已經買下小提琴囉。老師。」

「這次是要賣小提琴嗎？賣琴的經過我不用聽沒關係。」

「還沒有要賣。」

「那就更不用聽了。」

「真是傷腦筋，東風君，只有你肯熱心聽我敘述。雖然有點洩氣但也莫可奈何，我就很快地大略講一下吧。」

「不用大略講沒關係，你慢慢說。我覺得非常有趣。」

464 根據《日本的洋樂百年史》記載，《東京日日新聞》（明治三十九年九月七日）銷路最好的小提琴「約十圓」，明治四十年東京勸業博覽會展出松永貞治郎的小提琴為七十圓。又及，寺田寅彥於明治四十二年買的是琴身二十二圓、琴弓三圓的小提琴。

465 類似大富翁的遊戲。在紙上以漩渦狀畫出東海道五十三旅次依次前進，自江戶出發，終點為京都。

「好不容易買到了小提琴，可是首先面臨的困擾就是琴要放在何處。很多人會來我的住處找我玩，所以如果隨便吊著或靠牆豎著立刻就會被他們發現。挖個洞埋起來的話將來要再挖出來也很麻煩。」

「對呀，那你該不會是藏在天花板的夾層吧？」東風君悠哉地說。

「沒有天花板夾層。那是農民家。」

「那可為難了。你放在哪裡？」

「你猜我放在哪裡？」

「我猜不出來。是窗口邊上的箱子嗎？」

「不是。」

「是用棉被包裹塞進壁櫥嗎？」

「不是。」

東風君與寒月君針對小提琴的藏身地點如此一問一答之際，主人與迷亭君也正頻頻交談。

「這個該怎麼念？」主人問。

「我看看。」

「就是這二行。」

「什麼？Quid aliudestmulier nisi amiticiaeinimica[466]……這不是拉丁文嗎？」

「我知道是拉丁文，我是問你怎麼念。」

「你不是平時總說你會拉丁文嗎？」迷亭君見事機不妙，有點逃避。

「我當然會念。會念是會念啦，但這是什麼？」

「『會念是會念，但這是什麼』太過分了吧。」

「隨你怎麼說，總之你快點翻譯成英文說說看。」

「『說說看』太過分了吧。好像我是你的勤務兵似的。」

「是不是勤務兵不重要，你快說。」

「拉丁文先擱置不談，還是洗耳恭聽寒月君的高論吧。他正講到緊要關頭喔。到底會不會被發現，這可是千鈞一髮的安宅關卡[467]。——寒月君，後來怎樣了？」迷亭忽然變得很關心，再次加入小提琴故事。主人窩囊地被留在原地。寒月君趁勢說明藏匿小提琴的地方。

「最後我把琴藏在舊衣箱中。這個柳條衣箱是我離鄉時祖母大人送給我的餞行禮物。據說是祖母大人當初嫁進門時帶來的嫁妝。」

「那可是古物呢。和小提琴一點也不搭調。對吧東風君？」

「對，一點也不搭調。」

「藏在天花板夾層也一樣不搭調。」寒月君反駁東風老師。

「雖然不搭調，卻可以寫成詩句，放心吧。『秋日寂寥，柳條衣箱藏提琴』，兩位覺得如何？」

---

466 出自湯瑪斯．納許（參照後文）的作品《愚行的解剖》（1589）。意為「女子算什麼。豈非友愛之敵乎」。

467 「安宅」是石川縣地名。此地昔日設有關卡，想逃往奥州的源義經一行人在此被發現，靠著弁慶的機智逃過一劫的故事，因謠曲《安宅》及歌舞伎《勸進帳》而聞名。

「您今天好像詩興大發啊。」

「不只是今天。我隨時都有滿腹詩句。說到我在俳句方面的造詣，就連已故的子規子[468]也要咋舌驚嘆。」

「老師，您與子規先生以前有來往嗎？」正直的東風君提出率真的疑問。

「就算沒有來往也始終以無線電通訊肝膽相照。」迷亭胡說八道，東風老師哭笑不得陷入沉默。寒月君笑著又繼續說故事。

「於是小提琴至少有地方放了，可是接著又煩惱怎麼拿出來。如果只是拿出來，當然還是背著人偷偷拿出小提琴來打量，但光是打量沒有用。琴如果不演奏就派不上用場。可是一演奏就會有聲音。一有聲音就會立刻被發現。正好隔著一道木槿樹籬的南邊就住著班上沉澱黨的帶頭老大，所以很危險。」

「傷腦筋啊。」東風君也很同情地附和。

「原來如此，這的確很麻煩。事實勝於雄辯，一旦發出聲音，小督女官[469]也正是因為這點才敗露行蹤。這若是偷吃東西或偽造假鈔還容易收拾，但琴音卻無法瞞過別人的耳朵。」

「只要不發出聲音，辦法倒是多得很……」

「等一下。你說只要『不發出聲音』，但即使不發出聲音有些東西也無法隱藏。昔日我等寄居小石川的寺廟自炊[470]時，其中有位姓鈴木的藤兄，這位藤兄很愛味淋，用啤酒瓶去買味淋回來一個人享用。某天藤兄出去散步後，苦沙彌君沒事找事偷喝了一點……」

「我哪有偷喝鈴木的味淋，明明是你喝的！」主人突然大聲說。

「咦，我以為你在看書應該沒關係，沒想到你還是在聽啊。對你果然不能掉以輕心。俗話說眼觀四面、耳聽八方就是形容你這種人。的確，被你這麼一說才想起我也喝了。我的確喝了，但露餡的可是你。——兩位倒是聽聽看。苦沙彌老師本來就不會喝酒。結果逮到別人的味淋不要錢就拼命喝，這下子糟了，他滿臉通紅浮腫。已經腫得連二隻眼睛都看不見了……」

「你給我閉嘴。連拉丁文都不會念還敢說。」

「哈哈哈哈，後來藤兄回來拿起啤酒瓶一搖晃，少了一半以上。他心想一定是有人喝掉的，於是四下一看，只見這位老大縮在角落就像朱泥捏就的人偶渾身僵硬……」

三人不禁哄然大笑。主人也一邊看書一邊吃吃笑。唯有獨仙君因為賣弄無能的本領過度，似乎有點疲勞，趴在棋盤上，不知幾時已呼呼大睡。

「還有沒發出聲音就穿梆的事。以前我去姥子溫泉[471]，和一個老頭子合住一間。據說他是東京某和服店的退隱老人。反正只是合住幾晚，管他是和服店還是舊衣店都無所謂，只是有一個麻煩，那就是我抵達姥子的第三天香菸抽完了。諸君想必也知道，姥子那個地方是山中唯一一戶，除了洗溫泉吃飯之外什麼也不能做，非常不方便。這時香菸抽完了實在很傷腦筋。越是

468 明治的俳人正岡子規。漱石的好友。

469 小督女官是高倉天皇的寵姬。遭平清盛憎恨隱居嵯峨野，後來被天皇的使者靠著琴音找到。《平家物語》及謠曲《小督》皆有提到這個故事。

470 學生時代的漱石也曾寄宿小石川的法藏院。

471 位於神奈川縣箱根町的溫泉，為箱根七湯之一。

沒有時就越想要，只要一想到沒有香菸，平時本來還沒那麼大的菸癮這時忽然癮頭犯了。那個老頭很壞心眼，居然準備了一包袱的香菸登山。然後一點一點拿出來，盤腿坐在別人面前就像要說你很想抽吧似的，大口大口地吞雲吐霧。若只是吞雲吐霧我還能原諒，最後他居然一下子吹出煙圈，一下子豎著噴煙，一下子橫著噴煙，甚至倒著吹出邯鄲夢枕，又從鼻子吹出獅子入洞、出洞[472]。換言之他是故意抽炫耀菸……」

「什麼叫做炫耀菸？」

「若是刻意穿衣打扮叫做炫耀衣裳，香菸當然叫做炫耀菸。」

「噢？與其這麼痛苦煎熬還不如直接開口向他要香菸。」

「我才不要去求他。我好歹也是男人。」

「噢？不能向他要嗎？」

「也許可以，但我沒要。」

「結果呢？」

「我沒開口要，我用偷的。」

「天啊。」

「老傢伙拎著毛巾去泡澡，我心想要抽菸只能趁現在，於是一心一意抽個不停，還來不及感到『啊啊真愉快』，紙門倏然開啟，我驚訝地回頭一看，香菸的主人回來了。」

「他沒有去泡澡嗎？」

「他想泡澡卻發現忘了把錢袋帶在身上，於是又從走廊折返。人家又不會拿他的錢袋，他那樣未免太失禮了。」

「真是無話可說耶。正好碰上你抽菸。」

「哈哈哈，老頭也相當有眼力。小袋子先不談，老頭一拉開紙門，憋了二天分量的香菸煙霧籠罩室內簡直嗆人，難怪俗話說壞事傳千里。立刻東窗事發。」

「老頭怎麼說？」

「不愧是人老成精，他啥也沒說，就拿草紙包了五、六十根香菸說：不好意思，這點粗製菸草若不嫌棄還請收下。然後轉身又去泡澡了。」

「那大概就叫做江戶作風吧。」

「我不知那是算江戶作風還是和服店作風，總之後來我與老頭肝膽相照，很有意思地逗留了二個星期才回來。」

「那二個星期都是老頭請你抽菸嗎？」

「可以這麼說。」

「小提琴的事已經解決了嗎？」主人終於把書倒扣，一邊坐起來一邊開口投降。

「還沒有。接下來正是有趣的地方，您趕上好時機了，請聽我說。順便還有那位趴在棋盤上睡午覺的先生——叫什麼來著的，呃，獨仙老師——獨仙老師也請聽一下。那樣睡覺對身體

---

472 都是雜耍特技，「邯鄲夢枕」是靠一根柱子當支點在高空支頤橫臥，「獅子入洞、出洞」是指迅速出入。在此皆是形容噴煙的花招。

不好喔。也該醒來了吧。」

「喂，獨仙君，起床了，起床了。有好玩的故事可聽喔。快醒醒。再睡下去對身體不好。嫂子會擔心的。」

「啊？」獨仙說著抬起頭，口水沿著他的山羊鬍流下很長一絲，宛如蝸牛爬過的痕跡歷然發光。

「啊呀，睏死了。這就叫做山間白雲似我懶吧。啊呀，睡得可真舒服。」

「大家都知道你睡著了。你快點起來一下。」

「也到了該醒的時候了。有什麼好玩的故事嗎？」

「接下來終於要把小提琴——要把琴怎樣？苦沙彌君。」

「會怎樣我一點也猜不出來。」

「接下來終於要演奏了。」

「接下來終於要演奏小提琴了。你快過來，好好聽著。」

「還在講小提琴嗎？傷腦筋。」

「你是彈無弦素琴之人所以不用愁，但寒月君的琴，會讓鄰居聽見吱吱呀呀的聲音所以很苦惱。」

「是嗎？寒月君不知怎樣拉小提琴才能不讓鄰居聽見嗎？」

「不知道。有那種方法的話我倒想請教一下。」

「用不著請教，只要看露地白牛[473]就應該立刻明白。」他說出莫名其妙的話。寒月君斷定他應是睡迷糊了才會賣弄那種奇言異語，所以故意不理會他，逕自往下說。

「好不容易才想出一個妙計。隔天是天長節，我從早上就待在家裡，一下子掀開衣箱的蓋子，一下子蓋上蓋子，整天都過得魂不守舍，等到終於天黑，衣箱底下有蟋蟀叫時，我才心一橫取出那把小提琴與琴弓。」

「終於拿出來了。」東風君說。「隨便演奏的話會很危險喔。」迷亭君提醒他。

「我先拿起琴弓，從尖端到把柄仔細檢查……」

「又不是三流刀匠。」迷亭君譏嘲。

「如果把這個當成自己的靈魂，心情會像武士在長夜燈影下抽刀出鞘，鑑賞磨利的名刀。我拿著琴弓不禁激動得渾身顫抖。」

「果然是天才。」東風君說。對此迷亭的反應是：「果然是癲癇。」主人說：「趕快演奏不就得了。」獨仙君露出困擾的表情。

「幸好琴弓沒問題。接著又把小提琴也同樣拿到燈旁，表裡兩面都仔細檢視。期間約五分鐘，請記住衣箱底下始終有蟋蟀在叫。……」

「我們一定照你的意思想所以你自己安心拉琴就好。」

「我還沒演奏。——幸好小提琴也沒有瑕疵。我心想這樣沒問題，於是倏然起立……」

「你要去哪裡？」

473 出自《碧巖錄》的禪語。指沒有絲毫煩惱的清淨境界。

「你先安靜一下聽我說。我每講一句你都要插嘴的話我會講不下去。……」

「喂，各位，安靜點。噓——噓——」

「只有你在講話。」

「嗯，這樣啊，那真是抱歉，我洗耳恭聽。」

「我把小提琴夾在腋下，套上草鞋就兩三步走出草庵，可是等一下……」

「看吧，又來了。我就知道肯定會在哪兒停電。」

「就算回去也沒有柿乾囉。」

「諸位如此插科打諢實在遺憾之至，看來我只能對東風君一個人講故事了。——你知道嗎東風君，我走出兩三步又折返，把我離鄉時花了三圓二毛錢買的紅毯子罩在頭上，一口氣吹熄燈後四下一片漆黑，這次連草鞋在哪都看不清。」

「你到底要去哪？」

「你先聽我說嘛。好不容易找到草鞋，走到門口一看，星月夜，柿落葉，紅毛毯，小提琴。一步又一步，我緩緩走上庚申山，這時東嶺寺的鐘聲鏗然貫穿毛毯，貫穿耳朵，響徹腦中。你猜幾點了？」

「我不知道。」

「九點了。接下來要一個人在秋夜長宵中走八百多公尺的山路到大平這個地方，我平時很膽小，本來應該嚇得要命，但是聚精會神後，很不可思議地，心中竟然再也沒有任何害不害怕的念頭。滿腦子只想著要拉小提琴所以說來還真奇怪。大平這個地方位於庚申山的南側，天氣好的日子上山一看，自赤松之間可以將城下町俯瞰無遺，是景觀絕佳的平地——這個嘛，面積大概有百坪吧，中央有一塊八張榻榻米大的岩石，北側是鵜沼這個池子，池畔有足可三人環抱的大樟樹。那是山中，所以人住的地方只有一間採樟腦的小屋，池子附近即便白天也不是什麼宜人的場所。幸好工兵為了演習開闢了道路，所以登山並不費力。終於走到岩石上，我把毛毯鋪在地上，姑且在那兒坐下。這是我第一次在如此寒冷的夜晚上山，坐在岩石上稍微鎮定後，四周的冷清漸漸滲透腹底。這種場合會擾亂人心的只有害怕的感覺，所以只要抽離這個感覺，好像就只剩下皎潔冷冽的空靈之氣。我茫然呆坐了二十分鐘左右，總覺得自己好像一個人住在水晶打造的宮殿中。而且孤伶伶獨居的我，身體——不，不只是身體，心靈與魂魄好似都是涼粉做成的，不可思議地清澈透明，再也分不清是自己住在水晶宮中，還是自己的腹中有水晶宮……」

「這倒是神來一筆。」迷亭君一本正經地調侃後，獨仙君也跟著說：「那是很有趣的境界。」流露出略微感嘆的模樣。

「如果這種狀態持續下去，我可能連小提琴也不拉了，就這麼茫然坐在岩石上直到隔天早上……」

「該不會是有狐仙吧？」東風君問。

「這種情況下，已無人我之別，是生是死都不確定之際，突然身後的舊沼深處傳來呀的一聲。……」

「終於出現了啊。」

「那個聲音在遠處造成回音，彷彿與強風一同拂過滿山秋色的樹梢，我不禁赫然回神……」

「我總算安心了。」迷亭君撫胸做出暗自慶幸的動作。

「大死一番乾坤新是也。」獨仙君說著眨眨眼。寒月君絲毫不解其意。

「後來，我回過神四下張望，只見整片庚申山悄然無聲，連雨水滴落的聲音都聽不見。我思忖剛才聽到的聲音是什麼。若是人的聲音未免太尖銳，若是鳥叫聲又太大，若是猴子的聲音——這一帶應該沒有猴子。那到底是什麼？這個問題一旦浮現腦中，我試圖做出解釋，於是之前安靜無聲的種種思緒，便雜然紛陳宛如歡迎康諾特殿下[474]當時，都內人士狂亂的態度在腦海盤旋。後來全身毛孔忽然張開，就像被噴了燒酒的毛毛腿，勇氣、膽力、判斷力、沉著這些客人各自蒸發而去。心臟在肋骨下面大跳滑稽舞[475]。雙腳如紙風箏的擺幅開始震動。我受不了了。我猛然拿起毯子罩住頭，把小提琴夾在腋下踉蹌跳下岩石，不管三七二十一沿著八百多公尺的山路衝向山麓，回到宿舍鑽進被窩就睡覺。現在回想起來還覺得那是生平最詭異的事呢，東風君。」

「後來呢？」

「就這樣沒了。」

「你沒拉小提琴嗎？」

「就算我想，也做不到呀。因為有那種怪聲出現。換作是你也無法演奏吧。」

「總覺得你的故事好像少了點什麼。」

「即使你這樣覺得，但事實就是事實。你說呢？老師。」寒月君環視在座眾人看起來很得意。

「哈哈哈哈，這真是太有意思了。扯到那種地步想必也是煞費苦心吧。我還以為會有男版的珊德拉・貝羅尼[476]現身東方君子之邦，直到前一刻還很認真地聽你敘述呢。」迷亭君說完以為會有人問起珊德拉・貝羅妮的典故，沒想到無人提出疑問，他只好自己說明：「珊德拉・貝羅妮在月下彈豎琴，在林中歌唱義大利式的歌曲，和你帶著小提琴登上庚申山有異曲同工之妙。可惜對方是驚動月中嫦娥，你卻是被古沼的怪狸驚嚇，以一線之隔劃分了滑稽與崇高的重大差距。想必很遺憾吧。」

「我並沒有那麼遺憾。」寒月君意外地不以為意。

「就是因為想去山上拉小提琴，搞那種洋把戲，才會受到驚嚇。」這次是主人做出酷評。

「好漢卻向惡鬼窟裡營生計[477]。真可惜。」獨仙君為之嘆息。獨仙君說的每一句話都令寒月君難以理解。不只是寒月君，恐怕誰也無法理解。

「那個先不提，對了寒月君，最近你還是天天去學校磨珠子嗎？」迷亭老師過了一會忽然話題一轉。

「沒有，之前我返鄉歸省，所以暫時中止。珠子我已經膩了，其實正想放棄。」

---

474 康諾特殿下（Prince Arthur of Connaught，1883-1938），英國皇族。明治三十九年為了贈勳給明治天皇來到日本。

475 明治時代的落語家三遊亭圓遊在宴席表演贏得人氣的滑稽舞蹈。

476 梅瑞狄斯（前出）的小說Sandra Belloni的女主角。漱石在談話〈梅瑞狄斯之訃〉提到「月夜在林中彈豎琴」。

477 住在惡鬼之家。指沒有自覺到身在迷妄中，出自《碧巖錄》。

「可是你不磨珠子就成不了博士喔。」主人略微蹙眉，當事人自己卻很看得開。

「博士？嘿嘿嘿嘿。我現在用不著拿博士學位也沒關係了。」

「可是婚事拖延，雙方都會很困擾吧？」

「婚事？誰的婚事？」

「你的呀。」

「我要和誰結婚？」

「金田家的小姐呀。」

「嘿嘿嘿。」

「你嘿嘿什麼，不是已經約定好了嗎？」

「哪有什麼約定，是對方自己要到處宣揚那種說法。」

「這未免有點太胡鬧了。喂，迷亭，你也知道那件事吧？」

「你說的那件事，是指鼻子事件嗎？若是那起事件，不只是你我知道，已經成了公開的祕密傳遍天下了。萬朝[478]就一天到晚跑來問我，到底什麼時候才有這個榮幸以新郎新娘為題把兩位的照片刊在報紙上。東風君更是已寫出鴛鴦歌[479]這長篇大作，自三個月前就在苦苦等候，他似乎很擔心寒月君萬一沒有成為博士，他的精心傑作恐怕也將束之高閣無人問津。對吧，東風君？」

「還沒有乏人問津到擔心的地步啦，不過我的確打算公開這篇滿懷同情的作品。」

「你看吧，你能不能成為博士，會對四面八方造成嚴重的影響喔。你還是振作一點，好好磨你的珠子吧。」

「嘿嘿嘿，讓各位擔心真是不好意思，但我已經不用成為博士了。」

「為什麼？」

「還能為什麼，我已經有明媒正娶的老婆了。」

「天啊，這可不得了。你什麼時候祕密結婚的？這年頭果然是不能掉以輕心啊。苦沙彌兄，你聽到他剛才說什麼沒有？寒月君居然說他已經有妻兒了。」

「還沒有兒女喔。結婚還不到一個月怎麼可能生得出兒女。」

「歸根究底你到底是什麼時候在哪結婚的？」主人像預審法官般提出嚴正質問。

「還能是什麼時候，我一回到家鄉，人已經在家裡等著了。今天帶來老師家的這個柴魚，就是親戚送的結婚賀禮。」

「才送三根柴魚當賀禮太小氣了吧。」

「沒有，我只是從一大堆柴魚中帶了三根來。」

「那你娶的是家鄉女子囉，果然也是膚色很黑嗎？」

「對，漆黑。正好與我旗鼓相當。」

「那麼金田家那邊你打算怎麼辦？」

478 黑岩淚香於明治二十五年創刊的日報《萬朝報》的通稱。

479「鴛鴦」是夫妻婚姻美滿的象徵。

「不怎麼辦。」

「這樣在道義上有點說不過去吧。對吧迷亭？」

「一點也不會說不過去。嫁給別人也一樣。反正夫妻這種東西就像在黑暗中抓瞎碰在一起。簡而言之本來不用碰在一起也沒事偏要碰在一起，是多此一舉。既然是多此一舉那麼不管是誰跟誰碰在一起湊成對當然也無所謂。唯一可憐的頂多只有創作鴛鴦歌的東風君。」

「沒事，鴛鴦歌找機會改一改符合現在的情況就行了。金田家的婚禮可以另行創作別的作品。」

「不愧是詩人，果然是自由自在變換自如。」

「金田家那邊你拒絕了嗎？」主人還是對金田耿耿於懷。

「沒有。沒必要去回絕。因為我從來沒有向對方說過我想娶令千金、請把她嫁給我這種話。所以保持沉默就夠了。——放心，保持沉默已經足夠了。這時候他說不定早就派出十幾二十個偵探把這些話打聽得清清楚楚了。」

聽到偵探這個字眼，主人忽然臉色一沉。

「哼，那你就保持沉默好了。」他如此交代，但這樣似乎還不滿意，又針對偵探如此大發議論。

「趁人不備偷走別人懷裡的東西是扒手，趁人不備釣走別人心裡的想法是偵探。神不知鬼不覺地卸下遮雨板潛入偷走別人的物品是小偷，神不知鬼不覺地花言巧語讀出別人的心事是偵探。把刀子插在榻榻米上逼人家交出金錢是強盜，出言恐嚇強迫別人的意志是偵探。所以偵探這種傢伙，和扒手、小偷、強盜是同類，終究卑劣得不配為人。聽那種傢伙講的話會養成壞習慣。絕對不能低頭。」

「放心，沒問題。就算有一兩千個偵探站在上風處列隊襲擊也沒啥好怕。我可是磨珠名人理學士水島寒月。」

「真是令人佩服。不愧是新婚學士，果然元氣旺盛。不過苦沙彌兄，偵探若是扒手、小偷、強盜的同類，使喚偵探的金田君又是什麼人的同類呢？」

「大概是熊坂長範那種人吧。」

「熊坂還算好的呢。謠曲有言一個長範變成二個就此死去[480]，但對面橫巷的長範靠那種烏金[481]起家本來就是貪婪霸道的人，所以就算變成多少個也不可能死去。一旦被那種傢伙逮到會倒大楣喲。一輩子都完了，寒月君你最好小心點。」

「放心，沒事的。那種無事生非的盜匪啊，將來的手段可想而知。如果他還不知悔改地挑釁，那我就好好給他一點顏色瞧瞧。」寒月君坦然自若地散發出寶生流的氣燄[482]。

「說到偵探，二十世紀的人大抵皆有當偵探的傾向，不知這是什麼原因。」只有獨仙君提出與時局問題無關的超然疑問。

---

480 出自謠曲《烏帽子折》的結尾句「本為一人的熊坂長範也變成二個死去」。意指長範被一刀劈成二半。

481 每天算利息的高利貸黑心錢。

482「那種到處滋事的盜匪」出自謠曲《烏帽子折》。意指以寶生流的歌謠增強氣勢。寶生流是日本能樂的流派之一。

「大概是因為物價高漲吧。」寒月君回答。
「應該是因為不懂藝術品味吧。」東風君回答。
「因為人類生出文明之角，就像表面凹凸不平的硬糖果一樣會刺人。」這是迷亭君的回答。
接下來輪到主人了。主人以煞有介事的口吻，做出以下這番議論：
「這點我也想了很久。依據我的解釋，世人的偵探傾向完全是因為個人的自覺心過強。我稱之為自覺心的東西，並非獨仙君所謂的見性成佛[483]，或自己與天地合為一體的那種悟道心。……」
「咦，好像變得很深奧啊。苦沙彌君，以你的作風既然都搬弄口舌做出這番大議論了，那小弟迷亭也要斗膽跟在你後面公然抒發一下對於現代文明的不平。」
「你要說就快說，可我看你根本沒話可說。」
「我還真的有話說。而且多得很。你們之前把刑事巡查敬若神明，今天又把偵探比為扒手小偷，簡直是矛盾之至，哪像我始終一以貫之從父母未生以前[484]至到當下，從來不能改變過自己的說詞。」
「刑警歸刑警。偵探歸偵探。之前是之前，今日是今天。沒改變過自己的說詞只能證明你毫無進步。俗話說下愚不移[485]就是形容你這種人。……」
「這太過分了。偵探稱職到了這種地步也有可愛之處。」
「我對偵探——」
「我知道你不是偵探，所以才說你可以誠實一點。吵架就算了吧。好了。我洗耳恭聽你的下文。」

「說到當今世人的自覺心，就是對自己與他人之間存在截然分明的利害鴻溝這件事知道得太清楚了。而這種自覺心隨著文明的進步一天比一天敏銳，最後舉手投足之間無法再自然天然。亨利[486]這個人評論史蒂文生，說他每次走進有鏡子的房間時，經過鏡前如果不照一下鏡子就不放心，哪怕是瞬間片刻也無法忘記自己。這句話清楚表達出今日的趨勢。睡時也想著自己，醒時也想著自己，『自己』到處跟著不放，所以人類的言行舉止只會人工化地變得緊張侷促，只會讓自己越來越憋屈，世間只會越來越舉步維艱，不得不從早到晚懷著相親的年輕男女那種心情。悠然或從容這種字眼徒有筆畫卻失去意義。就這點而言，現代人的確像偵探、像小偷。偵探這一行做的是背人耳目只求自己得利的買賣，所以自覺心不強就無法勝任。小偷也時刻擔心自己會不會被捕、被發現，所以自覺心也不得不強。現代人無論睡時或醒時都在盤算如何才能讓自己得利、怎麼做可能會讓自己吃虧，因此勢必與偵探、小偷一樣擁有強烈的自覺心。一天到晚都在東張西望偷偷摸摸直到進入墳墓的那一刻都無法安心，這就是現代人的心理。這是文明的詛咒。簡直太可笑了。」

---

483 禪語。看穿自己本來具備的佛性，得悟佛果。出自《碧巖錄》。

484 禪語。父母出生之前，換言之是自己完全不存在時。學生時代在圓覺寺（前出）參禪的漱石得到的公案也是「父母未生以前本來的面目如何」。

485 非常愚蠢者無法教化。出自《論語》。

486 威廉·歐內斯特·亨利（William Ernest Henley，1849-1903），英國詩人、批評家。

「原來如此，的確是有趣的解釋。」獨仙君說。談到這種問題時獨仙君絕對不肯退縮。「苦沙彌君的說明深得我心。古人教我們要忘卻己身。時人卻教我們不可忘記自己，二者截然不同。就是因為時時刻刻充滿自我意識，所以時時刻刻不得安寧。永遠處於焦灼地獄。若問天下有何良藥，沒有比忘卻己身更好的良藥。三更月下入無我[487]就是吟詠這種境界。現代人即便親切也欠缺自然。連英吉利自豪的『紳士』行為，也意外地膨脹了自覺心。聽說英國的國王去印度遊玩，與印度王族共餐時，那位王族在國王面前不經意流露出自國的作派，直接朝盤子伸手抓馬鈴薯，之後面紅耳赤羞愧不已。而英國國王卻佯裝不知，據說也同樣伸出二根手指朝盤子抓馬鈴薯……」

「那就是英吉利風格嗎？」這是寒月君發問。

「我也聽過這樣的故事。」主人跟著說。「同樣是在英國的某個軍營，許多聯隊士官合起來招待一位下士官吃飯。吃完飯把洗手用的水裝在玻璃碗送上桌，這位下士官似乎對宴會不熟悉，端起玻璃碗就一口喝光碗中的水。於是聯隊長突然說要祝下士官身體健康，同樣一口氣喝光洗手水。在場的士官也爭相端起碗祝下士官身體健康。」

「也有這樣的故事喔。」向來語不驚人死不休的迷亭君開口了。「卡萊爾第一次晉見女皇時，他是個不諳宮廷禮儀的怪胎，所以突然說：『怎麼樣？』一邊重重在椅子坐下，結果站在女皇身後的大批侍從與宮女全都吃吃笑了出來——不是笑出來，是正想笑，這時女皇轉頭向後，比了一下手勢，大批侍從宮女不知幾時已全都在椅子坐下，卡萊爾因此沒有丟臉，還真是用心周到的親切呢。」

「以卡萊爾的行事作風，就算大家都站著他說不定也不當一回事。」寒月君試著做出短評。

「那種親切的自覺心還算好。」獨仙君接腔說。「正因為有自覺心，要對人親切也會特別費事。真可憐。隨著文明的進步，殺伐之氣漸消，一般人總說個人與個人的交際變得心平氣和，實則大錯特錯。自覺心這麼強烈，怎麼可能心平氣和？的確，乍看之下是很安靜好像安然無事，但彼此之間其實非常險惡。就像相撲選手在賽場中央手腳交纏僵持不動。旁人看來平穩至極，當事人心裡恐怕正波濤洶湧。」

「吵架也是，昔日爭吵是以暴力壓迫所以反而無罪，可是現在變得很巧妙所以自覺心更是倍增。」輪到迷亭老師發話了。「培根[488]說遵循自然之力方可勝過自然，現在的爭吵正如培根這句格言，想想真是不可思議。就好像柔道。思考的是如何利用敵人之力擊倒敵人……」

「也像是水力發電。不去抗拒流水之力，反而將之變成電力大大發揮作用……」寒月君的話還沒說完，獨仙君已立刻接腔。

「所以貧時受貧困束縛，富時受富有束縛，憂時受憂愁束縛，喜時受喜悅束縛。才子敗於其才，智者敗於其智，像苦沙彌君這樣的暴躁性子，只要利用你的暴躁，你就會立刻衝出去上了敵人的當……」

「說得好！」迷亭君拍手。苦沙彌老師笑嘻嘻，「那可沒有那麼容易。」他這麼一回答，

---

487 禪語。三更是晚間十一點至凌晨一點。意指深夜在月光下進入無我的境界。

488 培根（Francis Bacon，1561-1626），英國哲學家、政治家。「自然之力」云云出自著作《新機關》。

大家都笑了。

「那麼像金田那種人又會敗於什麼？」

「他老婆敗於鼻子，他自己敗於頑固無情，他的手下敗於偵察行動吧？」

「那他女兒呢？」

「女兒啊——我沒見過他女兒所以不好評論——不過多半是敗於穿衣奢華，或者吃食挑剔，或者飲酒無度吧。總之絕不可能敗在戀愛上頭。說不定會像卒塔婆小町[489]那樣死在路邊。」

「那樣講有點太過分了。」東風君好歹獻過新體詩給人家，因此立刻提出異議。

「所以應無所住而生其心[490]是句很重要的話，如果達不到這種境界，人類只會痛苦。」獨仙君頻頻說出自行開悟的發言。

「那有什麼好得意的。以你的脾氣說不定會上演一齣電光影裡倒栽蔥。」

「總之文明若以這種形勢發展下去，我可不想活了。」主人說。

「用不著客氣，就去死吧。」迷亭道破他的言下之意。

「我也不想死。」主人莫名其妙地執拗。

「出生時沒有人是深思熟慮才出生的，死的時候卻人人看似痛苦。」寒月君說出冷漠的格言。

「就像借錢時不當回事地開口借錢，還錢時卻人人都很擔心。」這種時候馬上能應答的只有迷亭君。

「正如同借了錢不去想還錢的事是幸福，不以死亡為苦也是幸福。」獨仙君的態度超然出世。

「照你這麼說，換言之厚臉皮就是開悟囉。」

「沒錯，禪語有云鐵牛面的鐵牛心，牛鐵面的牛鐵心[491]。」

「而你就是那個範本嗎？」

「那倒不是。不過人們害怕死亡是在神經衰弱這種疾病發明之後。」

「原來如此，你不管怎麼看都是神經衰弱之前的人。」

迷亭與獨仙沒完沒了地鬥嘴時，主人正對著寒月與東風二人頻頻陳述他對文明的不平。

「為何借錢可以不還正是問題所在。」

「沒那種問題。借錢就應該還。」

「你別急。這只是議論，你先安靜聽聽我的意見。正如為何借錢可以不還是個問題，怎樣才能不死也是問題。不，曾經是問題。鍊金術[492]就是解答。但是所有的鍊金術都失敗了。人類非死不可已成了明白的事實。」

「鍊金術出現之前就已很明白了。」

「別急。這是議論，你安靜聽著就對了。聽好了嗎？當非死不可成了明白的事實時就出現

489 謠曲《卒塔婆小町》描寫人老珠黃的美女小野小町在狂亂之後開悟的模樣。
490 在沒有任何執著的狀態下產生清淨心。出自《金剛般若經》。澤庵（前出）的《不動智神妙錄》也有解說。
491 禪語。任何事物皆不為所動之心。
492 鍊金術是近代以前的化學技術。追求長生不老，或者將低價金屬變成金銀。

了第二個問題。」

「噢？」

「左右都得死，那我們應該怎麼死？這就是第二個問題。自殺俱樂部[493]與這第二個問題的發生有密不可分的命運。」

「原來如此。」

「死亡很痛苦，但是不能死更痛苦。身為神經衰弱的國民生不如死。因此以死為苦。不是不想死所以覺得痛苦。是在擔心該怎麼死最好。但一般人缺乏智慧所以放任不管順其自然，久了就會被世間凌虐而死。但是有怪癖的人光是半推半就等著被世間凌虐而死不會滿足。一定會主動針對死法做出種種考究，提出嶄新的主意。所以世界今後的趨勢肯定會出現更多自殺者，而且自殺者皆會以獨創的方法離開人世。」

「那樣會弄得雞犬不寧吧。」

「當然會。肯定會。亞瑟・瓊斯[494]這個人寫的劇本中有個哲學家頻頻主張自殺……」

「他自殺了嗎？」

「可惜並沒有。不過從現在算起再過千年肯定大家都會實行。到了萬年之後說到死大家除了想到自殺絕不會再有其他念頭。」

「那可不得了。」

「會那樣的，一定會。屆時自殺也累積許多研究成了一門道地的科學，在落雲館那種中學，自殺學也將取代倫理學當成正課教授學生。」

「有意思，那我倒是很想去旁聽。迷亭老師你聽到苦沙彌老師的這番高論了嗎？」

「聽到了。屆時落雲館的倫理老師一定會這麼說：諸君千萬不可墨守公德這種野蠻的遺風。身為世界青年，諸君首先該注意的義務就是自殺。不過己之所欲可施於人[495]，所以把自殺進一步發展成他殺亦可。尤其像門口那個窮措大珍野苦沙彌氏，活著似乎很痛苦，盡快殺死他是諸君的義務。但是今日不同往昔已經變得很開明，所以不要再用標槍、大刀或弓箭槍炮之類卑鄙的手段。只要用指桑罵槐的高尚技術，冷嘲熱諷地殺人，不僅可替當事人做功德，也能成就諸君的名譽。……」

「原來如此，那是有意思的授課呢。」

「還有更有意思的呢。在現代，警察將保護人民的生命財產視為第一目的。但是到了那時候，巡查會拿著殺狗用的棍棒到處撲殺天下的公民。……」

「為什麼？」

「現在的人重視生命所以要靠警察來保護，但將來的國民活著會很痛苦，所以屆時巡查是出於慈悲才好心打死人。不過比較機靈的人大半都已自殺了，所以會被巡查打死的人要不就是真的很沒出息，要不就是沒有自殺能力的白痴或是殘障者。而且想被殺的人會在門口張貼告示。很簡單，只要注明家裡有想被殺的男人或女人，巡查就會在方便的時候過來，立刻按照人

493 自殺俱樂部是史蒂文生的短篇集《新天方夜譚》中的一篇。

494 瓊斯（Henry Arthur Jones，1851-1929），英國劇作家。

495《論語》提到「己所不欲勿施於人」。

民的願望取走性命。屍體嗎？屍體當然也是巡查拉車帶走。更有意思的事還在後頭。……」

「您的玩笑好像沒完沒了呢。」東風君大為佩服。於是獨仙君照例摸著他的山羊鬍，慢吞吞開口。

「說是玩笑的確是玩笑，但說是預言說不定還真的是預言。對真理不徹底的人，往往拘泥於眼前的現象世界，將泡沫的夢幻視為永久的事實，所以只要人家講得稍微離奇一點，立刻就當成玩笑。」

「燕雀焉知大鵬之志[496]。」寒月君惶恐地說，獨仙君像要強調沒錯就是這樣似地又說：

「以前西班牙有一個地方叫做哥多華[497]……」

「現在不是也有嗎？」

「或許有。今昔的問題先不談，當地有個風俗，每當傍晚寺院敲鐘，家家戶戶的女人都會出門到河裡游泳……」

「冬天也游嗎？」

「那方面的詳情我不知道，總之不分老少貴賤都會跳進河裡。但是其中沒有任何男子。男人只會站在遠處看。遠看只見暮色蒼茫的水上，白色的肌膚模糊晃動……」

「充滿了詩意呢。可以寫成新體詩。那是什麼地方？」東風君只要聽到有裸體出現就會積極地傾身向前。

「哥多華。當地的年輕人，無法與女人一起游泳，可是站在遠處看不清女人的模樣，他們覺得很遺憾，於是稍做惡作劇……」

「噢？是什麼樣的惡作劇？」一聽到惡作劇，迷亭君很開心。

「他們賄賂寺院敲鐘的人，把本該天黑敲的鐘提早一小時敲響。結果女人很膚淺，一聽鐘響了，就紛紛聚集河岸，穿著短內衣、短褲頭的服裝撲通撲通跳進水中。可是跳下水之後，天色並未像往常那樣變暗。」

「該不會又有熾烈的秋陽明晃晃照耀？」

「往橋上一看，站了許多男人盯著她們。她們很害羞卻也沒辦法。據說滿臉通紅。」

「所以呢？」

「所以，這個故事告訴我們，人往往被眼前的習慣迷惑，卻忘了根本的原理，所以一定要小心。」

「原來如此，真是謝謝您的說教。那我也說一個被眼前習慣迷惑的故事吧。上次我看某本雜誌，有這麼一篇騙子的小說。假設我在這裡開古董書畫店。店頭放著名家的字畫或名匠製作的工具。當然那些不是贗品，全是如假包換、貨真價實的上等貨。因為是上等貨所以全都很昂貴。這時來了一位好奇的客人，問這幅元信[498]多少錢。假設那是六百圓所以我說六百圓，那位客人很想要，但手頭沒有六百圓，所以很遺憾只能作罷。」

---

496 小人物終究無法理解大人物的志向之意。《史記》中有同樣的話，但不是「大鵬」而是「鴻鵠」，二者皆為大鳥之意。

497 哥多華是西班牙南部的都市。當地女子戲水的故事出自法國小說家梅里美的《卡門》。

498 狩野元信，室町後期的畫家。完成狩野派的嶄新畫風。

「你確定他會這麼說？」主人還是一樣說出毫不修飾的言詞。迷亭君一臉嚴肅。

「別急嘛，這是小說。假設他是這麼說的。於是我說錢不要緊，如果中意就拿去吧。客人說那怎麼行，當下躊躇不決。我說不然就分期付款吧，而且分很多期，每期金額很低，反正今後您也會來小店捧場——不，一點也不用客氣。那就每月付十圓您看如何？再不然每月五圓也無所謂——我非常豪爽地這麼說。之後我與客人交換了三言兩語，終於把授野法眼元信的條幅以六百圓但月付十圓分期付款的方式賣出去。」

「那樣很像泰晤士報的百科全書[499]。」

「泰晤士報是真的，我的卻不盡不實。接下來就要出現巧妙的詐欺囉。聽好，月付十圓的話你認為六百圓要幾年才能付清，寒月君？」

「當然是五年吧。」

「當然是五年。那你認為五年的時間是長還是短，獨仙君？」

「一念萬年，萬年一念，說長不長，說短不短。」

「搞什麼，你那是道歌[500]嗎？真是沒常識的道歌。五年之內每個月都要付十圓，換言之對方只要付六十次就行了。但那正是習慣的可怕之處，同樣的事按月重複做了六十次之後，到了第六十一次也會想付十圓。第六十二次也想付十圓。第六十二次、六十三次……隨著一次又一次，只要日子到了好像不付十圓就不放心。人類看似聰明，卻有被習慣迷惑、忘記根本的大弱點。我只要利用這個弱點每個月都可以得到十圓。」

「哈哈哈，怎麼可能，哪有人會記性那麼差。」寒月君笑著說，主人略顯嚴肅。

「不，的確有那種事。我每個月還大學的學貸[501]，最後反而是對方不肯再收。」他把自己的恥辱當成一般人的恥辱那樣公然說出。

「看吧，這裡就有這種人，可見是千真萬確。所以聽了我前面說的文明未來記，當成玩笑一笑置之的，就是明明只需繳納六十次款項卻認為繳納一輩子是正當的人。尤其是寒月君、東風君這種缺乏經驗的青年，聽了我們說的話一定要小心不被欺騙。」

「我知道了。分期付款一定只繳六十次。」

「不，聽來像是玩笑，但這真的可供參考喔，寒月君。」獨仙君對寒月君說。「舉例來說。現在苦沙彌或迷亭如果提出忠告說，你偷偷結婚不妥當，叫你去向金田那個人謝罪，你會怎麼做？你打算去謝罪嗎？」

「謝罪的意思是要懇求原諒。若是對方向我道歉也就罷了，我可沒有那種想法。」

「如果警察命令你道歉怎麼辦？」

「那我更不肯了。」

「大臣或貴族下令呢？」

「絕對免談。」

「你看吧。昔日與今日相比人就是變了這麼多。昔日是『只要有』官府的威風什麼都做得

499 指英國倫敦的泰晤士報以分期付款的方式販賣全套百科事典《大英百科全書》。

500 以淺顯易懂的方式吟詠道德與訓誡之意的和歌。

501 漱石自己也在大學畢業後每個月償還貸款。

到的時代。今後是『即便有』官府的威風有些事情也做不到的時代。這年頭不管是殿下或閣下，就某種程度上都無法淩駕於個人的人格之上。說得更激烈一點，對方越有權力，被強迫的人就越會感到不愉快憤而反抗。所以當今之世已和昔日不同，出現了『正因有』大人物的威風才做不到的新現象。若在昔人看來簡直難以想像的事情，在當世卻可通行無阻。世態人情的變遷實在不可思議，迷亭君的未來記若說是玩笑的確只是玩笑，但是視為說明那方面消息的話，不也相當值得玩味嗎？」

「有了這樣聲援的知己，那我非得繼續說未來記不可了。正如獨仙君所言，如今想用大人物的權威當護身符，仗著兩三百支竹槍強渡關山，就像是坐著轎子非要與火車競爭，已是落伍的老頑固——不過那頂多是不通人情的範本，烏金的長範先生，所以我們就冷眼看他的手段即可——我的未來記不是那種臨時湊和的小問題。是關係到人類整體命運的社會現象。如果仔細觀察眼下文明的傾向，占卜將來的趨勢，結婚將是不可能的事。不必驚訝，婚姻不可能成立。理由是這樣的：如前所述當今是個性本位的時代。在過去由男主人代表一家，郡守代表一郡，領主代表一國的時代，代表者以外的人完全沒有人格。即便有也不被認可。現在幡然一變，所有的生存者全都主張自己的個性，彷彿在聲稱『不管在誰看來，你就是你，我就是我』。即使是二個人在路上相遇，都會在心中一邊鬥嘴『你是人，我也是人』一邊錯身而過。也因此個人變得強大。個人平等地變強，個人也就等於平等地變弱。別人難以再加害自己，在這點，自己的確變強了，但自己也難以輕易對他人出手，就這點而言顯然是比以前弱。變強是好事，但變弱誰都不會高興，所以在固守強悍的特點不讓他人侵犯分毫的同時，明知勉強也想把弱的地方擴大以便多侵犯他人半毛也好。如此一來人與人之間少了空間，活著會變得很憋屈。只能夠盡量繃緊神經，膨脹得幾乎要爆炸，辛辛苦苦地求生存。因為辛苦所以用各種方法在個人與個人之間尋求餘地。於是人類自作自受痛苦之下，為了排遣痛苦想出的第一方案就是親子分居制。在日本，哪怕你去深山裡看看。一家人都是擠在一戶之內。沒有該主張的個性，即便有也不主張，所以那樣做沒問題。但文明的現代人縱使是親子之間如果不互相堅持自我主張也會吃虧，所以為了保持雙方安全不得不分開住。歐洲的文明進步所以比日本更早施行這種制度。即便偶爾有親子同住，兒子向老爸借錢也要付利息，或者像外人一樣付房租。唯有父母認可兒子的個性給予尊敬，這樣美好的風氣才能夠成立。這種風氣早晚也會傳入日本。親戚早已分離，親子也在今日分開，看似在勉強忍耐但個性發展以及隨著發展對此產生的尊敬將會無限擴大，所以如果還不分開就會不好過。但是到了父子兄弟都分離之後，已經再無其他可分離的，因此最後的方案就是夫妻分離。依照時人的想法，住在一起才叫做夫妻。那是很大的謬誤。要住在一起就得彼此個性契合足以同住才行。若是以前當然沒問題，所謂異體同心，看似夫妻二人實則只有一人。因此才能說什麼偕老同穴，死也要化為一穴之狸。真是野蠻。現在就不可能這樣了。丈夫純粹是丈夫，妻子純粹是妻子。妻子在女校穿著燈籠褲[502]培養出明確的個性，以西洋束髮之姿嫁進門，不可能乖乖任由丈夫擺布。況且若是任由丈夫擺布的妻子，那也不叫做妻子而是洋娃娃。越是賢妻就越有個性。越有個性就越無法迎合丈夫。無法迎合自然會與丈夫發生

502 像裙子一樣整體呈筒狀的褲子。當時主要是女學生特別愛穿。

衝突。所以頂著賢妻之名的人從早到晚都在與丈夫衝突。這當然沒問題，但娶的若是賢妻只會讓雙方的痛苦更嚴重。夫妻之間如油水不容截然分明，如果最後安穩下來，能夠保持恆定的水平線那倒還好，萬一水與油雙方發揮作用將會弄得家中像大地震一樣忽上忽下。於是人們逐漸明白夫妻同住只會對彼此有害無益。……」

「所以夫妻要分開嗎？真令人擔心。」寒月君說。

「要分開。一定會分開。天下的夫妻全都會分開。過去住在一起才叫做夫妻，但今後同居會被世人視為沒有夫妻的資格。」

「那我等於也被編入沒資格的那組了。」寒月君打擦邊球炫耀恩愛。

「幸好生於明治時代。我因為要寫未來記，頭腦比時勢超前一兩步，所以至今保持單身。別人說我不婚是因為失戀，但近視眼的人看到的事物實在淺薄得可憐。撇開那個不談，還是繼續說未來記吧。當時一名哲學家從天而降提倡破天荒的真理。他是這麼說的：人類是有個性的動物。如果泯滅個性就會陷入與消滅人類同樣的結果。為了完成人類的意義，付出任何代價在所不惜，所以在保持這種個性的同時也必須令其發達。拘泥於陋習不甘不願地執行結婚，是違反人類自然傾向的蠻風，在個性不發達的曚昧時代也就算了，在文明的今日若還陷入這種弊病恬然不顧那就大錯特錯了。如今已達到高度開化，二個有個性的人沒有任何理由一定得以超乎普通的親密程度連結在一起。雖有這個顯而易見的理由，沒受過教育的青年男女還是在一時的激情驅使下，隨意舉行合巹之禮，實乃悖德亂倫之至的作為。吾人為了人道，為了文明，為了保護他們這些青年男女的獨特個性，一定要全力抵抗這股蠻風……」

「老師我堅決反對這個說法。」東風君這時毅然決然地伸掌往膝頭一拍。「在我想來，說到世間何者為貴，沒有比愛與美更可貴的東西。慰藉我們，讓我們完全，使我們幸福，都是拜這二者所賜。也是這二者令我們的情操優美，品性高潔，同情心洗練。所以我們不管生在何時何地都不能忘記這二者。這二者出現在現實世界後，愛化身為夫妻這種關係。美則分別表現為詩歌與音樂的形式。因此只要人類還存活在地球表面，夫妻與藝術就絕對不可能被消滅。」

「不消滅的話當然好，但偏偏就是會像哲學家說的那樣消滅我也沒辦法，你就死心吧。你說藝術？藝術也會與夫妻有同樣的下場。個性的發展想必也意味著個性的自由。個性的自由想必也正意味著我是我、人是人。那種藝術怎麼可能存在嘛。因為藝術若要繁盛，必須在藝術家與觀賞者之間達成個性的一致。就算你自認是新體詩家，如果沒有任何人看了你的詩稱讚有趣，那你的新體詩很可憐地除了你別無他人會看。即使寫再多篇鴛鴦歌也沒用。幸好生於明治的今天，天下人想必會蜂擁閱讀……」

「哪裡，也沒那麼受歡迎啦。」

「如果連現在都沒那麼受歡迎，到了人文發達的未來，也就是那位大哲學家提出非結婚論的時候，恐怕更不會有任何讀者喲。不，不是因為你寫的所以沒人看。而是人人各有不同的個性，所以對旁人寫的詩文絲毫不感興趣。現在在英國就已出現這種傾向了。不信你看當今英國的小說家中，作品最有個性的梅瑞狄斯[503]，還有詹姆斯[504]，讀者不就少得可憐嗎？讀者少是應該的。因為那種作品只有那麼有個性的人看了才會覺得有意思。這種傾向漸漸發達，到了婚姻變成不道德時，藝術也會完全滅亡。你想想看是不是？到時候你寫的東西我看不懂，我寫的東西你看不懂，那你我之間還有什麼藝術可言？」

「話是這麼說沒錯，但我在直覺上無法贊同。」

「你在直覺上無法這麼想，我在曲覺上卻這麼想。」

「或許是曲覺，」這次輪到獨仙君開口。「但總而言之人類的個性自由度越大，彼此之間就會越格格不入。尼采之所以提出超人說，也正是因為憋屈得無法可想才會變形為那種哲學。乍看之下那似乎是他的理想模式，但那並非理想，是不平。在個性發展的十九世紀戰戰兢兢，連身邊人也不敢信任，無法安心睡覺翻身，所以這位老大才會有點自暴自棄地那樣胡鬧。看了他的文章感想不是痛快毋寧是同情。他的聲音不是勇猛精進之聲，而是怨恨痛憤之聲。不過那也是難免的，以前只要出現一個厲害人物，天下莫不翕然從之，那當然痛快。現實中既然就有這樣的痛快，當然沒必要像尼采那樣以紙筆之力顯現在文章上。所以荷馬[505]和吉維契斯[506]即便同樣描寫超人般的性格感覺也會截然不同。很開朗。寫得很快活。因為有愉快的事實，因為可以把這愉快的事實寫在紙上，所以當然沒有苦味。尼采的時代就不可能如此了。那時一個英雄也沒有出現。即使出現了也不會被人捧為英雄。古時候只有一個孔子，所以孔子很吃得開，現在孔子有很多個。說不定還會是滿天下皆孔子。所以即便耀武揚威地自稱是孔子也壓不住人。壓不住所以心有不平。心有不平於是只能在紙上揮灑超人云云。吾人想要自由而得自由。得到自由後反而感到不自由深受其擾。因此西洋文明看似可取但說穿了根本不行。反觀東方自古以來便注重心靈的修行。那才是正確的。不信你看看，個性發展的結果是大家全都神經衰弱，弄得無法收拾時，這才終於發現王者民蕩蕩[507]這句話的價值。這才醒悟無為而化[508]這句話不可小覷。可惜就算醒悟也為時已晚。就好像酒精中毒後才想到：唉，當初要是不喝酒該多好。」

「您的說法似乎極為厭世，但我很奇怪。聽了這麼多也毫無感覺。不知是怎麼回事。」寒月君說。

「那是因為你有妻子。」迷亭立刻做出解釋。這時主人突然說出以下這種話：

「如果有了妻子，就以為女人很好，那可是大錯特錯。我來念一段有趣的文章給你聽，讓你做參考吧。你仔細聽好。」他說完拿起之前從書房取來的舊書，「這本書很古老，但打從書中這個時代已很清楚女人有多壞。」主人說。寒月問：

「我有點意外。那是什麼年代的書？」

「是湯瑪斯．納許[509]這個人在十六世紀的著作。」

---

503 喬治．梅瑞狄斯（George Meredith，1828-1909），英國小說家、詩人。以文章艱深難解而知名。漱石也在研究論文及小說中一再提到。

504 亨利．詹姆斯（Henry James，1843-1916），生於美國的小說家。後來決心定居歐洲。留下以歐美差異為主題的作品。

505 荷馬（Homeros），古希臘敘事詩人。吟詠特洛伊戰爭的長篇敘事詩《伊利亞德》、《奧德賽》的作者。

506 吉維契斯（Chevy Chase），十五世紀創作的英國最古老的敘事歌謠。

507 有德君王的人民坦蕩蕩之意。出自《論語》。

508 不玩弄作為，人民自然受到教化之意。出自《老子》。

509 湯瑪斯．納許（Thomas Nash，1567-1601），英國作家。作風辛辣。本文的「古今賢哲的女性觀」云云出自《愚行的解剖》（The Anatomie of Absurditie，1589）。

「那就更意外了。那時已經有人說我的妻子壞話了嗎？」

「他說了很多女人的壞話，你的妻子當然也算在內所以你要注意聽。」

「好，我洗耳恭聽。這是難得的機會。」

「首先他寫說應該介紹古今賢哲的女性觀。知道嗎。你在聽吧？」

「大家都在聽。連單身的我都在聽。」

「亞里斯多德說女人沒一個好東西，所以若要娶妻，娶大的不如娶小的。比起大的壞東西，小的壞東西至少災禍較少……」

「寒月君的妻子是大的，還是小的？」

「算是大的壞東西吧。」

「哈哈哈哈！這本書真有意思。你繼續念。」

「某人問，什麼是最大的奇蹟？賢者答曰：貞節烈女……」

「賢者是誰？」

「書上沒寫名字。」

「反正一定是被女人甩掉的賢者。」

「接著是第歐根尼[510]。有人問，應該何時娶妻？第歐根尼答曰：青年太早，老年已晚。」

「這是大師在樽中思考出來的吧。」

「畢達哥拉斯[511]說，天下有三大可怕之物，一曰火，一曰水，一曰女人。」

「沒想到希臘的哲學家說話居然這麼糊塗。照我說來天下沒有任何好怕的。入火不焚，遇水不溺……」但獨仙君說到這裡有點卡住了。

「碰到女人也不會被迷昏頭是吧？」迷亭老師伸出援手。主人繼續往下念。

「蘇格拉底說控制婦孺是人間最大的難事。狄摩西尼[512]說若想折磨敵人，把自己的女人送給敵人是最佳方案。家庭風波將會不分日夜令他疲憊困頓束手無策。塞內卡[513]說婦女與無知是世界二大災厄。馬可．奧里略[514]說女子難以控制幾與船舶無異。普勞圖斯[515]說女子生性擅長以華衣美服裝飾來遮蔽天生的醜陋。瓦雷里亞斯曾致書給某友人曰：天下無論何事女子皆可暗中為之，唯願皇天垂憐，莫讓你陷入彼等之術。他又說，女子算什麼。豈非友愛之敵乎，豈非不可避免之苦乎，豈非必然之害乎，豈非自然之誘惑乎，豈非似蜜糖之毒藥乎。若拋棄女子為失德，則不拋棄彼等更應受苛責。……」

「夠了，老師。聽了那麼多拙荊的壞話我已無話可說。」

「還有四、五頁，順便聽一下吧。」

510 第歐根尼（Diogenes，約B.C.400-B.C.323），古希臘哲學家。因住在大樽中的奇行而聞名。

511 畢達哥拉斯（Pythagoras），古希臘哲學家、數學家。以畢達哥拉斯定理而知名。

512 狄摩西尼（Demosthenes，B.C.384-B.C.322），古希臘政治家、雄辯家。

513 塞內卡（Lucius Annaeus Seneca，B.C.4-A.D.65），古羅馬斯多亞派的哲學家。

514 馬可．奧里略（Marcus Aurelius Antoninus），羅馬皇帝（在位161-180）。是所謂的五賢帝之一。也是知名的斯多葛學派哲學家，著有《沉思錄》。

515 普勞圖斯（Titus Maccius Plautus，B.C.254-B.C.184），古羅馬喜劇作家。

「差不多就夠了。已到了嫂夫人回來的時刻吧。」迷亭老師才剛開口調侃，起居室那邊傳來女主人喊女傭的聲音：

「阿清呀，阿清！」

「這可糟糕。嫂夫人居然在家。」

「呵呵呵呵。」主人笑著說：「管他的。」

「嫂子，嫂子。妳什麼時候回來的？」

起居室鴉雀無聲沒有回音。

「嫂子，剛才說的妳都聽見了嗎？啊？」

還是沒回音。

「剛才那些話，不是妳先生的想法喔。是十六世紀的納許的說法，妳放心吧。」

「不知道。」女主人在遠處簡單回答。寒月君吃吃笑。

「我也不知道真是失禮了，哈哈哈哈。」迷亭君不客氣地大笑，這時門被粗魯地拉開，也沒說聲「打擾了」或「有人在嗎」，只聞響亮的腳步聲，緊接著和室的紙拉門已被猛然拉開，多多良三平出現了。

三平君今日異於往常，穿著雪白的襯衫與嶄新的西式大禮服，本來就有點打亂市場行情，右手還沉重地拎著四瓶用繩子綁在一起的啤酒，往柴魚旁邊一放，也沒打招呼就一屁股坐下，而且屈起膝蓋顯然精神相當亢奮。

「老師的胃病近來還好嗎？這樣老是窩在家裡，對身體不好喔。」

「我還沒有哪裡出毛病。」

「可是你的臉色不太好。老師的臉色黃黃的。最近可以去釣魚。從品川租一艘船——我上個星期天去過。」

「釣到了什麼嗎？」

「什麼也沒釣到。」

「即使沒釣到也很好玩嗎？」

「那是頤養浩然正氣。怎麼樣，你們幾位。去釣過魚嗎？釣魚很有意思喔。在大海上乘著一葉扁舟到處遨遊。」他不管對象是誰毫不客氣地說。

「我比較想在小海上乘著大船到處遨遊。」迷亭君回嘴。

「既然都是要釣魚，如果不釣回一隻鯨魚或美人魚就沒意思了。」寒月君回答。

「那種東西怎麼釣得到？文學家就是沒有常識……」

「我不是文學家。」

「這樣啊，那你是什麼？像我這種商業人士，常識是最重要的。老師我近來常識特別豐富。因為待在那種地方，旁邊人都是那樣，不知不覺自然會變成那樣。」

「變成怎樣？」

「比方說香菸吧，抽朝日或敷島就吃不開。」說著，他取出濾嘴有金箔的埃及菸[516]，開始

516 以埃及產的菸葉做成的紙捲菸。是昂貴的進口香菸。

吞雲吐霧。

「你有錢那樣奢侈嗎？」

「我沒錢，但總會有辦法的。抽這種菸，人家對我的信任程度都不一樣了。」

「寒月君比起磨珠子還是輕鬆的信任更好，又不費事。是輕便的信任。」迷亭對寒月如是說，寒月還沒回答，三平君已開口：

「你就是寒月先生嗎？終究還是沒拿到博士學位嗎？你沒有成為博士，那我就不客氣地收下了。」

「你是說博士學位嗎？」

「不，我是說金田家的小姐。我非常同情你。但對方一直叫我娶，最後只好決定娶，老師。不過我覺得對寒月先生不好交代，一直很擔心。」

「你千萬別客氣。」寒月君說。

「想娶就娶好了。」主人回以曖昧的答覆。

「那真是可喜可賀。所以說家裡有什麼樣的女兒都不用擔心。只要有人娶，正如我剛才所言，不就有了這麼體面的紳士女婿嗎？東風君的新體詩也有題材了。你趕快寫吧。」迷亭君照例越說越得意，三平君說：

「你就是東風君嗎？我結婚時能否替我寫點什麼？我要立刻印刷出來分送給大家。也會刊登在太陽[517]上。」

「好，那我就寫點什麼吧。你幾時要？」

「隨時都可以。從你的舊作中挑一篇也行。做為交換條件，婚禮我會請你吃大餐，請你喝香檳。你喝過香檳嗎？香檳很好喝喔。——老師，婚禮的時候我打算請樂隊，把東風君的作品譜成曲子演奏你看如何？」

「隨便你。」

「老師，你幫我譜成曲子好嗎？」

「別說傻話了。」

「在座各位有沒有誰擅長音樂？」

「被淘汰的候選者寒月君就是小提琴高手。你好好拜託他吧。不過區區香檳可請不動他喔。」

「香檳也分很多種，一瓶四圓或五圓的當然不好，我要請你喝的不是那種便宜貨，你可以替我譜一曲嗎？」

「好啊，當然可以，就算是一瓶二毛錢的香檳我也願意。甚至可以免費替你譜曲。」

「我不會讓你做白工。一定會送上謝禮。如果你不喜歡香檳，這個禮物你看如何？」他說著從外套的暗袋取出七、八張照片散落在榻榻米上。有半身照。有全身照。有站著的。也有坐著的。有穿袴裙的。也有穿寬袖和服的。有梳著高島田髻的。全都是妙齡女子的照片。

「老師，候選者有這麼多人。寒月君與東風君若是看中哪個我可以出面代為周旋當作謝

517 明治二十八年博文館創刊的綜合月刊雜誌。當時銷路廣泛。

禮。你看這張如何？」說著拿起一張給寒月。

「不錯耶。那就麻煩你去周旋吧。」

「這個也可以嗎？」他又遞上一張。

「這個也不錯耶。請你去周旋。」

「你到底要哪一個？」

「哪一個都可以。」

「你還挺多情的嘛。老師，這位是博士的侄女。」

「是嗎？」

「這位的個性非常好。年紀也很輕。才十七歲。——這位的話陪嫁有一千圓。——這位是縣長的女兒。」他一個人喋喋不休。

「不能全部都要嗎？」

「全部？那也太貪心了吧。你是一夫多妻主義嗎？」

「我不是多妻主義，但我是肉食論者。」

「是什麼都行，快點把那種東西收起來。」主人不高興地斥責，於是三平君再次詢問：

「那麼，你一個都不要嗎？」一邊把照片一張一張收回口袋。

「你拿啤酒來幹嘛？」

「這是伴手禮。我在轉角的酒鋪買的唄，當作事前慶祝。請喝一杯。」

主人拍手喊女傭來開瓶。主人、迷亭、獨仙、寒月、東風五人恭謹舉起杯子，祝賀三平君的豔福。三平君看似極為愉快。

「我要邀請在座各位參加婚禮，大家會去嗎？應該都會去吧？」他說。

「我不要去。」主人立刻回答。

「為什麼？那是我一輩子一次的大事唄。老師你真的不肯出席嗎？這樣有點不通人情喔。」

「我不是不通人情，但我就是不要去。」

「是因為沒有禮服嗎？外褂和袴裙湊和著就行了唄。你應該多和人群接觸一下，老師。我可以介紹名人給你認識。」

「我才不要。」

「可以治好胃病喔。」

「治不好也無所謂。」

「你這麼固執我也沒辦法了。那你呢？會出席嗎？」

「我啊，我一定去。可以的話我甚至希望有這個榮幸當媒人呢。香檳交杯度春宵——什麼？媒人已經請了鈴木藤十郎？原來如此，我早就料到會這樣。雖然遺憾但也沒辦法。媒人出現二個恐怕太多了，那我就以普通賓客的身分出席吧。」

「那你會出席嗎？」

「我嗎？一竿風月閑生計，人釣白蘋紅蓼間。」

「那是什麼？是唐詩選[518]嗎？」

「我也不知道是什麼。」

「不知道嗎？傷腦筋。寒月君應該會出席吧？好歹也有過去的關係。」

「我一定會出席，否則聽不到樂隊演奏我作的曲子，豈不是太遺憾了。」

「說得也是。那你呢，東風君？」

「這個嘛，我會出席而且我還想在兩位新人面前朗讀新體詩。」

「那真是太好了。老師，我有生以來還沒有這麼快活過。所以我要再喝一杯啤酒。」他說著一個人大口牛飲自己買來的啤酒，臉都紅了。

短暫的秋陽漸漸西沉，朝凌亂塞滿香菸屍骸的火盆中一看，火早已熄了。就連這些悠哉的人也似乎有點意興闌珊，「已經很晚了。該走了吧。」獨仙君說著率先起身。接著眾人紛紛表示「我也要走了」步向玄關。和室就像宴會曲終人散變得很冷清。

主人晚餐後進了書房。女主人微覺秋寒，攏緊內衣領口，縫補洗得發白的家居服。小孩並枕而眠。女傭去澡堂了。

即便是看似悠哉的人們，若叩其內心深處，也會隱約發出悲聲。獨仙君看似已悟道成仙，但他的雙腳還是沒有踏出地面之外。迷亭君或許過得輕鬆自在，但他的世間並非典型的美好世間。寒月君放棄磨珠子從家鄉帶了妻子回來，這是順當的。但順當的日子過久了肯定會覺得無聊。東風君如果再過個十年，想必也會醒悟他拚命將心血投注在新體詩是錯誤之舉。至於三平君，很難判定他究竟是住在水畔的人還是住在山中的人。如果他一輩子都能夠為請人喝香檳酒洋洋得意那倒也好。鈴木藤十郎在哪都能圓滑地打滾。打滾就會沾上泥，但至少比沾上泥也滾不動的人吃得開。我生而為貓來到人世已有二年。本以為像我這麼有見識的貓找不出第二隻，但之前卡特．摩爾[519]這個素不相識的同族突然大發氣燄，令我有點吃驚。仔細一打聽才知道，原來牠早在一百年前就死了，卻因一時的好奇心想化為幽靈嚇我一跳，所以才自遙遠的冥土出差來訪。這隻貓要與母親見面時，為了示好，叼了一條魚出門，半路上實在忍不住，自己把魚吃掉了，可見有多麼不孝，而牠的才華也不比人類差，據說有一次甚至還作詩驚動主人。既有這樣的豪傑出現在一個世紀之前，那像我這種小痞子，應該可以早早告退，歸臥無何有之鄉[520]了。

主人早晚會死於胃病。金田家的老爺子早已死於欲望。秋葉大半落盡。死亡是萬物的宿命，活著如果也沒啥用處的話，或許早點死去更明智。按照諸位老師所言，人類的命運就是回歸自殺。如果掉以輕心，貓也必須在那麼憋屈的世間苟活下去。那太可怕了。我忽然感到心煩氣躁。不如喝點三平君帶來的啤酒振作精神吧。

我繞到廚房。秋風似乎自喀喀作響的門縫吹入，不知幾時油燈已熄滅，但這應是有月亮的夜晚，只見窗口射入影子。托盤上並排放了三個杯子，其中二個還剩下一半褐色的液體。裝

---

518 明代編纂的唐詩選集。共七卷。日本自江戶時代以來廣受閱讀的漢詩集。

519 德國小說家霍夫曼（Ernst Theodor Amadeus Hoffmann，1776-1822）的小說《公貓摩爾的人生觀》的主角。「大發氣燄」云云是指漱石的友人，專攻德國文學的藤代素人於明治三十九年五月號的《新小說》發表「摩爾口述，素人筆記」這種體裁的戲謔文章〈貓文士氣燄錄〉，在該文中，摩爾抱怨《我是貓》中的「我」沒有提到自己甚為失禮。

520 《莊子》中無所作為的自然樂土。烏托邦。

在玻璃杯中的東西即便是熱水看起來也很冰冷。更何況在寒夜的月影照耀下，靜靜與滅火罐並排的液體，還沒沾唇就已令人冷得不想喝了。但東西要試過才知道。三平喝了那個之後面紅耳赤，熱得拼命喘氣。貓如果喝了說不定也會變得很快活。反正這條命也不知幾時會死。還不如趁著有命的時候做了再說。死後才躲在墳場的影子裡追悔唉呀當初真可惜已於事無補。索性鼓起勇氣喝喝看吧！我猛然把舌頭伸進去舔了幾下，當下大吃一驚。舌尖就像針刺似地發麻。人類發什麼瘋要喝這種酸臭的東西我實在不明白，但貓絕對喝不下去。貓和啤酒說什麼都合不來。這可不得了！我急忙把伸出的舌頭縮回，但隨即念頭一轉。人類經常把良藥苦口當成口頭禪，每當感冒時總會皺著臉服用奇怪的東西。是服用了那個才康復，還是康復也要服用，至今仍是疑問，但這下子正好。就讓我用啤酒來解決這個問題吧。喝了之後如果連肚子裡都發苦那也就算了，如果像三平那樣忘乎先後愉快得不得了那就賺到了，可以把這個好消息告訴鄰近眾貓。總之是好是壞全看天意，拼了！我下定決心再次伸出舌頭。睜著眼難以下嚥，所以我緊閉雙眼，再次開始舔啤酒。

我忍了又忍，好不容易喝光一杯啤酒時，奇妙的現象發生了。起初舌頭發麻，口中就像遭到外力壓迫很痛苦，但喝多了之後漸漸變得輕鬆，喝完一杯時已不再感到難受。我心想已經沒問題了，於是輕鬆解決第二杯。順便把托盤上灑出來的酒也舔得乾乾淨淨收入腹中。

接下來的片刻我為了觀察自己的動靜，定定縮成一團。身體漸感溫暖。眼框模糊。耳朵發燙。很想高歌一曲。想跳貓咪舞。想叫主人和迷亭和獨仙都去吃屎。想狠狠撓金田家的老爺子幾下。想咬金田太太的鼻子一口。想做很多事。最後我想搖搖晃晃站起來。站起來後就想飄飄然走路。這倒是很有趣，我忽然很想出去。出去之後想向月亮道聲晚安[521]。實在太愉快了。陶然大概就是指這種情形吧，我一邊暗想，一邊漫無目標像要到處散步，又好像不是散步般，以不穩的腳步任意行走，我忽然很想睡。是在睡覺還是在走路，我已分不清。我以為自己睜著眼，但眼皮好重。到此地步也不過就這樣了。管他是海是山我都不怕，前腳軟趴趴向前一抬，頓時撲通一聲，我霍然一驚——糟了。我甚至還不及思考是怎麼個糟法。只是若有似無地感到糟了，之後就一塌糊塗。

等我回神時已漂浮在水上。我很痛苦，拼命用爪子胡亂抓撓，但抓得到的只有水，一抓立刻沉下去。無奈之下只好用後腳向上跳，前腳抓扒，聽到喀啦啦的聲音隱約有手感。好不容易把頭浮出水面，我四下一看身在何處，原來我掉入大水缸中。這個水缸在夏天本來長滿了水葵這種水草，後來烏鴉飛來吃光了水葵，還在這兒洗澡戲水。水因此減少。水減少後烏鴉就不來了。之前我還在想近來烏鴉漸少都不見蹤影了，做夢也沒想到我自己會代替烏鴉在這種地方戲水。

水面離邊緣四寸有餘。就算伸長腳也搆不到。跳起來也跳不出去。再不想辦法只會沉下去。掙扎之下爪子只是喀喀抓到水缸，抓到時，稍微有點浮起，一滑開就立刻又沉下去。沉下去無法呼吸，於是立刻又喀喀抓缸壁。後來身體疲倦了。心情雖焦急，腳卻已使不上力。最後連我自己也難以分辨是因為沉下去才抓缸壁，還是因為抓缸壁才沉下去。

521 出自民謠博多節的歌詞。

那一刻我一邊痛苦掙扎，一邊在想。會碰上這種折磨換言之是因為我一心只想從水缸爬出去。雖然很想出去但我知道自己爬不出去。我的腳不足三寸。好吧就算我的身體浮在水面，從漂浮之處盡量伸長前腳爪子也抓不到五寸有餘的缸邊。如果爪子抓不到缸邊，那麼就算再怎麼抓扒，再怎麼焦急，粉身碎骨一百年也出不去。明知出不去還想出去是強人所難。因為強人所難所以才痛苦。太無聊了。這是自找苦吃，自求拷問，簡直太蠢了。

「算了。隨便吧。我不想再喀喀喀地抓扒了。」我決定將前腳、後腳、頭、尾都任由自然之力擺布，不再抵抗了。

我漸漸感到輕鬆。分不清是痛苦還是可喜。是在水中，還是在和室，難以判別。不管身在何處都沒差別了。我只覺得輕鬆。不，連輕鬆的感覺都沒有了。我斬落日月，粉碎天地，進入不可思議的太平。我要死了。死後便可得到這種太平。太平必須死去才能得到。南無阿彌陀佛南無阿彌陀佛。感恩啊感恩。

我是貓——夏目漱石一舉躋身國民大作家的成名代表作
吾輩は猫である

作　者　夏目漱石
譯　者　劉子倩
主　編　李映慧
編　輯　鍾涵瀞

總編輯　陳旭華
電　郵　ymal@ms14.hinet.net

社　長　郭重興
發行人兼出版總監　曾大福
出　版　大牌出版 / 遠足文化事業股份有限公司
發　行　遠足文化事業股份有限公司
地　址　23141 新北市新店區民權路108-2號9樓
電　話　+886- 2- 2218 1417
傳　真　+886- 2- 8667 1851

印務主任　黃禮賢
封面設計　許晉維
排　版　極翔企業有限公司
印　刷　成陽印刷股份有限公司
法律顧問　華洋法律事務所　蘇文生律師

定　價　399 元
初版一刷　2015年6月

國家圖書館出版品預行編目資料

我是貓：夏目漱石一舉躋身國民大作家的成名代表作 / 夏目漱石著；劉子倩譯. -- 初版. -- 新北市：大牌出版：遠足文化發行, 2015.06
面；　公分
譯自：吾輩は猫である

ISBN 978-986-5797-43-0（平裝）

861.57　　104006760